ULLSTEIN

Das Buch

Hannas Leben könnte nicht besser laufen. Glücklich lebt sie zusammen mit ihrem afrikanischen Mann Mike und ihrem kleinen Sohn Ken in Berlin. Doch eine schreckliche Nachricht zerstört das ruhige Familienleben schlagartig: Mikes Vater liegt im Sterben. Kurz entschlossen fliegt Mike mit seinem Sohn in seine Heimat Kenia – und kehrt nicht mehr nach Deutschland zurück. Denn das Urteil der Ahnen bestimmt ihn zum Nachfolger seines Vaters: Er wird zum Heiler des Dorfes und taucht ein in die magische Welt eines *mganga*. Aber Ken soll zu seiner Mutter zurückfahren. Auf dem Weg zum Flughafen wird er jedoch entführt. Vergeblich wartet Hanna auf seine Rückkehr. In ihrer Verzweiflung nimmt sie all ihren Mut zusammen und reist in das fremde Land – eine gefährliche Suche nach ihrem geliebten Kind beginnt …

Die Autorin

Ilona Maria Hilliges hat viele Jahre in Afrika gelebt. Nach ihrer Rückkehr arbeitete sie für internationale Wirtschaftsunternehmen und engagierte sich für soziale Projekte. Heute lebt sie zusammen mit ihrem Mann und ihren Kindern in Berlin. Mit ihrem Erfahrungsbericht *Die weiße Hexe* stand Ilona Maria Hilliges monatelang auf den Bestsellerlisten.

Von Ilona Maria Hilliges sind in unserem Hause bereits erschienen:

Die weiße Hexe
Das verborgene Herz Afrikas
Die dunkle Macht
Mit den Augen der Leopardin

Ilona Maria Hilliges

Auf den Schwingen des Marabu

Roman

Ullstein

Besuchen Sie uns im Internet:
www.ullstein-taschenbuch.de

Wenn Sie mehr über die Autorin erfahren möchten, besuchen Sie sie auf ihrer Internetseite: www.ilona-maria-hilliges.de

Umwelthinweis:
Dieses Buch wurde auf chlor- und säurefreiem Papier gedruckt.

Ullstein Verlag
Ullstein ist ein Verlag des Verlagshauses Ullstein Heyne List GmbH & Co. KG.
1. Auflage Januar 2004

Umschlaggestaltung: Thomas Jarzina, Köln, unter Verwendung einer Vorlage von Hauptmann und Kampa Werbeagentur, München – Zürich
Titelabbildung: Karl Petzke
Lektorat: Angela Troni, München
Gesetzt aus der Bembo
Satz: KompetenzCenter, Mönchengladbach
Druck und Bindearbeiten: Ebner & Spiegel, Ulm
Printed in Germany
ISBN 3-548-25800-X

Für meine Freundin Maria und ihren Sohn Charles.
Und für Heide und Christa, die sich mit unerschütterlicher Kraft in Kenia einsetzen.

»Und wenn ich eine Blume kenne, die es in der ganzen Welt nur ein einziges Mal gibt, nirgends anders als auf meinem kleinen Planeten, und wenn ein kleines Schaf, ohne zu wissen, was es tut, diese Blume eines Morgens so mit einem einzigen Biss auslöschen kann – das soll nicht wichtig sein?!«

Antoine de Saint-Exupéry, *Der kleine Prinz*

Die Sitten unserer Väter sind gut und ihre Gebräuche sind gesund, nicht ausgehöhlt; sie sind nicht zerbrechlich, nicht leicht vom Wind zu verwehen, denn ihre Wurzeln reichen tief in die Erde.

Okot p'Bitek, *Lawinos Lied*

1

Die beiden gepackten Reisetaschen erinnerten Hanna schon am Morgen an den Abschiedsschmerz, den dieser Tag noch bringen würde. Sie ärgerte sich über ihre Angewohnheit, alles viel zu voreilig zu machen: In zwölf Stunden erst würden Mike und Ken nach Afrika fliegen. Um das Warten auf etwas ohnehin Unvermeidliches zu verdrängen, leerte sie die Tasche ihres Sohnes mitten im Flur komplett aus.

Sie hatte Ken nicht kommen hören; barfuß und noch im Schlafanzug stürzte er sich auf sie.

»Tsatsiki, Tsatsiki, Tsatsiki!«

Die rhythmisch hervorgestoßenen Worte klangen wie eine Rassel, in deren hohlem Holzkörper die getrockneten Kürbiskerne gegeneinander schlugen. »Mama, du machst den besten Tsatsiki der ganzen Welt!« Zum Beweis hauchte er sie immer wieder an.

Seine Umarmung war so stürmisch, dass sie beide über den Boden rollten, wo sie inmitten der ausgebreiteten Sommerkleidung liegen blieben. Kenny setzte Hanna eine gelbe Baseballkappe mit einem lustigen Bärengesicht auf den Kopf. Der Zehnjährige grinste sie frech an: »Dir steht die viel besser.«

Kens Übermut verflog von einer Sekunde zur anderen: »Du kommst ja ohnehin nicht mit.« Er blickte sie aus tiefbraunen Augen an. Hanna wusste genau, dass der Junge seine schärfste Waffe ganz bewusst einsetzte. Sie war ihr hilflos ausgeliefert.

»Es wird dir in Kenia gefallen«, versuchte sie ihn zu trösten. Das Kind. Und sich selbst. »Lange Strände, an denen du baden kannst. Papa und du, ihr schwimmt doch so gern.«

»Du aber auch! Außerdem hast du Papa dort kennen gelernt! Warum willst du dann nicht wieder hin?«

»Schatz, so ist es doch nicht...« Seitdem Hanna die Last-Minute-Flüge für Ken und Mike gebucht hatte, war diese Frage gewiss ein Dutzend Mal besprochen worden: dass sie sich bereits vor Monaten zu der Prüfung als Heilpraktikerin angemeldet hatte, die Praxisräume ausgesucht waren und sie großen Ärger mit den Banken bekäme, wenn sie die unerlässlichen Voraussetzungen für die Finanzierung nicht erfüllte.

All das war zu kompliziert für die Vorstellungswelt eines Kindes, das nur eines wollte – gemeinsam mit seiner Mama zur ersten großen Reise seines Lebens aufbrechen.

Damit Mike die Wohnungstür öffnen konnte, musste Hanna Kens Kleidung hastig zusammenräumen. Das T-Shirt ihres Mannes war nach zwei Stunden Joggen nass geschwitzt. Er küsste Hanna sanft auf die Wange und strubbelte dem Jungen durchs kurz geschnittene Kraushaar.

Mike rümpfte die Nase. »Knoblauch am Morgen!«

»Du stinkst selbst, Papa«, gab der Junge unbeirrt zurück.

»Du solltest dich auch noch ein wenig bewegen. Der Flug wird die ganze Nacht dauern.« Mike ging in die Küche und öffnete sich einen Joghurt.

Hanna registrierte seine sportliche Figur mit etwas Neid und nahm sich vor, in den kommenden zwei Wochen Radikaldiät zu halten. Schuldbewusst räumte sie das Weißbrot weg, das eigentlich für Kens Knoblauchquark bestimmt war. Mit dem Schlachtruf »Bäh, Ökozeugs!« gewann er jeden Krieg gegen die ernährungsbewusst Vollkornprodukte auftischende Mama, die dazu verurteilt war, heimlich und höchst inkonsequent zu essen, was ihr wirklich schmeckte. Dass sie mit 42 neun Jahre älter war als ihr Mann, konnte sie nicht ändern. Wohl aber vermeiden, dass Mike ihren Vorsprung an Reife irgendwann einmal zu ihrem Nachteil auslegte.

Das Läuten des Telefons riss Hanna aus ihren Gedanken. Ihre Mutter erkundigte sich, wann die drei zum Flugfahren fuhren. Prompt flehte Ken seine Großmutter um neue Turnschuhe an. »Kenny, bettel Oma nicht immer an«, ermahnte Hanna.

»Lass nur, Hannchen«, erwiderte Marianne, »ich habe sie ihm doch sowieso versprochen.«

»Mutti, du verwöhnst ihn zu sehr«, sagte sie und verabredete sich dennoch zum Shoppen.

Ihr Mann lächelte ironisch: »Euer Lieblingsthema?«

Hanna missverstand ihn absichtlich: »Einkaufen lenkt ab.«

»Ich dachte mehr ans Verwöhnen.« Er spielte damit auf die zahllosen Verstöße seiner Frau gegen deren eigene Erziehungsgrundsätze an.

Diesmal entkam sie ihm mit dem Hinweis auf die gelbe Bärenkappe und streichelte zärtlich Mikes kahl rasierten Kopf, der seine vom häufigen Laufen asketisch schmal gewordenen Gesichtszüge so erschreckend jugendlich wirken ließ. »Sollen wir dir nicht auch eine Mütze mitbringen?«

»Ich bin mit afrikanischer Sonne auf meinem Kopf groß geworden. Das härtet ab.«

»Dann brauche ich aber auch keine!«, maulte Ken.

»Du warst anderthalb, als du nach Deutschland kamst!« Kaum hatte sie das ausgesprochen, wurde Hanna ihr Fehler bewusst. Bei diesem Thema vergaß der Junge sämtliche Forschheit. Sein seidenweicher Blick verriet, dass die bevorstehende Trennung ihn noch sentimentaler machte.

»Erzählst du mir noch mal, wie Papa mich zu dir gebracht hat, Mama?« Ken schmiegte den Kopf gegen Hannas Schulter. »Wie das war mit dem Krankenhaus und so?« Hanna roch seinen Knoblauchatem.

»Ein andermal, mein Liebling. Jetzt geh dich duschen und dann ziehen wir los.«

»Zähne putzen! Sonst bekommt Oma 'nen Knofel-Schock!«, assistierte Mike. Als Ken draußen war, zog er Hanna sanft an sich. Mit seinen 1,70 Metern war er nur fünf Zentimeter größer als seine Frau. Hannas blassgraue Augen verrieten ihm überdeutlich, dass sich hinter ihrem ganzen Pragmatismus eine tiefe Melancholie versteckte. Ihr Arbeitsdrang schien nötig zu sein, um die in ihrem Innern verborgene Trauer ständig in Schach zu halten.

»Es tut dir weh, ihn gehen zu lassen, nicht wahr?«, sagte er so leise, dass Ken ihn nicht hören konnte.

Sie küsste ihn flüchtig auf den Mund und schob sich eine Locke ihres blonden Haares, unter das sich bereits die ersten grauen Strähnen mischten, hinters Ohr. »Achteinhalb Jahre, Mike ... und es hat nicht einen Augenblick gegeben, in dem ich nicht wusste, wo Kenny sich aufhält.«

»Du weißt doch auch dann, wo er ist, Liebling: bei mir.« Zärtlich küsste er die kleinen Sorgenfalten, die ihre Augen einrahmten. »Ich bringe ihn dir wohlbehalten zurück. Nur kurz ausleihen sollst du ihn, damit er diese wahrscheinlich letzte Gelegenheit hat, seinen Großvater kennen zu lernen.« Mit einem Lächeln versuchte Mike sie aufzumuntern: »Mir wäre es gewiss lieber, Papa Kadenge würde nicht im kenianischen Busch, sondern bei uns in Berlin leben.«

In einem mit vielen Schlössern versiegelten Winkel von Hannas Selbstbewusstsein lauerte die Frage: Ist es mir nicht doch ganz recht, die beiden alleine nach Kenia fliegen zu lassen? Die Prüfung als Vorwand benutzen zu können, um mich nicht Kens wahrer Familie stellen zu müssen? Sie war zwar Kens »Herzensmama«, doch ein Blick in den Spiegel zeigte dem Kind, dass seine Wurzeln ganz woanders lagen…

Wie um diese schweren Gedanken von sich zu weisen, wich sie auf unverfänglicheres Terrain aus: »Ich bringe dir eine Hose mit, okay? So eine, bei der man die Beine mit einem Reißverschluss abtrennen kann.«

»Das ist doch nicht nötig«, wehrte er ab. »Die Flugtickets waren doch schon so teuer.« Sie wussten beide, dass Hanna mit einer Hose zurückkehren würde…

Den ganzen Tag über hatte sich Ken gut gehalten, fand Hanna. Er hatte zwar wie ein Wasserfall geredet, aber irgendwie musste sich seine steigende Nervosität schließlich entladen. Erst als sie in die Zufahrtstraße zum Flughafen einbogen, verstummte der Junge. Das flache Gebäude am Ende eines weitläufigen Parkplatzes wirkte auf Hanna wie ein Riegel, hinter dem es nicht weiterging.

»Flughafen Schönefeld.« Ken las die großen Buchstaben auf dem Dach vor. »Sieht aber gar nicht schön aus«, setzte er hinzu.

»Ich mag keine Flughäfen«, bestätigte Oma Marianne, die neben Ken auf dem Rücksitz saß, den Arm beschützend um das zarte Kind gelegt. »Abschiede sind…«

»Mutti, bitte!«, unterbrach Hanna sanft.

»Es sei denn, man holt jemand ganz Lieben ab«, versuchte Hannas Mutter die Kurve zu kriegen. Aber es war nichts mehr zu machen: Ken schwieg fortan eisern und schluckte tapfer seinen Abschiedsschmerz hinunter. Zu gern hätte Hanna jetzt die Zeit angehalten. Aber was nützt das schon?, dachte sie. Dies war ihr aller Leben; sie konnten ihm nicht entkommen. Ihr Blick traf sich mit Kennys und sie warf ihm eine Kusshand zu.

»He!«, rief Mike, um die düstere Stimmung aufzulockern, »wir kommen doch bald wieder! Nun gönnt uns mal ein bisschen Sonne!«

»Hier scheint die Sonne doch auch, Mike«, sagte Marianne trocken.

»Mutter, bitte!«, stöhnte Hanna.

Nachdem sie das Gepäck eingecheckt hatten, umarmte Ken Hanna lange. »Du wirst ganz allein sein«, murmelte er. Es hörte sich allerdings anders an: Ich bin ganz allein …

Hanna löste sich vorsichtig aus seiner Umarmung, die mehr einer Umklammerung glich. Sie hockte sich vor den Jungen, küsste ihn auf beide Wangen und legte ihre Hände flach auf seinen Rücken. Immer wenn Mike dieses private Ritual beobachtete, hatte er den Eindruck, dem Jungen wüchsen in diesem innigen Moment ein Paar Flügel.

»Ich gebe ihm Stärke. Sie fließt von mir zu ihm«, hatte seine Frau damals im Krankenhaus gesagt, als Ken zwischen Leben und Tod schwebte. Seit jenen schweren Monaten existierte die stumme Zeremonie. Es war allerdings lange her, dass Mike die beiden so gesehen hatte. Jetzt, am Flughafen, hielten sie sich wieder so. Niemanden um sich herum nahmen sie wahr, blickten sich tief in die Augen.

Dann hörte Mike seine Frau sagen: »Kannst du dich noch an die Geschichte vom kleinen Prinzen erinnern, mein Schatz?« Hannas Stimme hatte einen eigentümlichen Klang.

»Die ist so traurig«, antwortete Ken.

»Nicht wirklich, Liebling. Der kleine Prinz muss doch zurück zu seiner Rose mit den vier Dornen, die ihn seit einem Jahr auf seinem kleinen Stern erwartet. Aber er hat sich auf der Erde mit dem Piloten angefreundet, der in der afrikanischen Wüste notgelandet ist. Als die Stunde des Abschieds gekommen ist, sagt der kleine Prinz zum Piloten: ›Wenn du bei Nacht den Himmel anschaust, wird es dir sein, als lachten alle Sterne, weil ich auf einem von ihnen wohne, weil ich auf einem von ihnen lache.‹« Hanna hielt ihre Hände ruhig auf Kens Rücken. »Und so ist es auch mit Menschen, die sich trennen. Sie können abends die Sterne ansehen und wissen, dass der Mensch, den sie gerade nicht in den Arm nehmen können, von den gleichen Sternen beschützt wird.«

Ein Ruck ging durch Ken. »Mama, aber wenn ich die Sterne sehe, dann scheint doch hier die Sonne, denn Kenia ist auf der anderen Seite der Erde.«

»Keine Sorge, Kenny«, sagte Mike und half Hanna hoch, »in Kenia ist es nur eine Stunde später als hier. Wenn dort Nacht ist, ist auch hier Nacht.«

Hanna reichte ihrem Sohn ein kleines Buch: »Magst du es mitnehmen, als deinen Talisman? Dann ist der kleine Prinz immer bei dir.«

»Und du, Mama!«

Zum Abschied flüsterte sie dicht an Mikes Ohr: »Es wurde Zeit, dass ich ihn mal loslasse, nicht wahr? Ich bin schon ein richtiger Klammeraffe geworden. Trotzdem: Pass auf ihn auf.«

»Ich weiß. Er tut nur so, als ob er ein großer Junge wäre.«

An der Passkontrolle schwenkte Ken seine neue weiße Baseballkappe als Abschiedsgruß: »Bis bald!«

Hanna saß am Steuer ihres alten Peugeot und fuhr vom Flughafen durch die weiten Felder des flachen Brandenburger Landes zurück nach Berlin.

»Kenny hängt so an dir, Hannchen. War das wirklich eine gute Idee?«, fragte Marianne sorgenvoll.

»Er kommt ja wieder«, entgegnete Hanna leise.

Es war Mitte Juli, der Himmel war wolkenlos und die Sonne stand für die Tageszeit noch sehr hoch. In zehn Tagen, rechnete sie nach, würde sie ihre Prüfung als Heilpraktikerin beenden. Und vier Tage später bekäme sie Ken zurück.

Sie hatte es so gewollt: In seinem Brief hatte Mikes Bruder Vince ihnen in der den Kenianern eigenen blumigen Sprache mitgeteilt, dass Papa Kadenge bald sterben werde. Hanna hatte sich ohne lange Diskussionen sofort an den Computer gesetzt und im Internet den günstigsten Flug herausgesucht.

Mike hatte seine Hände auf ihre Schultern gelegt, wie er es immer tat, wenn sie seiner Meinung nach wieder einmal vorschnell handelte. »Das können wir uns gar nicht leisten«, hatte er gesagt.

Sie hatte nur für einen Augenblick innegehalten: »Du wirst mir niemals vorwerfen, dass du nicht zu ihm konntest, weil der Flug zu teuer war. Aber tief in deinem Herzen wirst du immer an diese Ahnengeschichte denken.« Dann hatte sie weitergemacht.

Sie bereute jetzt schon, dass sie wieder einmal stärker sein wollte, als sie tatsächlich war. Sie richtete sich auf und drückte das Gaspedal durch. Es würde schon alles gut gehen. Natürlich würde es das. Schließlich war Mike in Kenia zu Hause.

2

In den Minuten, die Mikes Augen brauchten, um sich an die Dunkelheit zu gewöhnen, hörte der heimgekehrte Sohn lediglich dieses eigentümliche Geräusch. Es glich einem leisen Schwirren, als würde sich etwas im Raum bewegen, in der Nähe der Decke. Wenn es flog, so schien es an einem bestimmten Punkt zu verharren, als schlügen seine Flügel mit unglaublicher Geschwindigkeit auf und ab, um es an dieser Stelle gewissermaßen zu fixieren. Während Mikes Hörsinn noch versuchte, diesen Eindruck einem Wesen zuzuordnen, nahm er den Geruch schon wahr. Er war süßlich und leichter als jener, den er mit kenianischen Häusern in Verbindung brachte. Die rochen meist nach dem Lehm des Bodens.

Dies Haus, an dessen Schwelle er stand, war Mike fremd. Er hatte es, gleichwohl es seinem Vater gehörte, niemals betreten. In den Tagen seiner Kindheit hatte er mit seinem Bruder ein eigenes bewohnt, das nebenan lag und heute von Vince und seiner Familie benutzt wurde. Sowohl für Vaters Frauen als auch für die Kinder war Vaters Reich tabu. Erst jetzt, um sich von ihm zu verabschieden, durfte Mike hinein.

Die kleine, vor Aufregung feuchte Hand seines Sohnes klammerte sich an ihn. Vince hatte gesagt, der Vater sei bei klarem Verstand. Vor Wochen schon habe Papa Kadenge den genauen Tag bestimmt, an dem sein zweitältester Sohn und sein Enkel heimkehren würden in das aus etwa 40 Lehmhütten und wenigen Steinhäusern bestehende Dorf mitten im vom

Tourismus unberührten Landesinneren, 75 Kilometer nördlich von Mombasa. Vor Wochen – als Mike noch in Berlin war, seine Arbeit an der Rezeption des Hotels machte und Ken die letzten Klassenarbeiten vor den Zeugnissen schrieb.

Das seltsame Schwirren rührte tatsächlich aus der linken hinteren Ecke, von dort, wo sich das Bett des Vaters befand. Mike konnte seine Gestalt jetzt erkennen, ausgestreckt auf dem etwas erhöht gebauten Bettgestell. Darüber hing ein bauchig gewölbtes Tuch. Nein, verbesserte Mike seine Wahrnehmung, es musste ein aus geflochtenen Blättern bestehendes Netz sein. Durch die geschlossenen Läden der beiden einzigen Fenster glimmte so viel Licht in den Raum hinein, dass es sich in zahllosen Amuletten brach. Die leichte Bauweise des Lehmhauses erlaubte einen winzigen Luftzug, welcher der Grund für das irritierende Geräusch war.

Die Spannung in Kens Hand ließ nach, allmählich ging die Ruhe des dunklen Raums auch auf ihn über. Vater und Sohn tauschten einen langen Blick.

Eine brüchige Stimme forderte die beiden auf, einzutreten und die Tür zu schließen. Mike und Ken näherten sich Hand in Hand dem Bett bis auf etwa drei Schritte. Die durch die Fensterfugen eindringenden filigranen Lichtstrahlen streichelten Papa Kadenges dunkle Haut und seinen kurz geschnittenen weißen Bart, während er sich langsam aufrichtete. Sein kräftiger Schädel war kahl rasiert, der Körper von einem Umhang verhüllt, der den gleichen erdigen Farbton hatte wie die Wände, was die Erscheinung des *mganga* noch schattenhafter machte.

»Komm her, mein Sohn«, bat Papa Kadenge.

Obwohl der Mann die alte Sprache seines Volks benutzte, trat Ken ohne Zögern auf den Großvater zu. Das Kind bewegte sich zu Mikes Überraschung recht unbefangen. Der alte Mann auf dem Bett hatte dem Enkel offensichtlich genügend Gelegenheit gelassen, seine Scheu vor der eigentümlichen Atmosphäre abzulegen.

Die beiden sahen sich an, schweigend und reglos. Das Kind mochte zahllose Fragen an seinen Großvater haben – es konnte sie nicht stellen, war angewiesen auf das, was ihm seine Gefühle sagten.

Schließlich hob der alte Mann beide Arme, hielt die Handflächen ausgestreckt über den Kopf des Kindes und begann eine lange Rede. Der Knabe rührte sich nicht, während der alte Mann leise eindringliche Worte sprach. Mike konzentrierte sich angestrengt, um Ken später alles übersetzen zu können.

Papa Kadenge nahm eines der im leichten Luftzug schwingenden Amulette und hauchte dreimal sanft gegen die kleine Kette, auf die seine Wahl gefallen war. Es folgte ein Gebet, das Mike zu seinem Bedauern nur bruchstückhaft verstand. Der Großvater reichte Ken die rechte Hand und legte dem Jungen den Talisman um den Hals.

»Geht hinaus, meine Söhne«, beendete der alte *mganga* die Zeremonie. Er forderte Mike auf, draußen zu warten, bis er ihn erneut hineinrufen würde.

Im mit Blumen, Gewürzpflanzen und Kräutern sorgfältig bepflanzten Vorgarten von Papa Kadenges Haus hatte sich in der Zwischenzeit ein gutes Dutzend Männer versammelt. Weitere standen schwatzend auf dem schmalen Sandweg davor, gewissermaßen der »Hauptstraße« des Dorfs, zu dessen Seiten sich die mit mehreren Hütten bebauten Grundstücke befanden. Große alte Mangobäume, ausladende Ölpalmenkronen, schlanke Papayastämmchen und dichte Bananenstauden verliehen dem Häuserensemble den Charakter eines friedvoll schlummernden Paradieses.

Manche der wartenden Männer kamen Mike bekannt vor, er erinnerte sich an Namen. Doch die Altersgefährten waren reife Männer geworden, denen man ansah, dass sie auf die 40 zugingen. Der Heimkehrer war noch zu sehr in dem soeben Erlebten gefangen, um sie mit der Freundlichkeit zu begrüßen, die sie nach zehn Jahren gewiss erwarteten. Er schüttelte ihre Hände, ließ sich von ihnen umarmen und sich sagen, dass er viel zu dünn sei für einen Mann, der im Land der Weißen lebte. Sie fragten, wie es seiner Frau gehe, die sie nicht kannten, und ob seine Schwiegereltern, von denen sie nichts wussten, gesund seien. Sie waren zu viele und er hatte sich innerlich von ihnen zu weit entfernt, um die üblichen Begrüßungsfloskeln mit der gleichen Herzlichkeit zurückzugeben.

Sein Bruder saß abseits von den anderen in seinem Wagen und telefonierte mit dem Handy. Vince hatte ihn und Ken mit dem Kleinbus direkt vom Flughafen hierher gebracht. Auf den Längsseiten des Mitsubishi, dessen Dach sich wie bei jedem kenianischen Safari-Auto hochstellen ließ, stand der Name von Vince' Unternehmen: *Karibu-Tours*. Es war das einzige Auto und wirkte in dem 400-Seelen-Dorf wie ein Fremdkörper. Doch mit diesem Gefährt waren sie angekommen und Mike dachte, dass die anderen ihn und Ken für Touristen halten mochten.

Noch schien eine gewisse Ehrfurcht die Dorfbewohner davon abzuhalten, die beiden Heimkehrer mit allzu neugierigen Fragen zu bestürmen. Und sie spürten wohl auch, dass selbst Ken, der sich nur in seiner Kleidung von ihren eigenen Söhnen unterschied, jene Reserviertheit umgab, die den in Europa lebenden Menschen eigen ist. Mike führte den Jungen auf die Gartenseite des Hauses. Im Schatten großer Bananenstauden setzten sie sich auf die warme Erde, den Rücken gegen die bröckelige Lehmwand des Vaterhauses gelehnt. Ken registrierte mit Verwunderung, dass Mikes Altersgefährten sich unaufgefordert und schweigend zu ihnen gesellten, wie es in ihrem Land Brauch ist. Mike erklärte dem Kind, dass dies kein Ausdruck von Neugier sei, sondern der eines ganz anders empfundenen Gefühls von Zusammengehörigkeit. Trotz der Fremdheit, die sie beide zweifellos ausstrahlten.

Papa Kadenge hatte seinem Enkel ein Lederamulett umgehängt: In Form einer sich gerade öffnenden vierblättrigen Blüte waren darauf kleine Seeschnecken aufgenäht. Der Talisman ruhte exakt in der Halskuhle des Kindes. Es schmückte den Jungen mit einer stillen Anmut, die Mike seit den Kleinkindtagen an Ken nicht mehr bemerkt hatte. Der Großvater hatte die Sanftheit seines Enkels erkannt, gewürdigt und betont. Zweifellos sah er in Ken nicht den Krieger, sondern den Denker. Mike gestand sich ein, dass er sich darüber freute. Kens Sensibilität und klaren Verstand, den mehr Hanna als er selbst geschult hatte, liebte Mike an seinem Sohn am meisten.

Der Junge blickte mit schweren Kinderaugen zu Mike auf; es war offensichtlich, dass ihn das Treffen mit seinem Großvater sehr bewegt hatte. Doch die Nähe zu den schweigenden Männern in Mikes Alter, die ihn stumm musterten, schüchterte das Kind ein und hinderte es daran, all jene Fragen zu stellen, die es bewegten.

»Muss der Opa wirklich bald sterben?«, brachte er schließlich leise hervor.

Mike zog den Kleinen zu sich heran. Er wusste, dass Ken das sonst nicht mochte und in der Gegenwart seines Vaters lieber ein großer Junge sein wollte, während er diese Nähe bei Hanna ohne Umstände zuließ.

Er übersetzte die Rede Papa Kadenges so, dass der in Europa aufgewachsene Junge die bildhaften Ausdrücke begreifen konnte: »Opa hat zu dir gesagt, dass mancher Baum seine Blätter verliert. Aber man sieht schon die neuen Knospen, die aus dem von der heißen Sonne und der Trockenheit müde gewordenen Holz herausdrängen. Der alte Baum ist darüber sehr glücklich, denn er weiß, dass sein Leben dadurch einen Sinn erhält. Weil das Leben weitergeht. Es sieht nur für eine kurze Zeit etwas anders aus, aber es ist dasselbe Leben.« Mike spürte den Körper des Jungen an seinem ruhen. Ganz sanft erhöhte er den Druck seiner Hand an der Schulter des Kindes, das auf einen Punkt irgendwo im üppigen Garten seines Großvaters starrte.

»Aber der Opa kennt mich doch gar nicht«, wandte Ken ein. »Ich bin doch ganz anders als er.«

»Als der Opa dich gesegnet hat, sagte er, dass in euren Adern dasselbe Blut fließt. Weil das so ist, wird er dich beschützen bei allem, was du tust. Und auch, wenn du ihn nicht siehst, wird er bei dir sein. Damit du das weißt, bist du den weiten Weg zurück zu ihm gekommen.«

Ken blickte Mike verwundert an. »Das hat er wirklich gesagt?« Der Vater bekräftigte seine Worte mit einem Kopfnicken. Ken umfasste das Amulett. »Papa, warum hat Opa so viele von diesen Dingern über seinem Bett hängen? Hat er so viele Enkel?«

»Die Leute hier im Dorf nennen ihn einen *mganga.* Er ist der wichtigste Mann unseres Dorfs, denn er weiß alles über Krankheiten und hilft den Menschen.«

»Opa ist ein Arzt? Ein richtiger Doktor?«

»Nicht so wie die Ärztin, zu der du in Berlin gehst. Deren Medizin wäre für die Kranken hier zu teuer. Außerdem helfen Opas Heilmittel genauso gut.«

Ken blickte verstehend. »Dann ist der Opa ein Landarzt«, folgerte er sehr vernünftig.

»Na ja, Großpapa Kadenge ist vielleicht etwas mehr als das.« Gedankenverloren glitt Mikes Hand über die Narben unter seiner linken Brustwarze. Für einen Moment überlegte er, ob er sie dem Jungen zeigen sollte. Vielleicht wäre das Kind geschockt. Andererseits war es an der Zeit, Ken die wahre Bedeutung seines Großvaters zu erklären. Mike knöpfte sein Hemd auf. »Das sind Schutznarben. Opa Kadenge hat sie mir beigebracht, als ich 13 war. Damit mich kein Messer, keine Kugel und kein wildes Tier verletzen kann.«

Kens Finger befühlten vorsichtig die drei dunklen, längst verheilten Einschnitte. »Aber das hat doch bestimmt wehgetan!«

»Das ist so wie eine Impfung. Die schmerzt, aber bald ist alles vergessen«, beruhigte Mike seinen Sohn nach Indianerart, obwohl das Gegenteil der Fall war: Die vom Vater ausgeübte Magie hatte ein zehntägiges Fieber zur Folge gehabt, das Mike glauben ließ, er würde sterben.

Nicht mal die von Ken erhoffte Abenteuergeschichte aus dem afrikanischen Urwald, die die Wirksamkeit des Zaubers belegen konnte, hatte Mike für den Jungen parat. Eigentlich, überlegte er, haben die Narben in den vergangenen 20 Jahren einen ganz anderen Zweck erfüllt. Sie hatten ihn nämlich daran erinnert, dass er ein Junge aus dem Busch war. Das hatte er lange als Nachteil empfunden und deshalb verdrängt, dass sein Vater ein *mganga* war.

Bis zu diesem Tag hatte es in seinem Leben keine Rolle gespielt.

»Papa«, begann Ken zaghaft, »wenn Opa stirbt, dann haben die Leute doch keinen Buschdoktor mehr. Ist das nicht schrecklich? Wer hilft ihnen denn dann? Oder kann er sie so beschützen wie dich mit den Schnitten und mich mit meiner Kette?«

Mike hielt es für unangebracht, dem Kind jetzt zu erklären, dass diese Person erst nach Papa Kadenges Tod gefunden werden würde. »Da ist bestimmt jemand, der Großvaters Nachfolge übernimmt«, antwortete Mike stattdessen.

Der nach zehnjähriger Abwesenheit Heimgekehrte spürte, dass man es ihm als Unhöflichkeit auslegte, wenn er sich jetzt mit seinem Sohn in ein längeres auf Deutsch geführtes Gespräch vertiefte, von dem die anderen kein Wort verstanden. Während er versuchte, den Männern zu verdeutlichen, dass er Ken die Begegnung mit dem Opa erklären musste, erkannte Mike, dass er mühsam nach Worten suchte: Der Gebrauch der Vatersprache war ihm ungewohnt. Und das war Mike peinlich, wie er sich eingestand. Bevor er etwas sagte, dachte er es auf Deutsch …

Den Arm um Ken gelegt, ging er inmitten der anderen zurück zum Vorgarten.

»Sieh mal, Ken, wie viele Kinder inzwischen gekommen sind. Die wollen dich bestimmt alle kennen lernen«, sagte Mike. Er sah einige Jungs, die ungefähr in Kens Alter waren. Neben ihnen wirkte der aus Berlin eingeflogene Afrikaner wie ein Exot. Mit den schneeweißen Nikes, seinem ganzen Stolz, die er der Oma beim Einkaufsbummel erst 24 Stunden zuvor abgeluchst hatte, dem weißen T-Shirt, den roten Shorts und dem Baseballkäppi sah Ken aus wie – Mike musste lächeln – ja, wie ein kleiner Prinz von einem anderen Stern, der Afrika einen Besuch abstattete.

Jemand zupfte an Mikes Hemdärmel. Als er sich umdrehte, strahlte ein Junge ihn an. »Du bist der *muzungu* aus unserem Dorf«, stellte der Knabe fest. Er sprach perfekt deutsch.

Für einen Moment war Mike sprachlos. Der Kleine in Kens Alter nannte ihn einen *Weißen*! In den letzten zehn Jahren war seine Haut tatsächlich heller geworden, was nur ihm selbst und allenfalls Hanna bewusst war. Er mied nun mal die deutsche Sonne. Pure Eitelkeit. Und vielleicht übertriebener Anpassungswille an seine Berliner Umgebung. Hier allerdings fiel er auf. Nicht nur deshalb. Die Männer in seinem Alter waren zwar alle westlich-europäisch gekleidet, aber ihre Stoffhosen waren ausgewaschen und verbeult, ihre Hemdkragen abgestoßen. Mike dagegen trug die von Hanna neu gekaufte Khakihose, deren Beine er jedoch nicht mal im Traum abgetrennt hätte. Er wollte ja nicht wie ein Urlauber rumlaufen, wie ein *muzungu* …

»Ich heiße Steve«, sagte der Junge. »Darf ich Ken das Dorf zeigen?« Offensichtlich hatte sich auch schon dessen Identität herumgesprochen. Steve hatte ziemlich genau Kens Größe und ohne seine Verkleidung als Baseballprinz aus Amerika wären die beiden glatt als Brüder durchgegangen.

»Darf ich denn?«, fragte Ken.

»Natürlich«, ermutigte Mike den Jungen. Etwas Besseres, als dass Ken möglichst rasch einen oder gar mehrere neue Freunde findet, kann ihm gar nicht passieren, dachte Mike. So würde er nicht wie ein Außenseiter herumstehen und sich zu langweilen beginnen in einer Umgebung, in der ihn niemand verstand. Die dem Großstadtjungen noch dazu völlig fremd war. Wie lange sie hier bleiben würden, war nicht absehbar: Vince hatte dazu keine Angaben machen können und Mike hatte nicht gefragt, um seinerseits nicht den Eindruck aufkommen zu lassen, sie wären gar nicht wegen des sterbenden Vaters hier, sondern um einen Urlaub am Strand zu verbringen wie all die anderen Touristen aus Deutschland.

Die beiden Kinder besprachen sich und rannten los. Es war ein höchst ungleiches Rennen, wie Mike bald erkannte. Nicht etwa der barfuß laufende Steve hatte das Nachsehen. Sondern der Gast aus Berlin, der gerade mal die Hälfte der Strecke zurückgelegt hatte, als sein afrikanischer Freund am vereinbarten Ziel ankam. Solange Ken dies als Ansporn dient, dachte Mike, hat er die nächste Zeit genug zu tun und wird seine natürliche Scheu vor der ungewohnten Welt ablegen. Er selbst konnte sich nun den Männern aus dem Dorf zuwenden, um ihre Fragen zu beantworten.

»Mike!«, rief Vince quer über die Straße und unterbrach somit das gerade begonnene Gespräch mit den anderen, »Vater möchte dich jetzt sprechen!«

3

Der alte *mganga* ruhte mit geschlossenen Augen auf seinem aus einem schlichten Holzrahmen und einem Kuhfell bestehenden Bett. Es ist unwahrscheinlich, dass er schläft, dachte Mike. Wohl eher befand der Vater sich in einer Art Trance. Aber er war sich nicht sicher, weil er viel zu wenig über ihn wusste.

Ihre letzte Begegnung hatte vor Kens Geburt stattgefunden. Dem Vater musste das bewusst sein: War das der Grund, warum er nichts sagte? Damit Mike in einem väterlich verordneten Moment der Ruhe über sich selbst nachdachte?

»Ich möchte mit Hanna in Deutschland leben. Bekomme ich deinen Segen, wenn ich mein Land verlasse?«, hatte er damals gefragt.

»Von mir«, hatte Papa Kadenge geantwortet, »kannst du nur das Einverständnis eines Vaters bekommen, der sieht, dass sich sein Sohn nach dieser Urlauberin sehnt. Wenn es deine Aufgabe ist, mit ihr in Deutschland zu leben, so geh. Aber ich kann dir nicht sagen, ob meine Zustimmung auch den Willen unserer Vorfahren einschließt.«

»Du könntest das Orakel befragen«, hatte Mike eingewandt.

»Nein, mein Sohn, das kann ich nicht. Weil du mein eigen Fleisch und Blut bist. Das Orakel würde mir nicht antworten.«

»Was soll ich denn nun tun?«

»Horche auf die Stimme deines Herzens und folge dem Ruf deines Bluts, wenn die Zeit gekommen ist.«

»Was wird dann sein,Vater?«, hatte Mike gefragt.

Der damals 60-jährige Mann hatte dem 23-jährigen Sohn geantwortet: »Nicht die Lebenden entscheiden über ihr eigenes Schicksal. Sie denken nur, dass es so ist. Was heute geschieht, das haben unsere Ahnen festgelegt. Wir können uns ihrem Willen nicht entziehen.«

Mike hatte Hanna das, was sie immer so salopp »diese Ahnengeschichte« nannte, niemals wirklich erklärt. Was es bedeutete, wenn ein *mganga* von der Erdenbühne abtrat, um in die in Afrika sehr lebendige Welt der Ahnen hinüberzutreten: Nur ein Blutsverwandter konnte seinen leeren Platz einnehmen, weil das Wissen des Heilers nicht durch ein Lehrbuch weitergegeben wurde. Nach Mikes nicht besonders ausgeprägten Kenntnissen über die Traditionen, sahen diese vor, dass sein älterer Bruder von den Ahnen zu Papa Kadenges Nachfolger bestimmt werden würde. Und Hanna mochte Vince nicht besonders. Warum sollte er ihr folglich erzählen, dass sein Bruder demnächst im Busch verschwinden würde? Es konnte ihr einerlei sein …

Der greise gewordene Patriarch blickte auf ein erfülltes Leben zurück mit drei Ehefrauen, die ihm vier Söhne und fünf Töchter geschenkt hatten. Papa Kadenges ältester Sohn, Mikes Bruder Maurice, war schon seit 20 Jahren tot. Vince war der zweitälteste. Danach kam Tony. Auch er, Mikes Lieblingsbruder, lebte schon lange nicht mehr, war elf Monate nach Maurice gestorben. Mike war der vierte der Söhne und von allen Geschwistern das jüngste. Er lebte als Einziger im Ausland.

Vince dagegen bewohnte hier, wo seine Wurzeln lagen, jenes schlichte Lehmhaus, in dem sie ihre Kindheit verbracht hatten. Er teilte es mit seiner Frau Lenah und seinen beiden Söhnen. Es befand sich auf dem rückwärtigen Teil des väterlichen Grundstücks, über dessen Größe sich Mike niemals Gedanken gemacht hatte. Erst jetzt, bei seiner Rückkehr, stellte er erstaunt fest, dass die mit Gemüsebeeten bestellte Fläche gewiss einen Hektar umfassen mochte. Genug, um die wenigen Ansprüche des Alltags zu befriedigen.

Papa Kadenge bat Mike, sich auf den Boden neben dem Bett zu setzen. Dadurch war der Sohn gezwungen zum Vater aufzublicken. Zu einem Mann, dessen Gesichtszüge nur schemenhaft im Dämmerlicht erkennbar waren. Mike war sich nicht darüber im Klaren, ob sein Vater dies so wünschte, damit nicht Gebrechlichkeit und Verfall in einem Augenblick im Vordergrund standen, der dem alten Mann von größter Wichtigkeit war: Sie würden nicht mehr viele Gelegenheiten zu einer Aussprache haben.

Der Vater hielt die Augen weiterhin geschlossen, seine Stimme war leise: »Wen siehst du, mein Sohn?«

»Einen Mann, den ich eigentlich nicht kenne«, sagte Mike nach kurzem Zögern.

»Ist das wirklich so?«, fragte der Vater. »Oder siehst du nicht auf dein eigenes Leben, indem du mich anschaust?«

Ich war zehn, als du uns verlassen hast, wollte Mike antworten. Du wurdest ein *mganga* und deine Familie stand ohne dich da. Als du zurückkamst, starb meine Mutter. Mich hielt damals nichts mehr im Dorf, wo ich kein Geld verdienen konnte. Ich weiß also viel zu wenig von dir, Vater.

Doch Mike sagte all das nicht. Die Stunde des letzten Abschieds wollte der heimkehrende Sohn nicht mit Vorwürfen belasten. Vorwürfe, die ohnehin zu spät kamen.

»Du schweigst, weil du noch nicht verstehst, dass unsere

Ahnen sich nicht an die Pläne der Lebenden halten. Als ich dich und deine Geschwister verließ, ging es mir nicht anders: Mein Leben hatte mich ebenso wenig auf die Aufgaben vorbereitet, die mich erwarteten, wie euch. Mit der Zeit erhielt ich die Antworten auf meine Fragen. Du wirst sie auch bekommen, wenn es so weit ist. Denn in den Nachkommen spiegelt sich das Leben der Eltern. So wird auch dein eigener Sohn nicht dich sehen, wenn du erst alt wie ich geworden bist, sondern sein eigenes Leben wird an ihm vorbeiziehen.« Der alte Mann sprach langsam und undeutlich in der Mike ungewohnten Sprache.

»Unser Land wird beherrscht von Völkern, die hier nicht geboren wurden«, fuhr der Vater nach einer längeren Pause fort, »sie kamen, weil unser Land fruchtbar ist. Sie formten es nach ihren Vorstellungen. Wir dienen ihnen und vergessen, wer wir selbst sind. Dir, Mike, war es vorbestimmt, in der Welt der Weißen zu lernen, wie Menschen in ihrer Heimat leben, die widerum unsere Geschicke bestimmen. Du wurdest fast wie sie. Ihr Zuhause wurde dein Heim. Aber die Aufgabe eines Menschen besteht nicht darin, Zufriedenheit zu erlangen. Sie ist weitaus größer. Sie richtet sich an dem Wohlergehen seiner Mitmenschen aus. Du hast nicht verstanden, weshalb ich als Vater von neun Kindern fortging, um mich den Lehren der Ahnen zu unterwerfen. Du warst ein Kind, das trauerte, weil seine Kindheit so früh enden musste. Du warst verletzt und bist es noch heute.«

Mike wollte widersprechen, sagen, dass er dem Vater vergeben hatte. Mit einem kurzen Heben der Hand bat der Alte ihn zu schweigen.

»Mit diesen Wunden lebst du. Sie werden dir helfen, zu verstehen, dass mein Leben die Fragen beantwortet, die du an dein eigenes richtest. Wenn es so weit ist, sei geduldig und horche darauf, was das Leben zu dir spricht.«

Der Sohn half dem gebrechlichen Vater aufzustehen; sein Körper war leichter, als Mike angenommen hatte. Er hatte den Eindruck, über genügend Kraft zu verfügen, um den alten Mann tragen zu können.

»Nicht so schnell«, mahnte Papa Kadenge mild. »Wir haben Zeit.« Der Greis brauchte eine Ewigkeit, bis er auf Mikes Schulter gestützt die Tür erreichte. Bevor sie die Schwelle überschritten, hielt der Vater inne. »Du und dein Bruder, ihr beide werdet mich jetzt aus dem Dorf begleiten. Sage denen, die draußen warten, sie sollen uns allein gehen lassen.«

Im Wechsel von der dämmrigen Hütte in das grelle Mittagslicht, von der ernsten Stille auf die mit Menschen gefüllte Sandstraße erschien Mike die Szenerie irreal. Als Ken ihn fragte, wohin er mit dem Opa gehe, drangen die Worte des Kindes wie durch dichten Nebel an sein Ohr. Er erkannte den Jungen nicht einmal sofort – Kens verschwitzter nackter Oberkörper war mit ockerfarbenem Staub bedeckt, was ihn wie einen der anderen Dorfjungs aussehen ließ. Mike antwortete daher nur zerstreut, dass der Großvater noch einen Spaziergang machen wolle.

»Kommt der Opa zurück?«, fragte Ken mit jener empfindsamen Ahnung, dass dies ein Abschied für immer war. Mike wusste keine Antwort. Der Junge zögerte eine Sekunde, dann tat er ein paar schnelle Schritte und umarmte den alten Mann, der seine Hand auf den Kopf des Kindes legte, als wollte er ihn ein letztes Mal spüren.

»Wiedersehen, Opa«, flüsterte Ken kaum hörbar.

Die Mittagshitze machte Mike zu schaffen; er war die direkte

Sonneneinstrahlung nicht mehr gewohnt. Aber um wie viel mehr musste ein gebrechlicher Mann erst darunter leiden? Obwohl sie kein einziges Mal stehen blieben, brauchten sie für den knappen Kilometer durch das offene Buschland mehr als eine Stunde. Und weder Mike noch sein Bruder Vince sprachen während dieser Zeit ein Wort. Es war ein langer, stummer Abschied, an dessen Ende der Vater sich von den Schultern der Söhne löste.

»Werden wir dich wiedersehen, Vater?«, fragte Mike.

»Aber ja«, sagte Papa Kadenge, »immer.«

Die Brüder blickten ihm lange nach. Sein brauner Umhang wurde schon bald vom Flirren der Mittagshitze erfasst, die über dem aufgeheizten Lehmboden stand. Sie konnten seine Füße, die sich unendlich langsam hoben und senkten, kaum noch erkennen. Irgendwann entschwand Papa Kadenge dann auf seinem letzten Weg ihren Blicken. So, als hätte er nur in ihrer Einbildung existiert.

Als sie sich umdrehten, um zum Dorf zurückzukehren, sah Mike, wie sich von einer Schirmakazie der Schatten eines großen Vogels löste. Mit gemächlichem Flügelschlag schwebte der Marabu in jene Richtung davon, in die der alte *mganga* auf seinem letzten Weg unterwegs war. Das majestätische, langsame Auf und Ab der weiten Schwingen des schweren Tieres wirkte auf Mike unwirklich: Es war die einzige Bewegung in dieser erstarrt in der drückenden Mittagshitze schlummernden, sattgrünen Landschaft, die den Vater verschluckt hatte. Fasziniert starrte Mike dem Vogel nach, bis auch er nicht mehr zu sehen war.

Der junge Mann wollte sich seinem Bruder zuwenden und stellte erstaut fest, dass Vince sich bereits ein großes Stück von ihm entfernt hatte und sich auf dem Rückweg ins Dorf befand.

4

Ken sprang seinem Vater mit jenem Satz auf den Lippen entgegen, den Mike in den folgenden zwei Tagen noch öfter zu hören bekam: »Papa, können wir jetzt an den Strand fahren?«

Die Bitte des Jungen machte Mike schmerzhaft bewusst, dass die – wenngleich intensive, aber doch viel zu kurze – Begegnung mit dem Großvater nicht ausgereicht hatte: Der alte Mann war seinem Sohn ein Fremder geblieben. Mike selbst konnte diese Kluft nicht schließen; er verstand Ken nur allzu gut: Papa Kadenge gehörte einer Welt an, mit der Mike längst abgeschlossen hatte. Mit dem Abschied des Sterbenden schien für beide der eigentliche Zweck der Reise erfüllt zu sein. Schließlich hatte der Tod nur einen Vorwand geliefert, zurückzukehren, ihr Leben konnte er jedoch nicht beeinflussen.

Weder für Mike noch für Ken war es einfach zu verstehen, dass der Anlass der Reise keineswegs abgehakt war. Mike erinnerte sich rasch, dass die Eile eines Reisenden in seiner Heimat unbekannt war. Sie wurden von Haus zu Haus geführt, hatten über ihr Leben zu berichten und vor allem – zu warten. Mike brauchte einige Zeit, um zu verstehen, worauf.

Vince wies seinem Neffen eine Schlafmatte am Boden seines bescheidenen Lehmhauses zu. Dort, wo seine beiden eigenen Kinder schliefen. Und wo Mike bis zu seinem 13. Lebensjahr jede Nacht verbracht hatte…

Ken blickte Mike verblüfft an: »Und wo ist mein Bett?«, fragte er.

»Es gibt keines. Wir schlafen hier auf dem Boden.«

»Ohne Decke? Ohne Matratze?« Probeweise legte sich der an das von Hanna so gemütlich eingerichtete Kinderzimmer gewöhnte Junge auf die Bastmatte. Um gleich darauf aufzustehen: »Das ist ja ganz hart, Papa!«

»Wir haben keine andere Wahl, Kenny. Ich werde auch so schlafen. Vorne, in dem Wohnraum. Dort legt mein Bruder mir die gleiche Matte hin«, erklärte Mike. Und er hatte den Eindruck, das Kind, das sich auf einen schönen Urlaub gefreut hatte, sinke förmlich in sich zusammen. Mike machte sich Vorwürfe, dass er den Jungen nicht richtig vorbereitet hatte auf das, was ihn in Kenia erwartete. Allerdings war ihm bei der überstürzten Entscheidung, Kenny mitzunehmen, auch keinesfalls klar gewesen, auf was sie beide sich einließen.

Während er mit seinem Bruder und einigen Männern auf dem Dorfplatz am offenen Feuer saß, versuchte er die Antwort auf die Frage, wie lange sie zu bleiben hätten, auszuloten. Um festzustellen, dass niemand konkrete Pläne hatte, weil man sie nicht schmieden konnte: Der Rat der Ältesten würde verkünden, wann Mike und damit Ken das Dorf verlassen dürften. Es musste abgewartet werden, ob der verehrte *mganga* vielleicht doch noch zurückkäme. Für alle anderen schien das kein Problem darzustellen; sie waren hier zu Hause, verbrachten den folgenden Tag mit Palaver, während ihre Frauen sich um die tägliche Arbeit kümmerten.

Mike zog sich am nächsten Morgen seine mitgebrachten Joggingschuhe an und nutzte die Gelegenheit, seinen Sohn dazu zu verführen, es ihm gleichzutun. Wenigstens Kens neuer Freund Steve schloss sich an; doch die Männer aus dem Dorf verfolgten die schweißtreibenden Aktivitäten des heimgekehrten *muzungu* mit einem mitleidsvollen Lächeln. Das Laufen tat Mike gut und gab ihm die Möglichkeit, darüber zu sinnieren, wie er den von Ken eingeforderten Strandurlaub bewerkstelligen konnte.

Er fand Vince wieder einmal in seinem Safaribus, der den Zweck eines rollenden Büros zu haben schien, und befragte ihn über die Geschäfte mit dem Reisebüro. Es wurde in der Abwesenheit von einer Frau namens Edith geführt, mit der Vince häufig telefonierte.

»Kannst du denn das Unternehmen so lange allein lassen?«, erkundigte sich Mike. Er bemühte sich nicht, seine Neugier zu verbergen. Schließlich unterstützte er Vince seit Jahren mit nicht gerade geringen Geldzahlungen. Hanna hatte sich darüber nie beklagt, denn Mike hatte ihr erklärt, dass diese Art des familiären Zusammenhalts selbstverständlich sei: Afrikaner, die ins Ausland gehen, gelten automatisch als reich. Was zur direkten Folge hat, dass die »Reichen« den »Armen« abgeben…

Erst nach einer weiteren, fast schlaflos auf hartem Boden verbrachten Nacht, gab Vince das erlösende Signal zum Aufbruch. Mike hatte dazu mit keinem Ältesten gesprochen, denn diese Aufgabe fiel Vince in seiner Eigenschaft als Familienvorstand zu.

»Endlich kann ich an den Strand!«, jubelte Ken. Während der Bus sich über die unebene Dorfpiste kämpfte, blickte der Junge so gespannt durch die Frontscheibe, als könnte er das Meer jeden Augenblick erspähen. Nichts verdeutlichte seinem Vater besser, dass sein Sohn das Kapitel Buschdorf damit für abgeschlossen erachtete. Wenngleich Mike ahnte, dass es so einfach wohl doch nicht werden würde.

Für die 60 Kilometer lange Fahrt an den Strand brauchte Vince fast zwei Stunden: Shanzu Beach, das Touristenrefugium, in dem Vince sein Geld verdiente, lag südlich des Buschdorfs. Auf den ersten Blick machte das kleine, weiß gestrichene Haus mit dem auffällig bunten Schild *Karibu-Tours*, auf dem selbst gemalte Buchstaben und naive Tierdarstellungen für die Dienste des Unternehmens warben, einen gepflegten Eindruck.

Die Geschäfte des Bruders schienen sich prächtig entwickelt zu haben. In dem rund 20 Quadratmeter großen Büro standen auf allen drei Schreibtischen Computer und Mike zählte vier Telefone samt Fax. An den Wänden hingen Kenia-Poster und Prospekte warben für diverse Safari-Lodges, in denen Touristen übernachten konnten.

Nur eine blutjunge Frau, die Vince als Edith vorstellte, saß hinter einem Computer und blätterte in einem Prospekt; der Bildschirm war ebenso ausgeschaltet wie die beiden anderen Terminals. Ihr strenges, graues Kostüm und die nach hinten frisierten Haare konnten nicht darüber hinwegtäuschen, dass sie höchstens 18 war. Während Mike sich fragte, ob Edith alt genug wäre, um die Verantwortung für das Reisebüro zu tragen, verstaute er das Gepäck hinter dem breiten Schreibtisch seines Bruders, auf dem ein großes Schild stand: *Vincent Ndondi, Manager.*

»Papa Paul hat angerufen. Er fragt, wo du bleibst«, sagte Edith auf Englisch zu Vince. Mike maß diesem Satz wenig Bedeutung zu, denn er erwartete in diesem Moment von Vince ein zumindest kurzes Gespräch über das Geschäft, an dessen Aufbau er sich durch monatliche Überweisungen immerhin finanziell beteiligt hatte: Es war zwar selbstverständlich, dass Familienmitglieder sich gegenseitig unterstützten, doch ein paar Erklärungen als Anerkennung und Dank hätte Mike durchaus für angebracht gehalten.

Zu seiner Überraschung ging der ältere Bruder wortlos zu seinem Auto. Mike lief ihm nach. »Wohin willst du? Wann kommst du wieder?«, fragte er.

Vince blickte ihn verständnislos an: »Du wolltest doch mit dem Jungen an den Strand. Wo der ist, weißt du. Ich bin bald wieder da. Geschäfte.« Er ließ seinen Bruder sprachlos zurück.

Es wäre besser gewesen, wenn er uns an den öffentlichen Strand mitgenommen hätte, dachte Mike, während er dem Wagen nachsah. In Shanzu-Beach, wo es nur die großen Hotelanlagen gab, die lediglich von Europa aus zu buchen waren, gab es für sie keinen direkten Zugang zum Meer. Schon auf der Fahrt entlang der Hotelkomplexe hatte Mike die Schlagbäume und die Wächter gesehen, die nur Weiße passieren ließen. Mike kannte zwar die verborgenen Schleichwege an den Strand, aber sie seinem Sohn zu zeigen hieße nichts anderes, als ihm erklären zu müssen, dass sie in Mikes Heimat Gäste zweiter Klasse waren. Bestenfalls. Früher oder später würde er um diese unangenehme Wahrheit wohl nicht herumkommen …

»Papa, kann ich mal schnell Mama anrufen?« Ken deutete auf die zahlreichen Telefone.

»Aber nur kurz, Kenny. Das ist teuer«, mahnte Mike.

»Die Telefone funktionieren nicht«, erklärte Edith.

»Keines?«

»Die Telecom Kenia will viel Geld. Vince sagt, er habe bezahlt. Aber die Telecom hat alle Leitungen gesperrt.« Ediths Ton blieb emotionslos. »Aber irgendwann gehen sie schon wieder. *Hakuna matata.*«

Da war es wieder, dieses »kein Problem«, dachte Mike, mit

dem jedes Hindernis relativiert wurde. Und dennoch blieb. Um den Jungen nicht seine Verärgerung und Enttäuschung spüren zu lassen, überspielte er sie mit aufgesetzter Fröhlichkeit: »Auf dem Weg zum Strand kaufen wir Postkarten, Kenny. Da hat Mama etwas, das sie an die Pinwand hängen und jeden Tag ansehen kann. Das ist doch noch viel besser, okay?«

Doch sein Blick wanderte über die vielen Computer, alles teure Investitionen, die er und Hanna mitfinanziert hatten. Sie schienen nutzlos zu sein.

Ein Enddreißiger mit hochrot verfärbtem Gesicht und seine Familie versperrten ihnen den Weg aus dem Büro. Offenkundig hielt er Mike für den Miteigentümer und beschwerte sich wortreich über eine Safari nach Massai Mara, die von zahlreichen Problemen überschattet gewesen war. Als der Mann mit der Polizei drohte, bat Mike Ken, draußen im Vorgarten zu warten. Um ihren Sohn, der Kens Alter hatte, von der explosiven Stimmung des Familienoberhaupts fern zu halten, bat die Ehefrau ihren Jungen um das Gleiche.

Mike machte gar nicht erst den Versuch, sich als urlaubender Bruder aus allem herauszuhalten. Im Gegenteil: Der Auftritt des zornigen Deutschen gab ihm Gelegenheit, einen Einblick in Vince' Geschäftsgebaren zu bekommen.

Während die Erwachsenen im Büro stritten, kamen die beiden Jungen draußen rasch miteinander ins Gespräch. Der andere hieß Sebastian und berichtete von jener Safari, über die sich sein Vater gerade so echauffierte. Gebannt lauschte Ken Sebastians Erzählungen über Löwen, Giraffen und Gnus. Sie standen direkt vor der breiten Einfahrt eines von der Straße zurückversetzt liegenden Restaurants. Ein kurzer, warnender Hupton ließ sie aufschrecken. Direkt vor ihnen stoppte ein hellblaues Auto. Sie traten zur Seite. Der Wagen rollte langsam bis vor die Einfahrt, die Fahrerin stieg aus. Sie trug ein bodenlanges Kleid, ein langer Schal bedeckte ihren Kopf. Mit einem seltsamen Ausdruck der Verwunderung blickte sie Ken an und verschwand dann in dem Restaurant.

Ken fand, dass sein Vater ihn lange genug hatte warten lassen. Er stürmte zu Mike, der mit Sebastians Vater noch ins Gespräch vertieft war. »Papa, wir wollten doch Mama eine Karte nach Berlin schicken!«

»Ja, Kenny, das machen wir auch.«

Die bislang schweigsame Ehefrau richtete ihre Worte an Ken: »Deine Mama ist in Berlin? Da kommen wir auch her!«

Das Gespräch endete mit der Frage der Seiferts, ob die Jungs sich nicht zum Spielen am Strand treffen könnten. Zum Abschied reichten sich die beiden Männer die Hand.

»Weiß Ihr Bruder eigentlich, was er an Ihnen hat?«, fragte Sebastians Vater. »Fast hätte ich ihn angezeigt.« Dass der erboste Tourist es nicht getan hatte, lag weniger an Mikes Safari-Kenntnissen als an seiner einfühlsamen Art. Geduldig hatte er Herrn Seifert auseinander gesetzt, dass er keine deutschen Maßstäbe an kenianische Verhältnisse anlegen dürfe. Während er begütigend auf den Urlauber eingeredet hatte, hatte sich in Mike das Gefühl aufgebaut, auch sich selbst über die eklatanten Missstände im Geschäft seines Bruders hinwegzutrösten.

Sie mussten die Strandstraße, an der sich das kleine Safariunternehmen befand, nur immer geradeaus laufen, um zu einer Ansammlung von Häusern zu gelangen – Restaurants, Andenkenläden, Mietwagenverleiher und weitere Reiseunternehmen, die genau wie Vince Safaris anboten. Es gab zwischen ihnen und dem Büro von Mikes Bruder nur einen Unterschied: Letzteres lag einfach günstiger. Jeder, der die Hotelanlagen zur Straßenseite verließ, passierte die *Karibu-Tours*.

In einem Supermarkt erstand Mike für Hanna und Oma Marianne Postkarten und für Ken Eis, das lange aufgegessen war, bevor sie über Umwege durchs Buschland an den Strand gelangten.

Das Meer ruhte an diesem Morgen spiegelglatt. Das Wasser hatte sich weit zurückgezogen und den braunen Korallenboden freigelegt. Am Horizont brachen sich die Wellen in einer langen Gischtkrone am vorgelagerten Riff, das nicht nur die Haie von den Stränden fern hielt, sondern auch die gefährliche Unterströmung des Indischen Ozeans. Übermütig schlug Ken ein Rad und rannte mit weit ausgebreiteten Armen über den feinen, weißen Sand, als wollte er die ganze Welt umarmen.

Mike beobachtete seinen Sohn fasziniert: Mit welchem Überschwang das ans Stadtleben gewöhnte Kind die Weite des Strandes genoss! Mikes leise Zweifel, die immer wieder in ihm über diese Reise aufgekommen waren, fegte die Begeisterung des Kindes fort. Sie ließ ihn die offenkundigen Finanzprobleme des Bruders vergessen, die ungeklärte Frage, wo sie die nächsten Nächte verbringen würden, und selbst den einsamen letzten Weg Papa Kadenges. Jetzt ging es nur um Ken – einen Zehnjährigen sollten die Sorgen der Erwachsenen nicht belasten.

Mike fand, dass er dem Jungen diese Unbeschwertheit schuldete, spielte mit ihm Fangen, bis Ken sich glücklich lachend in den Sand fallen ließ. Ken schloss genießerisch die Augen und ließ die Sonne sein Gesicht bescheinen.

»Papa, hier ist es schön«, sagte der Junge schlicht.

»Ja, Ken, das ist es.«

Kleine Holzboote, mit denen die Touristen bis zum Riff

gebracht wurden, wobei sie durch Glasluken die Meereswelt beobachten konnten, dümpelten müde auf den seichten Wellen. Jetzt, im kenianischen Winter, war der Strand nicht so voller Menschen wie um die Weihnachtszeit. Ein paar Einheimische, mit Schnitzereien in der Hand, liefen an Mike und Ken vorbei. Sie beachteten die beiden nicht, hielten sie für Kenianer, mit denen keine Geschäfte zu machen waren. Damals, bei seinem letzten Aufenthalt an diesem Strand, war Mike einer von diesen *beachboys* gewesen, die vom Geld der Touristen leben. Er schüttelte den Kopf, als müsste er die Erinnerung verscheuchen, die sich wie ein ungebetener Besucher neben ihn in den Sand setzte.

Ken tobte an der Wasserlinie entlang, bückte sich nach den vielen Muscheln und den blasslila Seeschnecken. Aufgeregt zeigte er Mike eine der Kauris: »Sieh mal, daraus hat Großvater meinen Talisman gemacht.«

»Komm, ich zeig dir, was es sonst noch zu entdecken gibt!« Hand in Hand liefen Vater und Sohn über die Korallenbänke. Mike drehte einen großen Krebs auf den Rücken, der mit den Scheren klapperte. »Hör mal, er macht Musik. Wie ein Trommler.«

Mike geleitete den Jungen durch diesen Kosmos, der bei Flut anderthalb Meter unter der Wasseroberfläche lag und nun nur darauf wartete, entdeckt zu werden. Nichts hatte der junge Mann vergessen, kein einziges Versteck, an dem sich das Getier vor dem Zugriff der Menschen sicher wähnte. Gefüllt mit Muscheln und Schnecken, beulte sich Kens weißes T-Shirt nach wenigen Minuten wie der nach außen gestülpte Bauch eines dicken Mannes.

»Was gefunden?« Die mit ihrem Safariverlauf unzufriedene Berliner Familie Seifert hatte die beiden ausgemacht; Mike und Ken hatten fast das andere Ende des Strands erreicht.

Der Junge präsentierte seine angehäuften Schätze voller Stolz. »Papa, zeigst du Sebastian die Seegurken?«, bat er.

Mike konnte ihm diesen Wunsch unmöglich abschlagen, obwohl er in diesem Augenblick mit dem auf alle Ewigkeit geschulten Auge des wachsamen *beachboys* die beiden dicken Afrikaner ausmachte: Die in Zivil gekleideten Strandpolizisten stachen aus den Strandurlaubern allein wegen ihrer Wollpullover und der langen Hosen hervor. Sie blickten schon seit geraumer Zeit zu Mike herüber. Auch, um die ohnehin nur mühsam besänftigten deutschen Urlauber nicht zu beleidigen, musste Mike seine ungeliebte frühere Rolle wieder annehmen. Er konnte nur hoffen, dass die Strandpolizisten ein lohnenderes Ziel als ihn entdecken würden, das sie abkassieren konnten.

Er führte Ken und die drei Deutschen wie ein routinierter Ortskundiger über die Korallenbänke, entdeckte Seeschlangen und sogar eine seltene, blank gewaschene Leopardenkauri, groß wie eine Kinderfaust. Ein echtes Schmuckstück. Bei der Rückkehr an den Strand erwarteten die Strandpolizisten die Gruppe bereits. Sie redeten Mike in der Behördensprache Suaheli an und verlangten eine Lizenz zu sehen, die er natürlich nicht besaß.

Sie ließen ihn mit dem Versprechen laufen, sich nicht mehr am Strand blicken zu lassen. Es war ein Vorgang, der im Grunde keiner Erwähnung wert gewesen wäre, der Mike dennoch mehr schmerzte, als er sich anmerken lassen wollte. Denn er dachte, dass er soeben das Wettrennen gegen die eigene Vergangenheit verloren hatte.

Ken sah ihn verständnislos an. »Was wollten die Männer, Papa?«

Mikes nüchterne Worten umrissen die eigene, vor zehn Jahre abgelegte Existenz als *beachboy*: »Es gibt hier Menschen, die davon leben, dass sie den Urlaubern das zeigen, was ich euch gezeigt habe. Dafür bekommen sie Geld. Es ist ihre Arbeit, weil sie sonst keine finden. Die Strandpolizei erlaubt es ihnen nur, wenn sie dafür Geld bezahlen.«

»Sie müssen etwas bezahlen, damit sie den Urlaubern Muscheln zeigen dürfen?«, fragte Ken überrascht.

»Vor allem kommen sie sonst ins Gefängnis.« Er sagte nicht, dass er damit von Vince sprach, den er zweimal hatte freikaufen müssen, und dass es Monate geduldiger Arbeit gedauert hatte, um das dafür geliehene Geld abzubezahlen.

Die Seiferts teilten Kens Empörung, aber Mike erklärte ihnen ruhig, dass dieser Strand den Urlaubern vorbehalten sei. »So sind nun mal die Regeln.« Das klang nicht so sehr resigniert als vielmehr nach der Abgeklärtheit eines Mannes, der sich mit bemühtem Verständnis für die Verhältnisse wappnete. Innerlich aber war er wütend, ein System verteidigen zu müssen, das er ablehnte. Für Mike konnte es nach dieser Erfahrung nur eine Lösung geben – den Strand zu meiden. Er war für ihn ohnehin nie ein Ort des Vergnügens, sondern des Broterwerbs gewesen. Und diese Zeit lag hinter ihm.

»Dann kommst du eben zu uns an den Pool«, schlug Frau Seifert Ken vor. »Da hat die Strandpolizei nichts zu sagen.« Sie machten einen Zeitpunkt für den nächsten Tag aus. Ken sollte an der Hotelschranke auf der Straßenseite warten, man würde ihn abholen.

Die Seiferts wohnten in einem der Hotels, die an diesem Ende des Strands dicht gedrängt standen. Es befand sich in direkter Nachbarschaft jenes dreigeschossigen, damals neu errichteten Komplexes, in dem Hanna einst Urlaub gemacht hatte, als Mike sie kennen gelernt hatte. Gemeinsam mit Ken kletterte der Heimkehrer nun nicht weit entfernt von der Stelle über die steilen Felsen nach oben, wo er seine Frau das erste Mal getroffen hatte. Mike erkannte sogar die genaue Stelle wieder, an der er gesessen hatte, als er an jenem Abend Hanna aus dem Meer kommen sah, wo sie gebadet hatte.

Er war jetzt nicht in der Stimmung, dem Kind neben sich diesen unvergesslichen Augenblick zu schildern, der die Veränderung seines Lebens nach sich gezogen hatte. Denn er hätte zu viel über den Grund seiner damaligen Anwesenheit verraten müssen. Was nichts anderes bedeutet hätte, als dem Zehnjährigen zu erklären, dass auch er einmal ein *beachboy* gewesen war, der am Strand harmlose, aber illegale Geschäfte betrieb.

Gemeinsam blickten sie auf den zwei Meter tiefer liegenden, so verlockend hellen Sand. »Gehört denn das ganze Meer den Hotels?«, fragte Ken.

»Nur der Zugang dazu. Doch wir sind ja auch nicht wegen des Strandes hier, sondern wegen Großvater«, sagte Mike leichthin. Er las in Kens Gesicht, dass der Junge das ganz anders sah. Und er hoffte, dass sein Sohn ihm nicht anmerkte, dass die Reise in die Vergangenheit nicht die damals offen gebliebenen Fragen beantwortete. Mike konnte das System, das ihn in der eigenen Heimat zum untergeordneten Strandjungen verurteilt hatte, nicht rechtfertigen. Die Ablehnung dieses Unrechts war einer der Gründe, warum er seinem Sohn nicht das Gefühl geben konnte, dass dies seine wahre Heimat sei. Während sie zu Vince' Büro liefen, vorbei an den gut gesicherten Hotelanlagen, dachte Mike, dass er sein Zuhause in Deutschland gefunden hatte. Dort, wo Hanna lebte.

Er machte keinen weiteren Versuch, Ken das Land von Papa

Kadenge mit dessen Augen zu zeigen. Denn Mike wusste nicht, wie er das nach so vielen Jahren noch bewerkstelligen konnte. In Wahrheit hatte er Heimweh nach Deutschland, wo er zum ersten Mal in seinem Leben eine echte Chance bekommen hatte. Er ertappte sich dabei, wie er eine Antwort auf die Frage suchte, warum er Ken überhaupt mitgenommen hatte. Doch er konnte sie nicht finden, denn die Absicht, Ken an seine afrikanischen Wurzeln heranzuführen, schien gründlich fehlzuschlagen. Wohl, weil das Kind spürte, wie wenig sie ihm selbst noch bedeuteten.

Eigentlich, dachte Mike, blieb nur ein Grund – Hanna konnte ungestört für ihre Prüfung büffeln.

5

Der Asphalt unter Hannas Füßen schien wie ein graues Laufband unter ihr hinwegzugleiten. Sie spürte, dass sie viel zu schnell geworden war. So konnte sie die acht Kilometer, die sie sich für diesen Tag vorgenommen hatte, unmöglich durchhalten. Sie verlangsamte das Tempo, stellte aber schon bald fest, dass sie vom gemächlichen Joggen in eine Art Rennen verfallen war, das mehr an Flucht als an Sport erinnerte. Ein paar Schritte konnte sie das Brennen in den Lungen noch ignorieren, dann steuerte sie erschöpft auf die Parkbank zu, an der sie heute Morgen schon zweimal vorbeigerannt war. Jedes Mal mit dem sehnsüchtigen Blick einer Frau, die mühsam die Frage zu unterdrücken versuchte, warum sie sich diese Schinderei antat.

Ausgepowert stemmte sie die Arme gegen die Lehne aus ausgeblichenem Plastik und rang japsend nach Luft.

6,2 Kilometer zeigte der Schrittzähler an ihrem Handgelenk, den sie sich von Mike ausgeliehen hatte. Die gelaufene Zeit war indiskutabel. Und das, obwohl sie zwischendurch gerannt war. Ihr Rhythmus stimmte einfach nicht. Kein Wunder. Bislang war sie nur mit Mike gelaufen.

Na ja, vielleicht eher hinter als mit ihm. Seine eleganten, mühelos schwingenden Bewegungen hatten sie sonst immer vergessen lassen, dass sie Sport hasste. Mit ihm zusammen machte ihr das Laufen sogar fast Spaß. Ohne ihn war es eine Tortur. Dass sie sich trotzdem dazu zwang, lag natürlich an nichts anderem als dieser exakten Waage, diesem Fluch, der allen Sinnenmenschen die Lust am verbotenen Genuss mit unerbittlich tadelnden Digitalziffern auszutreiben verstand.

Hanna machte ein paar weitere Dehnübungen, als wollte sie unsichtbaren Zuschauern die Ernsthaftigkeit ihrer Bemühungen demonstrieren. Die eingelegte Pause war viel zu lang; der Schweiß brach ihr jetzt erst recht aus. Sie entschloss sich, mit leichten, federnden Schritten, die sie unendliche Willenskraft kosteten, zur Wohnung zurückzutraben. Als sie in den Flur trat, war es kurz vor sieben Uhr morgens. Die Wanduhr verhalf ihr zu einem stillen Triumph: Normalerweise wäre sie um diese Uhrzeit erst aufgestanden, um Kens Frühstück herzurichten.

Der selbst verordnete Zwang zu Schlankheit und Fitness trieb sie nun schon morgens um sechs aus dem Bett. Wo sie ohnehin kaum geschlafen hatte. Bis kurz nach Mitternacht hatte sie am Computer gesessen und sich mit Wissen herumgeschlagen, das eigentlich längst in ihrem Kopf abgespeichert sein sollte. Sie ging unter die Dusche und gestand sich ein, dass sie zu unkonzentriert lernte. Immer wieder waren ihre Gedanken zu Mike und Ken abgeschweift. Sie bekam einfach keine Ordnung in das Chaos ihrer grauen Zellen.

Obwohl sie sich sofort nach der Abreise ihrer »beiden Männer« in Büffelklausur begeben hatte, war sie im Rückstand. So wie beim Joggen … Und dann war ihr am Vortag auch noch Kens Asthmaspray in die Hände gefallen! An all den Kleinkram, den er am Ende vielleicht nicht brauchte, hatte sie gedacht. Ausgerechnet die kleine Flasche mit dem Aerosol aber hatte sie im Medikamentenschrank stehen gelassen. Sie versuchte sich zu beruhigen, dass Kenny schon lange nicht mehr unter Atemnot gelitten hatte. Die halbjährlichen Gesundheitsuntersuchungen waren längst nur noch lästige Routine – Ken galt als gesund.

Jedenfalls solange er auf sich aufpasste. Sich nicht erkältete. Oder mit Katzen in Berührung kam. Katzen in Kenia?, grübelte sie, während sie das Wasser von heiß auf kalt umstellte und ihren Kreislauf einer erneuten Belastungsprobe unterzog. Sie konnte sich nicht erinnern, damals welche gesehen zu haben. Hunde, die gab es massenhaft, doch gegen die war das Kind nicht allergisch. Nein, machte Hanna sich Mut, ihrem Jungen würde es gut gehen. Die Sonne, die sanfte Meeresbrise … er würde einen schönen Urlaub verbringen.

Sie verließ die Dusche und die Waage versprach ihr einen tröstlichen Tagesanfang: Seit der Abreise von Mike und Ken hatte sie vier Kilo abgenommen. Mike würde staunen. Das Wettrennen um die Jugendlichkeit einer 42-Jährigen hatte sie nicht aufgegeben.

Der Rotbuschtee war inzwischen angenehm abgekühlt, dazu gab es Zwieback. Der Küchentisch war voller Fachbücher, die Teetasse fand einen letzten Platz dazwischen.

Der Muskelapparat des Menschen hieß das heute anstehende Thema. Hanna spürte das Ziehen in den eigenen Oberschenkeln und schickte einen sehnsuchtsvollen Blick hinüber zu der gerahmten Fotografie an der Wand, auf der Mike und Ken sie anlächelten. Sie hatte die Vergrößerung im DIN-A4-Format am Vortag abgeholt und in einen Rahmen gesteckt. So waren ihre Liebsten immer bei ihr. Aber Hanna war sich nicht ganz sicher, ob sie die beiden nicht auf diese Weise gewissermaßen herbeizaubern wollte, damit sie sahen, wie sehr sie litt. Damit ihr aufmunternder Blick sagte: Mensch, bist du aber fleißig, Hanna!

Sie schielte noch einmal auf die Uhr. Nein, es war noch zu

früh: Die Post würde erst in einigen Stunden kommen. Vielleicht wäre schon ein Brief von ihren Urlaubern dabei. Oder wenigstens eine Postkarte. Sie rief sich zur Ordnung: Mike würde gewiss zuerst zu seinem Vater ins Dorf gefahren sein. Hanna war nie dort gewesen, aber sie konnte sich schwer vorstellen, dass es dort eine Post gab, an der man Karten aufgeben konnte. Mike hatte ja nicht einmal über einen eigenen Briefkasten an jenem Häuschen verfügt, in dem er damals in Shanzu gemeinsam mit seinem Bruder gewohnt hatte.

An einer der weißen Küchenschranktüren hatte sie einen Kartenausschnitt der kenianischen Küste geklebt. Im Original war der winzige Abschnitt zwischen den beiden großen Orten Mombasa und Malindi nur knappe zwei Zentimeter groß. Eine Vergrößerung im Copyshop, in dem sie ohnehin Lernmaterial vervielfältigt hatte, hatte daraus eine 20 mal 30 Zentimeter große Karte gemacht. Jetzt schien das Gebiet riesig und die Flecken auf der Karten zwischen den wenigen Orten waren weiß und unbeschrieben.

Hanna legte den Zeigefinger auf eine Stelle, an der sie das 15 Kilometer nördlich von Mombasa gelegene Shanzu Beach wusste. Sie schloss die Augen und sah Mike und Ken vor sich. Nun war sie bei ihnen.

Doch sie musste zurück zu den Unterlagen am Schreibtisch, zurück zur Funktionsweise von Muskelsträngen …

6

In den folgenden neun Tagen ihres Kenia-Aufenthalts ermöglichte die Zufallsbekanntschaft mit Bastian und seinen Eltern Ken unbeschwerte Ferien mit Schwimmen im Pool und fröhlichen Touristenausflügen.

Was in dieser Zeit im Buschdorf geschah, war nichts, das ein Junge, der in Berlin aufgewachsen war, verstehen konnte. Denn die aufwändigen Opferzeremonien, die für Papa Kadenges Beerdigung unerlässlich waren, hätten das obendrein der Sprache unkundige Kind nur verstört – es hätte sich von einer Kultur abgestoßen gefühlt, die sein Großvater gelebt hatte. Selbst Mike, der sich von den Sitten seiner Vorfahren innerlich weit entfernt hatte, reagierte mit Befremden, als man ein paar besondere Ziegen schlachtete, deren Innereien für Reinigungsriten benutzt wurden.

Die Erklärungen der Alten erinnerten Mike daran, weshalb all diese komplizierten Bräuche, die er längst vergessen hatte, praktiziert wurden: Sie dienten dazu, die Vorfahren milde zu stimmen. Denn nur der *mganga* konnte Gott direkt anrufen; sein Tod unterbrach somit die tröstende Aussicht auf Schutz. Die Männer saßen in verschiedenen Gruppen, die sich schon während der Einweihungszeit in der frühen Pubertät geformt hatten, zusammen und trafen sich zu stundenlangen Palavern, die dem mittlerweile an deutsche Entscheidungsfreudigkeit gewohnten Mann erhebliche Geduld abverlangten. Nicht sein Verstand, sondern sein Gefühl sagte ihm jedoch, dass die langwierigen Prozeduren der Gemeinschaft einen Zusammenhalt gaben.

Damit Ken sich nicht ängstigte, kehrte Mike jede Nacht vom Buschdorf zurück nach Mtwapa. Dort, von Shanzu aus der nächstgrößere Ort im Richtung Norden, besaß Vince ein zweites Haus, wohin Edith den Jungen mitnahm. Dass sie nicht nur seine Sekretärin, sondern auch seine Freundin war, hatte Mike nicht wirklich verwundert: Sein Bruder war nicht der Typ, der einer Frau treu war. Mike ersparte ihm jeden Kommentar und freute sich stattdessen, dass Vince' lockeres Verständnis von ehelicher Treue wenigstens diesen angenehmen Aspekt hatte – Ken musste nicht mit ins Buschdorf und durfte in dieser Zeit Ferien verbringen wie ein deutsches Urlauberkind.

Doch dann verkündete *chief* Samson, der Dorfvorsteher, dass die Ahnenbefragung bevorstehe. Dazu müssten Vince und Mike am Abend gemeinsam mit einigen Männern in den Heiligen Hain ziehen. Dort würden die Vorfahren ihnen mitteilen, wer die Nachfolge von Papa Kadenge antrat. Anscheinend eine Formalität, da sie wohl ohnehin davon ausgingen, dass Vince die ehrenvolle Berufung zuteil würde. Nach ihrer Rückkehr am folgenden Morgen würde sich das Opferfest anschließen, zugleich Höhepunkt und Abschluss der Trauerfeiern für den alten und das Willkommenheißen des neuen *mganga*. Dazu mussten nicht nur sämtliche Dorfbewohner anwesend sein, sondern auch alle Blutsverwandten, die nicht mehr in der Gemeinschaft lebten.

So erklärte Mike es später auch seinem Jungen und setzte hinzu: »Dazu gehörst auch du, mein Schatz. Ohne dich geht es nicht.«

Ken runzelte die Stirn und zog die Augenbrauen hoch. Das

untrügliche Zeichen, wenn er einen Vorschlag ablehnte. »Papa, ich will nicht mit in den Busch. Bei Bastian am Pool ist es viel schöner. Es ist doch mein Urlaub und ich checke wieder kein Wort!«

»Du wirst eben alles mit dem Herzen verstehen«, sagte Mike.

Ken verdrehte die Augen. »Du redest wie Mama, wenn sie mir vom kleinen Prinzen erzählt.«

»Du hast Recht: Gemeint ist dasselbe. Also, gib dir Mühe, damit du Hanna hinterher alles genau berichten kannst.«

Am nächsten Tag befanden sich Vince, Mike und Ken auf der Fahrt ins Heimatdorf. Nach der für denselben Abend geplanten Ahnenbefragung würde sich das Leben seines Bruders schlagartig ändern und Mike versuchte auszuloten, was in Vince so kurz vor dem entscheidenden Augenblick vorging. »Was wird dann mit deinem Reisebüro?«, fragte er.

»Edith wird es übernehmen.«

»Ist sie nicht ein wenig jung?«, entgegnete Mike vorsichtig. Nicht zuletzt steckte auch das Geld, das er aus Deutschland geschickt hatte, in dem kleinen Unternehmen.

Vince schob sein gold glänzendes Brillengestell mit dem Zeigefinger auf die Nasenwurzel zurück. Mike fand, dass die ungewohnte Brille, deren Gläser kaum eingeschliffen waren, seinem Bruder einen intellektuellen Touch verlieh, der nicht zu ihm passte. »Willst du etwa hier blieben und meine Geschäfte führen?« In Vince' Stimme schwang Sarkasmus, was Mike irritierte.

So versöhnlich wie möglich entgegnete er: »Bist du sicher, dass du Vaters Nachfolger werden willst? Schließlich kann dich niemand zwingen.«

»Zwingen …«, echote Vince. »Die Alten sagen, dass die Ahnen über unser Leben bestimmen. Was willst du gegen das Votum von Toten schon ausrichten?«

Mike sah seinen Bruder alarmiert an. Das klang nicht gerade nach großer innerer Bereitschaft! »Aber es ist doch unser Leben, um das geht«, wandte der junge Mann ein.

»Ist es das wirklich, Mike?« Sich selbst die Antwort gebend schüttelte der Ältere den Kopf. »Wir sind die Söhne unseres Vaters. Das haben wir uns nicht ausgesucht.«

»Aber wir können bestimmen, was wir aus unserem Leben machen!«

»Und?« Vince lächelte, aber seine Augen blieben kalt. »Was haben wir daraus gemacht? Sieht es so aus, als ob wir beide wirklich bedeutende Persönlichkeiten werden?«

»Ich bin nicht unglücklich, Vince!«

»Wir sind keine *beachboys* mehr, die mit sanften Worten und großem Augenaufschlag eine Frau feucht werden lassen. Wir werden älter, Mike.«

Bislang hatte Mike die Lebensbilanz seines Bruders noch nicht gezogen. Jetzt jedoch wurde ihm bewusst, dass der Ältere in der Aufgabe eines traditionellen Heilers eine Chance für sich erkannte. Eine zwar verordnete, aber doch eine, die einen Neubeginn verhieß. Das Reisebüro, in dem kein Telefon mehr funktionierte und wo die möglichen Kunden auf einen anderen Termin vertröstet wurden, bot diesen Lebensinhalt offenkundig nicht.

Mike atmete auf, als ihm das klar wurde. Vince, so westlich er sich auch gab, würde in die Rolle hineinwachsen, die das Schicksal – oder die Ahnen, je nachdem – ihm zuwies. Er legte seine Hand auf den Unterarm des Bruders: »Ich werde deine Frau und deine Söhne unterstützen. Das verspreche ich dir. Sie sollen nicht so leiden müssen, wenn du dich der Ausbildung unterziehst, wie wir damals.«

»Ich habe nichts anderes von dir erwartet, Bruder«, antwortete Vince.

Während sie sich dem Dorf näherten, stellte Mike die Frage, wie er und Ken wieder zurückgelangen sollten, wenn sein Bruder hier bliebe. Doch Vince meinte, dass sich das irgendwie ergeben werde: »Ihr beide erwischt euer Flugzeug nach Deutschland schon noch rechtzeitig.«

Der Rückflug ging drei Tage später, Mike hatte ihn bereits telefonisch bestätigt. Denn die kenianische Sorglosigkeit, die sein Bruder niemals abgelegt hatte, hatte er in den vergangenen elf Tagen nicht wieder annehmen können. Er war jener Mann geblieben, zu dem die letzten zehn Jahre ihn geformt hatten – ein Deutscher...

Im Dorf fand Ken den gleichaltrigen Steve wieder und Mike war glücklich, seinen Sohn beschäftigt zu wissen. Zum Abschied begleitete er ihn gemeinsam mit den anderen Dorfbewohnern bis zu den letzten Hütten.

»Ich bin nur eine Nacht fort«, tröstete Mike das Kind. Dann brach er gemeinsam mit den anderen Männern auf, einem glutroten Sonnenuntergang entgegen.

Sie waren zu zwölft. Mike war der Jüngste, die anderen Männer waren in Vince' Alter. In der gemeinsamen Einweihungszeit waren sie zu Männern geworden, die sich rückhaltlose Hilfe versprochen hatten. Wer immer sich dagegen versündigte, die eigenen Ziele über die des Bruders stellte, den erwartete die schlimmste denkbare Strafe – die Ächtung, der Verlust der Heimat, er verlor selbst das Recht, bei seinem Tod in der Erde der Vorfahren die letzte Ruhe zu finden.

Sie hatten nicht viel Gepäck dabei, jeder nur eine Decke über der Schulter, denn die Nächte waren um diese Jahreszeit kühl. Außerdem führten sie lange, aber leichte Speere mit sich, die weniger der Verteidigung dienten, als dass sie eine rituelle Bedeutung hatten. Im Übrigen waren sie gekleidet, wie Mike sie am ersten Tag schon gesehen hatte. Selbst Vince, die Hauptperson, trug das übliche weiße Hemd und eine Jeans. Nur das Handy, das sonst am Hosenbund steckte, hatte er zurückgelassen.

Die neun jüngeren Männer wurden außer von *chief* Samson, der sich beim Gehen auf einen mächtigen Holzknüppel stützte, den er im gleichen Rhythmus wie sein steifes rechtes Bein bewegte, von Leonard und Hezekiah begleitet, die ebenfalls Samsons Altersgruppe angehörten.

Leonard schien weder die drückende Schwüle des Abends noch die schwere Last zu behindern, die er auf seinen schmalen Schultern transportierte: Als Zeremonienmeister oblag es ihm, eine Reihe von Kalebassen sowie eine Handtrommel mit sich zu führen; das Ritualmesser hing in einem Futteral an einer Lederschärpe über dem weiten Umhang an seiner Hüfte und betonte die Bedeutung jedes Schritts des alten Mannes. Hezekiah, ein Endsechziger mit schweren Tränensäcken, ging der kleinen Gruppe voran. Er trieb einen Ochsen vor sich her.

Während Mike den breiten Pfützen auswich, die ein heftiger Nachmittagsregen hinterlassen hatte, folgten seine Blicke dem schweren Tier. Es ließ sich von Hezekiah widerstandslos mit einem dünnen Stock leiten, der eher symbolischen Wert hatte. Auf dem schwarzen Fell des Ochsen, unter dem sich deutlich die hochstehenden Hüftknochen abzeichneten, setzte sich das abendliche Spiel der Sonnenstrahlen fort. Mike schien es, als streichelte der unvergängliche Energiespender das träge seine Mahlzeit wiederkäuende Tier tröstend ein letztes Mal.

Das rot glühende Gestirn schien Mike so nah, als könnte er es vom tiefblauen Himmel pflücken wie eine reife Orange. Das letzte Abendlicht verfing sich in den filigranen Fächern schwerer Palmzweige und verlieh glänzenden Regentropfen die Schönheit verstreuter Perlen. Dichte Laubkronen hoch gewachsener Mangobäume warfen lange Schatten auf den mit Feuchtigkeit gesättigten, rötlichen Lehm, in dem die Sonne ihre Kraft versickern ließ. Die Grillen hatten ihren Gesang begonnen, ihr Lockruf schraubte sich in immer größere Höhen, so dass Mikes Ohren die Schwingung kaum mehr wahrnehmen konnten, und gab dann nach; ein gleichförmiges An- und Abschwellen von hypnotischer Intensität.

Die feuchtwarme Abendluft war erfüllt vom Duft der soeben entzündeten Holzkohlefeuer, auf denen die Frauen in den Hütten das Nachtessen für ihre Familien bereiteten. Dieser Geruch erinnerte Mike an seine Kindheit und ihn überkam wieder das Gefühl, zu Hause zu sein in diesem paradiesischen Reichtum der Natur, die ihn mit mütterlicher Fürsorge verwöhnte.

Gelegentlich kamen den zwölf Männern Frauen mit Kindern entgegen. Sie hatten den Tag auf den Mais-, Bohnen-, Bananen- und Kassavafeldern verbracht und waren nun auf dem Rückweg ins Dorf. Sie wussten, wohin die Männer unterwegs waren, und schlugen aus Respekt vor deren Aufgabe die Augen nieder.

Die kleine Gruppe erreichte den Heiligen Hain, als die Sonne hinter dem Horizont verschwand. Leonard stimmte zum sanften Schlagen auf das Fell seiner Handtrommel einen

Sprechgesang an. Seine Worte richteten sich an die Schlange, die Beschützerin und Bewohnerin des rituellen Waldes. Sätze voller Ehrerbietung und Dankbarkeit, die Mike nur bruchstückhaft verstand, die er sich aber im Chor mit den anderen zu wiederholen bemühte.

Seine Blicke konnten in der Dämmerung das dichte Grün nicht durchteilen, das wie ein einziges, vielarmiges Gewächs zu beiden Seiten des schmalen Pfades nach den Wanderern griff. Er war erleichtert, als sich eine kleine Lichtung auftat, die von einem mächtigen Baobab überschattet wurde. Der riesige Baum stand etwas erhöht, als würde er auf einem natürlichen Altar thronen, den der von Wurzeln und Rankwerk umrahmte Eingang zu einer Höhle bildete.

Neugierig trat Mike näher. Hier hatte also sein Vater gelebt, wenn er nicht im Dorf war. Doch der junge Mann hatte keine Ahnung, was Papa Kadenge in dieser Einsamkeit gemacht hatte. Als er selbst seine Einweihungszeit erlebt hatte, befand der Vater sich noch in seiner Ausbildung.

Mike wendete sich seinem Bruder zu: »Wann warst du zuletzt hier?«

»Zwei Jahre vor dir. Nur die Initianden dürfen in den Hain. Oder jemand wie Leonard, weil er zu Vaters Helfer erwählt wurde.« Vince blickte ihn verständnislos an: »Das kannst du doch nicht alles vergessen haben?«

»Nein, nein, natürlich nicht«, beeilte sich Mike zu sagen. Dann setzte er leise hinzu: »Doch, ich habe es verdrängt, glaube ich.«

»Tatsächlich?« Vince schüttelte den Kopf. »Du bist ein *muzungu* geworden.«

»Du hast unterstützt, dass ich ein *Weißer* wurde, Vince, vergiss das nicht. Ohne Vaters und dein Einverständnis wäre ich

Hanna nicht gefolgt. Ich habe dich als den Älteren immer respektiert.«

Vince legte seine Hand flüchtig auf Mikes Schulter: »Bald bist du wieder dort, wo es Waschmaschinen und Geschirrspüler gibt.«

Vince' Worte machten Mike die Fremdheit bewusst, die sie trennte. In den bevorstehenden Stunden würde zudem das Urteil der Ahnen zwischen sie treten – den einen in dieser alten Kultur fest verwurzeln und den anderen fortschicken zu den glänzenden Gütern der Moderne.

Der Höhle, die in völliger Finsternis lag, entströmte der scharfe Geruch längst erloschenen Holzfeuers. Darüber, zarter, schwebte ein anderer, süßlicherer Duft, den Mike nicht benennen konnte. Dann war da noch ein drittes, kaum wahrnehmbares Aroma, das von einer Pflanze herzurühren schien.

»Bruder Kadenge sagte immer, es wäre für ihn der schönste Ort der ganzen Welt.« Leonard, der Zeremonienmeister, hatte sich zu den beiden Brüdern gesellt.

»Was hat er hier getan, Papa Leonard?«, erkundigte sich Mike.

Der weißhaarige Mann blickte versonnen in die Ferne. »Mit denen gesprochen, die wir nicht sehen und anreden können. Aber *sie* sind hier, jetzt, in diesem Augenblick. Es ist *ihr* Zuhause, in das wir nur eintreten dürfen, wenn wir ihren Rat erbitten. So wie jetzt. Und nun lasst uns beginnen.«

7

Langsam löste sich die Gruppe der Dorfbewohner auf, die die zwölf Männer zum Ortsausgang begleitet hatten. Ken starrte seinem Papa nach: Er hatte ihn noch nie als Mitglied einer fremden Gemeinschaft erlebt und Mikes Worte von einem Ahnenurteil waren ihm unbegreiflich.

Wenigstens hatte er vor dem Abschied ertrotzt, dass er nicht wieder bei Vince' Frau Mama Lenah im Haus übernachten musste, die er nicht einmal verstand. Bei Steve bestand sein Bett zwar auch aus einer am Boden ausgebreiteten Raphiabastmatte. Aber der Junge mit den schnellen Füßen sprach wenigstens seine Sprache.

»Ich will wissen, wo die hingehen. Kommst du mit?«, fragte Ken aus einem Impuls heraus und deutete in die Ferne, in der die Männer verschwunden waren.

»Das darfst du nicht!« Steve war entsetzt. »Es ist nicht erlaubt, zum Heiligen Hain zu gehen.«

»Ich will ja nicht hinein! Nur ihnen ein Stück folgen. Sieh doch, da hinten sind Frauen und Kinder.«

»Die kommen zurück von den Feldern. Das ist etwas anderes.«

»Dann mach ich's eben allein!«

»Du verläufst dich und musst da draußen übernachten. Ich würde ja mitkommen, jedenfalls ein Stück, aber ich kann nicht weit laufen.« Steve zeigte Ken seine nackte Fußsohle: Er hatte sich eine Glascherbe eingetreten; die Wunde war noch gut sichtbar.

Wortlos zog Ken seine neuen weißen Nikes aus. »Hier, nimm die.« Barfuß traute sich Ken in die großen Pfützen hineinzutreten. Der feuchte Boden fühlte sich warm und weich an. Es machte ihm Spaß und war eigentlich angenehmer, als mit den Schuhen herumzulaufen, in denen er schwitzte.

Sie waren eine Weile gegangen, als Ken sagte: »Wenn du bis zu diesem Heiligen Hain mitkommst, dann kannst du die Schuhe behalten.«

»Und du?«

»Ich habe noch ein anderes Paar.«

»Dein Vater wird mit dir schimpfen.«

»Ach, damit hört er schon wieder irgendwann auf. Ich werde ihm erklären, dass du keine Schuhe hast und ich zwei Paar. Außerdem hat meine Oma mir die Nikes gekauft.«

»Hast du gar keine Geschwister?«, fragte Steve. Er selbst hatte drei, das vierte war gerade unterwegs.

Ken schüttelte stumm den Kopf. Er wollte eigentlich nicht über seine Familie reden.

»Will deine Mutter nicht, dass du Geschwister hast?«, erkundigte sich Steve.

»Das geht nicht«, erklärte er mit kindlicher Logik. »Hanna hat mich nur adoptiert. Aber ich sage Mama zu ihr, weil sie viel lieber ist als alle Mütter, die ich kenne.« Er grinste. »Deine natürlich ausgenommen.«

»Und wer ist deine richtige Mutter?«

»Sie war die Schwester meines Vaters.«

»Das verstehe ich nicht. Dein Vater und seine Schwester sind deine Eltern? Das geht doch gar nicht!«

Ken verdrehte die Augen. »Ja, ich weiß, das ist kompliziert. Also, Mike ist nicht wirklich mein Vater. Ich sage nur Papa zu ihm, weil er wie mein Vater ist. Als meine Mutter starb, da holte Mike mich zu sich und Hanna nach Deutschland. Ich war noch ein Baby und ziemlich krank. Meine Mama hat mich dann in Deutschland im Krankenhaus gesundgepflegt.«

Steve kratzte sich verwirrt am Kopf. »Wer ist denn dann dein wirklicher Vater?«

»Keine Ahnung«, gab Ken zu. »Aber ich brauche ihn nicht. Ich habe ja meinen Papa.« Erschrocken blieb er stehen und hielt Steve am Arm zurück. »Hör zu, das darfst du niemandem erzählen! Niemandem, versprich es. Das ist unser Geheimnis.«

»Warum denn das?«, erkundigte sich Steve. »Bei uns ist es normal, dass jemand bei seinem Onkel aufwächst, wenn die Eltern nicht mehr leben.«

»Echt? Na ja, trotzdem: Es ist ein Geheimnis.«

So hatte Mike es ihm mehrmals eingeschärft und der Junge war noch zu jung, um die verwinkelten Überlegungen der Erwachsenen in Frage zu stellen. Es hatte für ihn keine Bedeutung, denn mit Hanna und Mike verband ihn alles, was er zum Leben brauchte – die Liebe seiner Eltern. Für ihn wie für alle Zehnjährigen zählte einzig der Augenblick. Und der versprach im Moment das große Abenteuer einer verbotenen abendlichen Wanderung auf den Spuren des Mannes, den er Vater nannte.

Die Sonne war schneller zum Horizont hinabgewandert, als Ken es erwartet hatte. Schon warfen die vereinzelt im Grasland stehenden Büsche lange Schatten. Steve drängte zur Umkehr, doch Ken trotzte ihm weitere hundert Meter ab, indem er ihm auch noch seine neue Baseballkappe schenkte.

Über dem flachen Land erhob sich kuppelartig ein dunkler Schatten – der Heilige Hain.

»Komm, das schaffen wir noch«, drängte Ken. »Das kann nicht mehr so weit sein.«

Steve blieb stehen, erstarrte stumm. Ken folgte seiner Blickrichtung. Vom Himmel glitt mit weit ausgebreiteten Schwingen ein großer Vogel herab. Er stellte sich wenige Meter vor den beiden Kindern mitten auf den Weg. Während Steve sich wie gelähmt nicht mehr rührte, bewunderte Ken die majestätische Gestalt des Tieres. Seine Flügel waren fast schwarz, der lange, schwere Schnabel ruhte auf der weißen Brust. Auf dünnen Beinen stakste er gemächlich von den Kindern weg, wobei er die Schwingen auf dem Rücken so faltete wie ein alter Mann beim Gehen die Hände. Sein kahler, federloser Kopf verschwand dabei fast zwischen den Schultern.

»Was hast du denn? Das ist doch bloß so eine Art Storch«, sagte Ken.

»Das ist ein Marabu«, entgegnete sein Begleiter ehrfürchtig. »Dass er hier ist, das ist ein Zeichen. Er will uns davor warnen weiterzugehen. Los, komm, wir verschwinden.«

»Ein Marabu? Was ist denn an dem so Besonderes?«

»Großvater Samson sagt, dass unsere Vorfahren sich im Heiligen Hain versammeln.« Steves Stimme wurde immer leiser. »Der Totenvogel bewacht die Seelen der Verstorbenen.«

Der seltsame Vogel blickte jetzt schräg nach hinten über die Schulter. Mit einem seiner hellen Knopfaugen schien er Ken durchdringend anzusehen. Dem Jungen lief ein eiskalter Schauer den Rücken herunter. Dann hörte er ein leises Klappern, das geradezu gespenstisch klang.

»Lauf!«, rief Steve, »so schnell du kannst. Sonst greifen die Seelen der Toten nach uns!« Ehe Ken begriff, was vor sich ging, rannte sein neuer Freund los.

Ken warf noch einen letzten Blick auf den Marabu, der in Richtung des Heiligen Hains stolzierte, wobei er den Kopf ruckartig bewegte. Von der dahinter untergehenden Sonne war inzwischen nur noch ein schmaler, glutroter Streifen zu erkennen. Als der Junge sich suchend nach seinem Begleiter umblickte, flitzte der in den weißen Nikes, die in der Dämmerung gut zu erkennen waren, längst zurück zum Dorf.

Schnell wie noch nie rannte Ken ihm nach. Doch die rasant um sich greifende Dunkelheit ließ ihn immer öfter stolpern, bis er stürzte. Mühsam rappelte er sich hoch und rief Steves Namen. Er fürchtete sich vor der Finsternis in der unbekannten Umgebung und verfluchte die dumme Idee, seinem Vater nachgehen zu wollen. Irgendwann hörte er Steves Rufe und folgte ihnen.

Die Nacht war längst hereingebrochen, als die beiden Jungen das Dorf erreichten, keuchend und nass geschwitzt. »Erzähl meiner Mutter bloß nichts vom Marabu«, bat Steve. Er legte den Arm um Kens Schultern. »Wir können froh sein, dass wir ihn getroffen haben. Sonst hätten wir da draußen übernachten müssen.«

8

Mike folgte Leonard und seinem Bruder von der Höhle unterhalb des gewaltigen Baobab zur Mitte der Lichtung, wo sich eine Feuerstelle befand – ein großer, grauschwarzer Fleck, umrandet von ockerfarbenem, leicht geschwärztem Gestein. Hezekiah band den Ochsen unter einer abseits stehenden Würgefeige fest. Mit geübten Bewegungen rieb der für das bevorstehende Ritual zuständige Leonard einen kleinen, gerade gewachsenen Stock zwischen den Händen. Nach wenigen Augenblicken bildete sich am Boden Rauch, der sich zu einer Flamme entwickelte, mit der das Holz entzündet wurde. Bald wuchs ein kräftiges Feuer empor, das den Platz flackernd erleuchtete.

Nun weihte und desinfizierte Leonard das Opfermesser. Mit einer schnellen Bewegung stach er es in die Halsschlagader des Ochsen, fing etwas Blut mit der mitgebrachten Kalebasse auf und verschloss die Wunde mit einem vorbereiteten Gemisch aus Pflanzen und Lehm.

Samson, der Dorfvorsteher, saß gemeinsam mit den Jüngeren um das Feuer herum im Kreis. Zu seiner Linken hockte Vince, zu seiner Rechten Mike. Leonard tauschte mit Samson zuerst einen kurzen Händedruck und reichte ihm sodann das frische Ochsenblut. Der Dorfälteste wandte sich an Mikes Bruder.

»Vince Ndondi«, durchbrach *chief* Samsons sanfte Stimme das gespannte Schweigen, »du bist der älteste Sohn Bruder

Kadenges. Dir gebührt das Recht, zuerst das Urteil der Ahnen zu erfragen.«

Elf Augenpaare richteten sich auf den schlanken Mann. Konzentriert verzog Vince seine ebenmäßigen Züge zu einer Fratze. Dann spie er in einem dichten Sprühregen in die Schale, um auf diese Weise eine Verbindung herzustellen zwischen dem Opfertier und dem Atem seiner Seele.

Leonard überreichte Vince die Schale nach einem erneuten Händedruck mit den Worten: »Bring das Blut dieses Ochsen, den unser Bruder Hezekiah dem Wohlergehen unserer Gemeinschaft geschenkt hat, in die Wohnstatt des alten *mganga*, deines Vaters, damit die Ahnen entscheiden.«

Der junge Kenianer erhob sich schwerfällig, seine Mimik drückte kein Empfinden aus, schien im Licht des flackernden Feuers zur Maske erstarrt. Schon nach wenigen Schritten erkannte Mike nur noch das Weiß des Hemdes seines Bruders, das in der Dunkelheit leuchtete. Dann verschluckte ihn die Finsternis der Höhle.

Mike fühlte sich unbehaglich. Er wusste zu wenig über die Zeremonie: Wie wurde es gefällt, dieses Urteil der Ahnen? Warteten *sie* in der einstigen Wohnstatt seines Vaters?

Schweigend rollten sich die Männer nach Vincents Rückkehr in ihre Decken; mit einem frischen Palmzweig erstickte Leonard das Feuer. Das strahlende Licht des zunehmenden Mondes am klaren Himmel sorgte für so viel Helligkeit, dass zumindest die Umrisse der Bäume gut zu erkennen waren. Der Eingang der Höhle gähnte wie ein schwarzes Loch unterhalb der Wurzeln des Baobab. Doch es wirkte auf Mike keineswegs bedrohlich verschlingend, sondern lediglich fremd. So, als habe er mit all dem nichts zu tun und würde nur mal eben eine abenteuerliche Nacht im Freien verbringen.

Der junge Heimkehrer fand, dass es an der Zeit war, sich im milden Licht des frühen Morgens alles gründlicher anzusehen, bevor er wieder von hier verschwinden würde.

Bei Tag wirkte die Höhle alles andere als abstoßend. Was Mike in der Dämmerung des Vorabends als schwarzes Loch erschienen war, leuchtete nun in sanften Ockertönen. Er befand sich an einem Ort, der vor Millionen von Jahren der Boden des Meeres gewesen war: Die Höhle bestand aus nichts anderem als den zusammengepressten fossilen Überresten der Muscheln, Schnecken und Krebse, die einst in den Korallen gelebt hatten. Vielleicht, dachte Mike, werden irgendwann, wenn es uns Menschen nicht mehr gibt, hier wieder die Meeresfluten anbranden oder gar darüber zusammenschlagen. Wer hier lebte, befand sich somit an einem Ort, an dem der Mensch nur eine vorübergehende Bedeutung hatte.

Als Mike die Schritte aus dem Inneren der Höhle näher kommen hörte, überlegte er bereits, wie er Vince gratulieren konnte. Sein Bruder, der neue *mganga*, hielt die Holzkalebasse mit beiden Händen, als hätte er Angst, sie könnte ihm entgleiten, und schritt ohne ein Wort an ihm vorbei. Mike starrte ihm nach. Er verstand überhaupt nichts. Er kam sich vor wie ein Idiot, als er ihm dumpf zur Feuerstelle hinterherlief, wo die anderen zehn Männer warteten.

Vince reichte die Opferschale mit dem Blut des Ochsen und seinem eigenen Speichel an Leonard. Der gab sie kommentarlos an Samson weiter, der sie wiederum Hezekiah reichte. Dann machte das offene Gefäß die Runde durch die Hände der jüngeren Männer. Den Kreis gewissermaßen schließend, übergab der letzte die Kalebasse an Mike. Der sah auf eine fast schwärzliche Masse, die das untere Drittel des

Gefäßes ausfüllte. Ein schwarzes Gemisch, von dem nicht mal ein Geruch ausging. Tote Materie.

Mike wusste das Urteil der Ahnen nicht zu deuten. Ratlos suchte er in den ausdruckslosen Gesichtern der anderen eine Antwort. Vince hatte sich in den Kreis seiner Altersgefährten gesetzt und schlug die Augen schweigend nieder. Mike hatte den Eindruck, dass sein Bruder sich in diesem Augenblick am liebsten unsichtbar gemacht hätte. Vince' fast verstockte Reaktion sagte ihm, dass der Ausgang der Ahnenbefragung Unheilvolles bedeutete.

»Wir werden das Ritual heute Abend wiederholen«, verkündete Leonard gefasst.

»Wiederholen? Wie meinst du das?«, fragte Mike immer noch verständnislos.

»Die *mganga*-Würde kann nur vom Vater auf einen seiner Söhne übertragen werden. Nur das eigene Blut versteht die Sprache der Ahnen. Papa Kadenge hat noch einen Sohn. Und der ist hier«, betonte Leonard.

Behutsam stellte Mike die wertlos gewordene Opfergabe auf den Boden. Langsam löste er seinen Blick von der blutverklebten Kalebasse, deren Inhalt nichts anderes bedeutete, als dass die Toten nicht bereit waren, sich dem vorgefassten Urteil der Lebenden zu beugen.

»Ich? Das geht nicht!«, hielt der Heimkehrer den Versammelten entgegen. Er hoffte, jemand würde ihm beispringen. Doch alle hüllten sich in Schweigen. »Selbst die Kinder auf der Straße nennen mich einen *muzungu*. Von meinem eigenen Bruder mal ganz abgesehen«, setzte Mike hinzu. Doch Vince starrte wortlos auf die Erde.

»Niemand wird als *mganga* geboren, Mike. Wenn du die Aufgabe deines Vaters übernimmst, so wirst du ein anderer werden. Alles hinter dir lassen.« Leonard hatte ihn trösten wollen. Doch es klang beängstigend für einen Mann, der sich in Deutschland ein neues Leben aufgebaut hatte. Eines, in das er bald zurückzukehren beabsichtigte. In keiner Weise war er darauf vorbereitet, hier zu bleiben.

Dieser Gedanke schien absurd und noch war es nicht so weit: Er war zum *muzungu* geworden, nicht nur in den Augen seines Bruders. Es erschien Mike unwahrscheinlich, dass die Toten, die hier über die Zukunft der Lebenden richteten, das anders sehen konnten. Deshalb versuchte er auszuloten, welcher Spielraum ihm blieb. »Was, wenn ich mich nicht dem Ahnenurteil unterziehe?«

Leonards Antwort hörte sich wie ein Orakel an: »Auch wenn wir noch so weit laufen, bis ans Ende dieser Welt, so werden wir das Blut, das in unseren Adern fließt, dennoch immer in uns tragen.«

Die Runde der Männer mied weiterhin Mikes Blick. Die Anwesenden schienen zu denken, was der Heimgekehrte aussprach: »Du meinst, ich habe eigentlich keine Wahl.«

»O doch, die hast du immer«, entgegnete der Meister der Zeremonie. »Aber du kannst es dir schwer machen oder leicht. Nur bedenke: Der Weg, welcher der leichtere zu sein scheint, führt dich über Umwege auf den schwereren zurück.«

»Und wenn …«, setzte Mike an.

Leonard hob beschwichtigend die Hand. »Jene, die dich auf diesen Weg schicken, werden dir weisen, wie du ihn zu gehen hast«, beschied der in den Traditionen bewanderte den jungen Mann.

Mike ließ die anderen an der Feuerstelle zurück. Er ging, die Hände in den Taschen seiner Khakihose vergraben, auf die dicht stehenden Bäume zu. Zunächst hielt er noch einmal inne, denn er hoffte, sein Bruder würde sich jetzt zu ihm gesellen, ihn mit ein paar tröstenden Worten aufbauen. Doch Vince folgte ihm nicht. Mike nahm an, dass der Ältere nicht die Kraft hatte, die Ablehnung durch die Ahnen wegzustecken.

Was willst du gegen das Votum von Toten schon ausrichten?, klangen in ihm die Worte des Bruders nach. Im Nachhinein hatte das etwas Prophetisches.

Der junge Mann wusste zu wenig über das Verhältnis zwischen Vince und dem toten Vater. Hatte es ein Zerwürfnis gegeben, das die mögliche Erklärung liefern konnte? Rechneten die Toten erst nach ihrem Übertritt in die andere Welt mit den Lebenden ab? War Mike in den vergangenen Minuten Zeuge dieses stummen Vorwurfs geworden? Welche Kriterien bestimmten das unangreifbare Urteil jener, die auf Erden alles bereits kannten und nun erhaben darüber standen?

Antworten auf diese Überlegungen gab es nicht. Jedenfalls nicht für einen Mann, der gewohnt war, sich an den Bedürfnissen seiner deutschen Kleinfamilie auszurichten. Der pünktlich Miete und Versicherungen zu zahlen hatte und der sich gleichzeitig darauf einstellte, dass seine Frau mit ihrer neuen Selbstständigkeit eine finanzielle Durststrecke ansteuerte. Die er mit Mehrarbeit auszugleichen hatte. Bis zu diesem Zeitpunkt waren das Mikes ganze Sorgen gewesen. Verkrustetes Blut in einer alten Kalebasse kam darin nicht vor. Bislang.

Ziellos wanderte er umher. So, als könnte der dichte Wald ihm zeigen, was er hier wirklich suchte. Doch es schien ihm eher so, als hindere das Rankwerk ihn daran, vor der erneuten Befragung der Ahnen fortzulaufen. Aufstöhnend lehnte er sich gegen die rissige Rinde eines hoch aufgeschossenen Baums und überlegte, ob er sich wenigstens an den Namen dieses

Riesen erinnern konnte. Malariabaum, schoss es ihm durch den Kopf. Aber er wusste nicht mehr, ob es Rinde, Wurzeln oder Blätter waren, die verwendet werden mussten, obgleich das Wissen um die gängigen Heilmischungen Allgemeingut war.

Und so einer wie er sollte überhaupt in Frage kommen, wenn es darum ging, einen neuen *mganga* auszuwählen?

»Ich kann das nicht«, sagte Mike laut. »Ich weiß nichts von all dem, was ich tun soll. Das könnt ihr nicht von mir verlangen. Hört ihr mich? Ihr seid doch alle hier … oder?« Er sah sich um. Niemand antwortete. Doch, da war etwas. Ein Kreischen, sehr grell, in der Stille des Heiligen Hains fast schmerzend laut. In den Ästen über Mike zankten sich zwei grüne Meerkatzen, jagten in waghalsigen Sprüngen einander nach, so dass die Zweige, auf denen die Tiere Halt fanden, sich tief nach unten bogen.

Die Anspannung wich aus Mikes Muskeln. Das Spiel von ein paar Affen hatte er für die Anwesenheit der göttlichen Energie gehalten, eine unwichtige Begebenheit zu einem Zeichen stilisiert. Aber wie war sie zu erkennen, die Anwesenheit des Schöpfers?

Wenn ich hier leben muss, dann werde ich wohl wahnsinnig. Ich fange ja jetzt schon an, mit mir selbst zu reden, dachte er und erkundete den Wald, als wollte er überprüfen, ob diese fremd gewordene Welt doch irgendwie mit seinem Selbst zu vereinbaren war.

Papa Kadenges Worte, die er seinem Sohn zum Abschied mitgegeben hatte, klangen jetzt wie eine Weissagung: Dein eigenes Leben wird dir die Fragen auf mein Leben beantworten. Wenn es so weit ist, sei geduldig und horche darauf, was das Leben zu dir spricht.

Aber das Leben sprach nicht zu Mike; jedenfalls hörte er nichts außer den lärmenden Affen. Jetzt hätte er gern Hanna an seiner Seite gehabt, sie um Rat gefragt. Gleichzeitig wusste er, dass ihm auch seine Frau den bevorstehenden Gang in die Höhle nicht abnehmen konnte.

Auf dem Rückweg zur Lichtung, wo er die anderen vermutete, sah Mike das weiße Hemd seines Bruders durch das dichte Grün schimmern. Vince schien nun doch endlich das Gespräch mit ihm zu suchen. Als er ihn entdeckt hatte, beschleunigte er seine Schritte und straffte seinen Körper wie ein Mann, der eine Entscheidung getroffen hat.

»Ganz schön bescheiden, wenn man vom Leben mehr bekommt, als man erwartet«, eröffnete er zu Mikes Verblüffung.

»Wie meinst du das?«

»Du weißt genau, wie ich das meine: Erst bist du nach Deutschland gegangen, obwohl ich als der Ältere das vorgehabt hatte.« Vince sprach damit einen alten Konflikt an, dem Mike jenes schlechte Gewissen verdankte, mit dem der Jüngere klaglos all die Jahre eine stattliche Summe nach Kenia überwiesen hatte. Vince sah Mike offen an: »Es geht einfach nicht, dass du hier bleibst, Mike. Du hast uns gegenüber eine Verantwortung: Wir brauchen das Geld, das du uns jeden Monat schickst.«

Daran allerdings hatte Mike bislang noch nicht gedacht. Er saß offenkundig zwischen allen Stühlen! Es machte in diesem Moment keinen Sinn, den Bruder zu fragen, ob das viele Geld auch wirklich sinnvoll investiert worden war. Schließlich wollte er die gereizte Stimmung des Älteren nicht noch weiter anheizen. Statt des Geldes bewegte ihn eine ganz andere Frage: die nach seinem Schicksal.

Die Antworten dem Leben überlassen…, dachte er. Und fragte sich, welches Leben eigentlich gemeint war: Hannas? Kens? Jenes der Dorfgemeinschaft? Das von Vince und dessen Familie? Oder sein eigenes?

»Du hast mir vorgeworfen, dass ich wie ein Weißer denke. Und jetzt willst du, dass ich mich gegen die Traditionen stelle, Vince?« Indem er das aussprach, wurde Mike klar, welches Leben gemeint war: Jenes, das er in diesem Wald vor 20 Jahren begonnen hatte. Als er hier als 13-Jähriger einen Schwur ablegte. Das Bekenntnis zu seiner Gemeinschaft. Sicher, es waren die Sätze, die ein Halbwüchsiger seinem Lehrmeister nachsprach. Ein Kind fast noch, das nicht voraussehen konnte, dass es als Mann einmal an ihnen gemessen werden würde. Aber diese Worte bildeten die *Brücke zur Ewigkeit*. Darum hatte der Vater damals sein altes Leben hinter sich gelassen und ein neues begonnen.

Die Antwort des Lebens formierte sich für Mike in diesem Augenblick zu einem großen Fragezeichen, das einen simpel anmutenden Satz beendete: War er bereit, sich dieser Aufgabe zu stellen?

Mike wich dem Blick seines Bruders aus, als er sagte: »Noch ist alles offen, Vince. Warten wir das Ergebnis der zweiten Ahnenbefragung ab.«

Verärgert schüttelte der Ältere den Kopf. »Du hättest nicht hierher kommen sollen! Ausgerechnet ich habe dich informiert, dabei wusste ich doch, dass dieses Ritual stattfinden wird.«

»Aber du warst überzeugt, seinen Ausgang zu kennen«, sagte Mike. Schwarz geronnenes Blut als Weichenstellung für einen Lebensweg; ein Urteil, das niemals begründet werden würde.

»Andererseits kannte ich Vater doch genauso wenig wie du«, fuhr Vince fort. »Ich wusste nicht, dass er seinen Abschied genau auf den Tag deiner Ankunft gelegt hatte. Doch als ich die Schale aus der Höhle trug, wurde mir schlagartig alles klar, Mike: Du bist gekommen, weil *sie* wollen, dass du bleibst. Es gibt also nur eine Lösung: Du darfst dich dem Urteil nicht stellen.«

»Du hast Recht: Papa war uns immer ein Fremder. Aber ich werde ihn nach seinem Tod nicht verraten«, sagte der Jüngere schlicht. »Wenigstens seinem Urteil stellen muss ich mich.«

Das Ritual wiederholte sich in der folgenden Nacht genau so wie 24 Stunden zuvor. Leonard hielt die mit Blut gefüllte Kalebasse bereit. Ein warmer, süßlicher Duft stieg daraus auf.

Ohne einen der anderen elf anzusehen, trug Mike das mit seinem Speichel vermischte Blut in der Opferschale in den Eingang der Höhle. Drinnen war es dunkel, der Boden uneben. Mike ging langsam weiter, bis der letzte Funken des Feuerscheins von draußen ausgesperrt blieb. Nur noch verschlingende Finsternis umfing ihn. Und die Gerüche, die von der Arbeit seines Vaters erzählten. Von der Einsamkeit eines Mannes, der nichts als die Natur brauchte, um zu wissen, was den Menschen fehlte. Mike sog das vielschichtige Aroma in seine Lungen, bis ihm leicht schwindlig wurde. Er verlor das Gleichgewicht, tat einen Schritt ins Leere, gewann seine Balance zurück und stellte die Kalebasse direkt vor seinen Füßen ab.

Mike sprach in die völlige Dunkelheit hinein: »Maurice, Tony – meine Brüder, Sara – meine Schwester, Papa Kadenge – mein Vater, Mama Kate – meine Mutter. Ich kann euch nicht sehen. Aber ich nehme an, dass ihr mit unzähligen anderen jetzt hier seid.« Er lauschte eine Weile, ohne Antwort zu bekommen. Ein wenig lächerlich kam er sich schon vor. Wie jemand, der mit sich selbst redet. Doch *sie* waren wohl alle hier. Es war sein Fehler, dass er *sie* nicht hören konnte. »Ihr werdet eine Entscheidung treffen. Ich kann nur zu euch kommen und dieses Opfer anbieten. Ihr werdet es nehmen oder verschmähen«, fuhr der junge Mann leise fort.

Beinahe andächtig ging er in die Hocke, als könnte er sich dann besser auf die Zwiesprache mit den Toten konzentrieren. »Was soll aus Hanna werden, wenn ich hier bleibe? Unsere Liebe wird eine Trennung kaum verkraften! Eine Frau in der Großstadt und ihr Mann im Urwald – wie soll denn das gehen? Und was wird aus Kenny? Er ist gerade zehn Jahre alt. Er braucht mich. Bitte, ich will ihn und Hanna nicht verlieren.«

Mike brach ab. Was hatte es für einen Sinn, den Toten zu erklären, wie ein Lebender fühlt? Dort, wo *sie* jetzt waren, gab es keinen Trennungsschmerz, der das Herz zerschnitt, wenn man nur daran dachte, wie alles kommen könnte. Ihr Urteil bemaß sich wahrscheinlich an anderen Werten, die Mike nicht kannte. Nein, *sie* würden nicht mit sich verhandeln lassen. Mike konnte *sie* nicht bitten, ihn sein Leben mit Hanna und Ken fortführen zu lassen.

Aber er hatte wenigstens versucht, sein Leben und das von Hanna und Ken in die Wagschale zu werfen. Er wusste nicht, ob ihr Schicksal, also das dreier Menschen, genug Gewicht hatte, um gegen das Wohl der Gemeinschaft, die einen neuen *mganga* brauchte, bestehen zu können. Im Zweifelsfall würde ihm nichts anderes bleiben, als sich der Entscheidung Unsichtbarer zu beugen. Auch, wenn ihn dies um seine gesamte bisherige Existenz brachte. Mikes eigener Wille zählte dabei nicht: Die Ahnen urteilten in anderen Dimensionen. Sie gaben Müttern Kinder und sie nahmen ihnen die Väter, wenn diese für die Gemeinschaft gebraucht wurden.

Umständlich richtete sich der junge Mann wieder in der Höhle auf. Angestrengt starrte er in die Finsternis, in dem vergeblichen Versuch, wenigstens die Konturen des Millionen Jahre alten Gesteins zu erkennen. Wenn er schon nicht die Seelen der Verwandten erreichen konnte … Nach einer Ewigkeit, die er schweigend verbracht hatte, kehrte er zurück zu den Wartenden.

Die drei Alten trafen Vorbereitungen für den neuen Tag, als die ersten Sonnenstrahlen durch das Laub des Baobab schimmerten.

»Geh nur«, sagte Leonard, als sich seine Blicke mit Mikes trafen.

Der Weg in die Höhle wirkte trotz der dämmrigen Helligkeit länger als am Vorabend. Mike überkamen schon Zweifel, ob die Schale überhaupt noch an ihrem Platz wäre. Er fand sie in einer Ecke, in der die Überreste verbrannten Holzes davon kündeten, dass Papa Kadenge früher dort sein Feuer entzündet hatte. Wahrscheinlich, überlegte Mike, hat mich der Geruch gerade in diesen Winkel gezogen.

Inmitten der schon vor langer Zeit erkalteten Asche stand die dunkle Kalebasse. Mike nahm sie vorsichtig vom Boden. So, als hätte er das Opfer gerade eben erst dargebracht und nicht zwölf Stunden zuvor, roch er die Ausdünstungen des frischen Tierbluts, fühlte durch das dünne Holz seine Wärme.

Indem er sich zum Gehen wandte, fiel sein Blick auf eine Ansammlung von Dingen. Die sandfarbene Fellmaske mit den seitlich daran befestigten dunklen Federn und das Ritualmesser in einer Scheide aus hellgelber Ziegenhaut lagen auf einem niedrigen Stapel Zweigen. Das schwach einfallende Licht ließ den großen, mit einem Deckel verschlossenen Korb aus geflochtenen Palmblättern und den darauf ruhenden Fellsack nur erahnen. Die Werkzeuge schienen die Rückkehr des Heilers zu erwarten. Oder die Ankunft jenes Mannes, der sie an seiner statt benutzen und den Stillstand der Zeit in dieser Höhle aufheben würde …

Am Feuer wurde die Schale von Leonard zu Samson und von Samson zu Hezekiah gereicht, bevor sie die Runde durch die Hände der Jüngeren machte. Jeder von ihnen fügte schweigend ein paar Haare sowie etwas Speichel hinzu. Als letzter war Vince an der Reihe. Mit einer Miene völligen Gleichmuts schloss er sich dem Gemeinschaftsritual an, mit dem der Beschluss der Ahnen in der Welt der Lebenden angenommen wurde. Dann trug Leonard die Schale zurück zur Höhle. Mike und die übrigen zehn Männer folgten dem Zeremonienmeister.

»Wir danken für euren weisen Rat«, wendete Leonard sich an die Unsichtbaren, »und bitten euch, unseren Bruder auf seinem Weg zu leiten und Gott zu sagen, dass unser Dorf einen neuen *mganga* hat.«

Mike stand wie betäubt in der Runde der elf Männer. In ihm war nur noch ein einziger Gedanke: Wie sollte er Hanna und Ken erklären, dass er sich einer Entscheidung beugte, die Menschen getroffen hatten, die teilweise vor Jahrzehnten verstorben waren?

9

Mikes Finger glitten durch das harte Fell des Ochsen. Die kleine Einstichwunde, an der Hezekiahs Messer in die vom Herzen wegführende Blutbahn des Rindes eingetreten war, erspürte er durch die wenigen verbliebenen Erdkrumen, die sie verschlossen. Hezekiah sprach mit dem Opfertier ruhig und geradezu einfühlsam, dann führte er es von seinem Platz unter der Würgefeige, wo es die letzten beiden Tage geduldig verbracht hatte, fort in den dichten Wald. Mike begleitete ihn, um zu erfahren, was mit dem schönen Tier geschehen solle.

»Nichts«, antwortete der alte Bauer. Mit einem leichten Klaps entließ er den Ochsen in die Freiheit: Sowohl im Heiligen Hain als auch im nahen Buschland gab es für ihn genug zu fressen.

Während die Männer in brütender Mittagshitze den inzwischen ausgetrockneten Pfad zurück ins Dorf liefen, blickte Mike sich noch einmal nach jenem Ort um, an dem sein Lebensweg eine einschneidende Wendung erfahren hatte. In den Akazien erkannte er Geier, die geduldig auf Beute warteten, und er dachte an den Ochsen, der da draußen schutzlos der Wildnis ausgeliefert war. Mike hatte zwar nie einen Leoparden gesehen, doch es war bekannt, dass die gefleckten Großkatzen bisweilen in der Gegend Beute suchten.

Samson hatte ihm erklärt, dass die Frauen im Dorf das Opferfest vorbereiteten. Danach würde Mike in diese ungebändigte Natur hinausziehen. So wie jenes Rind, das sein Blut für die Gemeinschaft gegeben hatte.

Vince gesellte sich neben seinen Bruder. »Auf dich kommt eine sehr lange Lehrzeit zu. Das heißt, deine Frau und dein Sohn werden keinen Schutz haben«, begann der Ältere.

Trotz der bedrückenden Situation amüsierte Mike die etwas naive Sicht seines Bruders: »Hanna kann ganz gut auf sich aufpassen. Sie ist eine Frau von 42 Jahren, Vince. Ich muss sie nicht beschützen. Um den Punkt musst du dir am wenigsten Sorgen machen.«

Doch seinem Bruder ging es weniger um Hanna: »Dies ist Kens Heimat. Er sollte hier leben, wo seine Ahnen sind. Mama Lenah wird ihn wie einen Sohn aufziehen.«

Obwohl Vince' Ansinnen absurd war, bemühte Mike sich, ruhig zu bleiben. »Ich schätze sehr, dass du uns helfen willst«, meinte er höflich. »Aber Hanna ist die beste Mutter, die Ken finden kann. Er freut sich darauf, morgen Nachmittag zurückzufliegen. Wir können ihn doch nicht zwingen, hier zu bleiben!« Er sagte nicht, dass der Junge sich im Dorf unwohl fühlte und während seines Aufenthalts in Kenia das westliche Leben am Hotelpool bevorzugte, weil das Land seiner Geburt ihm nichts bedeutete. Stattdessen fügte Mike hinzu: »Es wird für Ken schwer genug, wenn er mich nicht mehr hat. Wir dürfen ihn nicht auch noch seines gewohnten Lebens berauben.«

Als Vince nichts erwiderte, nahm Mike an, dass er ihn überzeugt hatte, und setzte hinzu: »Ich bitte dich nur noch um eins: Bring Kenny morgen zum Flugzeug und schärfe den Stewardessen ein, auf ihn aufzupassen, als ob er ihr eigener Sohn wäre. Versprichst du mir das?«

Sein großer Bruder, der durch Papa Kadenges Tod zum Oberhaupt der gesamten Familie geworden war, schwieg.

Mike wertete das als stumme Zustimmung. Er konnte sich nicht vorstellen, dass Vince anders darüber dachte. Die Wortkargheit, in die der Ältere sich seit der Verkündung des Urteils hüllte, hielt Mike für das innere Ringen eines Mannes, der versuchte, mit der Ablehnung durch die Ahnen zurechtzukommen, gegen die kein Aufbegehren mehr möglich war.

Während er im Kreis der anderen zum Dorf zurücklief, fiel ihm das Handy seines Bruders ein und er fragte ihn, ob er damit Hanna anrufen dürfe. Doch Vince erklärte ihm, dass dies mit diesem Gerät unmöglich sei. Somit blieb ihm keine andere Wahl, als Hanna einen Brief zu schreiben. Den schwersten, den Mike sich vorstellen konnte.

Kenny überfiel seinen Papa mit dem ganzen Überschwang eines Zehnjährigen: »Du wolltest doch gestern zurückkommen!« Während der Junge ihn mit Fragen bestürmte, führte Vince' erster Weg zu seinem Minibus. Er begann zu telefonieren: Seine gesamte Lebensplanung war von einem Tag auf den anderen umgeworfen worden und nun musste er seinen Neubeginn organisieren.

Währenddessen schlang Ken seine Arme um Mikes Hals. »Warum hat das denn so lange gedauert? Können wir jetzt gar nicht mehr an den Strand, bevor wir zurückfliegen?«, fragte er.

Mike schüttelte kaum merklich den Kopf. »Es ist anders gekommen, als ich ... als wir alle gedacht hatten, Kenny. Unsere Vorfahren haben sich nicht für Onkel Vince entschieden.«

Das Kind konnte die Konsequenzen dieses Satzes nicht abschätzen und fragte arglos: »Wer wird denn dann der neue Buschdoktor?«

»Es ist eine große Ehre, wenn die Ahnen jemanden auswählen ... also, wenn der Sohn dem Vater ...« Eigentlich hatte

Mike sich seine Worte genau zurechtgelegt. Aber der unschuldige Blick des Kindes, das nur davon träumte, noch ein letztes Mal ans Meer zu dürfen, brachte ihn aus dem Konzept. Mike unternahm einen neuen Anlauf: »Also, die Ahnen haben bestimmt, dass ich der neue …«

Der Junge ließ ihn nicht ausreden: »Du?« Zunächst schien er nicht zu wissen, was er von dieser Erkenntnis halten sollte. Dann aber platzte er los: »Du kannst nicht hier bleiben! Mama wartet auf uns!«

Mike schüttelte den Kopf: »Nein, Schatz, ich kann nicht mitkommen. Du fliegst allein heim zu Mama. Sie liebt dich und ist für dich da.«

Unvermittelt sprang der Junge auf und rannte davon. Bevor Mike fähig war zu reagieren, hatte sein Sohn bereits eine ansehnliche Distanz zwischen sich und ihn gebracht.

»Kenny! Warte! Lass es dir erklären!«, rief er ihm nach.

Vornübergebeugt, die Hände auf die Knie gestützt, starrte er Mike an. »Das ist gemein! Ich hasse dieses dämliche Dorf!«, brüllte das Kind mit wutverzerrtem Gesicht. »Und ich hasse Kenia!«

»Nein, Kenny, das tust du nicht. Du bist nur wütend auf mich.«

»Du hast mich doch gar nicht lieb.« Der Junge sank lautlos in sich zusammen, mitten auf der Dorfstraße. Mike hob ihn auf und trug ihn zurück in den Schatten. Kens Körper wurde von heftigem Weinen geschüttelt. Er hustete stoßweise und atmete schwer, wie er es immer tat, wenn er sich stark aufregte. Hanna hatte ihm erklärt, dass dies an seiner eingeschränkten Lungenfunktion lag.

»Schatz, du bist mir der wichtigste Mensch auf Erden. Das musst du mir glauben. Ich liebe dich mit jeder Faser meines Herzens.«

Das Schluchzen wurde immer heftiger. »Gar nicht wahr. Du bist ja nicht mal mein echter Vater. Darum willst du auch nicht mit mir nach Hause, sondern in diesem Dorf bleiben.«

Hilflos streichelte Mike seinen Sohn und überlegte, wie er sich aus dem Lügengebäude befreien konnte, das er vor achteinhalb Jahren errichtet hatte. Er konnte nicht ausgerechnet jetzt sagen, dass er Hanna damals aus Feigheit angelogen hatte, weil er zu Beginn ihrer Beziehung nicht genug Vertrauen in die Liebe der deutschen Frau gehabt hatte. In diesem Augenblick hätte der Junge ihm kein Wort geglaubt, sondern nur angenommen, dass Mike ihn trösten wollte.

Statt die Wahrheit auszusprechen, versteckte er sie hinter zärtlich geflüsterten Worten: »Ein Vater kann dich nicht mehr lieben als ich, Kenny.«

»Ein echter Vater lässt seinen Sohn nicht im Stich!«, entgegnete das Kind unter Tränen.

»Das tue ich auch nicht, Kenny. Aber ich bin auch der Sohn meines Vaters. Darum muss ich seinem und dem Willen der Ahnen gehorchen. Mir tut das auch sehr weh. Ich liebe dich und Hanna, aber ich habe keine andere Wahl. Weißt du, manchmal muss man seine eigenen Wünsche denen anderer unterordnen. Auch wenn uns das Herz blutet, weil wir Menschen verletzen, die wir lieben.«

Der Kleine umklammerte seinen Vater, als wollte er ihn nie wieder loslassen. »Ich habe so Angst, Papa!«

»Hanna wird sich um dich kümmern«, murmelte Mike dicht am Ohr seines Sohnes.

Vor seinen Augen erstreckte sich die weite Ebene des kenianischen Buschlandes. Die Leere, die er sah, spürte er auch tief in sich.

Während Mike sich mit Ken durch die versammelten Dorfbewohner schob, bemerkte er, dass die Menschen ihn anders behandelten. Respektvoll traten sie zur Seite, ältere Frauen neigten den Kopf. Männer berührten sanft seine Schulter und reichten ihm die Hand, um zu gratulieren. Mike verwirrte diese übergroße Aufmerksamkeit.

Er bemerkte auch, dass Ken die veränderte Stimmung mit seinen sensiblen Antennen auffing: Sie schüchterte ihn ein.

Der junge Mann erinnerte sich, wie er selbst etwa in Kens Alter gewesen war und das Urteil der Ahnen sein Leben unvorbereitet verändert hatte. Würde auch sein Junge erst so spät verstehen, was er jetzt noch nicht begreifen konnte? Die letzten Worte seines sterbenden Vaters enthielten eine tiefe Weisheit: Es wiederholte sich wirklich alles. Aber ob Ken auch einmal in meine Fußstapfen tritt?, fragte er sich.

Das Fest hatte längst begonnen und wurde mit jener Ausgelassenheit gefeiert, die Mike in Deutschland vermisste. Junge Burschen benutzten ausgehöhlte Baumstämme als Trommeln, Mädchen in bunten kurzen Röcken wirbelten vor ihnen mit einer Geschwindigkeit, die ihre Füße über den Boden schweben zu lassen schien. Die Grenze zwischen Zuschauern und Akteuren verwischte – immer wieder löste sich jemand aus der Menge und trug ein Lied vor.

Mike bemühte sich, die Texte zu verstehen. Es waren kleine Geschichten, die von Begebenheiten im Dorf erzählten, und in allen kam Papa Kadenge vor. Die vielen kurzen Anekdoten, die Mike seinem Sohn übersetzte, machten deutlich, dass der Verstorbene der Hoffnungsträger des Dorfes gewesen war. Die Bewohner rühmten seine selbstlose Hilfe, die jedem zur Verfügung stand und für viele kostenlos war. Sogar der alte Dorfvorsteher, *chief* Samson, erhob sich von seinem Stuhl im Halbrund vor der Tanzfläche und erzählte davon, wie Papa Kadenge ihm sein Bein erhalten hatte. Woraufhin einer von Samsons Söhnen vortrat und mit Trommelbegleitung berichtete, dass der Arzt, der eine kleine Praxis mit Operationsraum im Nachbardorf unterhalten hatte, diese schließen musste, als sich die Nachricht von Samsons Heilung herumgesprochen hatte.

Die fröhliche Stimmung kippte, als eine alte Frau ein Lied begann, das den Verlust beklagte, den das Dorf durch Papa Kadenges Tod erlitten hatte. Viele beweinten hemmungslos, dass die Tage dieses gütigen und weisen Mannes vorbei waren. Als Nächster meldete sich Leonard zu Wort, der Meister der Zeremonie im Heiligen Hain, und sprach von der Kraft der Ahnen. Jetzt verstummte jedes Gespräch, die Menschen hingen an den Lippen des alten Mannes.

»Jene, die vorangegangen sind, lassen die Nachfolgenden nie ohne Schutz zurück«, erinnerte Leonard sie.

Während der einstige Helfer seines Vaters der Gemeinschaft Mut zusprach, bemerkte Mike in den Gesichtern der Anwesenden die Hoffnung auf ein friedliches Weiterleben. Sie zu erfüllen, das war Mikes Aufgabe. Bislang hatte er nur den Titel eines *mganga*, aber keine Vorstellung davon, wie er dessen Amt auszuführen hatte.

Als Leonard fortfuhr, schien er Mike direkt aus der Seele zu sprechen: »Die Entscheidung der Ahnen ist anders ausgefallen, als manche gedacht haben. *Sie* haben jemanden erwählt, der schon lange nicht mehr in unserer Mitte gelebt hat. Aber es war Bruder Kadenge selbst, der seinen Sohn zurückgerufen hat. Mike ist jung und hat vieles vergessen, teilweise sogar seine eigene Sprache.« Die Menschen stimmten in Leonards Lachen ein. »Doch Bruder Mike wird vieles lernen.« Die Leute verstanden die ironische Anspielung, denn ihnen allen war bekannt, wie ein *mganga* sein Wissen erwarb.

»Doch bis dahin«, fuhr Leonard ernsthaft fort, »wird noch einige Zeit vergehen. Die älteren unter uns werden sich noch daran erinnern, wie Papa Kadenge sich einst auf den Weg machte. Als er wiederkehrte, war er ein anderer geworden. So wie sein Vater damals, wird Bruder Mike heute Nacht noch aufbrechen, um als ein anderer zurückzukommen.«

Die Frauen hatten das süße Maisbier gebraut, das nur an besonderen Festtagen ausgeschenkt wurde. Es befand sich in einem großen Kessel, den Vince' Frau Mama Lenah und die schwangere Schwiegertochter von *chief* Samson nun herbeibrachten. Der *chief* trat zu Leonard, gemeinsam schöpften sie mit einer Kalebasse Bier heraus und gossen es auf den Boden in der Mitte des Platzes.

Leonard hob die Arme zum Himmel und die anderen taten es ihm gleich: »Ihr, die ihr uns seht und hört. Ihr, unter deren Schutz wir leben. Wir geben euch dieses Festbier, um unsere Dankbarkeit zu zeigen und euch den Respekt zu erweisen, den wir euch schulden. Wir danken für eure Hilfe. Euer Andenken wird in uns fortleben. Eure Namen werden nie vergessen und ihr immer lebendig in uns sein.«

Dann winkte er Mike zu sich. Der strich seinem Sohn liebevoll über den Kopf und trat dann in die Mitte der Menschen. Leonard und Samson übergaben Mike die Kalebasse, aus der sie das Bier geopfert hatten. Der junge Mann war für einen Moment ratlos, wie er sich verhalten sollte. Seine Augen suchten den kleinen Ken, der so verloren zwischen allen stand. Als er ihn fand, machte der Junge eine Geste mit der Hand, als würde er selbst das Bier auf den Boden schütten.

Ein unglaubliches Gefühl der Liebe durchströmte Mike in

diesem Moment. Sein Sohn, dem all dies doch so fremd sein dürfte, signalisierte ihm seinen Beistand…

Mike tauchte die Schale in das süße Bier und goss es auf den Boden. »Ich werde lernen, ein würdiger Nachfolger meines Vaters zu sein. Ich werde auf das hören, was diejenigen, die wir nicht sehen können, zu mir sagen. Und ich werde es euch mitteilen, sobald ich es weiß. Ich will der Gemeinschaft so dienen, wie mein Vater es getan hat.« Dann wiederholte er sein Versprechen auf Deutsch. Nur für Ken.

Zuerst schwieg die Menge, verblüfft über die fremde Sprache. Dann begann jemand zu klatschen. Schließlich hoben Leonard, Samson und der alte Hezekiah den Knaben hoch und setzten ihn Mike auf die Schultern. Nun applaudierte die ganze Versammlung. Ken war auf diesem Weg aufgenommen als der Sohn des künftigen *mganga*.

Während die Dorfgemeinschaft mit Gesang und Tänzen, dem Festbier und üppigen Essen den Beginn einer neuen Zeit feierte, hatten sich Mike und Ken abseits niedergelassen. Es waren die letzten Minuten, bevor sie sich trennen mussten.

Ken wollte ein großer, vernünftiger Junge sein: »Ich werde Mama alles erzählen, Papa. Sie wird nicht böse sein, dass du nicht mit mir zurückfliegst.«

»Und du, Kenny?«

»Ich auch nicht, Papa. Ich werde dich mit Mama besuchen kommen.« Dann schwieg er. Um schließlich zu fragen: »Papa, sag mal, darf man auf einen *mganga*-Papa stolz sein? Oder finden die Ahnen das nicht gut?«

»Ich werde sie bei Gelegenheit fragen, Kenny. Im Moment weiß ich noch nicht, wie das geht.« Kens ratloser Blick bewies ihm, dass diese Antwort einem Zehnjährigen nicht ausreichte. »Ich glaube schon, dass du stolz sein darfst«, lenkte er ein. »Denn wenn du mir die Daumen drückst, fällt mir alles leichter.«

Inzwischen war es Nacht geworden. Der pechschwarze Himmel war mit Sternen übersät. »Der kleine Prinz«, sagte Kenny, »das bist jetzt du, Papa. Wenn ich mit Mama in Berlin den Himmel ansehe, weiß ich, dass du ihn auch siehst. Du brauchst dann nicht so traurig zu sein, dass ich nicht bei dir bin.«

Mike zog den Jungen dicht an sich heran und hielt ihn lange an sich gedrückt. »Und ich denke an dich, Kenny, an meinen Sohn.« Er reichte ihm ein mehrfach gefaltetes Blatt Papier – einen in der Eile nur sehr kurz geratenen Brief an Hanna. Er hoffte, die Zeilen konnten erklären, was Ken ihr nicht erzählte. »Wenn du morgen Abend Mama wiedersiehst, gib ihr das und sage ihr, dass ich sie liebe. Machst du das?«

Sie saßen noch immer so, als Leonard sich näherte und zum Aufbruch mahnte. Mike umfasste die schmalen Schultern des Jungen und küsste ihn ein letztes Mal auf die Stirn: »Pass auf dich auf, mein Großer.«

»Das hast du noch nie zu mir gesagt.«

»Aber so ist es«, bekräftigte Mike und setzte in Gedanken hinzu: von jetzt an jedenfalls.

Mike drehte sich kein einziges Mal mehr um. Er wusste, dass Ken ihm nicht lange nachsehen konnte. In der Dunkelheit würde seine Gestalt rasch verschwunden sein. Eine Weile noch begleitete die beiden davonziehenden Männer der Trommelklang des Opferfests. Das gleichmäßige Geräusch erschien dem künftigen *mganga* als Ermutigung, welche die zurückgelassene Dorfgemeinschaft ihm auf seinem bevorstehenden schweren Weg nachsandte.

10

Das fröhliche »*Jambo*«, mit dem Edith den unausgeschlafenen Ken empfing, passte nicht zu der gedrückten Stimmung des Jungen. Grußlos schnappte er sich die schmale Plastiktasche, in der er hinter dem Schreibtisch seines Onkels Badehose und Handtuch verwahrt hatte.

Edith schien überrascht: »Wo ist Mike?«

»Papa wird *mganga*«, sagte Ken. »Er wird nicht mit mir nach Deutschland fliegen.«

Die junge Frau hielt ihn auf: »Jetzt bist du wohl traurig, hm?«

»Nein, ich bin ganz stolz auf ihn«, wehrte der Junge ab.

»Das kannst du auch.« Edith blickte Vince an: »Und du?«

»Verlass dich nie auf deine Ahnen, Edith. Die machen, was sie wollen«, bemerkte er und begann hastig ein paar Unterlagen aus den Schränken zu ziehen, die er in eine Tasche stopfte.

Die junge Frau schien dieser Ausgang der Buschdoktor-Geschichte offenkundig zu freuen. Vince' Gesicht jedoch war anzusehen, dass seine Flapsigkeit nur gespielt war.

Edith räusperte sich verlegen. »Papa Paul war vorhin schon hier. Er lässt dir ausrichten, dass er alles arrangiert hat«, sagte sie auf Englisch. »Weißt du, was er damit meint?«

Vince zog sein Handy aus dem Hosenbund und schickte Ken nach draußen. Der Junge blickte auf die Uhr; es war kurz nach acht. Sie waren äußerst knapp dran. Trotzdem erinnerte er seinen Onkel an das Versprechen, ihm einen Umschlag zu geben, in den er Mikes Brief an Hanna stecken wollte, damit er nicht verloren ging.

»Leg den Brief auf meinen Schreibtisch«, meinte Vince. »Edith sucht gleich einen Umschlag.«

Dem Büro der *Karibu-Tours* gegenüber unterhielt ein Andenkenhändler einen einfachen Holzstand. Er saß in einem Rollstuhl, sein steifes Bein auf einen Holzschemel gelegt. Der Mann bot kleine Holzelefanten, Giraffen, Massai-Krieger und Armbänder an; Ken hatte schon einmal mit ihm gesprochen und den Preis für einen kleinen, aus Holz geschnitzten Löwen ausgemacht, den er Hanna mitbringen wollte. Der Junge blickte sich zum Büro um; Vince hantierte an seinen Schreibtisch und telefonierte gleichzeitig. Er entschloss sich, diese letzte Gelegenheit zu nutzen, und rannte hinaus. Doch der Händler verlangte jetzt den doppelten Preis; anscheinend erinnerte er sich nicht mehr an ihn.

Ken trennte sich von seinen letzten 100 Schilling: »Mehr habe ich nicht.«

»Das nicht reichen«, sagte der Händler. »Du tauschen. Ich wieder verkaufen. Gutes Geschäft.«

Das Kind legte einen blauen Kuli auf den Tisch, den Hanna ihm geschenkt hatte, weil darauf die Telefonnummer jener Praxis für Krankengymnastik stand, in der sie bislang gearbeitet hatte; die Nummer wusste er ohnehin auswendig. Der Händler willigte in den Deal ein.

»He, Ken, wo hast du denn so lange gesteckt?« Sebastian, mit dem der Junge die meiste Zeit am Hotelpool verbracht hatte, war mit seinem Vater trotz der frühen Stunde bereits unterwegs. Sie erzählten, dass sie noch ein paar Postkarten gekauft hatten, bevor ihr eigener Flieger zwei Tage später ging. »Kommst du mit Schwimmen?«

»Tut mir Leid.« Ken deutete enttäuscht auf Vince' Minibus. »Mein Onkel bringt mich gleich zum Flughafen!«

»Aber wir sehen uns doch in Berlin, oder?«

Kens Schmerz, seinen Papa verloren zu haben, wurde wenigstens teilweise durch die Aussicht gelindert, zu Hause einen neuen Freund zu haben. »Ich rufe dich an!«, versprach er.

Vince unterbrach das Gespräch: »Ken, wir sind spät dran! Du musst noch packen!« Als der Junge sich ein letztes Mal umdrehte, sah er durch die eingestaubte Rückscheibe Sebastian und seinen Vater auf der Mitte der wenig befahrenen Straße stehen. Sie winkten ihm fröhlich nach.

Der dunkle, frisch gewaschene Geländewagen, neben dem sich der schmutzige Mitsubishi-Bus seines Onkels kümmerlich ausnahm, parkte so dicht vor Vince' Haus in Mtwapa, dass Ken ihn umrunden musste, um das Grundstück betreten zu können. Ein Mann mit kurzen, rotblonden Haaren wälzte seinen schwerfälligen Leib aus dem Wagen.

»Das ist Papa Paul, ein Freund aus Deutschland. Er kam gerade vorbei«, erklärte Onkel Vince.

Ohne Vorwarnung glitt die feuchte, warme Hand des Dicken unter Kens Kinn und hob seinen Kopf leicht an. Er musste den Deutschen voll ansehen. Dessen Gesicht war stark gerötet, als würde er sich unglaublich anstrengen. Seine kleinen Augen waren von hellem, fast schon ins Weiße gehendem Blau. Der Deutsche starrte das Kind eine Ewigkeit lang an. Endlich ließ er ihn los. »Du bist also der Ken«, stellte er fest.

Der Junge war froh, dass er gleich abreisen durfte: Der Mann, der vertrauenerweckend »Papa Paul« genannt wurde, schüchterte ihn ein. Er war gewiss einen halben Kopf größer als Onkel Vince. Seine Hände, die ständig in Bewegung waren, erinnerten Ken an die Pranken eines Tieres, das er in Kenia bislang nicht getroffen hatte – einen Löwen.

Der dicke Mann legte ihm freundschaftlich eine große Hand auf die Schulter, als ob er ihn nicht gehen lassen wollte. »Dein Papa bleibt also in Kenia, kleiner Mann. Aber du hast ja keine Angst, allein zu fliegen, oder?«

Ken entwand sich ihm: »Ich muss packen.«

Erleichtert betrat er das schlichte Steinhaus seines Onkels: Er würde keine weitere Nacht auf dem mit Fell belegten Holzgestell verbringen müssen. Hastig wechselte er seine Sachen und stopfte Shirts und Hosen in die Reisetasche. Seinem Bett gegenüber befand sich ein zweites, auf dem das gleiche Wirrwarr herrschte. Er spürte einen dicken Kloß im Hals, als er die von seinem Vater zurückgelassene Jeans, seine Unterwäsche, Strümpfe und Hemden herumliegen sah. Mittendrin der rote Reisepass Mikes. Ken hielt das Dokument ratlos in Händen; er wusste, dass sein Name darin eingetragen war.

Die beiden Männer unterhielten sich neben dem glänzenden Toyota Landcruiser des Deutschen so angeregt, dass sie ihn nicht kommen hörten.

»Entschuldigung«, unterbrach Ken, »was wird mit Papas Pass? Ich habe doch keinen eigenen.«

Vince nahm ihm das Dokument aus der Hand: »Das mache ich schon.«

»Papas Brief!«, rief Ken plötzlich entsetzt. »Den habe ich in deinem Büro vergessen, Onkel Vince!«

Bevor sein Onkel etwas erwidern konnte, sagte der Mann, den Vince Papa Paul nannte: »Ihr seid verdammt spät dran. Ich habe eine Idee: Mit meinem Wagen sind wir schneller. Wir beide, kleiner Mann, holen den Brief. Und dein Onkel fährt schon mal voraus zum Flughafen. Wegen dem Einchecken und so. Dann sparen wir Zeit. Dort treffen wir uns dann. Einverstanden? So machen wir das!« Er nahm Ken die Reisetasche ab und öffnete die Tür des Geländewagens: »Komm schon, los geht's!«

»Aber ...«, wollte der Junge protestieren, doch der Deutsche hob ihn bereits ins Auto.

»Bis später, Kenny«, sagte Vince, ohne ihn anzusehen.

Während der Landcruiser bereits losfuhr, sah das Kind seinen Onkel mit einer Tasche in den Minibus steigen. Aber wenigstens befand Ken sich tatsächlich auf dem Weg zurück zu Vince' Büro in Shanzu Beach und war somit gleichzeitig unterwegs in Richtung Flughafen.

Der Deutsche stoppte den Geländewagen wenige Minuten später vor dem Büro der *Karibu-Tours*. Edith war nicht allein dort, was Kenny gewohnt war. Den untersetzten Afrikaner, der bei seinem Eintreten das Büro verließ, hatte er jedoch noch nie zuvor gesehen. Die junge Frau war merkwürdig still, als sie Ken den Umschlag gab, in dem er Mikes Zettel fühlte.

»Ich komm bestimmt mal wieder!«, rief er und rannte zum Auto zurück.

Zu seiner Überraschung öffnete ihm der Mann aus dem Büro die hintere Wagentür. Er war ziemlich klein, gerade mal einen halben Kopf größer als Ken, aber er wirkte sehr muskulös.

»Das ist Alfred. Er muss auch zum Flughafen«, sagte Papa Paul. Der Fremde setzte sich neben Ken auf die Rückbank, dann startete der Wagen.

Kens Gedanken überschlugen sich. Irgendetwas stimmte hier nicht! Er blickte den schweigsamen Fahrgast neben sich an. »Woher wusste dieser Mann, dass wir zum Flughafen fahren? Das war doch gar nicht geplant?«, fragte er verunsichert.

»Du bist wirklich ein cleverer Bursche«, antwortete der fahrende Deutsche.

Entsetzt stellte der Junge fest, dass sie auf der Hauptstraße in genau jene Richtung fuhren, aus der sie gekommen waren. »Wir fahren falsch!«, rief Ken.

»Nein, wir sind ganz richtig«, widersprach Papa Paul gelassen. Obwohl sie es eilig hatten, fuhr er nicht besonders schnell.

»Sind wir nicht!«, rief Ken aufgeregt.

Im nächsten Augenblick fühlte er eine kräftige Hand, die ihm ein feuchtes Tuch auf Mund und Nase drückte. »Lass mich …«, presste Ken noch hervor. Er japste verzweifelt nach Atem, dann wurde er bewusstlos.

11

Willkommen, schrieb Hanna aufs Papier. Sie stutzte, knüllte das große weiße Blatt zusammen und malte stattdessen mit bunten Farben das Suaheli-Wort *Karibu* auf ein neues. Palmen, zwei Löwen und viel blauer Himmel ergaben ein naiv-fröhliches Durcheinander. Mit Klebestreifen heftete sie ihr Gemälde an die Außenseite der Wohnungstür. Am Türsturz schwebten zwei bunte Luftballons.

Das Flugzeug würde erst in zwei Stunden landen. Sie war viel zu früh dran, dabei neigte sie sonst nicht gerade zur Pünktlichkeit. Es ist besser, einen Zeitpuffer zu haben, dachte sie. Mutter wird bestimmt noch nicht fertig sein.

Hanna presste den Zeigefinger auf die Türglocke neben dem Namensschild *Dietz*. Der Summer antwortete prompt. Sie hatte sich geirrt: Ihre Mutter erwartete sie bereits. Und sie wollte von ihrer Tochter ein paar anerkennende Worte hören.

»Sieht gut aus, deine neue Frisur«, sagte Hanna.

Marianne schob die rot gefärbten Haare mit den Handballen nach oben, um ihnen noch mehr Volumen zu verleihen. »Macht mich jünger, findest du nicht auch?« Sie zog ihre Tochter ins Bad, knipste die Beleuchtung über dem Spiegel an und drückte Hanna bräunendes Make-up in die Hand. »Neben Mike und Kenny wirst du wie ein Käsekuchen aussehen, Hannchen«, meinte Marianne.

Hanna betrachtete ihr blasses, ungeschminktes Gesicht. Das tägliche Joggingpensum hatte sie schmaler werden lassen. Aber da sie nur frühmorgens gelaufen war, hatte der verschwenderische Sonnenschein der letzten beiden Wochen keine gesunde Farbe hinterlassen. Konnte es so verkehrt sein, wenn Mike ihr ansah, dass sie nicht auf der faulen Haut gelegen hatte? Na gut, zum Friseur hätte sie wirklich noch mal gehen können, die grauen Strähnen mit etwas Blond verdecken. Sie strich den Rock über den Hüften glatt. Der passte zum ersten Mal seit dem vorletzten Sommer! Dass sie ihren eisernen Diätplan tatsächlich eingehalten hatte, bemerkte ihre Mutter natürlich nicht. Typisch Mutti, dachte sie, immer nur die negativen Seiten sehen…

Hanna schaltete das Spiegellicht aus und legte demonstrativ das ungenutzte Make-up fort. »Besser pünktlich als braun«, meinte sie bündig.

»Dein Mann ist 33, mein Schatz«, antwortete Marianne. Eine ganz normale Feststellung. Spitz wie eine Nadel.

»Er wird ja älter. Jeden Tag, Mutti«, gab Hanna lächelnd zurück. »Gehen wir?«

Es hatte zu regnen begonnen, die Scheibenwischer des alten Peugeot 205 zogen Schlieren. Hanna war froh, dass sie zeitig genug dran waren. Die Fahrt hinaus zum Flughafen Schönefeld würde unter diesen Umständen länger dauern. Aber sie würden es schaffen. Ihre Nervosität legte sich dennoch nicht.

Marianne zeigte ihr eine Postkarte. »Die hat Kenny mir wirklich geschrieben«, sagte sie stolz. Die Postkarte zeigte die lang gestreckte Bucht von Shanzu Beach im Abendlicht, im Hintergrund die schemenhaften Umrisse der Hotelanlagen. Sie selbst hatte eine ähnliche bekommen.

»Sieht schön aus. Das ist doch derselbe Strand, an dem du Mike kennen gelernt hast?« Es war eine rhetorische Frage, denn natürlich kannte ihre Mutter jedes Detail. Fast jedenfalls. Als Hanna schwieg, fragte Marianne, ob Mike denn wenigstens einmal angerufen hatte.

Dass Mike sich bisher nicht gemeldet hatte, wunderte Hanna nicht wirklich: Einerseits waren Telefonate nach Deutschland teuer, andererseits ging sie davon aus, dass die beiden wohl doch mehr Zeit im Buschdorf verbringen mussten, als ihr Mann eingeplant hatte. Und dort gab es keine Fernsprecher. So erklärte sie es zumindest ihrer Mutter.

Die reagierte mit einem leisen Seufzer: »Ach, du hättest mitfliegen sollen, Hannchen.«

Hanna wollte das Thema nicht vertiefen. Sie hatte sich ohnehin nur mit Mühe auf die Prüfung konzentrieren können: Immer wieder waren ihre Gedanken zu Kenny und Mike abgeschweift.

»Kind...« In der Stimme ihrer Mutter schwang dieser viel sagende Unterton mit, den Hanna allzu gut kannte: In der nächsten Sekunde würde wohl eine bedeutungsschwere Frage folgen. »Hast du denn gar keine Angst?«

Verblüfft sah sie ihre Mutter an. »Wieso? Wovor?«

»Dass Mike vielleicht in Kenia bleiben will?«

»Warum sollte er das tun, Mutti? Mike ist Deutscher!«

»Ach, nichts, Kind. Verzeih. Ist ein dummer Gedanke.«

»Schon in Ordnung, Mutti.« Ich versteh dich nur zu gut, dachte Hanna. Papa ist damals einfach so verschwunden. Ohne Ankündigung, ohne Begründung. Sie beide waren allein dagestanden. Wochen – oder waren es Monate? – später war ein Brief gekommen. Nach Jahren erst hatte Hanna ihn selbst lesen dürfen: Worte, die sie so zornig machten, dass sie ihren Vater niemals hatte wiedersehen wollen. Sätze, die von der Chance eines Neuanfangs schwärmten und eine stets offene

Wunde im Leben der zurückgelassenen Menschen hinterließen.

Während sie durch das regenverhangene Land fuhren, glaubte Hanna, dass es keinen Grund gab, ausgerechnet jetzt diese Parallele zu ziehen. Sie vertraute Mike voll und ganz.

Die beiden Frauen waren trotz des miserablen Wetters 45 Minuten zu früh dran. Während sie im Ankunftsbereich warteten, studierte Marianne interessiert den Aushang eines Reisebüros. »Sieh dir das an, Hanna!« Aus einem Ständer nahm sie einen gelben Handzettel.

Hanna schluckte kurz, bevor sie antwortete: »300 Mark billiger!« Und das waren Mariannes 300 Mark – als Oma hatte sie es sich nicht nehmen lassen, Kens Flug zu bezahlen.

»Aber mit Vollpension!«, stöhnte ihre Mutter.

Die Jüngere blickte auf das Werbeblatt: Es wurde sogar exakt dasselbe Hotel angeboten, in dem sie zehn Jahre zuvor ihren Urlaub in Shanzu Beach verbracht hatte. Sie vermutete, dass das Reisebüro ihres Schwagers ganz in der Nähe lag.

»Bei dem Preis hättest du gewissermaßen umsonst mitfliegen können«, meinte Marianne gedankenverloren. Es gehörte zu ihren Eigenarten, Niederlagen gewissermaßen symbolisch zu konservieren: Sie steckte den Zettel in ihre Handtasche.

»Ich habe dir doch gesagt, dass ich …«, begann Hanna.

»Die Prüfungen!« Erschrocken schlug Marianne die Hand vor den Mund. »Hast du bestanden?«

»Lieb, dass du fragst. Ja.« Sie war nicht wirklich gekränkt, dafür kannte sie ihre Mutter zu genau: Gute Nachrichten waren lange nicht so interessant wie schlechte. »Ich war heute Morgen bei der Bank. Jetzt können sie meinen Kreditantrag für die Praxisräume bearbeiten.« Hanna hatte ihrem Mann eine Rose gekauft, die nicht duftete. »Die bestandene Prüfung ist mein wirkliches Geschenk für Mike.«

Die DC-10 des Schweizer Reiseveranstalters landete früher als erwartet. Schon nach wenigen Minuten scharten die Urlauber sich um das Gepäckband. Braun gebrannte Menschen schleppten viel zu groß geratene Holzgiraffen, einige Kinder trugen Sonnenhüte aus Palmblättern mit lustigen kleinen Ventilatoren auf dem Kopf, manche hatten rotbraune, mit Kauris verzierte Massai-Schilde mitgebracht. Keine Frage, dies war der richtige Flug... Erstaunlich viele Afrikaner scheinen außerdem an Bord gewesen zu sein, dachte Hanna. Aber Mike und Ken konnte sie nirgends entdecken.

Eine halbe Stunde später erklärte eine Stewardess der aufgelösten Frau, dass der Name Ndondi auf der Passagierliste stand: »Dann sind sie auch mitgeflogen.«

»Ein Junge, zehn, und ein 33-jähriger Mann. Sind Ihnen die beiden aufgefallen?«, fragte Hanna mit aufkeimender Hoffnung.

Die Stewardess blickte sie entnervt an: »In die Maschine passen 274 Fluggäste«, stellte sie lakonisch fest und ging. Die mehrfach wiederholte Lautsprecherdurchsage erbrachte nichts.

»Ich habe so ein dummes Gefühl«, sagte Marianne, als sie durch den dichten Regen zum Wagen liefen. »Mich erinnert das...«

»Mutti, ich ertrag das jetzt nicht. Bitte.«

Sie starrte wie betäubt in den früh dunkel gewordenen Sommerabend. Der entgegenkommende Verkehr war kaum zu erkennen. Die trägen Scheibenwischer schmierten. Hanna rieb sich die Augen. Ihr war nicht nach Reden zumute. Jedes Wort hätte alles noch schlimmer gemacht. Sie rang allein mit der Frage: Was war passiert? Denn eine noch leise Stimme in ihrem Kopf sagte ihr, dass sie die beiden nicht verpasst hatte. Schönefeld war ein übersichtlicher Flughafen. Spätens vor der Ankunftshalle hätten sie Mike und Kenny entdeckt: Ein Taxi nach Hause würde ihr Mann nie nehmen, dafür waren sie viel zu knapp bei Kasse.

Wie bittere Ironie wirkte das fröhliche *Karibu*-Schild über der Tür, das Hanna und Marianne empfing. Aber sie hatte kaum einen Blick dafür. Der Anrufbeantworter! Nur ihre Freundin Sieglinde war darauf, in deren Krankengymnastikpraxis Hanna früher fest angestellt gewesen war und bei der sie inzwischen nur noch gelegentlich jobbte. Sieglinde bat sie darum, am folgenden Tag einen Patienten für sie zu übernehmen.

Hanna ließ sich auf das dunkelblaue, geblümte Sofa fallen. »Wie ist das möglich, Mutti?«

»Sie sind dort geblieben, mein Kind. Ich weiß nicht warum, aber damals, als das mit Papa ...«

»Mutti!«, schnitt Hanna ihr das Wort ab, »die Stewardess hat gesagt, sie sind mitgeflogen!«

»Ja, schon, aber Papa ...«

»Das hat ja alles keinen Sinn. Ich bringe dich jetzt nach Hause.« Sie konnte nicht sagen: Dein Pessimismus zieht mich nur noch mehr runter.

»Ich schlafe hier«, widersprach Marianne energisch. »Ich lass dich doch jetzt nicht im Stich, Hannchen. Kommt gar nicht in Frage. Du machst einen Alptraum durch und ich soll mich vor den Fernseher setzen.«

Während ihre Gedanken sich noch im Kreis drehten, bot ihre Mutter bereits Erklärungsversuche an, die dazu taugten Hannas Sorge in Panik zu verwandeln: »Drogen? Ob sie Mike festgenommen haben?«

»Mutti!« Hanna stöhnte auf.

»Na ja, in Kenia gibt es eine Menge so Zeug.«

»Mag sein, aber ich kenne Mike! Der trinkt nicht mal ein Bier.«

»Man kann doch trotzdem so was verkaufen…«, wandte Marianne schwach ein. Hannas empörter Blick ließ sie verstummen. »Nein, das passt nicht zu ihm, du hast Recht«, gab sie zu.

»Ich werde die beiden als vermisst melden. Jetzt sofort«, verkündete die Tochter.

Hanna lief nicht besonders schnell durch die dunklen Straßen zum Polizeirevier. Schon als sie im Regen vor dem Haus gestanden hatte, waren ihr Mikes Worte in den Sinn gekommen.

»Du bist immer so voreilig, Liebling. Ich habe oft den Eindruck, du powerst erst los und denkst dann nach.«

War das jetzt wieder ihr angeborener Aktionismus, der sie zur Polizei trieb? Oder war wirklich irgendwas faul an Mikes und Kennys Ausbleiben? Natürlich, es gab viele Möglichkeiten, nicht nur die mit ihrer Mutter erörterten. Die beiden konnten zum Beispiel das Flugzeug auch schlichtweg verpasst haben. Dass der Name Ndondi trotzdem aufgelistet war, ließ sich vielleicht mit Schlamperei erklären. Auch diesen Gedanken verwarf sie bald wieder und lief weiter: Es war eine Schweizer Gesellschaft, die als korrekt galt. Aber das Flugzeug wurde in Afrika abgefertigt, widersprach sie sich selbst. Vielleicht würde die Anzeige auf dem Revier gar nichts bringen. Und wenn doch?

Sie sah das Gesicht Kennys vor sich, erinnerte sich an seine Verzagtheit auf dem Flughafen. Nein, beschloss sie, nichts werde sie unversucht lassen. Beherzt stieß sie die Tür zur Wache auf.

»Ich kann die Personalien ja aufschreiben«, räumte der Polizeibeamte ein und kritzelte Mikes und Kens Namen auf einen Zettel. »Aber wenn Ihr Mann von den Kollegen am Flughafen festgenommen worden wäre, hätten Sie schon längst Bescheid bekommen. Der Junge ist ja minderjährig. Sie sind doch die leibliche Mutter?«

Hanna räusperte sich. »Nein«, sagte sie leise.

»Oh«, machte der Polizist. Seine Hand zuckte kurz über das Papier, als wollte er es vernichten. »Wissen Sie, wo die Mutter lebt?«

Ich bin seine Mutter, dachte Hanna, aber sie antwortete: »Sie ist vor neun Jahren in Kenia gestorben.«

Der Polizist strich das Papier glatt. »Ich denke mal, Sie werden spätestens morgen etwas hören. Sag ich mal so.« Seine gelangweilte Miene erhellte ein plötzlicher Gedankenblitz. »Wenn die beiden in Kenia Verwandte besucht haben, warum rufen Sie nicht dort an?«

Das hatte sie natürlich gleich als Erstes getan. Auf dem Umschlag des Briefs, der Mike nach Kenia gerufen hatte, stand schließlich die Nummer von Vince' Reisebüro. Niemand hatte sich gemeldet. Obwohl es Nacht war, wollte sie es später erneut versuchen.

»Haben Sie ein Foto?«, fragte der Polizist Hanna zum Abschied.

Sie gab ihm eines, das sie in ihrer Handtasche stets bei sich führte. Kenny hatte darauf eine große Schale Tsatsiki in der Hand, ein winziger Rest des weißen Quarks haftete an seiner Wange.

»Das ist mein Lieblingsfoto«, sagte Hanna.

Der Polizist blickte sie befremdet an. »Na, vielleicht bringen Sie mal eines, auf dem er nicht gerade etwas isst.«

Noch ein paarmal wählte Hanna die lange Nummer des Anschlusses in Kenia, um nur das monotone Tuten des Freizeichens zu hören. Gedankenverloren spielte sie mit dem Umschlag auf dem Küchentisch, mit dem alles begonnen hatte. *Karibu-Tours, Shanzu Beach*. Ein fröhlicher Aufdruck.

Den dazugehörigen blauen *Air-Mail*-Brief hatte Mike gemeinsam mit ihr gelesen, als er angekommen war. Danach war sie an den Computer gegangen und hatte den billigen Last-Minute-Trip nach Mombasa schnell gefunden. Sie hatte nur einen Flug für Mike buchen wollen, aber festgestellt, dass noch exakt zwei Plätze frei waren.

In diesem Augenblick war Mike hinter sie getreten: »Und wenn ich Kenny mitnehme? Es geht schließlich um seinen Opa.«

Damals hatten sie beide an eine schicksalhafte Fügung geglaubt. »Ja, dumm von mir, daran hätte ich denken können«, hatte sie geantwortet und die veränderte Reservierung eingegeben. Der Computer hatte sich mit einem kurzen Piepen gemeldet und auf Hannas Fehler aufmerksam gemacht.

»Ich habe vergessen, das Rückreisedatum einzutragen«, hatte sie gesagt. »Wann wollt ihr zurück? Zwei Wochen? Meinst du, das reicht?«

Hanna schüttete den inzwischen längst erkalteten Kaffee in den Ausguss und öffnete das Fenster. Der Regen hatte aufgehört, hinter den Wolkenfetzen war der sternenklare Himmel zu sehen.

»Kenny, nicht wahr, du hörst mich?«, sagte sie leise. »Bitte, mein Liebling, gib mir doch ein Zeichen, wie ich dich finden kann.«

Marianne legte eine Strickjacke um die Schultern ihrer Tochter. »Geh ins Bett, Hannchen. Schlaf, du brauchst deine Kraft.«

»Wie soll ich denn jetzt schlafen, Mutti?«

12

Auch die zweite Nacht, in der Mike dem alten Zeremonienmeister Leonard folgte, war sternenklar. Die schmale Mondsichel spendete so viel Helligkeit, dass der Pfad gerade noch zu erkennen war. Das kalte Licht erschuf dunkle Trugbilder, bucklige Wesen, die sich auf den Boden kauerten und reglos warteten, bis er vorbeigegangen war. Kaum hatte Mikes Verstand registriert, dass ihm seine überreizte Phantasie einen Streich gespielt hatte, erwartete ihn schon das nächste, vielarmige Gespenst. Die schwarzen Schatten der Bäume und Büsche erschienen dem Wanderer wie Hüter einer Welt, die er vor langer Zeit vergessen hatte. Jeder einzelne von ihnen stellte die Entschlossenheit des an die Stadt gewohnten Afrikaners auf die Probe, schien zu fragen, ob er wirklich bereit war, sich der großen Aufgabe zu stellen, welche die Ahnen von ihm verlangten.

Von keiner Ablenkung beirrt, wanderte Leonard voraus. Der alte Mann hatte sich eine Decke um die Schultern gelegt, was seine schmale Gestalt zu einem Teil der gespenstischen Inszenierung der Dunkelheit machte. Ihn nahezu gleich werden ließ mit den Schattenwesen, die Mike ängstigten. Er fragte sich, woran der Freund seines Vaters sich orientierte. Ob er sich vielleicht bereits in diesem Mike rätselhaften Dialog mit den Ahnen befand, die ihn leiteten? Oder ob er einfach den Weg kannte, ihn schon etliche Mal beschritten hatte? Jeden Busch, jeden Baum als Wegweiser schätzte, statt sich vor ihnen als bedrohliche Geister zu fürchten …

»Zu wem wirst du mich bringen?«, hatte Mike den Alten bei ihrer langen Mittagsrast des vergangenen Tages gefragt.

»Wir werden einen Mann treffen, der dir den Weg weist zu deinen Ahnen«, hatte Leonard geantwortet.

»Ein Lehrer?«, hatte sein junger Gefährte gemutmaßt.

Doch der Alte hatte den Kopf geschüttelt: »Kein Lebender kann dich etwas lehren. Nur begleiten wird er dich, dir den Weg weisen, der dich zu dem führt, was du suchst.«

»Warum kannst du das nicht tun?«, hatte Mike sich erkundigt.

Leonard hatte dem Fragenden ein nachsichtiges Lächeln geschenkt: »Es ist nur wenigen Weisen vorbehalten, sich zwischen der Welt der Lebenden und der Vorangegangenen zu bewegen.«

Die Antwort hatte Mike zum ersten Mal ahnen lassen, dass ihm eine große Gnade zuteil wurde, doch noch konnte er damit nichts anfangen: Wie eine schwere Bürde erschien ihm das künftige Geschenk des Wandelns zwischen den Zeitdimensionen aus Vergangenheit, Gegenwart und Zukunft, für das der Dialog des *mganga* mit den Unsichtbaren steht. Denn wie für alle Menschen zählte auch für ihn vor allem der Augenblick. Sein Vater jedoch, das hatte Leonard ihm erzählt, war in der Lage, das Kommende so klar zu erkennen wie jeder andere den Augenblick. Nicht einmal Leonard konnte Mike dieses Rätsel erklären.

»Das ist die Fähigkeit, die dem *mganga* vorbehalten ist, dem Seher«, lautete Leonards Auskunft.

»Werde ich das später auch können?«, hatte der Jüngere sich erkundigt.

Bei jener Mittagsrast im Schatten eines Baums hatte Leonard in die Ferne geblickt, als ob ihm die Weite des Landes eine Antwort geben könnte. Schließlich hatte er gesagt: »Ich wünsche es unserer Gemeinschaft. Denn dann bist du ein wirklich Weiser geworden.«

Noch war Mike in seinem alten Ich verhaftet, das mit stets neuem Blick auf das Handgelenk nach der Uhrzeit fragte. Dabei erinnerte er sich daran, dass er die Uhr zurücklassen musste bei seinen anderen Habseligkeiten. Nur die Kleidung, die er am Körper trug, hatte er behalten dürfen. Im Gehen zog er das einzige Stück Textil, das sie ihm außer Hemd und Hose zugestanden hatten, fester um die Schultern: Die Decke ließ ihn zumindest äußerlich Leonard ebenbürtig erscheinen.

Die Tiere schätzten die Nacht als Verbündete für ihre Nahrungssuche, doch sie waren zu schnell und zu scheu, um den Weg der beiden einsamen Menschen zu kreuzen. Wie schon in der vorangegangenen Nacht sprach Leonard während der Wanderung kein Wort. Das Schweigen des Alten lieferte seinen jungen Gefährten dem einzigen Gegner aus, dem er während dieser langen Stunden begegnen konnte – sich selbst. Seiner Einbildungskraft, die mit der Vernunft rang und letztlich siegreich blieb. Und seinen Gedanken, die immer wieder um die beiden Menschen kreisten, die im Mittelpunkt seines bisheriges Lebens gestanden hatten.

Wieder einmal sah er die traurigen Augen seines Sohns vor sich, gleichwohl ihn die Erinnerung daran schmerzte. Er war so nah daran gewesen, Ken die Wahrheit über seine Herkunft zu sagen!

Du hast mich doch gar nicht lieb. Du bist ja gar nicht mein echter Vater.

Vielleicht fühlte Ken sogar, dass Mike tatsächlich jener Vater war, der ihn verleugnete. Doch, ich hätte es ihm sagen sollen, dachte Mike. Aber wäre es für den Jungen nicht noch schwerer gewesen, wenn er erfahren hätte, dass sein leiblicher Vater, kaum entdeckt, ihn schon wieder verließ? Wie belastbar war dieses Band, das Vaterschaft hieß?

Glaubte sein Sohn am Ende nicht sogar, dass sein »richtiger« Vater eines Tages auftauchen würde? Mit einem großen Auto, einem Berg von Geld? Oder war er nicht doch glücklich in diesem Leben, das er kannte?

Ein kleiner Junge inmitten fremder Menschen, die in seinem Papa den neuen *mganga* sahen. Und dieses Kind signalisierte ihm mit einer schlichten Geste, dass es zu ihm stand, und fragte ihn, ob es stolz sein dürfe … Lag darin nicht die Antwort auf all seine Fragen? Was geschah, verstand das Kind mit dem Herzen, während der Kopf des Erwachsenen nach Erklärungen suchte, die nicht gefunden werden konnten.

Wieder suchte Mikes Blick vergeblich die Armbanduhr und er stellte fest, dass er in dieser zweiten Nacht bereits begann, sich am Lauf des Mondes zu orientieren. Die Mitte der Nacht war gewiss vergangen und Ken würde inzwischen in seinem Kinderzimmer liegen und schlafen. Oder vielleicht immer noch Hanna vom traurigen Abschied am Rande des ungewöhnlichen Dorffests erzählen?

Hatte seine Frau den Abschiedsbrief bereits gelesen? Konnte sie überhaupt verstehen, dass er von einem Tag auf den anderen ihr gemeinsames Leben aufgab? Oder würde sie glauben, er habe sich gegen sie entschieden?

Wo es für ihn doch nichts zu entscheiden gab! Nur gefügt hatte er sich – dem Willen Unsichtbarer. Doch wie sollte das eine Frau nachvollziehen, die so viel Wert darauf legte, dass sie eigenverantwortlich ihren Weg ging. Die ihrem Leben selbst neue Wendungen gab. Würde sie es ihm nicht als Feigheit auslegen, dass er sie nicht einmal angerufen hatte? Sie konnte ja nicht wissen, dass er dazu keine Gelegenheit mehr gehabt hatte, da es in seinem Dorf keinen einzigen Fernsprecher gab.

Er konnte auf dieser Wanderung durch die Dunkelheit keine innere Ruhe finden. Stattdessen wurde ihm klar, dass die Gespenster, die er hinter all den schwarzen Schatten der Natur sah, nichts anderes darstellten als sein eigenes schlechtes Gewissen. Dem er letztlich nicht entkommen konnte, egal, wie viele Nächte dieser schweigende Marsch auch noch dauerte. Die Vorwürfe, die er sich machte, folgten ihm auf Schritt und Tritt. Mochte er sich auch immer wieder sagen, dass es keinen Sinn hatte, sich damit zu quälen: Nach den Regeln seiner Gemeinschaft hatte er keinen Fehler gemacht. Nur eine einzige Entscheidung hatte er wirklich getroffen, indem er sich überhaupt dem Urteil gestellt hatte.

Eine Wahl hatte er dabei allerdings nicht gehabt. Es war die Stimme seines Bluts gewesen, die ihm jede Möglichkeit zur Flucht genommen hatte. Er war ein Gefangener seines eigenen Lebens. Ebenso wie alle anderen Menschen. Von vielen unterschied er sich nämlich in nur einem Punkt: Er hatte in einem anderen Land, in einer anderen Kultur Wurzeln geschlagen, sich eine neue Existenz aufgebaut. Aber jetzt musste er völlig von vorne anfangen – als Diener seiner kleinen Dorfgemeinschaft.

Mike erkannte, dass dies bislang nur theoretische Überlegungen waren. Sie mit Leben zu füllen, das wäre ein weiter Weg. Beschwerlicher als jener, der an den Hütern der Nacht vorbeiführte.

13

Ken hatte geträumt, dass er mit einem großen Schiff hinausgefahren war aufs Meer. Als er aufwachte, lag er in einem Bett, das noch schmaler war als jenes im Haus von Onkel Vince. Dafür war es aber ebenso hart. Nur eine kleine Lampe spendete etwas Licht. Der Raum war winzig, mit einem runden Fensterchen, welches genauso aussah wie das des Schiffs, von dem er geträumt hatte.

Ruckartig setzte er sich auf, schlug gegen etwas sehr Hartes und sank zurück ins Kissen. Sein Kopf schmerzte. Aber da war noch ein dumpfes Pochen in seinen Schläfen. Benommen erinnerte er sich, dass es schon zuvor da gewesen war. Vorsichtig schwang er die Beine aus dem Bett. Er konnte den Boden zuerst nicht erreichen. Als er stand, stellte er fest, dass der Untergrund tatsächlich schwankte.

Er war wirklich auf einem Schiff! Ken drückte die Nase gegen das Bullauge, das sich nicht öffnen ließ, und sah nur Schwärze. Allmählich kehrte die Erinnerung an den dicken Deutschen und den kräftigen Afrikaner zurück. Im ersten Schrecken ließ er sich gegen die Koje sinken, in der er geschlafen hatte. Sein Herz raste wie verrückt, als er erkannte, dass die beiden Männer ihn entführt und offensichtlich auf dieses Schiff verschleppt hatten.

Angestrengt lauschte er in die Dunkelheit. Zunächst hörte er nur das Rauschen in seinem Kopf und sonst nichts, dann nahm er das sanfte Aufschlagen der Wellen gegen den

Bootsrumpf wahr. Aber er hörte keine Stimmen. Schliefen seine Entführer? Er blickte auf seine Armbanduhr. Sie hatte einen Knopf, mit dem er die Digitalanzeige irisierend grün beleuchten konnte: 00:13. Ungläubig wiederholte er den Vorgang. Die Zeit sprang um eine Minute weiter.

Es musste am Morgen gegen halb neun gewesen sein, als der Deutsche ihn bei Onkel Vince' Büro entführt hatte. Immer wieder rechnete er nach. Das Ergebnis machte ihn endgültig hellwach: Er hatte keine Erinnerung an die vergangenen 15 Stunden!

Mama erwartete ihn doch! Um kurz nach 19 Uhr hätte das Flugzeug in Berlin ankommen sollen! Sie würde sich wahrscheinlich furchtbare Sorgen machen. Sie wurde ja schon sauer, wenn er sich nach der Schule mal um zehn Minuten verspätete. Ob der dicke Deutsche ihr einen Erpresserbrief geschickt hatte?

So ein Blödsinn, überlegte er, Mama und Papa haben gar kein Geld. Der Dicke ist selbst viel reicher!

Ken sortierte seine Gedanken: Onkel Vince wollte ihn doch am Flughafen treffen. Wenn er dort nicht auftauchte, würde der Onkel bestimmt seinem Papa alles erzählen und sie würden gemeinsam zur Polizei gehen. Onkel Vince würde gewiss sehr böse werden auf den Deutschen und sein Papa würde ihn dann sofort nach Hause bringen. Dieser Gedanke beruhigte das Kind so weit, dass es auf Zehenspitzen zur Tür schlich. Sie ließ sich problemlos öffnen. Als Ken sich hinausstehlen wollte, stieß er mit dem Fuß gegen die Schwelle, stolperte und fiel polternd zu Boden. Mist, dachte er, jetzt haben sie mich gehört. Regungslos blieb er erst mal liegen. Er befand sich in einem Gang mit niedriger Decke. Ken zog seine Schuhe leise aus und krabbelte auf allen vieren zu der schmalen Treppe, die am Ende des Flurs nach oben führte. Die Luft roch würzig nach Meer.

Oben befand er sich direkt vor einer breiten Instrumententafel mit mehreren Schiebern, die er bislang nur in Filmen gesehen hatte. Er blickte sich um: So weit das Auge reichte, erkannte er sanfte Wellenkämme, auf denen sich das klare Licht des Halbmondes brach. Der Himmel war mit Sternen übersät. Für einen winzigen Moment dachte er an Hanna und ihre Geschichte vom kleinen Prinzen. Aber sie bot ihm keinen Trost, denn jetzt fühlte er sich wirklich einsam. Und er fror. Nicht der dickste Mantel hätte die Kälte vertreiben können, die seine Zähne leise aufeinander schlagen ließ. Dass es die Angst war, die ihn zittern ließ, wollte er sich nicht eingestehen.

Eine metallisch glänzende Reling begrenzte das Deck. Ken hielt sich vorsichtig daran fest, während seine nackten Füße sich über den kühlen Kunststoffkörper des Boots tasteten. Er spähte in die Tiefe und erwog kurz hinunterzuspringen. Schließlich war er ein guter Schwimmer. Den Pool in Sebastians Hotel hatte er am Ende der Länge nach durchtauchen können…

Aber wohin sollte er schwimmen? Auf dem Wasser sah er nur die kalten Lichtreflexe des Mondlichts…

»Tu's lieber nicht, kleiner Mann.«

Kens Herz setzte für einen Schlag aus. Langsam drehte er sich um. Das Gesicht des Mannes lag im Dunklen, seine bedrohlich große Statur zeichnete sich vor dem Glitzern des Meeres ab.

»Du brauchst keine Angst zu haben. Wir tun dir nichts. Es ist alles in Ordnung.«

Die beruhigend gemeinten Worte des Erwachsenen erreichten das schlotternde Kind nicht. Die massige Gestalt vor dem dunklen Hintergrund erinnerte Ken an die lebendig gewordene Figur aus einem Alptraum. Die Einsamkeit auf dem Meer und das kalte Licht des Mondes gaben Ken das Gefühl völligen Ausgeliefertseins. Wenn er hier um Hilfe schrie, konnte ihn kein Mensch hören.

»Du bist bei Freunden. Papa Paul passt gut auf dich auf, kleiner Mann«, sagte der Deutsche. Seine Stimme war tief und bemüht, überzeugend zu klingen, und sie wollte so gar nicht zu der Handlung passen, deren Opfer der Zehnjährige geworden war.

Ken tastete sich ängstlich an der Reling entlang und wich vor dem Fremden zurück, der ihm folgte. »Sie müssen nicht auf mich aufpassen. Ich will nur nach Hause zu meiner Mama«, entgegnete der Junge kläglich. Im Versuch einer sinnlosen Flucht tastete er sich bis auf die andere Bootsseite herum. Am Horizont schimmerte eine weiße Linie. Er hielt sie für den Strand.

»Wir sind auf der Meerseite des Riffs«, hörte er seinen Entführer sagen, »hier gibt es Haie. Wenn du schwimmen willst, sollten wir besser auf die Strandseite fahren.«

Dass der Mann ihn jetzt auch noch auf den Arm nahm, ärgerte Ken. Aber seine Furcht war noch viel größer. »Ich wollte ja nur gucken«, murmelte er kleinlaut.

»Gefällt dir mein Schiff?«, meinte Papa Paul gönnerhaft.

Ken war zu keiner Antwort fähig; er fand, dass es ziemlich groß war. Also teuer. Warum hatte der Mann ihn entführt? Wegen des Geldes? Nein, den Gedanken hatte er doch bereits verworfen. Jetzt kam der Kerl schon wieder näher. Ken spürte, wie ihm schlecht wurde. Sie hatten in der Schule über solche Männer geredet! Kerle, die Jungs wie ihn… »Gehen Sie weg«, stieß er hervor. Hastig kletterte er in die Mitte des Boots, wo Liegen, Beistelltische und Stühle standen und ein Windlicht flackerte.

»He, keine Panik«, sagte der Deutsche. »Niemand tut dir etwas. Wir wollen nur mit dir reden. Deshalb bist du hier.«

»*Wir?* Wer ist hier denn noch?«

»Meine Frau«, brummte der Dicke versöhnlich. »Sie schläft schon. Du wirst sie morgen treffen. Für heute Abend ist es genug, wir reden morgen früh weiter, kleiner Mann, geh jetzt ins Bett.«

Ken drückte sich an der gegenüberliegenden Längsseite des Boots an der Reling entlang, bis er den Eingang hinter dem Steuerpult wiedergefunden hatte. Mit zitternden Knien tapste er die steile Treppe hinunter in seine Kajüte. In dem schmalen Bett lag er lange wach und zermarterte sich den Kopf. Wohin wollten der dicke Deutsche und seine Ken bislang unbekannte Frau ihn wohl bringen? Weg aus Kenia? Mit dem Schiff in ein anderes Land auf der anderen Seite des Meeres? Aber wie konnte er dann jemals Hanna wiedersehen?

Seine Phantasie malte ihm die grausigsten Horrorszenarien aus, und ohne dass Ken es verhindern konnte, liefen ihm die Tränen übers Gesicht. Warum hatte Onkel Vince zugelassen, dass er in das Auto des Fremden stieg? Kannte der denn diesen Papa Paul gar nicht? Wusste er nicht, was für ein böser Mensch das war? Der ungeheure Druck, der das Herz des Kindes zusammenballte, entlud sich in einem hemmungslosen Schluchzen. Schließlich erlöste der Schlaf den Jungen von dem Alptraum, in den er geraten war. Das liebevolle Gesicht Hannas erschien ihm. Er sah sie vor sich, wie sie am Flughafen vor ihm kniete, die Hände auf seinen Rücken gelegt. Er spürte im Traum die Wärme und Ruhe, die sie ihm gab.

Am nächsten Morgen lag das Meer so glatt vor Kens Augen wie eine weiche Decke. Die Luft war angenehm warm und ruhig, der Himmel milchig blau. Von der Brücke aus sah der Junge hinab zum kurzen Heck des Schiffs, auf dessen Seiten lange Hochseeangeln staken. Die Leinen waren befestigt. Er beugte sich hinunter, wo er die Schiffsschraube vermutete. Bei einem Schiffsausflug mit Sebastian und seinen Eltern hatte er ähnliche Schiffe beobachtet. Die meisten hatten ein kleines Beiboot im Schlepp. So auch dieses – es war hellorange und verfügte über einen großen Außenbordmotor.

Ken suchte den Horizont ab. Jetzt wurde ihm klar, dass der Strand viel zu weit entfernt war, um dorthin zu schwimmen. Denn sie waren nach wie vor auf der Meerseite. Der Junge beschloss abzuwarten. Irgendwann würde die Gelegenheit zur Flucht günstiger sein. Der dicke Deutsche würde ihm gewiss nicht nachschwimmen können. Aber da war noch seine Frau, die er bislang nicht gesehen hatte. Und vielleicht der Afrikaner, dieser Muskelmann. Wenn der ein guter Schwimmer war, durfte Ken sich keine Chance ausrechnen.

Er lehnte sich weit über die Reling, um den Namen des Bootes lesen zu können – *Tai II*.

»*Tai* ist der Adler. Magst du Adler?«

Wieder war der Deutsche, obwohl er so eine korpulente Figur hatte, so leise hinter Ken erschienen, dass der sich verdutzt umdrehte. Sein Entführer hielt ein langstieliges Glas mit einer gelben Flüssigkeit in der einen Hand, während die andere entspannt in der Hosentasche steckte. »Adler sind tolle Vögel. Behalten stets den Überblick.« Er prostete Ken zu und nahm einen Schluck. »Du aber auch. Finde ich gut, dass du dich wieder beruhigt hast.«

Die scheinbare Freundlichkeit des Mannes war die gleiche

wie in der Nacht zuvor, obwohl der Fremde sich doch bestimmt denken konnte, weshalb Ken sich das Bootsende so genau betrachtete. Diese gespielte Rücksicht auf seine Gefühle verwirrte das Kind noch mehr als seine erzwungene Anwesenheit.

Der Deutsche stellte das Glas neben die Schieber, über die er die Motorkraft regeln konnte. »Komm mal her, kleiner Mann. Ich zeige dir was.«

Der Junge bewegte sich nicht.

Nun drehte der Dicke den Zündschlüssel, den Ken flüchtig bemerkt hatte. Der satte Klang der beiden Dieselmotoren versetzte das Boot in mäßige Schwingung. »Wenn du die Hand hier drauflegst, fährt das Boot los.« Er lächelte. »Wir müssen natürlich erst die Anker lichten.« Der Mann schaltete den Motor wieder aus. »Ist im Grunde nicht so schwer, so ein Schiff zu steuern.«

Eigentlich hatte sich Ken vorgenommen, mit seinem Entführer nicht zu sprechen. Doch das scheinbare Angebot, selbst das Kommando über die Yacht zu übernehmen, lockte Ken aus der Reserve: »Und das Riff? Da kann man ja überall dagegenfahren. Dann geht Ihr Schiff unter«, sagte er.

»Stimmt«, gab Papa Paul zu. »Ist doch nicht so einfach. Wir müssen also gut aufpassen, wohin wir steuern.« Er nahm sein Glas und trank. »Vielleicht gehört dir ja auch mal so ein Schiff, kleiner Mann.«

Solch ein Boot, mit dem er entführt wurde? Einen unsinnigeren Gedanken konnte Ken sich nicht vorstellen! Der Junge musterte den Mann, den er verabscheute. Er hatte noch nie einen solchen Menschen getroffen. Aber er war überzeugt, dass er niemals so sein wollte wie dieses Ekel. Er dachte an seinen Papa, der mit nichts als einer Hose und einem Hemd am Leib und einer Decke über der Schulter in die Nacht hinausgezogen war, um ein Buschdoktor zu werden. Ganz tief in seinem Herzen spürte er, dass er stolz war auf Mike. Auch, wenn er nicht wirklich verstehen konnte, warum sein Papa das tat.

Der Kidnapper schien Kens Gedanken an seiner missmutigen Miene ablesen zu können. Mit einer weit ausholenden Geste deutete er in Richtung Strand: »Dies ist dein Land, nicht wahr?«

»Mein Land ist Deutschland«, gab Ken trotzig zurück.

Der seltsame Entführer stimmte ein übermütiges Lachen an, das der Junge nicht mochte. »Kenia ist ein wunderbares Land. Ich würde nie wieder in Deutschland leben wollen. Die Leute dort sind alle so ... brr ...« Er schüttelte seinen schweren Körper wie ein nasser Hund. »Was soll's?« Er blickte Ken aufmunternd an. »Man soll leben, wo man sich zu Hause fühlt.«

»Ich will zu meiner Mutter«, konterte das Kind trocken.

»Das würde ich an deiner Stelle auch wollen«, pflichtete der Erwachsene zu Kens Verwunderung bei und verschwand im Bauch des Schiffs. Der Junge blickte ihm verwirrt nach. Bedeutete dieser letzte Satz, der Dicke hatte eingesehen, dass er das falsche Entführungsopfer war? Durfte er etwa wieder nach Hause?

Ken blieb eine Weile an seinem Platz, bevor er zur Brücke ging. Er verstand die zahlreichen englischen Aufschriften nicht. Seine Hand lag auf dem Zündschlüssel. Was, überlegte er, würde passieren, wenn er tatsächlich die Motoren startete? Ob das Schiff sich vom Anker reißen konnte? Der Dicke würde herbeigerannt kommen und in dem Augenblick ...

»Ken, dich erwartet ein wundervolles Frühstück mit echten Cornflakes! Du hast doch gewiss einen Riesenhunger!« Hinter ihm ertönte eine Frauenstimme, sehr tief und angenehm weich, ihr Deutsch hatte einen harten englischen Akzent.

Der Junge drehte sich langsam um. Die Frau trug ein eng geschnittenes, bodenlanges Kleid, es war dunkelgrün. Ken hielt sie im ersten Augenblick für eine Art Meernixe, die gekommen war, um ihn zu retten. Instinktiv hob er die Hand, um sie zu berühren, ermahnte sich aber sofort, dass es ja keine Feen gab. Er tat, als ob er seine Augen verschatten wollte. Die Sonne schien inzwischen kräftiger, der blanke Kunststoff des Schiffs reflektierte ihr Licht.

»Wer bist du?«, fragte Ken verwundert.

»Wir haben uns schon einmal getroffen. Denk mal nach«, antwortete die grüne Gestalt mit sanfter Stimme.

Der Junge schüttelte kaum merklich den Kopf. So, als könnte er mit dieser hilflosen Bewegung die Traumerscheinung vertreiben. Doch die Frau kam immer näher. Ken war unfähig, sich zu bewegen. Irgendwie fühlte er sich hingezogen zu der Fremden und spürte dennoch gleichzeitig den unbezwingbaren Wunsch davonzulaufen.

»Ich glaube nicht, dass ich Sie schon einmal getroffen habe«, sagte er.

»Doch, vor dem Büro deines Onkels. Du standest in der Einfahrt, in die ich mit meinem Auto hineinwollte. Ein deutscher Junge war bei dir.«

Ken erinnerte sich dunkel: Es war der erste Tag in Shanzu Beach gewesen. »Das waren Sie?« Er sah die Fremde irritiert an: »Haben Sie mich deshalb entführt?«

Die seltsame Meernixe lächelte Ken nachsichtig an: »Aber nein, dies hier ist kein Kidnapping. Ich heiße Joyce. Und Paul ist mein Mann. Vor uns brauchst du keine Angst zu haben, Ken.«

Sie blickte ihn so seltsam an, dass der Junge beschämt die Augen senkte und sich verlegen räusperte. Das alles passt nicht zusammen, dachte er. Warum kidnappen diese Leute mich, um dann so freundlich zu tun? »Dann lassen Sie mich doch laufen! Ich habe Ihnen nichts getan.«

»Nein, das hast du wirklich nicht«, bestätigte die grüne Frau, die sich Joyce nannte. »Ganz im Gegenteil, wir beide mögen dich sehr gern. Darum bist du ja hier.«

»Das verstehe ich nicht. Sie können doch nicht jemanden entführen, weil Sie ihn gern mögen.«

»Du wärst sonst fort gewesen, Ken.« Die Frau hörte sich seltsam an, so, als ob sie jeden Augenblick losweinen würde.

»Meine Mutter erwartet mich in Berlin. Sie wird bestimmt schon die Polizei angerufen haben. Lassen Sie mich gehen. Bitte.«

»Du bist so ein großer Junge geworden…« Ihre Stimme versagte.

Sie heult tatsächlich, dachte Ken. Es war ihm peinlich.

Als sie sich ihm wieder zuwandte, hob sie den grünen Schal, der ihr vom Kopf über die Schultern fiel, und legte ihn sich in den Nacken. Während sie nun auf ihn zuging, bemerkte Ken, dass sie barfuß war. Joyce stand ihm jetzt auf Armlänge gegenüber. Sie hatte ein schmales Gesicht mit hohen Wangenknochen und großen, dunklen Augen. Sie lächelte und auf ihren Wangen bildeten sich Grübchen. Ihr kinnlanges, geglättetes schwarzes Haar schimmerte im Sonnenlicht.

Sie ist sehr schön, dachte Ken. Beinah wie eine Fee, eine afrikanische Fee. Er war so verwirrt, dass er keinen Ton hervorbrachte und zu Boden sah.

»Ich weiß«, sagte sie, »dass du verärgert bist, weil wir dich mitgenommen haben. Aber wir wollen nur das Beste für dich.

Sieh dich um: Ist es nicht schön hier? So ruhig. Nicht so laut wie in Berlin. Wir haben ein großes Haus mit einem Swimmingpool, in dem du jeden Tag baden kannst. So oft und lang wie du willst. All das steht dir offen, Ken.«

»Warum tun Sie das?«, fragte der Junge völlig verzweifelt. Die schöne Fee und ihr dicker Mann zwangen ihm etwas auf, das er nicht wollte. »Haben Sie denn keine eigenen Kinder, die in Ihrem Pool schwimmen können?«

Sie lächelte ihn versonnen an. »Aber ja, einen Sohn.«

»Dann brauchen Sie mich doch gar nicht!«, rief er wütend. »Ich will nach Hause!«

»Paul«, rief Joyce in Richtung Deck, wo ihr Mann dösend in einem Liegestuhl saß, »können wir fahren? Kenny möchte nach Hause!«

14

Das Licht in Kens Zimmer brannte immer noch, obwohl die Sonne an diesem Morgen bereits hell hereinschien. Hanna saß am Boden neben dem geöffneten Kleiderschrank, gekleidet wie am Abend zuvor, den Rücken gegen das Bett ihres Jungen gelehnt. Der Kopf war ihr auf die Brust gesunken. In ihren halb geöffneten Händen lag einer von Kens Schlafanzügen, neben ihr ein Berg Kinderkleidung.

Marianne ging vor Hanna in die Hocke. Sie sah die vom Weinen geschwollenen Augen ihrer Tochter und streichelte liebevoll ihre Wange. »Hannchen«, sagte sie zärtlich, »was tust du denn hier? Du solltest doch ins Bett gehen.«

Hannas Blick kam aus weiter Ferne. »Warum habe ich so wenig Zeit für Kenny gehabt? Sieh dir das nur an, Mutti«, sie deutete mit dem Schlafanzug in der Hand auf die aussortierten Stücke, »das passt ihm alles gar nicht mehr. Er ist doch so groß geworden.« Sie hielt Marianne den Pyjama entgegen. »128. Wir haben ihm jetzt 146 gekauft. Und bei Hosen braucht er sogar schon 152. Der Junge hat so lange Beine.«

Natürlich, all das hatte keine wirkliche Bedeutung. Die kleinen Versäumnisse, ohne die kein Leben ist, hatten ihr in der vergangenen Nacht die Leere gezeigt, die eine Mutter empfindet, wenn sie ihrer wichtigsten Aufgabe beraubt wurde. Nebensächlichkeiten hatten plötzlich ein ganz anderes Gewicht, lösten in Hanna Schuldgefühle aus, die sie nicht beherrschen konnte und die sie deshalb in tiefste Verzweiflung stürzten. Denn Ken war zu ihr gekommen, damit sie für ihn da sein konnte. Das war die Grundlage ihres Lebens. Dass sie die zunehmenden Freiräume nutzte, die sich aus seinem Heranwachsen ergaben, war eine andere Sache.

Der unsortierte Inhalt des Schranks hatte sie auf den ursächlichen Zusammenhang aufmerksam gemacht und alles in Frage gestellt. Denn da war ein Vorwurf, den sie sich die ganze Zeit über machte: Wäre all das passiert, wenn sie Mike und Ken nach Afrika begleitet hätte? Sie wusste, dass sie die Antwort kannte. Egal, was geschehen war. Bei ihr war Ken immer in Sicherheit gewesen … Niemals hätte sie ihn gehen lassen dürfen!

Marianne reichte ihr die Hand. »Komm, ich habe Kaffee gemacht. Soll ich Brötchen holen?«

Hanna schüttelte den Kopf. »Ich habe keinen Hunger.«

Die ältere Frau hakte sie unter und führte sie in den Flur. Das Chaos im Wohnzimmer hatte Marianne schon entdeckt: Auf dem Boden waren Fotos verstreut, Alben lagen aufgeschlagen herum. Ihre Tochter hatte offensichtlich die ganze Nacht über, während sie selbst auf Mikes Seite im Ehebett geschlafen hatte, eine Reise durch Kens Vergangenheit gemacht. Und ihre eigene. Und somit die von Mike. Einer kleinen Familie, die über Nacht auseinander gebrochen war. Wie ein Kristall, der auf harten Boden fällt und zersplittert. Genauso wirkten die verstreut herumliegenden Dinge auf Marianne.

Hanna begab sich mit müde wirkenden Schritten in das selbst angerichtete Chaos hinein, kniete sich auf den Teppichboden, nahm einzelne Bilder zur Hand, betrachtete sie versonnen, legte eine Fotografie wieder aus der Hand, um eine andere zu ergreifen.

»Die Polizei braucht doch ein gutes Foto«, erklärte die verzweifelte Frau hilflos den vorgeblichen Grund für das Durcheinander. »Es sind so viele. Und ich habe seit zwei Jahren keine mehr eingeklebt.« Sie schlug eines der Alben auf.

Ken geht es besser, stand unter einem Bild, das einen kleinen Afrikaner neben einer Frau zeigte, deren Kleidung entfernte Ähnlichkeit mit jener einer Krankenschwester hatte. Wer genauer hinsah, erkannte, dass die Frau in dem ärmellosen weißen Kleid Hanna war. Sie kniete seitlich hinter dem Kind und hob beide Daumen, der Junge machte es ihr nach. Er wirkte ernst und sehr schmächtig in dem viel zu weiten Schlafanzug, den er trug.

Marianne seufzte gedankenschwer: »Du hast viel mitgemacht mit ihm, Hannchen.«

»Ich habe nun mal Krankenschwester gelernt. Musste ja zu was gut sein, dass ich nicht Sekretärin geworden bin.«

»Das sagst du jetzt so, aber du hast dein ganzes Leben von einem Tag auf den anderen umgekrempelt für Kenny.«

»Und für Mike, Mutti. Die beiden gehören zusammen. Wir sind eine Einheit.«

Marianne stöhnte. »So wie sie damals in deinem Leben aufgetaucht sind, so sind sie jetzt einfach verschwunden. Das ist schon seltsam, Kind. Hast du darüber mal nachgedacht?«

Ja, das hatte sie, die ganze Nacht, während sie die Fotos sortiert und die Kleidung gesichtet hatte.

Es war ein seltsamer Tag gewesen, dieser Montag vor achteinhalb Jahren.

Ihr erstes Kennenlernen am kenianischen Strand lag zu dem Zeitpunkt anderthalb Jahre zurück, Mike lebte seit fast genauso so langer Zeit bei ihr in Deutschland, aber ihre Ehe bestand erst seit einem knappen Jahr. Da kündigte ihr Mike an, dass sein Neffe aus Kenia zu Besuch kommen würde. Von der Familie ihres Mannes kannte Hanna nur seinen Bruder Vince. Und auch den nur flüchtig.

Hanna nahm an, dass ein allein reisender Besucher aus Kenia zumindest das Alter eines Jugendlichen haben würde. Doch Mike sagte: »Ich weiß nicht viel über den Jungen. Nur, dass eine Verwandte ihn mitbringt. Ich übernehme ihn am Flughafen; sie reist dann weiter.«

»Wie alt ist der Junge?«, fragte Hanna mit wachsender Neugier.

»Er ist noch sehr klein, der Sohn meiner verstorbenen Schwester Sara. Mein Bruder sagt, dass er irgendein Gesundheitsproblem hat. Ich konnte Vince nicht abschlagen, dass wir uns um das Kind kümmern.«

Natürlich sah Hanna das ein; sie hielt es sogar für ihre Pflicht als Mikes Ehefrau, sich um einen Halbwaisen zu kümmern, der noch dazu Mikes Neffe war. Dass sie Kinder obendrein liebte und sich schon immer ein eigenes gewünscht hatte, öffnete dem jungen Besucher bereits ihr Herz, bevor der überhaupt eingetroffen war.

Mike schien bereits konkrete Vorstellungen zu haben: »Weißt du, meine Schwester hat nie geheiratet. Ihr Sohn trägt unseren Familiennamen. Das macht es einfacher, falls wir mit ihm wirklich zum Arzt müssen. Ich gebe ihn einfach als meinen Sohn aus. Was hältst du davon?«

Das schien eine praktische Lösung zu sein, die sie nicht weiter hinterfragte. Erst mal wollte sie sehen, was für den kleinen Gast zu tun war.

»Soll ich nicht mitkommen, um ihn abzuholen?«, hatte Hanna gefragt, als Mike sich den Autoschlüssel nahm.

»Nein, das ist schon okay. Wir brauchen erst mal etwas Zeit. Der Kleine wird sicher sehr fremdeln, da schaden zu viele neue Gesichter.«

Bald darauf stand Mike mit einem zarten Jungen an der Hand im Flur. Der Kleine hustete pausenlos, weinte aber nicht. In seiner viel zu weiten Kleidung wirkte er so schmächtig, als ob dieses ganze Leben ein paar Nummern zu groß sei für seine schmalen Schultern. Sein schwarzer Kopf mit den viel zu traurigen Augen lugte aus einem Winteranorak hervor, der für einen Sechsjährigen gedacht sein mochte.

»Das ist Ken.« So stellte Mike ihn vor. Er wusste nicht mal, wie alt das Kerlchen an seiner Hand war. »Zwei bis drei Jahre«, schätzte er.

Aber Hanna hielt ihn sofort für höchstens anderthalb. Sie sah die schönen ernsten Augen des Jungen, die nicht verstehen konnten, wieso er plötzlich in eine fremde Umgebung katapultiert worden war. Spontan ging sie vor dem Kerlchen in die Knie, tastete nach seiner Hand.

»Kannst du denn überhaupt verstehen, was ich sage?«, fragte sie.

Der Junge blickte sie stumm an und sie ahnte, dass sie ihm viel Zeit geben musste, bis er ihr antworten konnte. Monate, vielleicht Jahre.

»Wie lange bleibt er denn bei uns?«, wollte sie wissen.

»Für immer?«, antwortete Mike vage.

Dies war nicht der Zeitpunkt für weitere Fragen gewesen. Hanna fasste Ken vorsichtig unter die Arme, wie eine sehr zerbrechliche Puppe. Sie wartete einen Moment, ob er sich wehrte, aber er ließ es geschehen. Wie leicht, wie unglaublich zart dieses Kind ist, dachte Hanna, während sie ihn in die Küche trug, auf den Tisch setzte und aus seiner Verpackung schälte.

»Du hast Hunger, nicht wahr? Essen?« Hilflos spielte sie eine entsprechende Bewegung vor. Der Junge verzog keine Miene. Hanna schickte Mike zum Kaufmann um die Ecke; er brachte Kinderbrei, Bananen, Milch. Nichts rührte das Kind an.

Erst hatte sie erwogen, Ken in dem bislang kaum genutzten Zimmer neben der Küche schlafen zu lassen. Dort hatten sie ein provisorisches, aus Kissen und einer Luftmatratze bestehendes Kinderbett gebaut. Aber schon in der ersten Nacht nahmen sie ihn zu sich ins Ehebett. Diese ständige Husterei, der keuchende Atem ließen beide kein Auge zutun.

In ihrem Bücherschrank stapelte sich die medizinische Fachliteratur. Die ganze Nacht verbrachte sie über den Büchern, las sich durch ungezählte Seiten über Lungenkrankenheiten hindurch, immer wieder unterbrochen von besorgten Blicken nach dem Jungen. Mike hatte sich im Bett aufgesetzt und den zwischen den Hustenattacken fast apathisch schlafenden Kleinen auf seinen Schoß genommen, um dem Kind das Atmen zu erleichtern. Er schien genauso ratlos wie sie selbst über den bedenklichen Zustand seines Neffen zu sein.

Die Namen der möglichen Quälgeister, die den gerade dem Babyalter entwachsenen Knaben in Schach hielten, klangen allesamt abstoßend. Aber da er nur erhöhte Temperatur hatte und bis auf seinen aufgeblähten Bauch spindeldünn war, kam schließlich nur eines in Frage: Tuberkulose. Tödlich, wenn sie unbehandelt blieb.

Irgendwann, es muss am frühen Morgen so gegen vier gewesen sein, weckte sie ihren längst eingeschlummerten Mann auf: »Mike, es kann sein, dass Ken offene Tbc hat. Das ist ansteckend und meldepflichtig. Wir müssen mit ihm ins Krankenhaus.« Sie erkundigte sich, ob bei ihm zu Hause in Kenia viele Tuberkulose-Fälle bekannt wären. Doch Mike reagierte mit völliger Hilflosigkeit, fragte, ob sie beide sich anstecken könnten. Als Krankenschwester war sie geimpft, er hingegen nicht.

Da ging Hanna zum ersten Mal auf, dass sie keine Ahnung hatte, auf was sie sich eingelassen hatte …

Die junge Frau setzte sich trotz der unmöglichen Uhrzeit ans Telefon: Sie musste handeln, sofort, keine Minute galt es zu verlieren. Wenig später zog sie dem kranken Jungen wieder seine Kleider an und brachte ihn in jenes Krankenhaus, in dem sie selbst Jahre zuvor gearbeitet hatte. Man versprach ihr schnelle Hilfe ohne zu viele Fragen. Aber die blieben nach dem Röntgenbild nicht aus: Der linke Lungenflügel war stark angegriffen, das Kind extrem geschwächt, die Krankheit wie befürchtet ansteckend.

Drei Buchstaben – Tbc, offen, lebensgefährlich. Die Achterbahnfahrt, auf der sie sich befand, wurde immer rasanter. Mit atemberaubendem Tempo ging es abwärts, keine Zeit mehr auszusteigen.

Neun Monate lang musste ihr Schützling, der unangemeldet in Hannas Leben geplatzt war, zunächst im Krankenhaus und dann in der Kur bleiben. Und Hanna mit ihm. Die Dauer einer Schwangerschaft, hatte sie viel später gesagt, als sie darüber objektiv nachdenken konnte. In dieser Zeit war Ken nicht nur wieder gesund geworden, sondern sie beide waren zusammengewachsen wie Mutter und Kind. Kens Schwäche und Hannas selbstlose Fürsorge bildeten die Nabelschnur.

Sie hatte sich ein Suaheli-Wörterbuch in die Klinik bringen lassen, eignete sich die Grundbegriffe der leicht erlernbaren Sprache an und vertrieb dem Kind die Zeit damit, ihm

Deutsch beizubringen. Die Anstellung in Sieglindes Praxis für Krankengymnastik hatte Hanna natürlich verloren; aber was zählte das, gemessen an dieser Aufgabe?

Sie hatte ein Kind. Das sie sich so lange vergeblich gewünscht hatte.

Für ihre Aufopferung hatte sie nichts verlangt. Und wurde dennoch reich belohnt. Durch zwei Worte, die Ken ein langes Jahr später zu ihr sagte. Da sie seinen genauen Geburtstag nicht kannten – auf den kenianischen Dokumenten stand zwar ein Datum, aber das zweifelte Hanna nach den Gesprächen mit den Ärzten an –, feierten sie den Tag von Kens Ankunft ganz groß. An diesem ersten Jahrestag hatte er eine Holzeisenbahn geschenkt bekommen, ein paar Schienen und Kurven, eine Zugmaschine, einen Anhänger. Nichts Großartiges; Geld war knapp. Nur etwas vom Flohmarkt.

»Danke, Mama«, hatte Kenny gesagt. Und Hanna stand in Tränen aufgelöst da.

Marianne hatte sich neben ihrer Tochter auf den Boden gesetzt. Gemeinsam gingen sie die Stationen der letzten Jahre durch. Und Seite für Seite, die umgeblättert wurde, bewies, dass Hannas Liebe und Fürsorge Ken zu einem kräftigen Jungen geformt hatten. Im gleichen Maße wie das Kind gedieh, veränderte sich Mike. Auf den ersten Fotos trug er das Haar noch länger, sein Blick mied die Kamera und er wirkte etwas linkisch. Ein zwar hübscher junger Mann, aber noch leicht unsicher. Auf den neuesten Abzügen war aus ihm ein selbstsicherer, sportlicher Mann geworden, der mit seinem kahl rasierten Kopf exotisch anziehend wirkte. Ein Typ, dem so manche Frau nachsah.

»Du hast den beiden ein Leben in Deutschland ermöglicht«,

sagte Marianne nachdenklich. »Mike den Flug hierher bezahlt, seine Ausbildung, ihm geholfen, eine Stelle zu finden.«

»Nur bei der ersten«, widersprach Hanna. Sie spürte, wohin dies Gespräch sich entwickeln würde – zu einer Bilanz ihres Lebens. Die wollte sie jetzt ganz sicher nicht ziehen, doch ihre Mutter ließ sich nicht stoppen. Wenn Marianne einmal begonnen hatte aufzuräumen, dann tat sie es gründlich. Als wollte sie verhindern, dass Hanna vor ihren Worten davonlaufen konnte, umfasste sie die Hände der Tochter.

»Bist du sicher, dass Mike hier wirklich glücklich war?« Impulsiv wollte Hanna ihre Hände zurückziehen, aber Marianne gab sie nicht frei. »Sei ehrlich, zumindest dir gegenüber, Hannchen. Du musst dir alle Fragen stellen, auch die unangenehmen.«

»Hast du das damals auch, Mutti?«, versuchte die Jüngere den Spieß umzudrehen.

Aber ihre Mutter hielt stand. »Ja. Und ich muss vor mir selbst bekennen, dass dein Vater nicht glücklich war. Das mag an mir gelegen haben.« Sie hob hilflos die Achseln. »An wem sonst? Aber ich bin mir nicht sicher, ob es nicht auch Menschen gibt, die gar nicht glücklich sein können. Vielleicht sind Papa und Mike sich ähnlich. Mir erschien dein Mann in letzter Zeit irgendwie bedrückt.«

»Wirklich?« Einen Augenblick lang dachte Hanna darüber nach: Ihr fiel der einzige Streit ein, den sie und Mike jemals gehabt hatten – es war mehr eine Auseinandersetzung, wie sie in vielen Ehen alltäglich ist. Sie hing mit Hannas Entschluss zusammen, sich als Heilpraktikerin ausbilden zu lassen. Pragmatisch wie es ihre Art war, hatte sie Mike sogleich dargelegt, wie sie alles handhaben wollte.

»Ich werde meine Stelle kündigen«, hatte sie ihrem Mann

erklärt. »Wir kommen mit deinem Gehalt doch ganz gut zurecht. Ich habe alles genau ausgerechnet. Wenn du nur einmal im Monat die Nachtschicht übernimmst, klappt es.«

»Man lässt nicht einfach eine sichere Existenz sausen«, hatte Mike dagegengehalten. »Wir leben in erster Linie von deinem Gehalt. Weil du es so wolltest. Unser ganzes Leben ist darauf abgestellt. Sonst funktioniert es nicht.«

»Und deswegen darf ich mich nicht mehr weiterentwickeln? Meinst du das?« Ihr Ton hatte an Schärfe zugenommen. »Ich habe dein Leben auch in meines integriert. Und das von Kenny. Darüber habe ich nie ein Wort verloren.«

Damit hatte Hanna den gesamten Dialog auf eine andere Ebene gehoben – mit seinem vermuteten Schuldbewusstsein gespielt. Es war ihr Trumpf, den sie sich all die Jahre aufgehoben hatte, um ihn nun aus dem Ärmel zu zaubern.

»Mein Vater war ein simpler Arbeiter«, hatte Mike ruhig entgegnet, »er schuftete in einer Zementfabrik an der Nordküste, um seine neun Kinder satt zu bekommen. Er verdiente nicht mehr als 200 Mark im Monat und war damit ein vermögender Arbeiter. Doch dann starb sein Vater und Papa Kadenge bekam das Amt des Toten übertragen. Die Folge war, dass wir nicht mehr in die Schule gehen konnten; wir mussten Geld verdienen.«

Hanna hatte schon angenommen, diese Antwort wäre Wasser auf die Mühlen ihres eigenen Selbstfindungsprozesses, doch Mike fuhr unbeirrt fort: »Papa Kadenge hatte keine andere Wahl. Und wir auch nicht. Aber eines wussten wir: Ihm widerfuhr eine hohe Ehre. Er stellte sich einer Herausforderung, die der ganzen Gemeinschaft zugute kam.«

»Mike, wir sind in Berlin! Und dies ist nicht zuletzt mein Leben! Man muss doch einen Traum haben, den man verwirklichen will! Schon als ich Krankenschwester war, wollte ich Ärztin werden. Das ging nicht, weil ich nur die mittlere Reife habe. Aber ich habe immer nach einem Weg gesucht, mein Ziel auf andere Weise zu erreichen.«

Ihr Mann hatte geantwortet: »Wenn man sein Leben ändert, muss es allen zugute kommen. Jedenfalls, solange man in einer Familie lebt.«

Ein knappes Jahr war es her, dass Mike diesen Satz ausgesprochen hatte, und er reichte Hanna, um die Warnung ihrer Mutter als deren übliche Schwarzmalerei in den Wind zu schlagen: »Du kannst Mike und Papa nicht miteinander vergleichen, Mutti«, sagte sie entschieden. Denn sie ahnte nicht, wie viel Wahrheit schon damals in dem Bekenntnis ihres Mannes zu seiner Art afrikanisch geprägter Solidarität gelegen hatte.

»Es wiederholt sich alles im Leben, Hannchen. Man muss nur alt genug werden.«

»Ach, Mutti, jetzt reicht's!« Sie stand auf.

Marianne ließ sich nicht beirren: »Mike ist Kenianer. Dort ist seine Heimat. Wie viele Freunde hat er hier?«

»Er ist den anderen Afrikanern doch bewusst aus dem Weg gegangen, Mutti.« Mariannes Pessimismus nervte Hanna. Trotzdem stellte sie sich und verteidigte Mike: »Er wusste, dass er hier eine Chance hat. Nach einem halben Jahr war sogar sein Schriftdeutsch perfekt, die Hotelfachschule schloss er mit hervorragenden Beurteilungen ab. Nur einmal hat er den Job gewechselt, als das Hotel am Gendarmenmarkt aufgemacht wurde. Die haben ihn sofort genommen, aus unzähligen Bewerbern. Verstehst du, Mutti: Mike ist Deutscher, er sieht nur nicht so aus.«

»Aber ist er glücklich?«, beharrte Marianne.

»Was ist denn schon Glück? Kannst du mir das sagen?«

»Geld ist es nicht. Sonst würden die Reichen nicht immer noch mehr davon wollen, oder? Liebe? Wie lange hält Liebe?«

»Kens Schicksal, Mutti. Das verbindet uns beide.« Sie blickte auf ihre Mutter herab, die mit hängenden Schultern inmitten von Hannas auf Fotografien ausgebreitetem Leben saß. »Jetzt musst du mir mal etwas glauben: Ich bin felsenfest davon überzeugt, dass Ken uns wieder zusammenführt. Ich habe keine Ahnung, wo die beiden sind und was geschehen ist. Aber niemals hat Mike etwas getan, womit er mir oder dem Jungen wehtun würde.« Sie hockte sich vor ihre Mutter und legte die Hände auf deren Schultern: »Verstehst du: uns. Weil wir alle drei eins sind.«

»Das hast du schön gesagt, Hannchen«, erwiderte Marianne gerührt. »Dann ist Glück, wenn man den Menschen gefunden hat, den das Schicksal für einen bestimmt hat.«

15

Immer tiefer hatte Leonard seinen Schützling in das unberührte Hinterland hineingeführt. Mike betrachtete die mitterweile leicht bergige Umgebung, in der er sich befand, mit gemischten Gefühlen. Er hatte längst jede Orientierung verloren. Vereinzelte Baobab-Riesen erhoben sich aus dem savannenartigen Gestrüpp. Wenn sein Begleiter ihn hier allein ließe, würde er nach wenigen Tagen an Hunger und Durst elend sterben. Nicht einmal Menschen schienen in dieser Einsamkeit zu leben. Jedenfalls hatten sie keine getroffen. Doch das, überlegte Mike, konnte auch an ihrer eigentümlichen Art des Wanderns liegen: Sie suchten den Schutz eines Baums oder dichten Gebüschs, sobald die Sonne mit ihrer intensiven Strahlung auf sie niederbrannte, und brachen erst in den späten Nachmittagsstunden wieder auf.

Den schmerzenden Füßen tat die Pause zwar gut, aber Mikes Geist fand keine Ruhe. Außerdem plagten ihn Hunger und Durst. Leonard, daran gewöhnt, in der freien Natur zu überleben, fand immerhin stets ein paar Wurzeln, die er ausgrub und die sie sich teilten. Die wenigen Kokospalmen boten etwas Abwechslung auf dem Speiseplan und ihr Saft löschte den Durst. Es waren Kulturbäume, die eigentlich nicht in die kenianische Vegetation gehörten und das Vordringen der Zivilisation auch an diese stillen Orte anzeigten. Wenngleich es Jahrhunderte her sein mochte, dass sie hierher gefunden hatten.

»Papa Leonard, wie kann ich hier überleben? Ich bin darauf

nicht vorbereitet«, trug Mike seine Bedenken möglichst unaufgeregt vor.

»Nach der kommenden Nacht werden wir einen Mann treffen, der dich mit sich nimmt, mein Sohn. Er wird dir beibringen, was du wissen musst, um allein bestehen zu können.«

»Ich werde ganz allein sein?«

»Das wirst du nie sein, mein Sohn«, beruhigte Leonard ihn vieldeutig. Er zeigte auf eine dürre Akazie, in deren breiter Schirmkrone ein großer, dunkler Vogel saß. »Wir beide sind es schon jetzt nicht.«

Der Vogel breitete seine Schwingen aus, tat ein paar kräftige Schläge und ließ sich irgendwo am Boden nieder.

»Vielleicht hast du dich schon gefragt, woher ich den Weg kenne«, meinte der alte Mann. »Der Marabu weist ihn mir«, erklärte er in einem Tonfall größter Selbstverständlichkeit. Es schien wirklich nicht seine Aufgabe zu sein, Mike in die wahren Geheimnisse dieser anderen Welt einzuweisen.

Die Sonne hatte ihren höchsten Punkt erreicht und Leonard suchte diesmal den Schatten eines Baobab auf. Er wies Mike an, seinem Beispiel zu folgen und seine Decke auszubreiten. Der alte Mann bat seinen jüngeren Begleiter, nun zu schlafen. Weder der unbequeme Ort noch der Zeitpunkt erschienen Mike dazu besonders geeignet. Unruhig wälzte er sich hin und her.

»Deswegen«, hörte der unerfahrene Mann den Freund seines Vaters sagen, »haben wir diesen weiten Weg zurückgelegt, mein Sohn. So wie diesen Platz und das Dorf mehrere Tagesmärsche trennen, musst du Abstand finden zwischen dem Mann, der du bislang gewesen bist, und dem, der du werden sollst. Wenn ich dich zu früh bei deinem nächsten Führer abgebe, werden deine Sorgen es nicht zulassen, dass du seine

Worte verstehst. Denn er ist ein Mann, der schon lange nicht mehr in der Gesellschaft anderer Menschen gewesen ist.«

Mike versuchte sich vorzustellen, wie er selbst hier völlig auf sich gestellt sein Dasein fristete. Es gelang ihm nicht, sich als Eigenbrötler zu sehen, der Konversation mit Unsichtbaren pflegte. Ein Leben ohne seine Familie? Ohne Hannas Liebe, ihren Zuspruch und die kleinen Reibereien des Alltags?

Natürlich war sein Leben in Berlin nicht perfekt gewesen. Aber welches ist das schon? Es erfüllte seine kleinen Wünsche. Doch in den letzten Jahren hatte er immer öfter darüber nachgedacht, ob er sich nicht in der Abendschule weiterbilden sollte, um in der Hotelhierarchie aufzusteigen. Gerade als er Hanna in seine Pläne einweihen wollte, eröffnete sie ihm ihren Wunsch: eine Ausbildung als Heilpraktikerin. Mit einem Rückzugsgefecht, das ihm jetzt geradezu lächerlich erschien, hatte er seine Ideen begraben. Denn er hatte eingesehen, dass er Hannas Stärke nicht gewachsen war.

Mike spürte trotz der Mittagshitze, in welcher der Schlaf ihn nicht von seinen Sorgen befreien wollte, ein Frösteln und zog die Decke, auf der er lag, enger um den Körper.

Er fragte sich, ob seine Ernennung zum Heiler so gesehen nicht einen Triumph über Hanna darstellte. Doch er verwarf den Gedanken: Rein gar nichts hatte er willentlich beeinflusst. Er hatte sich nur einem Urteilsspruch gefügt, der sein Leben auf den Kopf stellte und ihn aller Annehmlichkeiten beraubte, die er schätzen gelernt hatte.

Er wusste, dass es Zeit wurde, sich an die abgeklärten Worte des Vaters zu erinnern, dass der Zweck des Lebens nicht im Erlangen von Zufriedenheit bestand. Doch so weise wie Papa Kadenge zu werden – das war ein langer Weg und Mike tat gerade mal die ersten Schritte in diese Richtung.

16

Zunächst hatte Ken noch die Meeresoberfläche nach den spitzen Rückenflossen der Haie abgesucht, vor denen sein Entführer ihn gewarnt hatte. Allerdings konnte er sie nirgendwo entdecken. Er saß an der Reling, seine Füße baumelten über der aufspritzenden Gischt, seine Hose war bis zum Gesäß durchnässt. Er hielt das vom Fahrtwind gekühlte Metall umklammert, den Kopf auf die Arme gebettet, als ob er schliefe. Aber er war hellwach: Das Riff kam immer näher. In Gedanken sah er den eleganten Hechtsprung, den er ausführen würde, genau vor sich.

Das Problem war nur, so überlegte er, dass er selbst springen musste.

Er linste zu dem Deutschen herüber, der das Schiff lenkte, eine nicht entzündete lange Zigarre zwischen den Zähnen. Der Afrikaner hatte sich nicht blicken lassen und Ken schloss daraus, dass er nicht mit an Bord war. Die Frau mit dem meerfarbenen Kleid döste unter dem sich sanft im Wind blähenden Sonnensegel an Deck.

Die Fußsohlen der falschen Nixe sind fast so hell wie die meiner Mama, dachte er. Dieser Gedanke machte ihn jetzt jedoch nicht traurig, sondern zornig. Weil diese Entführung so gar keinen Sinn ergab, außer, dass er nicht bei Hanna sein konnte. Die Wut ließ ihn schließlich seine Angst vergessen. Gleichzeitig signalisierte ihm seine angeborene Sensibilität, dass diese Joyce, die ihn auf so seltsam weinerliche Art angesehen hatte, ihm nicht wehtun würde. Bei ihrem dicken Mann war Ken sich keineswegs sicher. Immerhin hatte der ihn brutal entführt.

Langsam erhob sich der Junge von seinem Platz an der Reling und ging über den schwankenden Schiffsboden zu der falschen Meernixe hinüber. Sie schlug die Augen auf und lächelte ihn an, was dem Jungen weiteren Auftrieb gab.

»Ist es so schlimm bei uns?«, fragte Joyce freundlich.

»Sie haben gesagt, dass ich nach Hause darf. Ist das wahr?«, erkundigte sich Ken scheu.

»In gewisser Weise«, gab die junge Frau zu.

Ihre Auskunft verunsicherte das Kind. Ken beschloss, wenigstens dieser sich halbwegs nett gebenden Joyce ein Angebot zu machen, das aus seiner Sicht überzeugend war: »Wenn Sie mich freilassen, werde ich sagen, dass Sie mir Ihr Schiff zeigen wollten. Ich mache gewiss keinen Ärger.«

Joyce richtete sich auf. Nachdenklich betrachtete sie ihren jungen Passagier: »Du bist ein vernünftiger Junge, Ken. Aber ich habe gar keine Befürchtungen, dass du Ärger machst. Denn du wirst bei uns bleiben. Du weißt ja noch gar nicht, warum wir dich zu uns geholt haben. Wenn du es erst erfahren hast, wirst du bestimmt nicht mehr fortwollen.« Sie deutete auf den nach wie vor gedeckten Frühstückstisch. »Komm, setz dich zu mir. Während wir reden, kannst du etwas essen. Mit hungrigem Magen kannst du nicht vernünftig denken.«

Neben Joyce stand eine Packung Cornflakes auf dem Tisch. Ohne ein Wort zu sagen, warf Ken die Schachtel in hohem Bogen über Bord.

»Ich hasse Cornflakes«, knurrte er. »Ich will Tsatsiki essen. Und Weißbrot.«

Die Frau mit der Verkleidung einer Meernixe sah den Jungen an, als ob er den Verstand verloren hätte. Erstaunlich schnell hatte sie sich jedoch wieder in der Gewalt: »Was ist«, sie suchte den von Ken benutzten Begriff, »... Trafiki?«

»Tsa-tsi-ki«, buchstabierte Ken. »Das ist Knoblauchquark. Den bekomme ich zu Hause zum Frühstück.« In seiner Stimme schwang die Prahlerei eines zehnjährigen Jungen, der genau wusste, dass dies nur in seltenen Ausnahmefällen zutraf.

»Knoblauchquark«, wiederholte Joyce leicht amüsiert. »Da hast du aber bestimmt lange nachgedacht, womit du mich wirklich verblüffen kannst, nicht wahr? Okay, du hast gewonnen. Aber wir werden bald zu Hause sein, dann wirst du mir zeigen, wie man den zubereitet«, meinte Joyce geduldig.

»Meine Mutter macht den. Ich ess ihn nur.«

»Wie heißt das noch mal?«, fragte Joyce mit ernsthaftem Interesse.

»Ist doch egal«, muffelte der Junge. Er nahm wieder seinen Platz an der Reling ein. Joyce berichtete ihrem Mann offenkundig von dem eben geführten Dialog. Ken beobachtete, wie die beiden herzhaft lachten.

Das Boot hielt auf eine Stelle im Riff zu, an der sich die Wellen nicht brachen. Auf der anderen Seite der Korallenbänke erkannte er jetzt eine Vielzahl von kleinen Segelbooten und überdachten Holzschiffen, die Touristen umherfuhren. Natürlich, beschloss er, das ist ja noch einfacher: Ich rufe um Hilfe!

Die Gelegenheit bot sich wenige Augenblicke später: Eines der Glasbodenboote kam ihnen unerwartet nah. Die beiden Erwachsenen unterhielten sich noch immer. Ken sprang auf, ruderte mit den Armen und schrie aus Leibeskräften: »Hilfe, ich werde entführt!«

Die Urlauber in dem kleinen Kahn winkten fröhlich zurück. Entsetzt stellte der Junge fest, dass seine Kidnapper ganz entspannt zurückgrüßten. Die Leute mussten sie für eine glückliche Familie bei der Rückkehr von einer Seefahrt halten.

Entnervt sank Ken auf das feuchte Deck. »Scheiße«, knurrte er. Dass der dicke Deutsche und die falsche Meernixe obendrein über ihn lachten, trieb ihm Tränen der Wut in die Augen. Jetzt war er zu allem entschlossen.

Die *Tai II* fuhr in die Mündung eines Flusses hinein. Die Gegend kam Ken bekannt vor: Sie passierten jene Marina, von der aus er mit Sebastians Familie einen Ausflug mit einer alten *Dhau*, einem indischen Segelschiff, unternommen hatte. In dem kleinen Yachthafen lag eine Vielzahl größerer Schiffe. Sie trugen die Aufschrift jenes Reiseclubs, mit dessen Flugzeug Mike und er nach Mombasa geflogen waren. Bis zu den Hotels konnte es folglich nicht weit sein! Und dort wäre Onkel Vince, der ihn zu seinem Papa brächte! Und ein Telefon! Er könnte Hanna anrufen!

Kens Herz raste vor Aufregung. Das Wasser war brackig braun und lud keineswegs dazu ein hineinzuspringen. Egal, dachte er und kletterte ohne weiteres Überlegen auf die Reling. Er machte sich bereit zum Absprung, als er mit einem Ruck aufs Deck zurückgeschleudert wurde.

Joyce hatte erheblich mehr Kraft, als der Junge angenommen hatte. Sie richtete ihr langes Kleid, damit sie wieder so hübsch wie zuvor aussah, und lächelte ihn besonders freundlich an: »Sorry, mein Kleiner, aber das darfst du nicht tun.« Ken massierte seinen schmerzenden Po. So hätte Hanna ihn nie behandelt! »Auf dich muss ich ja wirklich aufpassen«, sagte die Afrikanerin mit zurückgewonnener Sanftheit.

Sie reichte ihm die Hand, die er zornbebend ignorierte.

»Steh auf, Kenny, ich zeige dir etwas.« Wie die Flügel eines Engels flatterte der leichte Stoff ihres Kleides im Wind. Der Junge erhob sich; er hatte noch keineswegs aufgegeben.

Zu beiden Seiten erstreckte sich von den Sandbänken aus dichter Mangrovenwald, der zu den flach ansteigenden Hängen hin in die letzten Reste eines tropischen Regenwalds auslief.

Gegen Kens Willen hielt Joyce seine Hand, als ob sie ihn an einem erneuten Sprung hindern wollte. »Ist es nicht wirklich schön hier?« Sie deutete auf die in die Steilufer eingebetteten Villen. »Siehst du diese Häuser? Das da mit dem Turm, das ist unseres!«

Der Junge nahm den Stolz in ihrer Stimme durchaus wahr. Das angegebene Haus lag inmitten von dichtem Wald, das rote Dach des Turms schien aus dem Grün hervorzuwinken wie eine kleine, spitz geformte Hand.

»Als Kind war ich oft hier am Wasser. Damals gab es noch nicht viele Häuser. Nur das da drüben«, Joyce zeigte auf eine Villa, deren graue Fassade grünlich-schwarz angelaufen war, »und das war viel hübscher als heute. Ich habe mir immer vorgestellt, ich würde in diesem Haus wohnen.« Sie legte den Arm um Kens Schulter; er drehte sich fort, konnte sich aber nicht freimachen.

Längsseits der Yacht hielt ein Junge sein kleines Holzboot mit einem Paddel im Wasser. Für einen kurzen Moment trafen sich die Blicke der Kinder. Der Junge unten hatte lustige Augen, sein großer Mund lachte Ken an. Er war bis auf eine kurze Hose nackt und paddelte wie verrückt gegen die Bugwellen der *Tai II* an, um nicht abzudriften.

»Wir wohnten dort hinten im Dorf, wo der *creek*, so nennen wir den Meeresarm, zu Ende ist. Bei uns gab es damals noch kein einziges Haus aus Stein. Ich muss wohl verrückt gewesen sein, von einer Villa zu träumen.«

Ken hörte Joyce nicht mehr richtig zu. Seine Aufmerksamkeit galt jetzt der Schiffsanlegestelle, auf die sie zusteuerten. Er erkannte mit einem Blick, dass es schwierig werden würde: Gleich hinter dem Steg bäumte sich ein hohes Gitter auf. Mit langen, spitzen Streben, die nach außen und innen gebogen waren. Unüberwindbar. Zwei kleine Videokameras schwenkten den Ort ab, sogar Scheinwerfer waren montiert.

Noch während das Boot anlegte, eilten zwei Männer die zum Haus führenden Stufen herab und über den Steg, um das Schiff zu sichern. In einem von ihnen erkannte er den muskulösen Afrikaner wieder, der bei seiner Entführung geholfen hatte.

Die Männer lachten über eine Bemerkung ihres Chefs, der sie auf Englisch begrüßt hatte. Kens Reisetasche und Rucksack in der Hand, stellte der Deutsche sie dem Jungen vor: »Der große heißt Jonas. Alfred kennst du ja schon. Du wirst die beiden hier noch oft sehen. Sie sind gute Männer. Wenn ich oder Joyce nicht da sind, fragst du die beiden.«

Ken hörte kaum zu, denn weder der kleine Muskelmann noch sein langer Kollege würden ihn wohl mit Hanna oder zumindest Onkel Vince telefonieren lassen! Er sah nur noch eine Chance, um nicht in dieser Festung verschwinden zu müssen: sofort abzuhauen. Er bemerkte den Jungen in dem Kanu, der nur wenige Meter vom Steg entfernt war. Joyce warf ihm in diesem Augenblick etwas zu, das mit einem harten Klacken im Boot aufschlug. Ken tat, als bewunderte er die Aussicht, während der Deutsche mit seinen Helfern bereits zur Treppe ging, die nach oben führte.

Dies war seine letzte Gelegenheit! Der andere Junge würde

ihn retten! Das Wasser war braun, aber am Ufer so klar, dass Ken den steil ins Flussbett abfallenden Untergrund erkennen konnte. Er verschwendete keinen Gedanken daran, wie es weitergehen sollte, wenn er auf der anderen Seite des Flusses ankommen würde. Für ihn zählte jetzt nur noch eins: Er wollte fort von seinen Entführern.

Ohne zu zögern, sprang er kopfüber in das braune Wasser hinein, tauchte lang, kam um Luft ringend nach oben und kraulte los. Er spürte sofort, dass die starke Strömung ihn abtrieb. Hinter sich hörte er die aufgeregten Stimmen seiner Entführer; das Kanu war nicht besonders weit entfernt.

»He, hilf mir!«, schrie Ken und verstand nicht, dass der Paddler sein Kanu mit sanften Schlägen an der gleichen Stelle im Wasser hielt und trotz Kens mehrfach wiederholter Rufe nicht reagierte. Ein lautes Klatschen war das untrügliche Zeichen, dass einer der Entführer seine Verfolgung aufgenommen hatte.

Der Junge hatte nichts von der tückischen Strömung am Rand des Meeresarms gewusst. So stark er auch kämpfte – das Wasser drückte ihn gegen das Ufer, von dem er gestartet war. Es war steil und bestand aus blankgewaschenem Fels. Als er über die Schulter blickte, sah er das Kanu, das inzwischen unerreichbar war. Warum half ihm dieser Kerl denn nicht? In seiner Aufregung schluckte er immer mehr von dem gleichzeitig salzig und erdig schmeckenden Flusswasser. Ein großes Motorboot, das in diesem Moment schnell vorbeifuhr und das Wasser Wellen schlagen ließ, gab ihm den Rest: Er tauchte immer wieder unter, bekam kaum noch Luft und hatte fast keine Kraft mehr, nach Hilfe zu rufen.

Da drückte ein starker Arm seinen Kopf über die Wasserlinie. Das Beiboot der *Tai II*, das mit lautem Motorengeräusch näher kam, erkannte er nur als einen orangeroten Schatten. Dann fand er sich auf dessen Boden wieder. Der Deutsche hielt den Steuerknüppel des Außenbordmotors in der Hand. Der kleine Muskelmann war klatschnass, seine Miene finster und Ken rechnete damit, dass der seltsame Papa Paul ihn furchtbar ausschimpfen würde.

Zu seiner Verblüffung grinste der ihn jedoch nur hämisch an: »Wenn du schwimmen willst, kleiner Mann, dann benutz doch bitte den Pool.« Er gab dem dünneren seiner beiden Helfer eine Anweisung, woraufhin dieser dem hustenden und Wasser spuckenden Jungen mehrfach auf den Rücken klopfte. »Ich hoffe«, sagte der Deutsche, »du hast jetzt kapiert, dass dieser Meeresarm ganz schön gefährlich sein kann.«

Während sie zurück zur Anlegestelle tuckerten, warf Ken dem Jungen im Kanu einen zornigen Blick zu. Es wäre so einfach gewesen: Der Kerl hätte ihn lediglich ans gegenüberliegende Ufer zu bringen brauchen. Dann wäre er unter die Mangroven geflohen. Darin konnte er sich gewiss verstecken, bis er sich auf den Weg zu Onkel Vince machen konnte.

Der Junge blickte den Hang hoch, an dem die Anlegestelle lag. So dicht unterhalb des Hauses war es selbst nicht mehr zu sehen. Aber er erkannte einen blanken Fels, der recht weit aus dem dichten Grün auf den Fluss hinausragte.

17

Hanna drückte die Wahlwiederholungstaste des Telefons.

»Es ist neun, Kind, das ist doch viel zu früh«, gab Marianne zu bedenken.

»In Kenia ist es jetzt zehn, Mutti. Die Safaris beginnen früh. Wenn Vince Geld verdienen will, hat er längst geöffnet.« Sie lauschte in den Hörer hinein, der das stets gleiche Zeichen aussendete. Ein mehrfaches schnelles Tuten signalisierte, dass die Leitung sich abschaltete.

»Wenn das ein Reisebüro ist, dann muss Mikes Bruder Angestellte haben. Das kann er nicht allein machen. Dauert so eine Safari nicht mehrere Tage?«

Mutti war doch eine praktisch denkende Frau, überlegte Hanna. Sie hatte Recht.

Neben Kennys Postkarte, deren Worte sie längst auswendig wusste, lag Vince' Brief. »Gab es diese«, Marianne deutete auf den Umschlag, »*Karibu-Tours* schon, als du damals dort warst?«

»Nein.« Du meine Güte, dachte Hanna, solch ein Unternehmen hätte sie Vince damals nie zugetraut. Sie nahm Kennys Postkarte zur Hand, auf der die Shanzu-Bucht abgebildet war. Wenn sie genau hinsah, konnte sie auf dem Foto sogar zwei jener hölzernen Katamarane erkennen, mit denen die *beachboys* die Touristen zu den Korallenbänken schipperten. Um solch einen Ausflug war es gegangen.

Es war ihr erster Urlaubstag gewesen und sie war auf die Gespräche, die die Strandhändler einem aufdrängten, nicht vorbereitet gewesen. Vince war, soweit sie sich erinnerte, sogar der Erste gewesen, der sie am Strand angesprochen hatte. Sie hatte ihn nicht gemocht, für aufdringlich gehalten – ein Blender.

Während sie jetzt, in 6000 Kilometern Entfernung und zehn Jahre älter, über ihn nachdachte, gestand sie sich ein, dass sich an ihrem Urteil über Mikes Bruder nichts geändert hatte. Du bist ungerecht, rief sie sich zur Ordnung. Vielleicht hatte Vince sich auch geändert. Wieder wählte sie die kenianische Nummer und hörte nur das Freizeichen.

Wenn er allerdings der Gleiche geblieben ist, überlegte sie, dann ist dieses Safaribüro nichts als eine hübsche Fassade mit einem entsprechend verlockenden Logo.

Marianne musterte ihre Tochter. Es lag genau jenes mütterliche Verstehen in ihrem Blick, das Hanna fürchtete: »Du weißt nicht, was du von all dem halten sollst, nicht wahr?« Sie beugte sich vor, senkte die Stimme verschwörerisch: »Kind, da unten in Kenia ist etwas schief gelaufen. Ich sehe dir doch an, dass du das auch denkst.«

Hanna nahm Kens neuestes Porträtfoto und ging zur Wohnungstür: »Ich rede jetzt mit der Polizei. Ich lasse mich nicht noch mal abwimmeln.«

Doch der Beamte, auf den sie traf, zog sogar die Möglichkeit in Betracht, dass Mike mit seinem Sohn – Hanna ärgerte sich, dass der Mann stets »sein Sohn« sagte – bei einer anderen Frau Unterschlupf gefunden hatte. Sie gab zwar Kens Foto ab, aber es wurde nach ihrem Empfinden regelrecht desinteressiert in eine Akte gelegt.

»Genau genommen«, führte der Polizist aus und Hanna hatte

den Eindruck, dass er sogar froh über diese Erkenntnis war, »ist es auch möglich, dass Ihr Mann und sein Sohn freiwillig in Kenia geblieben sind.« Dann könnte es Wochen dauern, bis die Suche begänne. Und ob sie Erfolg habe... deutete er zweideutig an.

»Soll ich etwa die Hände in den Schoß legen und nichts tun?«, brauste Hanna auf.

»Das liegt ganz bei Ihnen«, lautete die langmütige Antwort. »Sie können sich natürlich einen Privatdetektiv nehmen«, schob der Polizist nach. »Die haben im Ausland andere Möglichkeiten.«

Den Mann hinter dem Schreibtisch schätzte Hanna auf Anfang bis Mitte 50, er war sehr blass und hatte entweder immer noch ein Magengeschwür oder gerade eine Operation hinter sich.

»In meinem Geschäft habe ich mir abgewöhnt, an Zufälle zu glauben«, antwortete er auf Hannas Geschichte. »Wenn ein Mensch verschwindet, steckt immer ein Plan dahinter. Manchmal dauert es etwas, bis man die Puzzleteile zusammenfügen kann. Aber...«, der Privatdektiv rieb intensiv Daumen und Zeigefinger aneinander, »... irgendjemand profitiert immer. Wenn man denjenigen gefunden hat, geht alles ganz schnell.«

Kens Ziehmutter hatte einige Detekteien durchtelefoniert, bis sie an Harald Wiegmann geraten war, der von sich behauptete, mehrfach im Ausland Personen nachgeforscht zu haben. Aber während sie jetzt vor ihm saß, fragte sie sich, ob ihre Wahl richtig gewesen war. Was Wiegmann sagte, klang nach Routine. Mikes und Kens Schicksal – ein Alles-wie-gehabt-Spiel für Profis.

»Kenia ist nicht billig. Zumindest für einen Weißen. Ich werde Ihnen einen Kostenvoranschlag machen«, meinte er ziemlich bald.

»Waren Sie schon mal in Kenia?«, erkundigte sie sich mit leisem Misstrauen.

»Jahre her. Schwieriger Fall, ähnlich gelagert.« Wiegmann klang wie ein Mann, der schon tausendmal ausgezogen war, um diese kaputte Welt zu reparieren. »Bei Ihnen stehen die Chancen besser. Es gibt den Jungen und es gibt den Vater. Ich kann also an verschiedenen Punkten ansetzen.« Er blickte auf seine Notizen. »Sie sagen, der Name der beiden stand auf der Passagierliste? Und es waren Afrikaner auf diesem Flug?«

Hanna dachte angestrengt nach: »Eine Hand voll vielleicht. Worauf wollen Sie hinaus?«

Der Detektiv erhob sich von seinem Arbeitsplatz. Er war wesentlich kleiner, als die Frau gedacht hatte. »Es ist nur eine Vermutung. Ich sage sie Ihnen trotzdem: Kenia ist ein sehr armes Land. Die Menschen in solchen Ländern tun manchmal seltsame Dinge. Zum Beispiel tauschen sie die Identitäten.«

»Was heißt das?«

»Für uns Weiße sehen die Afrikaner alle gleich aus. Eben schwarz. Halten Sie mich nicht für einen Rassisten. Das ist umgekehrt genauso. Viele Afrikaner können sich ein weißes Gesicht ebenso wenig merken, wie Weiße die Gesichter von Afrikanern auseinander halten können.« Er tippte sich gegen den Kopf. »Fehler in der Programmierung, wenn Sie so wollen.« Er sah Hanna an. »Das kann man sich zunutze machen, wenn man das Land verlassen möchte.«

Jetzt begann Hanna zu verstehen: Darum die Frage nach dem Namen auf der Passagierliste! Nach Wiegmanns Theorie war jemand mit den Tickets der beiden geflogen. Aber nicht Mike und Ken!

»Auch wenn der Flieger voll war, hätte man sich sonst vielleicht an die beiden erinnert«, versuchte der Detektiv seine Überlegung zu stützen. »Die Flüge dieses Schweizer Pauschalreise-Veranstalters werden logischerweise vor allem in Europa gebucht. Das ist«, sagte er bedächtig, »eine perfekte Tarnung für jemanden, der eigentlich kein Visum hat. Touristenflüge werden erfahrungsgemäß wesentlich weniger streng kontrolliert. Weil man ja davon ausgeht, dass die Reisenden nach Europa zurückwollen. Visavergehen sind folglich eher unwahrscheinlich.«

Hanna fand keine Antwort auf die einzige Frage, die ihr jetzt noch einfiel: Warum? »Mike hätte bei solch einem Identitätstausch gewiss nicht mitgemacht«, meinte sie. »Welchen Vorteil sollte das für ihn haben?«

»Geld«, lautete die präzise Auskunft. Und die simple Schlussfolgerung hieß: »Ein Pass mit einem darin eingetragenen Kind bedeutet doppeltes Geld.«

»Das würde er Ken nie antun!«, protestierte sie energisch. Hanna erntete ein mitleidiges Lächeln und kam sich plötzlich schrecklich dumm vor. Der Ermittler würde wohl von fast allen Leuten, die zu ihm kamen, einen ähnlichen Satz hören. In ihrem Fall, den sie schließlich besser kannte als Wiegmann, wusste sie, dass es stimmte. Also musste es anders sein als bei all den anderen Klienten, die vor ihr hier Hilfe gesucht hatten.

»Und wenn …«, es fiel Hanna schwer weiterzusprechen, »… wenn Mike und Ken nicht freiwillig mitgemacht hätten?«

»Wie ich schon sagte: Hinter solchen Dingen steckt meistens ein Plan.« Wiegmann reichte ihr seine Karte: »Ich melde mich bei Ihnen.«

Marianne selbst war nicht mehr in Hannas Wohnung. Nur das Werbeblatt zeugte von ihrer Anwesenheit: Das Sonderangebot für zwei Wochen Kenia mit Vollpension, das Kens Großmutter am Flughafen entdeckt hatte, hing ziemlich auffällig an der Pinnwand. Ihre Mutter, die ewige Pessimistin, hatte es in dunkler Vorahnung mitgenommen. Hanna starrte den Zettel lange an, dann setzte sie sich an ihren Computer, suchte die Internetseite des Veranstalters, die sie unter »Favoriten« abgespeichert hatte: Auf einem Flug am nächsten Abend war noch ein Platz frei.

Reservierung bestätigen, mahnte das entsprechende Feld.

Hanna schloss die Seite. Nein, dachte sie und Mikes Mahnung wegen ihrer überhasteten Aktivitäten schoss ihr durch den Kopf, ihr beiden werdet zurückkommen. Die Theorie dieses Wiegmann war doch absurd! Mike konnte keinen Vorteil davon haben, seins und Kens Ticket zu verkaufen, wenn sie beide dafür in Kenia bleiben mussten.

Vom Monitor leuchtete ihr jetzt die Seite einer Organisation entgegen, die vermisste Kinder suchte. Hanna wählte sich in das dazugehörige Forum ein, in dem sich Mütter über ihre Erfahrungen austauschten, deren Kinder von einem Tag auf den anderen verschwunden waren. Die meisten Berichte klangen deprimierend, erzählten überwiegend von Vätern, die nach Ehestreitigkeiten mit ihrem Nachwuchs verschwunden waren. Auch ein kenianischer Fall war darunter; Hanna schilderte ihren eigenen und die Leidensgenossin schrieb zurück, dass sie seit drei Jahren vergeblich nach ihrem Sohn suche.

»Hast du es mit einem Privatdetektiv probiert?«, fragte Hanna.

»Was glaubst du denn? Lass davon bloß die Finger weg! Die verlangen Unsummen und das Geld ist weg!«

Der Anruf kam am Morgen des folgenden Tages. »Hier ist Sebastian. Ist Ken da?«, fragte eine Jungsstimme. Es war das erste Mal, dass jemand seit Kens Verschwinden nach ihm fragte. »Sagen Sie ihm bitte, dass Sebastian angerufen hat. Ich bin aus Kenia zurück«, meinte der Anrufer.

»Okay«, antwortete Hanna. Ihre Benommenheit wich mit einem Schlag einer hektischen Alarmstimmung: »Stopp, warte, warte!«, schrie sie in den Hörer. »Du hast Ken in Kenia getroffen?«

Eine halbe Stunde später saß Hanna im Wohnzimmer der Seiferts und erfuhr, dass Vince ihren Sohn zum Flughafen bringen wollte. »Das ist aber schon seltsam«, folgerte Sebastians Vater, »dann muss dem Kind auf dem Weg zum Flugzeug etwas zugestoßen sein.« Taktvollerweise sprach er nicht aus, was damit als Vermutung im Raum stand: ein Autounfall.

»Und wo war mein Mann?«, fragte die verzweifelte Mutter.

Seifert hob die Schultern: »Wir hatten angenommen, er wäre schon am Flughafen. Oder noch im Haus seines Bruders.«

»Nur noch eine Frage«, sagte Hanna, bereits auf dem Rückweg zur Tür, »ich rufe seit Tagen vergeblich im Reisebüro meines Schwagers an.«

Die Urlauber erzählten, dass sie nach dem letzten Treffen mit Ken nicht mehr daran vorbeigekommen waren. Aber sie beschwerten sich wortreich über den unglücklichen Verlauf ihrer bei Vince gebuchten Safari. Sie beendeten den beunruhigenden Bericht mit dem Hinweis, sie hätten schon bei der Buchung ihrer Safari mitbekommen, dass die Telefone nicht funktionierten. Vince habe ihnen etwas von einem Streit über die Gebührenabrechnung der kenianischen Telecom erzählt und stattdessen sein Handy benutzt. Hanna ließ sich beschreiben, wo genau sich Vince' Büro befand, und verabschiedete sich, dankbar, die ersten Teile jenes Puzzles in die Hand bekommen zu haben, das sie einfach nicht verstand.

Auf dem Weg zur Wohnung ihrer Mutter spukte in Hannas Kopf der Name ihres Schwagers herum: Vince war zuletzt mit Ken gesehen worden und in seinem Büro lief offenkundig nicht alles richtig. Überhaupt keinen Sinn machte, dass Mike an jenem Abflugmorgen nicht bei seinem Sohn war.

»Ein Unfall?« Marianne rang um ihre Fassung. Dann schwieg sie, um ihre Tochter schließlich geradeheraus anzusehen: »Hannchen, flieg hin. Sieh nach, was passiert ist, und hol die beiden zurück. Mach es nicht wie ich damals. Ich habe nichts unternommen, saß da wie gelähmt. Aber man muss kämpfen um sein Glück. Man hat doch nur das eine.« Die ältere Frau riss sich ein Tissue von der Küchenrolle und schneuzte sich geräuschvoll.

»Ich muss doch die Praxis eröffnen, Mutti! Der Kredit! Was soll ich denn der Bank sagen?«

»Wenn du in einem Jahr in deiner neuen Praxis stehst und dich in einem ruhigen Augenblick im Spiegel ansiehst und dein Spiegelbild fragt dich: Wie mag es Ken wohl gehen? Hanna, was willst du dir dann antworten? Ich weiß es nicht?« Sie öffnete die Schublade ihres Wohnzimmerschranks. Mit einem Griff hatte sie einen Umschlag in der Hand, den sie ihrer Tochter reichte. »Ich weiß, dass du nicht genug hast für solch eine Reise. Hier ist sogar noch mehr drin. Nimm es einfach, sag nicht danke, sondern sieh zu, dass du diesen Flug erwischst.«

Vom Fenster aus rief Marianne ihr nach: »Sag Kenny, dass Oma ihn lieb hat. Und, Kind: Sag Mike das auch!«

Hanna ließ sich keine Zeit mehr, um über irgendetwas anderes nachzudenken als die Frage, ob sie noch rechtzeitig nach Kenia käme, um Ken und Mike beizustehen. Während sie das Nötigste in ihren Koffer packte, rief Privatdetektiv Wiegmann an. Er fragte, ob sie sein Angebot, das inzwischen vorlag, annehme.

»Ich hole die beiden selbst«, sagte sie übereilt.

»Das schaffen Sie nie allein«, entgegnete der Afrika-Experte. Sie hatte mit keiner anderen Reaktion gerechnet: Der Mann lebte davon, dass normale Klienten sich so etwas nicht zutrauten. Hanna hingegen war zuversichtlich, es zu schaffen. Sie war in Kenia gewesen, kannte die Gegend, in die sie aufbrechen wollte, und hatte eine Menge Anhaltspunkte, die ihre Suche schon bald zum Erfolg führen würden. Davon war sie felsenfest überzeugt.

Sie zog die Wohnungstür hinter sich ins Schloss. Ihr selbst gemaltes *Karibu*-Schild hing an einer Seite herunter. Sie klebte es rasch wieder fest.

Ken und Mike würden sich bestimmt freuen, wenn sie es bei ihrer Rückkehr sahen.

18

Das Fenster vor Kens Zimmer im ersten Stock war, wie im ganzen Haus, mit Eisengittern gesichert. Joyce hatte dem Jungen bei seiner Ankunft gesagt, das sei schon immer so gewesen, damit man sich gegen Einbrecher schützen könne. Doch der Junge glaubte ihr nicht, für ihn war die Villa ein Gefängnis. Daran änderte auch nicht, dass er einen Computer in dem riesigen Raum vorfand und einen Fernseher, mit dem er sogar deutsche Programme sehen konnte – was er die meiste Zeit über tat. Einmal hatte er dabei einen Bericht über Kinder gesehen, die verschwunden waren und deren Mütter darüber erzählten. Er wartete die ganze Zeit darauf, Hanna zu entdecken. Doch ihr Bild war nicht im Fernsehen erschienen. Er war trotzdem überzeugt, dass sie ihn suchen würde. Irgendwann würde er sie auf dem Bildschirm sehen. Und sein eigenes Foto.

Noch immer war ihm unklar, weshalb Joyce und ihr Mann ihn nicht laufen ließen und sich so viel Mühe gaben, ihn einzusperren. Wenn dies wirklich sein neues Zuhause sein sollte, wie seine Entführerin angekündigt hatte, so war ihr dies bislang gründlich misslungen.

Von einer Seite seines Zimmers aus sah der Junge die Freiheit – weites grünes Land. Das andere Fenster zeigte den parkartigen Garten mit seinen blühenden Büschen. Wie bunte Inseln in einem kurz geschnittenen Rasenmeer wechselten sie sich mit majestätisch schlanken Kokos- und weit ausladenden Fächerpalmen ab. Doch dahinter lag der hohe Zaun.

Nicht weit von der Terrasse leuchtete einladend blau der Pool, der es an Größe mit dem Schwimmbecken jener Hotelanlage aufnehmen konnte, in der er Sebastian besucht hatte. Doch hier gab es kaum Menschen. Nur die beiden Angestellten, der lange Jonas und der untersetzte Alfred, waren gelegentlich zu sehen.

Von seinem Raum nicht zu erkennen war jener markante Felsen, der weit über den Fluss ragte. Je länger Ken in das Dickicht starrte, umso mehr nahm er sich vor, genau diesen Platz in Augenschein zu nehmen. Doch müsste es so aussehen, als ob er Joyce und ihrem dicken Mann nicht mehr weglaufen wollte. Schon einige Male hatte die seltsame Frau ihn gebeten, im ansonsten ungenutzten Pool zu baden. Indem er ihr diesen Gefallen tun wollte, hoffte er, sie würde ihn nicht mehr ständig bewachen lassen. Diese Freiheit würde er zu nutzen wissen…

Joyce lag im Schatten und las ein Buch, als er unkompliziert verkündete: »Ich gehe schwimmen!« Verblüfft ließ sie ihre Lektüre sinken und sah ihm zu, wie er mit einem langen Hechtsprung ins Wasser glitt. Der Pool war nicht zu warm, so dass der Junge das Baden sogar genoss. Joyce erwartete ihn mit einem großen Handtuch.

»Danke«, sagte Ken; er hatte sich fest vorgenommen, dieses Wort über die Lippen zu bringen. Es gehörte zu seinem neuen Plan.

»Ist gar nicht so übel, der Pool?«, fragte die junge Frau.

»Nein, aber ich möchte wissen, warum Sie unbedingt wollen, dass ich darin schwimme.«

»Willst du denn nicht endlich *du* zu mir sagen?«

Von Anfang an hatte Ken dieses seltsame Gefühl gehabt, wenn er die Frau ansah. Sie schien nicht wirklich böse zu sein; er hatte sogar den Eindruck, als würde er sie schon länger kennen. »Sagst du es mir dann?«, fragte er.

»Weil es so still ist in diesem große Haus«, antwortete sie.

Ken blickte seine Entführerin ratlos an. Und plötzlich glaubte er, verstanden zu haben! Das Zimmer, das er bewohnte, der Computer, der Fernseher, die Kleidung, die im Schrank für ihn bereithing und die er nicht berührt hatte: Das alles hatte einem anderen gehört! Der Sohn dieser Joyce war gestorben! Deshalb war er hier! Sie wollte, dass er seinen Platz einnahm…

»Ihr Sohn… dein Sohn«, verbesserte er sich, »war der so alt wie ich?«, fragte er.

Die Frau stutzte einen Augenblick, schien nicht zu wissen, was sie antworten sollte. Dann sagte sie langsam: »Ja, so alt wie du.«

Nun studierte sie sein Gesicht wieder mit diesem Ausdruck, den Ken nicht ertragen konnte. Sie sah dabei aus, fand der Junge, als wollte sie sofort losweinen.

Ken schlang sich das Handtuch um den Leib und eilte die Treppe in das Zimmer hinauf, das Joyce' Sohn gehört hatte. Während er sich umzog, fiel sein Blick aus dem Fenster. Durch die Gitter konnte er den Fluss überblicken, den sie *creek* nannten, ein Wort, das sich in seinen Ohren wie *Krieg* anhörte. Auf der anderen Seite des Ufers sah er Mangroven, dahinter begannen kleine Felder, dazwischen vereinzelte Bäume. Der Anblick erinnerte ihn an jene Gegend, in der er seinen Papa zurückgelassen hatte. Doch Mikes Dorf war weit vom Meer entfernt.

Der Junge hatte nicht gemerkt, dass Joyce eingetreten war.

Von der Tür aus sagte sie: »Das ist eine schöne Aussicht, nicht wahr?« Ken hörte, dass sie näher kam. »Dies ist dein Land. Denn du bist Kenianer. Das hat deine ...«, die Frau machte eine kurze Pause, bevor sie es aussprach, »... Mama dir doch gesagt?«

»Ich bin Deutscher«, antwortete Ken bündig. Am liebsten hätte er gesagt, dass er sofort nach Berlin zurückwollte. Es erschien ihm aber ratsam, seine Entführerin nicht wieder damit zu ärgern. Schließlich hatte er einen Plan ...

»Aber du warst doch nicht immer Deutscher, oder, Kenny?«, hakte Joyce sanft nach.

»Keine Ahnung«, gab der Junge kurz angebunden zurück. Das Gespräch, das die Frau ihm aufzwingen wollte, interessierte ihn nicht. Durch den dünnen Stoff des Kleides fühlte Ken den Körper der Fremden. Sie war sehr schlank, nicht so anschmiegsam weich wie Hanna.

»Hat dir denn deine Mama erzählt, wer deine wirkliche Mutter ist?«

»Klar hat sie das: Papas Schwester«, antwortete Ken unwirsch. Er hatte etwas entdeckt, das seine Aufmerksamkeit wesentlich mehr in Anspruch nahm als diese Unterhaltung: Unten, auf der Mitte des Meeresarms, paddelte ein Junge im Einbaum. Es schien jener zu sein, der ihn im Stich gelassen hatte. Das Wasser floss jetzt träge; er konnte es gemächlich angehen lassen. Vom gegenüberliegenden Ufer sprang ein anderer Junge in den *creek* und kraulte mit schnellen Zügen auf den Einbaum zu.

Joyce legte die Hände auf Kens Schultern. »Willst du mir damit sagen, dass dein Papa gar nicht dein richtiger Vater ist?«, fragte sie.

Die ihm sinnlos erscheinende Fragerei der fremden Frau

machte Ken ärgerlich. Am liebsten hätte er sich zu ihr umgedreht und sie angeschrien, dass sein Leben sie überhaupt nichts anging. Doch er hatte sich vorgenommen, ihr den lieben Jungen vorzuspielen, dem sie vertrauen konnte. Daher entschloss er sich, mit zusammengebissenen Zähnen zu nicken.

Unten auf dem Meeresarm hatte sich der Schwimmer durch die tückische Strömung gekämpft und das Holzboot erreicht. Es geht also doch!, jubilierte Ken innerlich.

»Dann haben dein Papa und deine Mama dir also gesagt, dass deine richtigen Eltern nicht mehr leben?«, erkundigte sich Joyce. Sie atmete heftiger. Kens Unbehagen nahm zu.

»Warum willst du das alles wissen? Weil dein eigener Sohn tot ist?«

Die Frau nahm die Hände von seinen Schultern und trat einen Schritt zurück. »Wie kommst du denn darauf?«, fragte sie mit Entsetzen in der Stimme.

»Habe ich mir so gedacht«, antwortete Ken leichthin.

Die Jungs unten auf dem Fluss begannen einen spielerischen Kampf um das Kanu. Jener im Wasser hatte dabei die schlechteren Karten; die Seitenwände des Boots waren zu hoch, um es entern zu können. Der Schwimmer kraulte zurück. Ken zählte 20 Schwimmzüge. Das kann ich auch, überlegte er. Ich müsste nur erst mal bis zur Mitte des Wassers gelangen. Er wusste auch genau, wie er es bis dahin schaffen konnte. Und zwar noch an diesem Abend.

»Sind eigentlich Krokodile im *creek*?«, fragte Ken.

»Krokodile?« Joyce stutzte. »An der Küste gibt es keine Krokodile«, antwortete sie irritiert. »Hast du überhaupt zugehört, was ich gesagt habe, Ken?«

Das Kind drehte sich zu der Fremden um. »Du hast doch gar nichts gesagt.«

Ken fand sich rechtzeitig zum Abendessen ein, das von Jonas serviert wurde. Mit weißem Hemd und schwarzer Hose gab der Leibwächter einen eleganten Diener ab. Auch Ken hatte sich seine beste Hose und ein von einem Hausangestellten frisch gebügeltes Hemd angezogen. Nichts sollte seine wahren Absichten verraten. Zum ersten Mal seitdem er in diesem Haus war, aß er sein Essen auf.

»Darf ich noch ein bisschen in den Garten, Papa Paul?« Es fiel dem Jungen nicht leicht, das zu sagen. Aber es musste sein, fand er. Und es funktionierte!

»Klar, geh nur«, meinte der Mann arglos.

Zunächst streunte Ken um den Pool herum, der im Abendlicht warm schimmerte. Das Becken wurde wie stets um sechs Uhr abends von im Boden eingelassenen Punktstrahlern erleuchtet. Der Junge tat so, als ob er die Äffchen jagen wollte, und verfolgte sie in die Büsche hinein. Dann lugte er über die Schulter: Man konnte ihn vom Haus aus nicht mehr sehen. Der lange Jonas machte sich weiterhin drinnen zu schaffen; der muskulöse Alfred hatte sich eine Stunde zuvor verabschiedet.

Die über den *creek* ragende Felsnase zu finden, war einfacher, als Ken gedacht hatte; er brauchte lediglich dem leicht abfallenden Gelände zu folgen. Und dem glitzernden Sonnenlicht, das vom Fluss reflektiert durch das Laub schien. Nur die Höhe hatte er unterschätzt. Das dunkelbraune Wasser war doch weiter entfernt, als er angenommen hatte. Bislang war er zu Hause im Hallenbad nur vom Dreimeterbrett gesprungen. Ein Mal, in der dritten Klasse. Weil der Lehrer es verlangt hatte. Und das hatte ihm gereicht.

Jetzt befand er sich zwar nur noch auf etwas mehr als der Hälfte der Hanghöhe, doch das Kanu, das inzwischen am anderen Ufer lag, erschien ihm klein wie ein Spielzeug. Kens Herz raste wie verrückt, er fühlte den übermächtigen Druck, sich erleichtern zu müssen, während sich in seinem Magen ein unangenehmes Kribbeln ausbreitete.

Vorsichtig trat der Junge dicht an die Klippe heran; ein paar Steinbrocken lösten sich, fielen nach unten. Er hörte, wie sie auf die Wasseroberfläche aufklatschten, und zuckte noch einmal zurück. Plötzlich erschien es ihm unmöglich hinunterzuspringen. Die Angst, wieder in diesem Fluss von den Strudeln nach unten gedrückt zu werden, wieder keine Luft zu bekommen, drohte seinen ganzen Plan scheitern zu lassen.

Fieberhaft überlegte er sich Alternativen; er sah die Zäune, die beiden Aufpasser und die Kameras. Andererseits lag die Freiheit so nah! Einen Schritt nur... Wenn er ihn nicht tat, wer wusste, wann sich eine neue Gelegenheit bot? Deshalb musste es sofort sein. Bevor man ihn auf diesem Felsen entdeckte und vielleicht für Tage in seinem Zimmer einschloss.

Er würde bis zur Marina laufen, an der sie mit dem Schiff vorbeigefahren waren, und dann immer an der Küste entlang, bis er zum Strand käme. Mit Sebastians Eltern war er die Strecke im Bus gefahren, als sie den Ausflug mit der alten *Dhau* auf diesem Meeresarm gemacht hatten. Es konnte zu Fuß nicht allzu weit sein. Aber was zählte das schon, wenn er dafür nicht mehr gefangen war? Von Strand in Shanzu aus würde er Onkel Vince' Büro schon irgendwie finden. Der Bruder seines Vaters würde ihm helfen, seine Mama anzurufen, dachte er. Und dann könnte er nach Hause.

Es schien alles so einfach. Wenn er nur nicht in dieses Wasser springen müsste. Aber da führte kein Weg dran vorbei, wenn er von hier fortwollte...

Auf der anderen Seite des *creek* sah er die Jungen. Einer nach dem anderen kamen sie langsam unter den Büschen hervor. Dass es so viele waren! Mindestens 15. Sie würden alle zusehen.

Im Schwimmbad hatten sie »Feigling« geschrien, als er sich nicht sofort getraut hatte. Dabei war er gar keiner. Er hatte es ihnen allen bewiesen.

Er konnte jetzt nicht mehr zurück. Ken holte tief Luft. Alle Muskeln anspannen, bloß keinen Bauchklatscher …

Vorsichtig ging er in die Hocke, den Oberkörper weit vorgebeugt, die Arme nach vorn gestreckt, das Gewicht auf die Zehen verlagert. Dann sprang er.

Das Wasser, auf das er kopfüber zuraste, war braun wie ein schmutziges Holzbrett.

19

Das Flugzeug stieg in einem steilen Winkel in den Himmel. In weiter Ferne sah Hanna die Umrisse der Berliner City, die sich in ein Tuch aus grauem Abendsmog hüllte.

»Reisen Sie denn ganz alleine? Kein Mann, keine Kinder?« Die kleine Frau mit den kurzen braunen Haaren musterte ihre Sitznachbarin von der Seite. »Ach, ist ja auch mal schön, wenn man machen kann, was man will. Welche Safari haben Sie denn gewählt? Einen oder zwei Tage?«, plauderte sie munter weiter. »Also wir haben uns für die dreitägige entschieden. Ist auch nicht viel teurer.«

Hanna hatte keine Lust auf Konversation. »Ich mache überhaupt keine Safari«, sagte sie und begann ihren Walkman zu suchen. Das in warmem Sonnengelb und Tiefseeblau gemusterte Tuch lag obenauf. Hanna konnte nicht sagen, warum sie es nach Kenia mit zurücknahm. Eine Form von Aberglaube? Sie führte den dünnen Stoff an die Nase. Natürlich roch es nicht mehr nach Sonne und Meer …

»Das ist ja ein wunderschönes Tuch! Wo haben Sie das denn her?«

»Aus Shanzu«, sagte Hanna leichthin.

»Sie waren schon mal da?«, fragte die Nachbarin in fast ehrfurchtsvollem Ton.

Hanna blickte die Frau noch einmal an, mit einem freundlichen Lächeln. »Lange her, sehr lange«, antwortete sie versonnen und band sich das Tuch um den Kopf.

Zehn Jahre, dachte sie.

Als sie das letzte Mal im Flieger nach Kenia gesessen hatte, war es ebenfalls keine Reise, sondern eine Flucht gewesen: Von sieben Jahren Ehe war nur ein Trümmerhaufen übrig geblieben. Dirk jeden Tag in der Arbeit sehen und wissen, dass er eine andere liebte? Niemals hätte sie mit ihm gemeinsam die Krankengymnastikpraxis aufmachen dürfen. Dabei hatten sie doch geglaubt, dass sie das perfekte Paar waren! Zwei, die den gleichen Beruf hatten, die gleichen Ziele. Erst die Selbständigkeit und dann ein Kind. Die Räume lagen optimal, die Ärzte schickten zu jener Zeit noch viele Patienten. Es lief gut, viel zu gut. Die Eigentumswohnung, der große Wagen. Dirk hatte einen Van gewollt, den ersten, den es überhaupt gab. Wegen der Kinder.

Die nicht kamen. Und es lag nicht an Dirk – das hatten sie schnell herausgefunden –, sondern an ihr. Sie hatte doch diese frauliche Figur, wieso musste die Natur ausgerechnet ihr einen bösen Streich spielen? Was nutzten alle medizinischen Erklärungen, wenn es für dieses Problem keine Lösung gab? Jedenfalls keine, die Dirk wollte.

In vitro.

Instant, hatte Dirk gesagt. Auf dem Klo soll ich mein Kind zeugen, mit einem Reagenzglas?

Das war's, keine weitere Diskussion möglich. Damals hatte sie noch nicht an Adoption gedacht. Die eigenen Charakterzüge im eigenen Kind erkennen, natürlich hatte sie es nur so gewollt. Sie hatte ja noch nichts von Ken gewusst.

Dirk hatte die Wandlung vom Ehemann zum Geschäftspartner erstaunlich schnell vollzogen. Sie gab ihm Zeit; ihre Hoffnungen zerflossen erst, als die gertenschlanke Patientin mit der verspannten Schulterpartie nicht mehr von ihr behandelt werden wollte, sondern ausschließlich von Dirk.

»Hanna, ich werde zu Corinna ziehen.« Natürlich, so musste es ja kommen. »Hanna, Corinna ist schwanger.« Auch das war zu erwarten gewesen – was nutzte der Glaube an eine gemeinsame Liebe, wenn sie im Partner längst gestorben war?

»Mach Urlaub, finde Abstand«, hatte Marianne geraten.

»Ich habe keine Lust auf Urlaub. Ich wüsste nicht mal, wohin.«

»Das spielt doch keine Rolle, Hannchen. Wunden heilen nicht, wenn man drin rumstochert. Nimm den Flieger und leg dich mal in die Sonne, irgendwo. Geld hast du doch genug.«

Ja, klar, irgendwo … Es war November und im Reisebüro sagten sie, dass in Kenia Sommer sei: Last Minute, Vollpension, Sonne, Strand, Pool, Meer. Das Sechserpack, das alle wollen. Gut und günstig, denn eins war klar: Zurück in die eigene Praxis, das war vorbei. Doch ein Neuanfang würde kosten. So hatte sie in dem damals ebenso voll gestopften Ferienflieger gesessen, 32 Jahre jung, gut aussehend und allein. Und sie wusste: Es würde nie wieder so sein wie zuvor. Der Traum, den sie gehabt hatte, als sie allein mit ihrer Mutter in einer Zweizimmerwohnung lebte, der war geplatzt: keine große Familie.

Sie hatte sich damals gewundert, dass der Flug so lange dauerte. Irgendwann hatte sie ihr Buch zur Seite gelegt und die Karte im Bordmagazin aufgeschlagen. Huch! Kenia lag ja auf der anderen Seite des Äquators. Sie musste es wohl mit Tunesien verwechselt haben; Erdkunde war nie ihr Ding gewesen.

Dann las sie was über Malaria und hatte dabei das eindeutige Gefühl, ziemlichen Mist gebaut zu haben. Sie beschloss spontan, das Hotel kein einziges Mal zu verlassen. Eine schwere Krankheit war das Letzte, was sie noch gebrauchen konnte.

Afrika? Schnapsidee!

Mehr als bestätigt sah sie sich, als Vince sie bei ihrem ersten zaghaften Spaziergang am Strand ansprach. Irgendwann war die Sonne schon fast untergegangen, der aufdringliche Kenianer erzählte schon längst nichts mehr vom Katamaran-Trip, den er ihr eigentlich andrehen wollte, sondern von seinem Wunsch, in Deutschland zu leben. Von seinem Ehrgeiz, dort zu studieren oder ein Geschäft zu eröffnen. Wahllos hatte er mit deutschen Städtenamen jongliert – Frankfurt, Hamburg oder einer Stadt, von der die Deutsche nie zuvor gehört hatte. Norderstedt. Sie hatte nie herausgefunden, was Vince vor zehn Jahren ausgerechnet an Norderstedt für einen Narren gefressen hatte.

Die Sonne war schon fast untergegangen, der *beachboy* quasselte immer noch, sie hatte Hunger, fühlte sich elend und war voller Selbstmitleid über ihr Leben, das mit 32 Jahren soeben den Bach hinuntergegangen war.

Abrupt war sie aufgestanden, hatte Vince mit einem plötzlichen Anflug von Wut angeschrien: »Lass mich doch endlich in Ruhe mit deinem blöden Gequatsche!« Dann war sie losgestapft, die Treppen zum Hotel hoch, die der Einheimische nicht hinaufdurfte. Zurück ins Reservat, wo man verschont blieb von den Hoffnungen der *beachboys*.

Bis zur nächsten Bank war sie gelaufen, hatte sich darauf gesetzt, in die untergehende Sonne gestarrt und endlich so richtig losgeweint. Dann kamen die Mücken, die sie pieksend wieder in die Gegenwart zurückholten. Malaria!, hatte ihr hypochondrisch veranlagtes Hirn geschrien und sie war in den Speisesaal geflüchtet, wo gerade jemand Geburtstag feierte.

»*Karibu Kenia, jambo, jambo sana*!«, sangen die weiß gekleideten Ober und jemand schlug fröhlich die Trommel. Die Wirklichkeit hatte sie wieder eingeholt, dabei wollte sie diese Wirklichkeit gar nicht, sie brauchte eine Flasche Rotwein. Und als die leer war, nahm sie eine zweite mit aufs Zimmer. Das half auch nicht gegen den Anblick verliebter Paare im Mondschein. Sie hasste Kenia, ihr Leben, Dirk und vor allem alle schwangeren Corinnas, mit denen sie niemals würde konkurrieren können.

Den ganzen folgenden Tag hatte sie den Strand gemieden. Das war ohnehin die einzige Möglichkeit. Der kenianische Wein, zumindest in diesen Mengen verabreicht, taugte keinesfalls dazu, sich der Sonne auszusetzen. Vor allem fürchtete sie, wieder diesem pausenlos redenden Vince vor die Füße zu laufen. Mit einem Bier am frühen Nachmittag an der Poolbar versuchte sie den Kater zu besänftigen. Zwei aufgeschwemmte Trunkenbolde umbalzten sie, so dass sie postwendend die Flucht ergriff.

Sie hatte an den Klippen gestanden, es war Flut, der Strand praktisch nicht mehr vorhanden. Sie sehnte sich nach dem kühlen Wasser, das die Kopfschmerzen vertreiben sollte. Vorsichtig stieg sie über die scharfen Korallen hinweg in die Wellen, tauchte darin unter, schwamm hinaus. Und endlich, endlich stellte es sich ein, das Gefühl, das sie brauchte wie der Fisch das Wasser: Ihr Körper trug sie durch die Fluten, sie war stark, sie konnte sich gegen die hohen Wogen behaupten. Die Gischt spritzte vor ihr hoch, sie tauchte unter den Wellenkämmen hindurch. Als ihre Arme schmerzten, kraulte sie zurück und setzte sich schwer atmend auf die Felsen.

»Du musst eine ziemliche Wut im Bauch haben, wenn du so schwimmst«, sagte jemand auf Englisch zu ihr.

Ein hübsches Gesicht, hohe Wangenknochen, ein weicher, voller Mund mit kräftigen, makellosen Zähnen. Die Augen, die zu diesen Lippen gehörten, sahen sie neugierig an. Mädchenhaft lange, seidige Wimpern.

Was für ein unglaublich hübscher Mann, hatte Hanna gedacht.

Der Badeanzug klebte an ihr wie eine zweite Haut; das Handtuch war im Hotel. Ein paar Meter weiter lag ihr Kleid. Der schöne Kerl ging und holte es ihr.

»Handtuch vergessen, hm?«, vermutete er.

»Ich wollte einfach nur schwimmen«, meinte Hanna in ihrem damals nicht gerade perfekten Englisch und kam sich unglaublich bescheuert vor, so etwas zu sagen.

Eine Leopardenkauri, ein herrliches, glänzenden Exemplar, streckte die dunkle Hand des Fremden ihr entgegen. »Eigentlich verkaufe ich die, aber dir schenke ich sie. Von einem wütenden Mädchen darf ich doch kein Geld verlangen.« Sein Lächeln war so süß, zwei kleine Grübchen bildeten sich in seinen Wangen.

Meine Güte, hatte Hanna gedacht, der ist so jung.

»Ich bin kein Mädchen mehr«, hatte sie gesagt und sich das Kleid über den nassen Badeanzug gezogen.

»Wie alt bist du?«

»Zehn Jahre älter als du«, hatte Hanna gemutmaßt.

Er hatte spitzbübisch gelächelt. »Dann bist du schon 20.«

»Du machst Witze! Ich bin 32! Und du?«

»23. Ist das ganz schlimm? Oder geht das gerade noch?«

»Ganz schlimm.«

»Ich heiße übrigens Mike«, hatte der schöne Mann gesagt. »Verrätst du mir deinen Namen?«

»Hanna. Aber ich muss jetzt gehen.« Damit war sie aufgestanden.

»Na dann, einen schönen Abend, Hanna«, hatte Mike mit fast akzentfreiem Deutsch erwidert und sie verschmitzt angegrinst. Und sie wusste nicht, ob er in ihr nicht sogar von Anfang an die Touristin aus Deutschland erkannt hatte. Er streckte ihr die Hand entgegen und sie ergriff sie; er hatte einen angenehm festen Händedruck. »Ich bin noch ein wenig hier und sehe der Sonne beim Gehen ins Bett zu.«

Später hatte er ihr gesagt, dass er immer auf den Einbruch der Dunkelheit warten musste, um nach Hause zu gelangen. Aber in diesem Augenblick hatte er hinzugefügt: »Heute ist Vollmond.«

Unter der heißen Dusche sah sie Mikes Gesicht vor sich, auf dem Weg zum Speisesaal guckte sie in die dunklen Mienen der Hotelangestellten. Keiner hatte so ein Antlitz wie dieser viel zu junge Mann. Schön wie ein Engel war der Kerl. Und er hatte Charme. Kurz vor dem Restaurant war sie abgedreht; sie hatte keinen Hunger mehr. Sie war hinuntergelaufen zum Meer, raus aus dem Reservat.

Niemand sonst war am Strand, den nur noch der helle Schein des Mondes ausleuchtete. Mike saß ein Stückchen weiter entfernt. Langsam ging sie zu ihm hin. Aus kleinen Steinen hatte er eine Pyramide aufgeschichtet.

»Ich habe gebaut dir ein Haus«, sagte er.

Sie ließ sich neben ihm nieder. »Da passe ich aber nicht ganz rein«, meinte sie völlig unromantisch.

»Wer hat verletzt dich so?«, fragte Mike übergangslos.

»Woher weißt du das?«

»Du willst mein Haus nicht. So ich nehme an, dass du nicht möchtest, dass ein Mann sich kümmert um dich. Das muss haben einen Grund.«

»Du bist wohl ein Philosoph?«

»Ich lebe seit vielen Jahren am Strand. Da man trifft eine Menge Leute. Die, die man ansprechen kann, sind meistens unglücklich, die glücklichen Menschen sind in Eile. Weil sie wollen treffen irgendwen. Die unglücklichen Menschen aber suchen das Glück, darum sie haben Zeit.«

Die Worte des sanften *beachboys* machten Hanna zunächst sprachlos. Er war wohl wirklich ein Philosoph ... »Du hast mir angesehen, dass ich unglücklich bin?«, fragte sie stattdessen.

»Ich nur sah schwimmen jemand. Ich dachte, du würdest es nicht wieder schaffen zurück an den Strand.«

Hanna deutete auf das Pyramidenhaus. »Vielleicht will ich ja, dass sich ein Mann um mich kümmert. Es kommt nur darauf an, wer es ist.«

»Du findest, dass ein Kind wie ich das kann nicht.« Seine weißen Zähne blitzten sie an, sogar die Grübchen konnte sie noch erkennen.

»Ich kenne dich doch gar nicht.«

»Ich dich auch nicht. Trotzdem können wir reden. Dann sich das ändert vielleicht.«

Als Hanna gegen Mitternacht aufgestanden war, schmerzte ihr Po. Sie trug Mikes Sweatshirt und sie hatte ihm ihr halbes Leben erzählt. Fast jedenfalls. Corinna hatte sie nicht erwähnt, zumindest nicht ihren Bauch, mit dem Hanna nicht mithalten konnte.

»Ich weiß gar nichts von dir«, sagte sie überrascht. Dann zog sie seinen Pulli aus.

Mike hinderte sie daran: »Lass ihn an, du brauchst ihn mehr als ich, Hanna.« Er sprach ihren Namen mit einer Sanftheit aus, die Hanna ein angenehmes Kribbeln im Magen fühlen ließ.

»Ich gebe dir den Pulli morgen wieder. Bist du hier?«

Als die junge Frau zu ihrem Zimmer zurückging, ertappte sie sich dabei, dass sie sich die Arme um die Brust schlang, als ob jemand anders sie umarmen würde. Sie legte den Kopf in den Nacken und blickte die Sterne an. Dann schüttete sie sich aus vor Lachen.

»Wie ein Teenager«, sagte sie laut und hüpfte übermütig über die Platten am Pool.

Von da an trafen sie sich fast jeden Tag am Strand; der scheinbar unbekümmerte junge Mann brachte sie zum Lachen über ihre eigene Verkrampftheit. Mit seinen Kommentaren versehen, sahen ihre Sorgen nach nicht mehr aus als nach einem unmodisch gewordenen Kleid. Ihre Körper berührten sich kaum, gelegentlich streiften sich flüchtig ihre Hände. Dadurch hatte Hanna sich sicher gewähnt vor einer neuen Verletzung, die bei dem zwangsläufig näher rückenden Abschied unvermeidlich war. Dabei hatte sie jedoch übersehen, wie nah ihre Seelen einander gekommen waren.

Es sollte ein letzter Bummel vor dem Rückflug sein. Mike war ebenso wie sie selbst ungewohnt schweigsam gewesen. 24 Stunden später – und sie würden sehr weit voneinander entfernt sein. Sie standen vor einer schlichten Hütte. »Hier ich wohne mit meinem Bruder Vince.«

Sie sah den Lehm zwischen den Holzästen, die trockenen Palmblätter auf dem Dach. Und plötzlich wurde ihr klar, dass sie Welten von diesem Mann trennten. Wenn sie jetzt nichts unternahm, blieb nur die Erinnerung an zwei Wochen, in denen sie einem Menschen ihr Herz offen gelegt hatte, den sie nie wieder sehen würde.

»Wir schreiben uns«, sagte sie recht hilflos und kritzelte ihre eigene Adresse auf die Rückseite einer Rechnung vom Supermarkt in der Nähe ihres Hotels.

»Danke«, antwortete Mike.

»Ja, und ich? Wie kann ich dir schreiben?« Hanna sah sich ratlos um: »Du hast nicht mal einen Briefkasten.«

»So was gibt es bei uns nicht.« Er deutete auf die Rückseite der Rechnung: »Dafür ich habe deine. Ich werde aufheben sie gut.«

»Das heißt, es ist alles vorbei, wenn wir auf Wiedersehen sagen?« Jetzt brach er durch, ihr Pragmatismus. Sie nahm Mike die Rechnung aus der Hand, drehte sie um und deutete darauf: »Hier, der Inder, der hat eine Adresse. Ich schreibe an ihn! Dort holst du dann meine Briefe ab.« Sie kramte in ihrer Tasche und hielt triumphierend eine zweite Quittung in der Hand, die sie in dem Laden erhalten hatte, als sie von dort aus ihre Mutter angerufen hatte.

»Willst du denn wirklich bleiben mit mir in Kontakt?«, fragte Mike zweifelnd.

»Du etwa nicht?«

»Doch, aber …« Langsam faltete Mike die Rechnung mit der Adresse zusammen. »Es hat keinen Sinn. Du wirst vergessen mich. Wir sollten nicht machen es zu schwer.«

»Dafür ist es zu spät«, antwortete sie und zog ihn sanft an sich. Eigentlich hatte sie ihm nur einen Kuss auf die Wange geben wollen, wie sie es so viel Male vorgehabt und dann doch gelassen hatte. Doch in diesem melancholischen Augenblick fand sie seine weichen Lippen, einen kurzen Wimpernschlag lang nur. Aber er hatte gereicht.

»Lässt du mich in dein Haus?«, fragte sie.

Er wirkte verlegen, als er die Tür öffnete. In der dunklen Hütte roch es intensiv nach Erde. Hanna fühlte sich an eine Art Höhle erinnert, in der sie Zuflucht finden konnte. Die beiden verließen sie nicht mehr bis zum nächsten Morgen.

Ihre Seelen waren sich in den vorangegangenen Tagen so nah gekommen, dass es nur natürlich war, ihre Körper eins werden zu lassen.

Mehr als diese eine Nacht, weitab von allem je Erlebtem, hatten sie nicht. Sie schaffte das Fundament, auf dem Hanna und Mike das Haus ihres gemeinsamen Lebens errichteten. Es sollte in Deutschland stehen und nur sie beide beherbergen. Die junge Frau mietete eine Wohnung mit drei Zimmern und bereitete für Mike ein Leben vor, von dem sie hoffte, dass er sich darin wohl fühlte. Sie schrieben sich bis zu seiner Ankunft in Deutschland wöchentlich seitenlange Briefe.

Ihre Mutter warnte sie, dass der mittellose Kenianer nur ihre Einsamkeit ausnutzen wollte. Aber Hanna spürte, dass genau dieser Mann der richtige war. Als er drei Monate später in Deutschland eintraf, kam es so, wie sie es sich ersehnt hatte: Mike verwöhnte sie mit einer Zartheit und Aufmerksamkeit, die sie selbst in den schönsten Zeiten mit Dirk niemals erlebt hatte. Jede Stunde mit ihm wog die Auseinandersetzung mit den Behörden auf, die vor ihrem energischen Willen ebenso die Segel strichen wie Marianne. Auch sie sah nämlich ein, dass ihre Tochter endlich wieder glücklich war.

Ein gemeinsames Kind, das heikle Thema ihrer Beziehung zu Dirk, hatte Hanna noch vor der Hochzeit angeschnitten. Schließlich wollte sie keine neue Enttäuschung.

»Umso mehr haben wir uns«, hatte Mike geantwortet.

Monate später stand er mit seinem kleinen Neffen an der Hand in der Tür.

Das Leben, dachte Hanna, hat mir meinen größten Wunsch erfüllt. Ein Kind. Ich habe es nicht zur Welt gebracht, aber dennoch ist es meins.

Ihre Sitznachbarin war eingeschlafen, einen Reiseführer auf den Knien, in dem wilde Tiere und stolze Massai abgebildet waren. Die Frau neben mir fliegt nach Kenia, um ihren Alltag hinter sich zu lassen, überlegte Hanna. Ich bin unterwegs, um mein altes Leben zurückzubekommen.

20

Das Glutrot eines neuen Sonnenaufgangs wärmte Mikes von der Feuchtigkeit der Nacht klamme Kleidung. Er schloss die Augen und empfing dieses Geschenk der Natur wie eine kostbare Morgengabe.

Die Gespenster der Nacht, die er inzwischen als die Schatten seiner unbewältigten Erinnerung erkannt hatte und nicht mehr fürchtete, verwandelten sich im klaren Morgenlicht in das milde Abbild der Natur. Langsam ergaben Leonards Worte einen Sinn: Dass er sich Schritt für Schritt von seinem alten Leben lösen musste, bevor er ein neues als künftiger Hoffnungsträger der Dorfes beginnen konnte. Auch erschien es ihm nun logisch, dass sie die Nacht durchwanderten: So, wie die Dunkelheit ihnen den Blick auf die Schönheit der Umgebung verstellte, verbrachten die Lebenden ihren Alltag. Alle nötigen und überflüssigen Sorgen ließen sie das Glück jedes neuen Morgens nicht erkennen.

Mike empfand jetzt eine tiefe Dankbarkeit dafür, dass Leonard ihn so unvorbereitet in dieses Abenteuer gezerrt hatte. Die Distanz gab ihm die Kraft, auf sein Leben zu blicken wie ein Unbeteiligter. So, als wäre alles nur ein Film, der noch einmal vor seinem inneren Augen ablief. Er konnte ihn jederzeit anhalten und dazu Bemerkungen machen.

Als wäre es nicht er selbst, sah er einen 23-jährigen *beachboy* am Strand vor den Hotels von Shanzu Beach sitzen. Dieser junge Bursche wartete auf den Einbruch der Nacht. Im

Schutz der Dunkelheit würde er über einen Schleichweg durch die großen Hotelanlagen, die er als Einheimischer nicht betreten durfte, zurück nach Hause gelangen.

Die letzten zwölf Stunden hatte er am Strand verbracht, doch das Ergebnis seiner Bemühungen war bescheiden. Es war ihm lediglich gelungen, zwei jeweils zweieinhalbstündige Ausflüge mit dem Katamaran, der einem Freund gehörte, an deutsche Urlauber zu verkaufen. Selbst das war noch ein Triumph, verglichen mit anderen Tagen, an denen die Ausbeute noch geringer war. Er würde den Großteil des Geldes bei seiner gerade 17-jährigen Frau abliefern und sich danach noch kurz mit seinem Bruder Vince treffen. Dann würden sie wieder Pläne schmieden für ein besseres Leben, auch wenn sie wussten, dass sie diese niemals verwirklichen konnten.

Während der *beachboy* darüber sinnierte, bemerkte er einen Menschen im tosenden Meer. Er hatte sich ziemlich weit hinausgewagt und behauptete sich mit enormer Kraft gegen die mächtig anbrandenden Wogen. Der Strandhändler machte sich Gedanken darüber, ob der abendliche Badegast genug Ausdauer haben würde, um zurück an Land zu gelangen. Während er noch überlegte, ob er durch Rufe seine Hilfe anbieten sollte, stellte er voller Verwunderung fest, dass es eine junge Frau war, die wenig später schwer atmend, aber offensichtlich glücklich den Fluten entstieg.

Sein Herz schlug schneller, als sie genau auf ihn zulief. Erst jetzt erkannte er den Grund: Zwischen den Felsen versteckt lag ihr Kleid, das er ihr aus Höflichkeit brachte. Er war sofort fasziniert von dieser Frau, doch als er mit ihr sprach, spürte er rasch, dass ihre Kraft nur äußerlich war, während ihr Herz zutiefst verletzt zu sein schien.

Der Flirt, den er mit ihr begann, war harmlos. Das hatte er

zumindest anfangs geglaubt, doch die Deutsche ging ihm nicht mehr aus dem Kopf. Immer wieder traf er sich mit Hanna …

An dieser Stelle hielt Mike den Film an, mit dem seine Erinnerung jene unbeschwerten Tage auf ewig archiviert hielt. Denn er zeigte nur jene Seite seines Lebens, die er mit Hanna verbracht hatte. Es war die von der Sonne beschienene. Im Schatten seiner Vergangenheit sah er sich im Gespräch mit seinem Bruder.

»Ich habe diese Frau vor dir getroffen«, schimpfte der Ältere. »Du bist verheiratet. Ich aber kann mit Hanna nach Deutschland gehen. Du musst mir helfen, damit sie sich in mich verliebt!«

Während Mike dem Sonnenaufgang entgegenlief, hörte er die Worte des Bruders und musste über dessen unsinnige Forderung lachen. Trotzdem war er ihm damals zu Willen gewesen und hatte ein zweites Treffen arrangiert, was sich am Strand problemlos herbeiführen ließ. Doch es war zu spät oder Vince der Falsche – Hanna konnte seinen Bruder nicht leiden. Daraufhin änderte der erstaunlich schnell seine Pläne.

»Versuch mit Hanna nach Deutschland zu gehen, Mike«, insistierte Vince immer wieder.

Der Jüngere hatte dazu geschwiegen. Die Aussicht auf ein besseres Leben in Deutschland, von dessen Früchten auch die Verwandten in der Heimat profitierten, erschien ihm in viel zu weiter Ferne: Denn zwischen dem jungen Mann und der reiferen Frau gab es nur eine zarte Verliebtheit, die der Jüngling vom Strand überdies nicht als Instrument benutzen wollte.

Die Bilder der Vergangenheit zeigten Mike jetzt den *beachboy,* der mit einer vor Leidenschaft glühenden Frau an deren letzten kenianischen Abend vor einer schlichten Lehmhütte stand. Und er hörte, wie der verliebte Bursche seiner deutschen Freundin sagte, dies sei das Haus, das er mit seinem Bruder teilte.

Doch der Mann, der er inzwischen geworden war, sah auch eine andere kleine Lehmhütte im gleichen Dorf, in der eine schwangere junge Frau auf ihren frisch angetrauten Mann vergeblich wartete. Während der *beachboy* in dieser Nacht die Weichen für den Weg in ein neues Leben stellte. Was bis zu diesem Punkt noch großzügig als das Verschweigen der Wahrheit ausgelegt werden konnte, verwandelte sich in die Lüge, die in sein Leben einzog.

Bis zu diesem Tag war sie dort geblieben, zehn Jahre lang.

Während Mike seinem älteren Gefährten Leonard durch die klare Morgenluft folgte, dachte er, dass es sowohl Hanna als auch Kens Mutter gegenüber feige gewesen war, dass er beide Frauen hintergangen hatte. In der Fixierung auf sich selbst und sein kleines Glück hatte er sich immer als das wahre Opfer der Lüge gesehen: Ken sagte zwar *Papa* zu ihm, aber jeder nahm an, dass er nur der Onkel war. Er hatte immer geglaubt, dass Hanna von der Lüge über Kens Herkunft profitiert hatte: Sie hatte ein Kind bekommen, das ihr die Natur verwehrte. Der Junge konnte in einer behüteten Umgebung aufwachsen, nachdem sein Leben gerettet worden war.

Was blieb, war die Frage nach Kens Mutter, die den Jungen in Deutschland an Mike übergeben hatte. Um sie hatte er sich immer die geringsten Sorgen gemacht: Vince war es gelungen, ihr eine neue Existenz in Hamburg zu verschaffen. Nicht ganz uneigennützig, wie Mike vermutete. Doch gesprochen hatte er mit seinem Bruder über dieses Thema nie. Es war ein Tabu.

Auch jetzt, während Mike durch die Einsamkeit lief, einem neuen Leben entgegen, klammerte er den Gedanken an Kens Mutter aus. Diese Frau war wie ein weißer Fleck in seiner Erinnerung. Für ihn zählten einzig Hanna und Ken und die Sorge, dass seine zehn Jahre alte Lüge irgendwann einmal doch aufgedeckt werden würde, und zwar ohne, dass er dazu Stellung nehmen konnte.

Denn Mike fühlte, dass der Mann, der er jetzt zu werden begann, nicht mehr versuchen würde, wenn er denn noch einmal die Gelegenheit dazu hätte, den Missbrauch von Hannas Vertrauen zu rechtfertigen.

»Ich habe einen Fehler gemacht, Hanna. Ich war zu schwach, denn ich fürchtete, du würdest mich nicht mehr lieben, weil ich dir meine Ehe und meinen Sohn verschwiegen habe«, murmelte Mike halblaut vor sich hin.

Leonard, der ein paar Schritte vorauslief und dessen schweigsame Anwesenheit er gar nicht mehr wahrgenommen hatte, drehte sich verwundert zu ihm um. Doch der Alte verstand die deutsch gesprochenen Sätze nicht und setzte seinen Weg fort. Tief in Gedanken versunken, hatte Mike seinen Blick gar nicht registriert.

Als die Mittagssonne erbarmungslos niederbrannte, führte Leonards Weg zu einem Gebüsch, unter dem sie sich beide erschöpft zu Boden legten. Der junge Mann schlief sofort ein. Er phantasierte von Ken, sah ihn aber nicht an der Seite von Hanna. Das Kind schien etwas zu suchen. Und Mike konnte nicht erkennen, was sein Sohn nicht fand.

21

Der würgende Husten schnürte Kens Kehle zu. Japsend schlug er um sich, aus seinem Mund schoss braunes, rötlich gefärbtes Wasser. Der Druck auf seine Brust ließ für einen Augenblick nach, um sofort wieder zuzunehmen. Erneut erbrach er sich. Mehrere Hände richteten ihn auf, schlugen auf seinen Rücken. Er hörte Stimmen, die in einer fremden Sprache redeten; sie klangen sehr aufgeregt. Ein Paar großer Augen befand sich dicht vor seinem Gesicht, ein Mund sagte fremde Worte.

Er befand sich auf weichem, feuchtem Sand, über und neben sich erkannte er die dunklen Schatten eines dichten Blätterdachs. Seitlich von ihm leuchtete der braune Meeresarm, in dem sich die Strahlen der Sonne verfingen. Wieder presste eine ungekannte Gewalt seinen Magen zusammen, er schaffte es nicht mehr, sich wegzudrehen, und erbrach sich über die sandigen, nassen Beine seiner grauen Ausgehhose. Jemand sagte etwas und die Stimmen, die ihn umgaben, begannen laut zu lachen.

Der Junge, der ihn neugierig anstarrte, hatte nicht gelacht. Sie schienen sich beide schon einmal getroffen zu haben.

»*I can not speak english*«, meinte Ken endlich.

Die Antwort war ein Schwall Suaheli, den Ken mit einem verzweifelten Kopfschütteln quittierte. Dann krampfte sich sein Leib wieder in Zuckungen zusammen. Sein Hals brannte wie Feuer.

Einige der Kinder, die ihn umringten, trugen T-Shirts und Hosen, wenngleich viel zu weit, zerrissen oder löchrig. Er sah das Unverständnis in ihren Gesichtern. Im Grunde unterschied ihn eigentlich nichts von den anderen. Auch wenn seine Kleider neu waren, sie hingen klatschnass und verschmutzt an seinem Körper.

»Wo bin ich?«, fragte er auf Deutsch.

Die dunklen Gesichter sahen ihn verblüfft an. Jemand sagte etwas.

»Ich verstehe euch nicht«, meinte Ken.

Der Junge, den Ken schon einmal gesehen haben musste, sprach tuschelnd mit ein paar anderen. Dann rannten zwei seiner Freunde zum Fluss. Wenige Sekunden später kamen sie zurück, berieten sich erneut. Kens Kopf tat weh, als ob er jeden Augenblick zerspringen wollte. Mühsam stand er auf, stieß gegen die niedrig hängenden Zweige. Seine Knie fühlten sich wacklig an.

»Du musst machen alles sehr langsam«, sagte der Junge, der hier der Anführer zu sein schien.

Von dem entsetzlichen Würgen wurde Ken schwindlig und er ließ sich auf den sandigen Boden fallen.

»Wir haben sehen dich springen. Wir dachten, du warst tauchen. Aber du bist nicht gekommen rauf wieder. Ich habe dich geholt aus dem Wasser. Du warst in Ohnmacht.« Der Anführer hatte die Stimme gesenkt, auch die anderen waren jetzt sehr leise. »Du fielst hart auf das Wasser. Das ist, warum du warst Ohnmacht.«

»Ohnmächtig?«, fragte Ken.

»Ohnmächtig, ja!« Der Anführer verbesserte sich mit einem leichten Lächeln. Dann wurde er ernst: »Du siehst aus wie wir. Aber du nicht sprichst unsere Sprache?«

Aus nicht allzu großer Entfernung hörte Ken eine Frau rufen: »Ken! Wo bist du? Ken!« Eine Männerstimme übernahm: »Es wird Nacht, kleiner Mann! Komm zurück!« Die Worte waren laut und deutlich zu verstehen.

In wilder Reihenfolge holte Kens Gehirn Bruchstücke einer zerschmetterten Erinnerung in die Gegenwart. Eine schlanke Frau im blaugrünen Kleid, die mit einem dicken Mann zu Abend aß. Die Steine, die vor ihm in den Fluss fielen. Ein Junge in einem Kanu – jener, der ihn jetzt energisch vom Boden hochzog.

Geschmeidig schoben sich die Kundschafter durch die Zweige, berieten sich mit ihrem Anführer. Gleichzeitig ertönte das Brummen eines Motors.

»Sie werden sein hier gleich. Du willst treffen sie?«

»Nein«, sagte Ken eilig. Er wusste wieder, dass genau dieser Junge ihm beim letzten Mal nicht geholfen hatte. Diesmal jedoch schien er die Ernsthaftigkeit von Kens Fluchtabsichten richtig zu verstehen, was dem Deutschen eine gewisse Zuversicht gab. Vielleicht tat es dem Fremden Leid, dass er ihn beim ersten Mal im Stich gelassen hatte.

Ken folgte den anderen tiefer in das Buschwerk hinein. Dünne Zweige schlugen ihm ins Gesicht, aber das bemerkte er kaum. In seinem Rücken wurden die Stimmen, die seinen Namen riefen, bedrohlich lauter. Das Gelände stieg nun steil an. Die Jungs kletterten den Hang geschickt hinauf, aber ihm bereitete das Laufen Schmerzen in den Lungen, immer wieder schüttelte ihn der verräterische Husten. Schon bildete er das Schlusslicht der Gruppe.

Der Anführer erkannte Kens Schwäche und gab seinen Freunden stumme Zeichen. Sie schwärmten aus, in alle Richtungen. Die Dämmerung und das dichte Laub verschluckten ihre Umrisse. Kurz darauf hörte Ken viele Stimmen. Sie kamen von unterhalb des kleinen Hangs, auf dem er sich schwer atmend an einem Zweig festhielt, um nicht nach unten zu rutschen. Nur noch er und der Anführer standen sich jetzt im Buschwerk gegenüber. Die Rufe der Erwachsenen wurden leiser. Der andere grinste übers ganze Gesicht, seine kräftigen weißen Zähne leuchteten. Wie ein Ausdruck stillen Triumphs über die Verfolger.

»Mein Name ist Patrick.« Sein Begleiter reichte Ken die Hand und zog ihn den Hang hinauf.

Der Junge folgte unter Mühen. »Hast du mir das Leben gerettet?«

Es war jetzt so dunkel, dass Ken überhaupt keine Ahnung mehr hatte, wo er sich befand. Die nasse Kleidung klebte auf seiner Haut; er fror und das leise Zittern erschwerte ihm das Laufen zusätzlich. Patrick führte ihn aus dem Uferwald heraus. Das kalte Licht des Mondes erhellte die Umgebung. Direkt vor ihnen lag ein Feld, gesäumt von dunklen Schatten der Bananenstauden – wohl jenes grüne Land, das er von seinem Gefängnis aus gesehen hatte. Es war unwirklich still, nur das Zirpen der Grillen drang laut durch die Dunkelheit.

»Ich musste holen dich aus dem Wasser«, sagte Patrick. »Du nur springst aus einem so hohen Felsen, wenn du bist wirklich voll von Angst.«

»Davor hast du mir nicht geholfen«, sagte Ken.

»Ich dachte, deine Freunde würden helfen dir«, antwortete Patrick lakonisch.

Die beiden Jungen liefen hintereinander her. Der schmale Pfad schlängelte sich an immer neuen Feldern vorbei; sie entfernten sich offenkundig von dem unter ihnen liegenden *creek*.

»Wohnst du hier?«, fragte Ken. Sie näherten sich einer Hütte, die zwischen langstieligen Papayabäumchen stand, an deren Stämmen er die großen Früchte erkennen konnte.

»Ich lebe mit meinem Onkel«, erklärte Patrick. »Aber er ist niemals zu Hause.«

Der Junge klappte eine aus Holz und Blech gefertigte Tür auf, sie traten ein und Patrick entzündete eine Kerosinlampe. Die Hütte war schlicht eingerichtet; das Inventar bestand im Grunde nur aus zwei hölzernen Bettgestellen mit Ziegenfellen darauf. Von der Decke hing, sorgfältig auf einem Bügel, ein einzelnes T-Shirt mit dem Aufdruck eines amerikanischen Sportvereins. Am Boden lag ein aus einer Holzstange und zwei mit Zement gefüllten Blechdosen gebasteltes Trainingsgewicht.

Patrick setzte sich auf jenes Bett, über dem das T-Shirt hing. Neugierig betrachtete er seinen Gast. »Warum du weggelaufen?«

»Warum?« Ken starrte seinen neuen Freund entgeistert an. »Weil diese Leute spinnen! Verstehst du? Ich hätte das keinen Tag mehr dort ausgehalten.«

Im Gesicht seines Gastgebers lag Ratlosigkeit. »Spinnen? Wie du meinen das? Machen Sie Kleider? Hattest du zu arbeiten für sie?«

»Du kannst dir das nicht vorstellen, Mann«, sprach Ken drauflos, ohne auf das Missverständnis einzugehen. Sein Herz war so voller Eindrücke und er freute sich unbändig, endlich jemanden gefunden zu haben, der ihn verstand. »Ich sollte im Pool schwimmen. Den ganzen Tag. Und dafür haben sie mich entführt. Ist das nicht voll bescheuert?«

Sein Lebensretter guckte Ken eine Weile lang an, dann lachte er. »Sie entführten dich?«, wiederholte er schließlich. »Warum tut Papa Paul einen schwarzen Jungen entführen?«

»Du kennst Papa Paul?« Jetzt war es an Ken, sein Gegenüber ungläubig anzusehen.

Patrick hob belustigt die Schultern. »Jeder kennt ihn.« Es klang, als ob der Deutsche ein richtig netter Mann wäre. Der junge Kenianer legte sich mit der selbst gebauten Hantel aufs Bett, drückte sie nach oben. Seine starken Arme gaben langsam nach, das ungeheure Gewicht bewegte sich im Zeitlupentempo auf seine blanke Brust zu; er stieß die Luft aus. Dann wiederholte er den Vorgang weitere zehnmal. Ken betrachtete Patrick jetzt genauer. Er war noch immer nackt, bis auf eine ausgeblichene rote Adidashose. Sein Oberkörper war schmal, aber sehr muskulös.

Der andere legte sein Trainingsgerät neben das Bett. Er musterte Ken, der verloren in der Mitte des Raums stand, von Kopf bis Fuß. »Wie ist Deutschland?«

»Wie soll es sein? Gut.« Ken verstand nicht, was der andere meinte.

In der Ecke lagen zwei Kokosnüsse, Patrick nahm ein langes Messer, setzte sich auf den Boden und trennte die grüne Schale mit langen Schlägen ab. Ken hatte Steve einige Male dabei zugesehen, wie er es ebenso gemacht hatte. Er nahm seinem neuen Freund die Nuss aus der Hand und trank gierig. Die Milch schmeckte süß und perlte weich über die Zunge. »Ich muss zu meinem Onkel«, erklärte er dann.

»Wo ist dein Onkel?«

»Am Strand. Er hat ein Reisebüro. Er wird mir helfen, dass ich nach Deutschland zurückkann.«

Patrick brauchte einen Moment, um diese Information zu verarbeiten: »Papa Paul nicht wollen zu bringen dich nach Deutschland?«, fragte er schließlich ratlos.

»Joyce möchte, dass ich bei ihnen bleibe.« Ken hob die Schultern: »Ich glaube, ihr Sohn ist gestorben.«

»Joyce hat einen Sohn?«, fragte Patrick verblüfft.

»Ich sagte doch: Er ist tot. Sie haben mir sein Zimmer gegeben«, verbesserte der Deutsche.

Sein Gastgeber schüttelte den Kopf: »Nein. Die tun nicht haben einen Sohn. Du bist falsch.«

Kens Gedanken drehten sich im Kreis. Wenn Patrick Recht hatte, so machte die Entführung noch weniger Sinn. Doch im Grunde interessierte ihn das nicht mehr wirklich. Er war dem Deutschen und seiner Frau entkommen. Er hatte es geschafft; er war gesprungen. Er durfte stolz auf sich sein. Von jetzt an würde alles gut werden.

Der Junge blickte zum Fenster hinüber. Die Nacht war pechschwarz. »Morgen früh suche ich Vince. Darf ich bei dir übernachten?«, fragte er. »Oder kommt dein Onkel nach Hause?«

Patrick deutete auf das Bett, auf dem Ken bereits saß: »Er ist mit seiner Freundin in Mombasa. Meiste von der Zeit ich bin allein hier.«

»Allein? Wie alt bist du?«

»14. Ich verdiene schon lange Geld. Aber ich darf nicht mehr an den Strand. Sie haben bekommen mich zu oft.« Patrick schob sich ein wenig Kokosmark in den Mund. Ken erinnerte sich an die Begegnung mit den beiden Polizisten, die seinen Vater verwarnt hatten.

»Ich musste ins Gefängnis«, sagte der Kenianer.

»Du?« Ken starrte den Jungen, der viel jünger wirkte, als er tatsächlich war, entsetzt an. »Man darf keine Kinder einsperren!«, protestierte er.

»Es war nicht so schlecht. Ich musste arbeiten auf dem Feld. Und es war ein Haus aus Stein.«

»Wie lange warst du im Gefängnis?«

»Zwei Monate.« Patrick hob die Achseln. »Es war Regenzeit, sowieso.«

Die Informationen, die auf Ken einstürzten, überforderten den Zehnjährigen. Erschöpft ließ er sich auf das ungemütliche Bett fallen. Es erinnerte ihn an jenes in Vince' Haus.

»Hast du eigentlich Geld?«, fragte Patrick.

Die lange Hose, die Ken zum Abendessen in Schmitts Villa angezogen hatte, war inzwischen fast trocken, aber sie stank nach Erbrochenem und war voller Sand. Er fasste in die noch feuchten Hosentaschen und zeigte Patrick das Futter. Sein Gastgeber löschte das Licht.

»Deine Uhr«, hörte Ken ihn in der Dunkelheit sagen, »wie viel ist sie in Deutschland?«

»Weiß ich nicht.« Ken drückte auf den kleinen Knopf, der das Zifferblatt beleuchtete. Es war kurz nach 21 Uhr.

»Wir werden finden heraus«, meinte Patrick. »Sie sieht aus wie viel Geld.«

Ich soll sie verkaufen?, dachte der Ausreißer. Hanna hatte sie ihm zu Weihnachten geschenkt. »Wir müssen die Uhr nicht verkaufen. Mein Onkel wird mir Geld geben«, sagte er.

Beruhigt drehte er sich zur Seite. Und dann kann ich endlich zurück nach Berlin, überlegte er. Während er fühlte, dass die Anstrengungen der letzten Stunden ihn fest schlafen lassen würden, ging ihm durch den Kopf, dass er seiner Mama keinesfalls von seinem Sprung vom Felsen erzählen durfte. Sie würde sich viel zu große Sorgen um ihn machen.

22

Während das Flugzeug im Landeanflug eine weite Schleife über Mombasa zog, tauchte die aufgehende Sonne das Meer in ein mildes Orangerot.

»Ist das herrlich!«, jubelte Hannas Sitznachbarin und presste die Nase ans Fenster. »Das wird das richtige Wetter für eine Safari. Wir fahren gleich morgen!«

Umso deutlicher sie die ausgedehnt mit Wellblechhütten bedeckten Flächen rund um die Hafenstadt erkennen konnte, desto unruhiger wurde Hanna. Wie unübersichtlich groß diese Stadt war! Ob Mike und Ken hier in einem Krankenhaus lagen? Sie erwog, sofort nach ihrer Ankunft verschiedene Hospitäler abzuklappern, verwarf den Gedanken jedoch gleich wieder: Vince würde sich wesentlich besser auskennen und außerdem wäre er über ein mögliches Unglück längst im Bilde. Vielleicht war das sogar der Grund, warum sie ihn nicht am Telefon erreichen konnte!

Sie folgte der Reisegruppe zu den wartenden Bussen, setzte sich direkt hinter den Fahrer und blickte angestrengt nach draußen. Natürlich ist das Unsinn, schalt sie sich, hier sind so viele Menschen. Aber es war doch immerhin möglich: Konnte es nicht auch sein, dass ihre beiden bereits auf dem Rückweg waren? Als sie das Fenster zurückschob, strömte die würzig nach Regen und Erde duftende Luft herein.

Hannas Augen glitten über die Passanten, die sich einen Weg bahnten durch den dichten Innenstadtverkehr, der am frühen

Morgen in die Stadt flutete. Zu beiden Seiten der Straße waren Holzstände aufgebaut. Mit bewundernswerter Präzision hatten die Händlerinnen Tomaten, Papayas, Ananas, Zwiebeln und sogar Süßkartoffeln zu Pyramiden aufgeschichtet. Kleinode, mühsam gewonnen und offensichtlich wertgeschätzt, obwohl in Hülle und Fülle vorhanden. Die Hütten aus Holz und Blech, verwittert, löchrig, mit geflickten Wänden und Dächern, standen dicht an dicht, nur vereinzelt überragt von ein- bis zweistöckigen Häusern, deren Fassade weitflächig von schwarzem Schimmel überzogen war. Grüne Minarettspitzen schienen über das hektische Leben zu wachen.

Das Straßenbild wurde von unzähligen *matatus* bestimmt, die bis auf den letzten Platz besetzt waren. Meistens dröhnte hämmernder Rap und nur gelegentlich etwas Reggae aus den mit wilden Sprüchen verzierten Sammeltaxis. In den geöffneten Schiebetüren hingen junge Burschen, die lauthals das Ziel der Kleinbusse angaben.

Sobald Hanna in ihrem Hotel in Shanzu Beach angekommen war und ihre Koffer abgestellt hatte, wechselte sie etwas Geld in kenianische Schillinge um. Sie nutzte die Gelegenheit, um den Kassierer nach Vince' Büro zu fragen. Sofort wurde sie darauf hingewiesen, dass auch das Hotel Safaris vermittelte.

Mikes Worte fielen ihr ein: Das Geld der Europäer bleibt auch in Kenia bei den Europäern. Wie mochte er, der Heimkehrer, jetzt über diese Welt denken, die er zurückgelassen hatte, als er zu ihr nach Berlin zog?

Nachdenklich schritt sie durch den weiten Hotelpark, der nur einen Ausgang hatte: eine breite Schranke, die sich für jeden Urlauber hob. Im Portiershäuschen daneben lehnten zwei Wächter, die Gewehre mit den langen Läufen dienten als Stütze für die vom Stehen ermüdeten Beine.

»*Jambo*«, riefen die *askaris* pausenlos und alle Touristen antworteten das Gleiche. Keiner, der auf Deutsch *Hallo* gesagt hätte. Wo doch sonst mit dem Personal fast nur Deutsch gesprochen wurde.

Bis zu jenem Straßendorf, das sich direkt hinter den Hotelanlagen gebildet hatte, brauchte Hanna weniger als eine Viertelstunde. In dieser Zeit wurde sie achtmal gefragt, ob sie Holzschnitzereien oder Ketten, und dreimal, ob sie Kokosnüsse, Papayas oder Bananen kaufen wollte. Sie hatte genau mitgezählt. Plötzlich war die Erinnerung wieder lebendig. Sie selbst, ihr ganzes Leben, hatte sich verändert, doch hier war alles wie damals geblieben. Nur die vor zehn Jahren neue Straße hatte sich in eine Schlaglochpiste verwandelt, obwohl sie in erster Linie als Zubringer für die insgesamt ein Dutzend Hotels diente. In den riesigen Pfützen, welche die wenigen Privatwagen weiträumig umkurvten, stand das Regenwasser.

Die Berliner Familie Seifert hatte Hanna die Lage von Vince' Büro genau beschrieben. An der angegeben Stelle fand sie, von der Straße etwas zurückversetzt in einem winzigen Garten, ein flaches Häuschen vor, ordentlich weiß gestrichen, die Fenstereinfassungen mit hellblauer Farbe abgesetzt. Es musste vor nicht allzu langer Zeit als Büro benutzt worden sein: Ein paar Schreibtische standen noch darin, sie sah mit Plastikhüllen geschützte Computermonitore. Das *Karibu-Tours*-Schild konnte sie jedoch nirgends entdecken. Sie zog den Umschlag, den Vince geschickt hatte, ratsuchend aus dem Rucksack.

»Machen kleines Geschäft? Alles billig. Schlussverkauf.« Den Mann im Rollstuhl hatte Hanna bereits bemerkt. Er hielt ihr einen geschnitzten Löwen entgegen. »Nur 500 Schillinge.«

Sein steifes Bein lag auf einem wackligen Hocker, neben ihm stand ein Tisch mit Schnitzereien. Sie zeigte ihm den Briefumschlag, hielt aber die Berliner Anschrift verdeckt.

»Nein, nein, ich nicht wissen«, sagte der Behinderte und präsentierte andere seiner Kostbarkeiten.

Hanna deutete auf das verlassene Büro: »Und das da? Das muss es doch sein?« Der Händler wiederholte seine bereits vorgetragene Beteuerung. Der Mann besaß einen zwar schlichten, aber durchaus dauerhaften Stand: Von seiner Position aus musste er jeden, der das Büro betrat, genau sehen können. Und Vince war Kenianer wie er selbst. Doch warum gab er sich so schweigsam? »Hören Sie, Vincent Ndondi ist mein Schwager. Ich suche ihn dringend. Können Sie mir nicht sagen, wo er ist? Was ist mit seinem Büro?«

»Du kaufen oder gehen«, entgegnete der Mann barsch.

»Okay«, meinte Hanna, »Sie wollen mir nichts sagen, ich habe schon verstanden.« Nichts verstand sie: In den zwei Wochen, die sie in dieser Gegend verbracht hatte, war man ihr stets freundlich begegnet. Das Verhalten dieses Mannes war schon sehr seltsam.

Der indische Supermarkt, an den sie vor Jahren Mikes Briefe adressiert hatte, war auf das Doppelte seiner damaligen Größe gewachsen. Sie konnte sich allerdings nicht mehr erinnern, ob der etwa 40-Jährige hinter der Kasse jener Mann war, mit dem sie es damals zu tun gehabt hatte. Sie erstand eine große Flasche Mineralwasser. Der geforderte Betrag verschlug ihr die Sprache: Sie kostete viermal so viel wie in Berlin. Nachdem sie gezahlt hatte, zeigte sie dem Verkäufer Vince' Umschlag.

»Vincent ist verschwunden«, sagte er in akzentfreiem Englisch.

»Das ist unmöglich! Der Brief kam vor vier Wochen bei uns in Deutschland an.« Hier, wo sich alles so unsagbar langsam veränderte, sollte ausgerechnet das Reisebüro ihres Schwagers plötzlich schließen? »Seit wann ist Vincent weg?«, erkundigte sie sich argwöhnisch.

Der Inder hob ratlos die Schultern. »Das ist noch nicht lange her. Zwei Wochen, eine?« Sein Tonfall klang ratlos.

»Wissen Sie, ob er einen Unfall hatte?«, fragte Hanna und erklärte ihr Interesse an Vincents Schicksal damit, dass sie seine Schwägerin sei.

»Unfall? Es gab keinen Unfall.« Der Geschäftsmann schenkte der weißen Frau einen mitfühlenden Blick: »Ich hoffe, er ist nicht...« Er kreuzte die Handgelenke. »Er hat sein Telefon nicht bezahlt. Viel, viel Geld. Ich weiß nicht, wie viel... 50 000 oder 70 000? Auf jeden Fall mehr, als er aufbringen kann. Vincent schuldet vielen Leuten Geld. Mir auch«, berichtete der Inder – offenkundig der Ladeninhaber.

»Mein Mann und unser Sohn hatten ihn besucht. Waren die die beiden jemals hier bei Ihnen?«, fragte Hanna.

»Wie sehen sie denn...« Urplötzlich hellte ein Strahlen das Gesicht des Inhabers auf, das unmöglich der deutschen Kundin gelten konnte. Ein massiger Mann hatte sein Geschäft betreten und reichte Hannas Gesprächspartner die Hand.

»Papa Paul, wie geht es dir?«, sagte der Inder auf Deutsch und Hanna kam sich lächerlich vor, dass sie ihr Englisch bemüht hatte, das nach einem Abendkurs zwar besser als früher, aber immer noch holprig war.

Der Angesprochene umfasste die Hand des anderen mit seinen fleischigen Pranken. »Wer glaubt, dass heute ein schlechter Tag ist, hat gestern vergessen«, sagte er und lachte gleichzeitig laut. Hanna fand, dass der wohlgenährte Deutsche nicht nach vielen schlechten Tagen aussah. Allerdings scheint er erheblichen Bluthochdruck zu haben, analysierte die frisch gebackene Heilpraktikerin in ihr.

»Wie laufen deine Geschäfte, Amitava?«, erkundigte sich der Mann.

»Wenig Urlauber diese Saison. Wo sind deine Landsleute?«

»In Deutschland scheint auch die Sonne. Da bleiben sie dort.« Der Mann, der so vertrauensvoll Papa Paul genannt wurde, blickte die Frau neben sich an. Sie ertappte sich dabei, dass sie ihn die ganze Zeit über angestarrt hatte. »Na, Sie brauchen aber auch noch Sonne!«

»Gerade erst angekommen«, nuschelte Hanna. Sie packte ihre Wasserflasche und ging. Direkt vor der Tür parkte mit laufendem Motor ein dunkler, hochbeiniger Geländewagen, der bei ihrem Eintreffen dort noch nicht gestanden hatte. Hinter dem Lenkrad saß ein Einheimischer. Kühl erwiderte er Hannas neugierigen Blick.

Sie presste nur ihren Einkauf vor den Bauch und trottete durch die wenigen engen Gassen, die sich am Ende der langen Geschäftsstraße zu einem Minibasar voller Souvenirshops und Massagesalons ballten. Sie stand bereits auf der ins Hinterland führenden Straße, als sie an einer verfallenen, zweistöckigen Villa das Schild *Police* entdeckte. Erst zögerte sie hineinzugehen; sie konnte sich vorstellen, welche Art von Gespräch sie erwartete: Mike hatte ihr oft genug von seinen unerfreulichen Begegnungen mit der Staatsgewalt berichtet.

Dass sie schon an der ersten Hürde scheitern würde, war ihr restlos klar, als der Kenianer in der dunklen Uniform der Polizei die Mundwinkel nach unten zog.

»Adoptiert?«, fragte er.

»Trotzdem ist Ken mein Sohn. Ich habe Papiere, die das beweisen.«

»Papiere?«, wiederholte er und Hanna hörte deutlich heraus, dass dieses Wort in Kenia die Beziehung zu einem Kind höchst unzureichend definierte. »Wo sind diese Papiere?« Der Polizist blieb so ruhig wie jemand, der die ganze Autorität seines Amts hinter sich wusste.

Die Deutsche deutete auf ihren Pass. »Der Eintrag, hier, da steht, dass er mein Kind ist.«

Er klappte das rote Dokument zu und schob es Hanna wieder hin. Desinteressiert. »Sie sagen, dass die Mutter dieses Kindes tot ist? Und ich sage: Beweisen Sie es.«

»Das heißt, Sie werden mir nicht helfen, ihn zu finden.« Hanna schob den Pass resigniert in ihren Rucksack.

»Bringen Sie mir Beweise und ich denke darüber nach.« Der Uniformierte legte seine Hände aufeinander. Mitten auf dem Schreibtisch.

»Die Adoptionspapiere habe ich doch in Deutschland«, wiederholte Hanna. Warum hatte sie nicht daran gedacht, sie mitzubringen? Aber was hätte das schon genützt? »Können Sie bitte wenigstens nachsehen, ob mein Mann und Ken einen Autounfall hatten?«, bat sie höflich und gab den Bericht der Seiferts wieder.

»Das ist nicht meine Angelegenheit«, sagte der Polizist.

Vielleicht, dachte sie, während sie Büro verließ, sollte ich ihm Geld auf den Tisch legen, um seine Hilfsbereitschaft zu motivieren. Sie drehte sich noch einmal um, musterte die tatenlosen Hände. Wer weiß, wie dieser Mann reagiert, dachte sie. Vielleicht ist er nicht korrupt und dann habe ich richtig Ärger mit ihm.

Draußen fiel ihr ein, dass sie ohnehin keine Ahnung hatte,

wieviel Mikes und Kens Leben wert war. In Geldscheinen aufgewogen, jedenfalls.

An der Abfahrtstelle der Sammeltaxis bestieg Hanna eines der schon gut gefüllten *matatus*. Sie kramte ihr Suaheli-Wörterbuch heraus und suchte das passende Wort für Krankenhaus. Den etwa 14-Jährigen mit dem nackten Oberkörper und der fadenscheinigen roten Adidas-Turnhose, der in diesem Augenblick an dem Minibus vorbeilief, beachtete sie deshalb nicht. Als sie wieder aufblickte, um sich zu erkundigen, wann es endlich losgehe, sah Hanna den auffälligen Geländewagen langsam vorbeifahren. Inzwischen hatte der Deutsche zwei afrikanische Begleiter. Sie fuhren extrem langsam. So, als ob sie etwas suchten.

23

Ken schrak entsetzt hoch. Das andere Bett in der kleinen Hütte war leer! Er rannte ins Freie, rief verzweifelt den Namen seines Lebensretters. Niemand antwortete. Er wollte auf die Uhr sehen, doch sie war weg. Vorm Einschlafen hatte Patrick ihn danach gefragt... Dem Stand der Sonne nach zu urteilen, war es fast Mittag: Er hatte offensichtlich verschlafen. Aber warum hatte der andere ihn nicht geweckt?

Mutterseelenallein stand er in der grünen Wildnis. Unvermittelt war sie wieder zurückgekommen, die Angst. Felsenfest hatte er auf Patricks Hilfe vertraut, doch der hatte ihn wohl wieder im Stich gelassen. Wie schon ein paar Tage zuvor, als er im Fluss um Hilfe gerufen hatte. War Patrick nur deshalb so freundlich zu ihm gewesen, weil er auf seine Armbanduhr scharf war?

Völlig verunsichert, was er denn nun tun sollte, blickte der Junge sich um. Von der Villa aus hätte er sich orientieren können: Das Meer bot einen einleuchtenden Anhaltspunkt für den Orientierungssinn eines Zehnjährigen, der seinen Onkel am Strand vermutete. Doch dort, wo er sich jetzt befand, waren nur Felder, die er nicht überblicken konnte. Der Mais und die Bananenstauden standen viel zu hoch.

Aber sollte er sich jetzt untätig hinhocken und warten, ob von irgendwo Hilfe käme? Ken beschloss, es ohne seinen Freund zu versuchen, der ihn schnöde verlassen hatte. Wegen einer Uhr … Er hatte zwar die schmerzliche Erfahrung gemacht, dass er in Kenia nur mit viel Glück auf Leute traf, die seine Sprache beherrschten. Aber vielleicht, hoffte er, würde es ja wieder gut gehen und er begegnete jemanden, der ihm den Weg zu Onkel Vince' Reisebüro in Shanzu Beach wies.

»Ich will jetzt endlich nach Hause!«, fluchte sich der kleine Kerl seine Hilflosigkeit vom Herzen und kickte wütend einen Stein zur Seite. Er sah an sich herunter und stellte fest, dass er das Bild eines ziemlich abgerissenen Dreckspatzen abgab. »Patrick, du Blödmann, wo bist du denn?«, schrie er. Doch das hatte lediglich zur Folge, dass ihn ein erster Husten schüttelte. Zwischen Wut und Verzweiflung schwankend wischte er sich die Tränen aus dem Gesicht.

Am Tag sah die Umgebung völlig anders aus als in der Nacht. Ken versuchte den Pfad wiederzufinden, stellte aber bald fest, dass er irgendwo falsch abgebogen war. Verunsichert kehrte er um. Diesmal konnte er die Hütte nicht mehr entdecken. Überall die gleichen Felder, die dünnen Papaya-Bäumchen. Schließlich stand er auf einem sandigen Weg und rätselte, welches die richtige Richtung sei.

Ein Lastwagen brauste heran. Ken winkte, um das Auto zum Stoppen zu bringen, aber der Lkw fuhr vorbei, wirbelte rotbraunen, feinkörnigen Sand auf. Sofort begann wieder der Husten, der seinen Körper beutelte und nicht aufhören wollte. Keuchend setzte sich der Junge in den Staub am Wegesrand. Er wollte nicht schlappmachen. Entschlossen raffte er sich hoch, marschierte die unasphaltierte Straße entlang. Ein starker Wind kam auf, der Ken den Staub in die Augen blies. Das klare Blau des Himmels überzog ein flirrendes Weiß. Die Stimmung war unheimlich. Als ob gleich etwas passieren würde, von dem der Zehnjährige keine Ahnung hatte, was es sein könnte. Er begann zu laufen, als wäre es möglich, dem Unheil, in das er geraten war, zu entkommen. Schon bald musste er keuchend aufgeben.

Zu Hause hätte Hanna ihn wohl längst ins Bett gepackt. Immer, wenn es um seine Lunge ging, war sie besonders vorsichtig. Doch hier gab es keine Hanna, die auf Ken achtete ...

Auf einem Feld entdeckte er ein paar Frauen, die gebückt den schweren Boden mit schlichten Hacken bearbeiteten. Erleichtert lief er zu ihnen hinüber und fragte nach dem Weg nach Shanzu Beach, aber sie sahen ihn nur seltsam an. Dann antworteten sie und Ken begriff, dass sie ihn ebenso wenig verstanden hatten wie er sie.

»*Creek, creek*«, wiederholte er in der verzweifelten Hoffnung seinem nahezu aussichtlosen Unterfangen eine glückliche Wendung geben zu können. Er ahmte Schwimmbewegungen nach; doch die Frauen lachten und setzten ihre Arbeit fort. Er versuchte es noch einmal: »Strand, *beach!*«, rief er mehrmals, was sich als ebenso sinnlos herausstellte.

Bedrückt schlich er davon. Ganz leise meldete sich zum ersten Mal der Gedanke, dass es wohl eine sehr dumme Idee gewesen war, einfach abzuhauen. Aber von seinem Zimmer in der Villa hatte alles so leicht ausgesehen. Er hatte ja nicht ahnen können, dass das viele Grün, das er vom Berg aus gesehen hatte, einem unüberblickbaren Irrgarten glich, wenn man sich erst mal darin befand.

Nach einem endlosen Marsch erreichte er die Hauptstraße. Dem ersten erleichterten Aufatmen folgte die bange Frage, welche Seite wohl zum Strand führte. Und zwar dorthin, wo er Onkel Vince finden konnte! Wenn das überhaupt die richtige Straße war! Hupend rasten Sammeltaxis an ihm vorbei; er hatte nicht mal Geld, um mitfahren zu können. Rechts und links des Asphaltbelags drängte sich dichter Busch. Am Straßenrand bewachten kleine Kinder Körbe mit Mais. Jedes Mal unternahm der Junge einen vergeblichen Versuch, mit ihnen deutsch zu sprechen.

Längst hatte er das Gefühl für die Entfernung verloren, als ihm eines der bunten, lärmenden *matatus* entgegenkam und abbremste. Instinktiv blieb Ken stehen und drehte sich um. Der Kleinbus, an dessen Heckfenster in großen goldenen Buchstaben *The King* stand, stoppte und ein Junge sprang heraus; er winkte mit beiden Armen.

»Patrick!« Ken lief ihm erleichtert entgegen. »Wo warst du denn?« Alle Zweifel, jedes Misstrauen wegen der verschwundenen Uhr waren wie weggefegt. Endlich ein Mensch, der ihn verstand! Glücklich umarmte Ken den anderen.

Patrick zog seinen deutschen Freund von der Straße, hinein in die Büsche. »Ich habe gefunden das Büro von deinem Onkel.«

»Super! Und? Hast du mit ihm geredet? Was sagt er, holt er mich ab?«

»Nein. Er ist gegangen. Niemand weiß, wo er ist!«

»Das kann nicht sein! Du warst an der falschen Stelle!«, widersprach der Ausreißer.

Patrick blickte Ken herausfordernd an: »Wie es aussehen, das Büro, hm?« Doch der folgenden Beteuerung seines neuen Freundes, am richtigen Ort gesucht zu haben, wollte Ken nicht glauben. Er sprang auf, um sich unverzüglich zu vergewissern.

»Papa Paul wartet dort für dich«, schob Patrick nun nach.

In diesem Augenblick fielen die ersten dicken Regentropfen auf die Köpfe der Jungen, die sich unter den Bäumen versteckten. Die nun niederprasselnden Fluten hingen wie ein grauer Schleier vor Kens Augen. Was sein Gefährte ihm berichtete, ergab keinen Sinn! Onkel Vince würde doch nicht einfach sein Büro aufgeben. Patrick musste sich einfach irren.

»Dein Onkel ist wie meiner«, fasste der 14-jährige Kenianer die Quintessenz seines jungen Lebens bündig zusammen: »Sie sind nie da, wenn du brauchst sie.«

»Nein! So ist er nicht«, widersprach Ken. Er redete so leise, dass der Regen seine Worte verschluckte. Plötzlich spürte er eine Wut in sich, die hinauswollte: »Was hast du mit meiner Uhr gemacht? Habe ich dir gesagt, dass du sie mir wegnehmen sollst?«

Der junge Kenianer ließ sich nicht aus der Ruhe bringen: »Wie du willst telefonieren, wenn du hast kein Geld?«, fragte er und förderte triumphierend ein paar Geldscheine zutage: »Jetzt du kannst rufen an deine Mama in Deutschland!«

Ken deutete auf das dünne Bündel Papier: »War das etwa meine Uhr? Mann, da hättest du mich aber auch fragen können! Das war ein Geschenk...« Er brach ab. »Egal, Hauptsache, ich komme wieder hier weg«, brummte er besänftigt. »Und wo sollen wir telefonieren? Wenn dieser Papa Paul mich in Shanzu sucht? Ich sehe hier nur Felder.«

Patrick gab ihm einen freundschaftlichen Klaps auf die Schulter: »Du niemals darfst geben auf: Da ist nicht nur ein Telefon in Shanzu. Wir gehen zu einem anderen Ort. Heißt Mtwapa. Das ist nicht zu weit. Ich weiß, wo da ist ein Telefon. Du nimmst auf das Telefon und sagst: ›Mama, ich bin in Kenia mit Patrick. Wenn du willst, dann du abholst mich. Was du denkst? Wird sie tun das?‹«

»Ja!«, rief Ken erleichtert, »das machen wir. Komm, los!«

Kens schlechte Laune war verflogen: In Mtwapa befand sich doch das Haus von Vince und Edith! Plötzlich schien alles so einfach. Seine vergeblichen Versuche, irgendjemanden auch nur nach dem Weg zu fragen, hatten ein Ende. Darüber vergaß er sogar, das Geld für seine Uhr von Patrick einzufordern.

Der Regen ließ langsam nach, die dicken schwarzen Wolken zogen ab, blauer Himmel blinzelte wieder durch.

»Du hast 'ne komische Art zu reden«, sagte Ken auf dem Weg durch Felder und kleine Haine.

»Ich lernte das bei dem Wörterbuch.«

»Durch«, verbesserte Ken.

»Durch?«

»Ja, es heißt durchs Wörterbuch.«

»Durch … gehen durch das Feld? Lernen durch das Wörterbuch. Das ist gut. Du musst lernen von vorn bis hinten. So ich machte das.«

»So einfach geht das?«, fragte Ken. Er war beeindruckt. Und dachte an Mike, der einige Versuche unternommen hatte, ihm Suaheli beizubringen. Wenn er doch nur geahnt hätte, dass er es einmal brauchte …

Die breite Dorfstraße von Mtwapa, die durch eine Ansammlung von Holz- und Blechhütten führte, unter welche sich als zu bunt geratene Farbtupfer Werbetafeln für Cola und Handys mischten, war voller Menschen. Das Telefon, zu dem Patrick Ken führte, befand sich in einer Hütte in einer schmalen Seitenstraße. Unter einem Dach vor dem Häuschen standen einige Tische, was der Junge uninteressiert wahrnahm.

Patrick legte ein paar der feuchten Schillingscheine auf den Tisch, ein Mann deutete auf einen altmodischen, braunen

Apparat mit Wählscheibe. Kens Herz schlug bis zum Hals, während sein Finger immer wieder in die Löcher fuhr. Seine Mama würde tausend Fragen stellen, sie war vor Angst bestimmt ganz verrückt. Er selbst wollte ganz ruhig bleiben; er war fast überzeugt, dass ihm das gelang. Nur der Husten kratzte schon wieder in seinem Hals. Sein Finger rutschte aus der Wählscheibe. Er musste noch mal von vorn beginnen.

Beim dritten vergeblichen Versuch schob Patrick ihn zur Seite: »Sag mir die Nummer. Ich werde machen das für dich.« Dann reichte er seinem Freund den Hörer.

Nach dem siebten Ton hörte das Freizeichen auf. Stille.

»Mama! Mama, ich bin's Ken!«

»Hier ist der Anschluss von Mike und Hanna Ndondi…«

Der Junge starrte Patrick mit weit aufgerissenen Augen an: »Sie ist nicht da!«

»…und Ken…«, ergänzte seine eigene Tonbandstimme.

»Was soll ich denn sagen?«, fragte er Patrick, der ihm den Hörer aus der Hand nahm.

»…hinterlassen Sie eine Nachricht…«

»Was ist das?«, fragte der Kenianer verwundert.

»Ein Anrufbeantworter«, stammelte Ken.

»Sag was, irgendwas. Wo du bist!«

»…sprechen Sie nach dem Piep.«

»Mama, ich bin in Kenia, in Mtwapa. Ein Papa Paul und seine Frau haben mich entführt. Mama, was soll ich denn machen? Mama, kannst du mich holen, bitte. Mama, ich habe dich so…«

»Vielen Dank für Ihren Anruf. Wir rufen zurück«, hörte er Hannas Tonbandstimme.

»…lieb«, vollendete Ken seinen Satz. Dann legte er den Hörer sanft auf die Gabel.

Er spürte, dass ihn jemand anstarrte, und als er hochsah, blickte er in die Augen eines Mannes, der sich sofort wegdrehte. Erst jetzt registrierte der Junge, dass er sich in einem schlichten Restaurant befand. Ein Fernseher auf einem Gestell an der Wand übertrug ein Fußballspiel. Schweigend verfolgte eine Gruppe Männer das Bildschirmgeschehen. Sie wirkten geradezu andächtig still.

»Lass uns gehen«, sagte Ken verunsichert und zog Patrick am Arm.

»Warte, er hat was zum Trinken für uns.« Der Mann, der den deutschen Jungen so eindringlich angesehen hatte, stellte zwei grüne Limonadenflaschen neben das Telefon, auf die Patrick sich regelrecht stürzte. Der Erwachsene sprach mit dem kleinen Kenianer Suaheli. »Er gibt uns Essen«, verkündete Patrick begeistert. »Es ist geschenkt!«

Ken fühlte sich unbehaglich. Der Restaurantbesitzer gefiel ihm nicht, ohne dass er hätte sagen können, warum. Sein Freund und er waren die beiden einzigen Kinder in dem Raum. »Ich habe keinen Hunger«, sagte er. Und dachte: Nur furchtbares Heimweh.

Während er auf der kleinen Veranda vor dem Restaurant wartete, grübelte er verzweifelt, wie er Hanna erreichen konnte. Denn selbst, wenn sie seine Nachricht auf dem Band hörte, wie sollte sie ihn finden? Zunächst würde er zum Haus seines Onkels gehen. Wenn der nicht zu Hause wäre, würde er doch in Shanzu am Strand nach Steve suchen, der gewiss Erdnüsse verkaufte. Und der würde ihn in Papas Dorf bringen, wo er warten konnte, bis Hanna ihn holte! Dort war er auch sicher vor diesem so genannten Papa Paul. Meine Güte, warum war er nicht gleich darauf gekommen!

Er wollte seine Entscheidung gerade Patrick mitteilen, als er den dunklen Geländewagen vor dem schäbigen Restaurant stoppen sah. Alle vier Türen des Autos sprangen gleichzeitig auf. Er erkannte Papa Paul, Joyce und die beiden Leibwächter.

Die Limo, das Essen – eine Falle, wir sollten hier bleiben, damit sie mich einfangen können, schoss es Ken durch den Kopf. Er machte noch einen Schritt zum Gastraum, um Patrick zu warnen, sah aber ein, dass dazu keine Zeit mehr war. Also schlüpfte er durch ein Loch im rückwärtigen Holzzaun des Grundstücks, stolperte, rappelte sich hoch, hetzte durch knöcheltiefen Dreck und Pfützen, vorbei an Unrat und einem verrosteten Auto, auf dessen Dach Kinder turnten, die ihm etwas nachriefen. Dann stand er in einer schmalen Gasse. Der Ort war ihm zuvor so klein vorgekommen, doch jetzt stellte er fest, dass er sich in einem unüberblickbaren Wirrwarr von Schlammpfaden befand.

Das rhythmische Rasseln hörte er erst, als er bereits nicht mehr ausweichen konnte. Er rannte geradewegs in den breiten, viereckigen Handkarren eines Wasserverkäufers. Kopfüber stürzte er auf die sorgsam aufgereihten Plastikkanister. Er brauchte ein paar Sekunden, um sich zu orientieren. Der Verkäufer bedachte ihn mit einer Kanonade unverständlicher Schimpfworte.

Der Junge hatte sich das Knie aufgeschlagen und humpelte in einen anderen Weg hinein. Als er feststellte, dass der auf die Hauptstraße zurückführte, war es zu spät. Die mächtige Front des Landcruisers schob sich auf ihn zu. Ken drehte um, da sah er die beiden Helfer auch schon auf sich zurennen. Er entkam in einen Hof, der von einem mannshohen Bretterzaun umgeben war. Keuchend blieb er stehen, ließ die Leibwächter näher an sich herankommen. Als sie nur noch zwei, drei

Meter von ihm entfernt waren, schlug er einen Haken, vorbei an dem schwerfälligeren der beiden. Doch vergeblich: Der Geländewagen versperrte ihm den Weg.

Joyce beugte sich aus dem Fenster. Ihr hübsches Gesicht war von Wut verzerrt. »Jetzt reicht es aber! Du kannst doch nicht …« Sie unterbrach sich selbst und schüttelte den Kopf, als ob sie plötzlich etwas sehr amüsierte: »Du gibst wohl niemals auf, Kenny!«, sagte sie mit einem nachsichtigen Lächeln. »Das musst du von deiner Mutter haben.«

Die kräftigen Arme, die ihn hochhoben, als wäre er ein gut transportables Paket, nahm Ken gar nicht mehr wahr. Wieder spürte er den Druck in der Kehle, diesen schrecklichen, würgenden Husten.

24

Mit ihrer hellen Haut, den blonden Haaren und dem luftigen Sommerkleid fühlte Hanna sich in den engen Gassen von Mombasa wie ein Papagei zwischen Pinguinen. Die dunkel gekleideten und mit Schleiern verhüllten Muslimfrauen, die in weiten Teilen der Altstadt unterwegs waren, warfen ihr schräge Blicke zu. In den schmalen, verwinkelten Straßen der jahrhundertealten Stadt, in denen dicht stehende, mehrstöckige Häuser der Sonne keine Chance gaben, den schmutzigen Asphalt zu berühren, war der Strand der Europäer ebenso weit entfernt wie die Erde vom Mond.

Von Mombasa hatte ihr Mike, soweit sie sich erinnerte, damals nur einen winzigen Ausschnitt gezeigt: Er war stolz gewesen auf den modernen Teil der alten Hafenstadt, ihre breiten Straßen und die wenigen Hochhäuser. Lediglich Fort Jesus hatte auf dem Programm gestanden: In den Verliesen der alten Festung hatten Mike und sie albern Versteck gespielt. Während sie jetzt auf der Suche nach den in Frage kommenden Krankenhäusern durch dunkle Gässchen lief, erinnerte sie sich kaum mehr an die Romantik, die sie damals gespürt haben mochte.

Stattdessen sah sie aufgelassene Ruinengrundstücke, Hinterhöfe und marschierte in Sackgassen. Die Stadt verwandelte sich für Hanna in den Bauch eines Riesen, der allerhand Unverdauliches zu sich genommen hatte, das er aber nicht auszuspucken bereit war. Alles, was dieses Ungetüm in den letzten Jahrhunderten verschlungen hatte, mischte sich zu einem Ethnobrei: Die Folgen der westlichen Konsumkultur, weil sie am frischesten waren, drückten sich in stapelweise aufgehäuften Plastiksäcken aus. Der Einfluss der langen arabischen Herrschaft hatte Moscheen und Wohngebäude hinterlassen, die durch das feuchte Küstenklima dem Verfall preisgegeben waren. Der von Europäern geprägte Baustil des 20. Jahrhunderts hatte Zweckbauten von geradliniger Hässlichkeit hineingespuckt. Die große Zahl indischstämmiger Händler hatte den Zucker fernöstlicher Verspieltheit darüber gegossen. Und über all dem lag die Behaglichkeit kenianischer *Hakuna-matata*-Lässigkeit, die alle Probleme auf den nächsten Tag verschiebt. Dem Riesen Mombasa schien diese Melange keineswegs den Appetit verdorben zu haben; er stieß nicht einmal auf.

Im Bauch dieses Monsters gab es unzählige Kinder, die sie an Ken erinnerten. Sie lehnten in Eingängstüren, die mit Zettelfetzen übersät waren, spielten im Rinnstein mit Schmutzwasser, auf dem sie Papierschiffchen fahren ließen, oder lagen schlafend auf leeren Holzkarren im Schatten.

Den ganzen Tag verbrachte Hanna damit, von einem Krankenhaus zum anderen zu laufen. Sie sah bald ein, dass es besser wäre, Fotos von Mike und Ken zu haben, die sie überall verteilen konnte. In einem Copyshop fertigte sie Kopien, die sie in den Kliniken abgab.

Wieder und wieder blickte sie in Gesichter von Ärzten und Schwestern, die ihr die Sinnlosigkeit ihres Unterfangens deutlich machten: Es gab nur vier große Krankenhäuser und die wurden mit dem Ansturm in der Millionenstadt nicht fertig. Die bedeutenden, wie das Aga Khan Hospital, winkten ohnehin ab: Hier wurde nur behandelt, wer über genügend Geld verfügte. Aber ob Mike in jener misslichen Lage, in der sie ihn vermutete, die Gelegenheit hatte, mit ihr in Deutschland Kontakt aufzunehmen? Oder mit Marianne, falls er sie nicht erreichte?

Während sie sich gegen Abend durch die Menschenmenge schob, wusste sie, dass sie trotz all ihrer Mühe keinen Zentimeter weitergekommen war in ihrem Versuch, die beiden ausfindig zu machen. Im Gegenteil, sie war sogar mutloser als am Morgen dieses mit so viel Elan begonnenen Tages: Die Bilder von kranken Menschen, die sie aus leeren Augen ansahen, gingen ihr nicht aus dem Kopf.

Wortfetzen hingen in ihren Ohren, von Gesprächen erlauscht, in denen es um alltägliche Krankheiten ging, denen die Menschen in diesem Land hilflos gegenüberstanden. Auch, weil es an Medikamenten fehlte. Vor allem aber, weil die Patienten erst ins Krankenhaus der Weißen kamen, wenn ihr Dorfheiler nicht mehr weiterwusste. Die ehemalige Krankenschwester, hatte den Fall eines kleinen Mädchens aufgeschnappt, das an Malaria litt und mit hohem Fieber kämpfte. Der *mganga* hatte die kranke Kleine, die dehydriert die Augen verdrehte, wegen des *bösen Blicks* behandelt. Nun schwebte sie in Lebengefahr.

Was wäre aus Kenny geworden, überlegte Hanna, wenn er hier aufgewachsen wäre? Ein an Tuberkulose erkranktes Kind mit Würmern. Sie kannte die Antwort jetzt besser als jemals zuvor und das Elend, das sie gesehen hatte, ließ daran keinen Zweifel aufkommen – er würde heute nicht mehr leben.

Als sie mit dem kleinen Kerl in Berlin im Krankenhaus war, hatte sie ihren Mann gefragt, warum sein Vater, immerhin ein Heiler, nicht erkannt hatte, was mit Ken los war. Mike hatte ihr daraufhin zum ersten Mal gesagt, dass Papa Kadenge

Kenny niemals gesehen hatte: Seine Schwester Sara habe nicht im Dorf der Familie gelebt, sondern 60 Kilometer entfernt in Mtwapa. Sie sei in den Ort an der Küste gezogen, weil sie sich mit dem Vater überworfen hatte.

Wie aus weiter Ferne drang jetzt dieser Ortsname an Hannas Ohr: »Mtwapa, Mtwapa!«

Auf einem belebten Platz stauten sich zahlreiche Sammeltaxen. Die deutsche Frau lief gezielt auf jenen arabisch aussehenden Burschen zu, der den Fahrpreis kassierte. Auf der Rückscheibe seines Autos las sie die goldenen Buchstaben *The King*. Der junge Araber erklärte ihr, dass der Wagen die Strecke regelmäßig fuhr, an der auch die Hotels lagen.

Während Hanna die halbe Nacht auf dem Balkon ihres Zimmers verbrachte und dem Gesang der Grillen lauschte, kam sie zu der Erkenntnis, dass sie sich verrannt hatte. Sie hastete einem Phantom hinterher, für dessen Existenz es keinen Beweis gab – einem Autounfall. Sie beschloss, ihre Strategie zu ändern, und begann damit am nächsten Morgen in der Lobby ihres eigenen Hotels.

Sie hatte sich entschieden, nur Kens Foto auszuhängen, unter das sie in nächtlicher Fleißarbeit geschrieben hatte: Mutter sucht ihr Kind! Wer hat Kenny gesehen?

Kaum hatte sie sich an der Pinnwand mit den Hotelnachrichten, die alle Urlauber lasen, zu schaffen gemacht, hinderte sie ein Manager freundlich, aber bestimmt daran: »Die Leute, die hier Urlaub machen, haben ein Anrecht auf eine schöne Zeit. Sie haben es sich verdient. Das Hotel darf sie nicht mit den Sorgen anderer Menschen belästigen. Das verstehen Sie doch sicher.«

Hanna sah dem Mann offen ins Gesicht. »Nein, das verstehe ich keineswegs. Auch diese Menschen haben Kinder und würden sehr wohl an meinem Schicksal Anteil nehmen!«, erwiderte sie scharf. Doch ihr Protest zeigte keine Wirkung.

In der weiträumigen Lobby von der Größe eines halben Fußballfeldes standen auf gefliestem Boden einige Sitzgruppen, das zu den Querseiten offene Satteldach aus Palmblättern ermöglichte einen angenehmen Luftaustausch. Ein schöner Ort. Wenn man zum Urlaubmachen dort war.

Hanna verließ die Hotelhalle zur Poolseite hin, trat hinaus in die angenehm warme Luft. Die ersten Urlauber schlenderten in Shorts und Sommerkleidern zum Frühstücksbuffet; es war morgens, kurz nach halb acht. Gärtner sprengten den Rasen, grüne Meerkatzen sprangen kreischend von den Palmen und tobten durch das feuchte Gras. Ein Angestellter reinigte das halbmondförmige Schwimmbecken mit einem langen Besen. Hanna zeigte Kennys Foto den Gärtnern und dem Mann am Pool; sie schüttelten bedauernd den Kopf.

Die verschiedenen Hotels des Schweizer Reiseunternehmens bildeten ein zusammenhängendes, in sich abgeschlossenes Universum. Hier hatte Ken mit Sebastian am Pool gespielt; doch wem auch immer sie sein Bild zeigte – sie erntete Ratlosigkeit.

Der Weg zum Meer führte über einen schmalen, mit Steinplatten ausgelegten Pfad. Sie selbst hatte die Einheimischen noch nicht entdeckt, als sie die Männer auch schon auf Deutsch rufen hörte: »Kommen und sehen meine Geschäft! Morgenstund hat Gold im Mund!« Für einen Moment vergaß Hanna ihre Sorgen; sie blickte über die Steinbrüstung nach unten zum Strand. Ein junger Händler eilte ihr einige Stufen entgegen, einen geschnitzten Elefanten in der ausgestreckten Hand. Plötzlich machte er kehrt und rannte wieder nach unten – ein Schatten hatte sich auf die feuchten Steine gelegt. Ein *askari* im Khakihemd mit dunkelgrüner Hose und Barett auf dem Kopf ließ seinen Schlagstock scheinbar spielerisch in die linke Handfläche klatschen; er schenkte Hanna ein einnehmendes Lächeln.

Sie drehte sich ab. Wie demütigend musste Mike diese Szenerie erscheinen ... Ob er wohl überhaupt mit Ken hierher gekommen war? Denn wenn schon ihr das Hausherrengehabe der Hotels missfiel, das sie damals während ihres Urlaubs nicht einmal bemerkt hatte, um wieviel mehr musste ihr Mann sich darüber aufregen! War es so gesehen also doch sinnlos, in diesem Umfeld nach den beiden zu suchen? Wo auch immer sie sein mochten, in der Nähe dieser Hotels würde sie die beiden kaum finden, dachte Hanna. Dennoch wollte sie nichts unversucht lassen.

Zahllose Händlerinnen, durch eine Sisalleine entlang der Wasserfront von den mit Liegen tapezierten Hotelbereichen getrennt, boten ihre Schnitzwaren feil: Vor allem Statuetten langer, dünner Massaikrieger prägten das Bild. Große und kleine Massaischilde warteten neben tierförmig geschnitzten Seifensteinen, Ketten aus Glasperlen und sonstigen Holzmitbringseln auf Käufer.

Es war ein Versuch, der nicht viel Zeit in Anspruch nahm: Die Strandleute, das wusste sie seit damals, kannten einander alle. Mit Sicherheit würden sie einen europäisch wirkenden Einheimischen registriert haben. Die deutsche Frau verteilte ihre Fotos und erzählte ihre Geschichte, doch das Interesse daran war mäßig.

Warum sucht eine Weiße zwei Kenianer, die dies Land doch viel besser kennen dürften?, las sie als unausgesprochene Frage in den Augen der Einheimischen. Und stimmte ihnen im

Grunde ihres Herzens zu: Sie kannte Mike gut genug, um zu wissen, dass er das Leben am Strand nicht wieder suchen würde. Doch wenn er wirklich in eine, wie auch immer verursachte, Notlage geraten war – ob es ihn nicht dann doch dorthin führte, wo er sich am besten auskannte?

Eine mütterlich wirkende Händlerin, die lustig im Wind flatternde Tücher verkaufte, sollte ihre letzte Station werden. Erst dachte Hanna, die etwa 30-Jährige nähme ihr Anliegen nicht ernst; sie lachte die Deutsche pausenlos an. Doch dann legte sie die Hand auf Hannas Arm.

»Du sein gute Mutter«, sagte die Händlerin warmherzig. »Perpetua auch haben Kinder, viele Kinder. Immer Sorgen!« Dazu ließ sie ein breites Lachen sehen, das ihren Worten Hohn sprach. »Aber Sorgen vergehen. Heute du sie haben und morgen ein anderer!«

»Kenny ist noch so klein«, gab Hanna zu bedenken.

Perpetua bat sie um ein Foto, das sie lange betrachtete: »Sein großer Junge! Mama machen viel zu viele Sorgen.« Ohne zu fragen, ließ sie es in ihrem Ausschnitt verschwinden. Unvermittelt drückte die Frau, die Hanna gerade erst kennen gelernt hatte, sie an ihre Brust: »Perpetua Mama Ken helfen. Versprechen!«

Hanna blickte die Händlerin kritisch an. Es war ihr unergründlich, woher die ihren Optimismus nahm!

»Du werden sehen: Perpetua Kenny finden«, wiederholte die Kenianerin nachdrücklich und lächelte dann verschmitzt: »Okay?«

»Okay«, antwortete Hanna gerührt. Ein Kloß schnürte ihr die Kehle zu. Diese Frau war wirklich die Erste, die Mitgefühl zeigte. Hanna räusperte sich und deutete auf Mikes Porträt: »Und mein Mann? Mike?«

Perpetua lachte wieder: »Sein großer Mann. Wissen, wie leben müssen. Kommen Zeit, kommen Mann. Glauben Perpetua. Perpetua wissen.« Sie zwinkerte Hanna zu, doch die konnte mit der Zuversicht der Kenianerin nichts anfangen. Wenigstens ging sie mit dem Gefühl, dass zumindest eine Frau in diesem Land so tat, als bewegte sie das Schicksal von Mike und Ken.

Mit festen, schnellen Schritten trat Hanna auf die beiden *askaris* zu, die den Schlagbaum am Ende der breiten, mit Palmen gesäumten Auffahrtsallee der Hotelanlage bewachten. Den ganzen Tag über sahen die Männer Hunderte von Gesichtern. Vielleicht auch die von Mike und Kenny ...

Sie zeigte den beiden Wächtern Mikes Foto. Die Männer schüttelten desinteressiert den Kopf. Sie versuchte es mit Kens Bild.

»Das ist Kenny. Er ist Kenianer, aber er spricht weder Englisch noch Suaheli«, trug sie ihren bereits am Strand aufgesagten Spruch vor. »Ich suche ihn. Er ist mein Sohn.«

Die beiden Männer tauschten einen langen Blick, besahen sich dann noch einmal das Bild. Ihr Schweigen elektrisierte Hanna. Aus der Vordertasche des Rucksacks zog sie zwei 100-Schilling-Noten hervor.

»Was hat dieser Junge getan, dass ihn alle suchen?«, fragte einer der *askaris*. Er ließ das Geld verschwinden und nahm seine entspannte Position wieder ein, indem er das linke Bein auf den Lauf des Gewehrs legte.

Die verzweifelte Frau glaubte nicht richtig gehört zu haben. »Wie bitte? Wer sucht ihn denn noch?«

»Papa Paul«, antwortete der Wachmann gelassen.

»Wer ist das?«, fragte Hanna verblüfft.

»Der Deutsche …«, hob einer der beiden Männer an. Sein Kollege stieß ihn unsanft an, so dass der auskunftsbereite *askari* den Halt verlor. Scheppernd fiel das Gewehr, auf dem sein Bein ruhte, zu Boden.

»Wie bitte? Er hat Sie nach Ken gefragt?«, hakte Hanna aufgeregt nach. Die Männer tauschten einen stummen Blick. »Was haben Sie diesem Papa Paul gesagt?«, wollte die besorgte Mutter atemlos wissen.

Doch sie bekam trotz weiterer Anläufe keine weitere Auskunft. Die Hotelwächter waren wieder zu *Jambo* rufenden Marionetten geworden.

Papa Paul, ein Deutscher, der Kenny suchte … Warum interessierte sich ein Unbekannter für ihren Sohn? Und wieso nicht für ihren Mann? Wurde Mike festgehalten? Aber wo? Hing das vielleicht irgendwie doch mit Vince' Schulden zusammen? Sie wusste zuwenig über dieses Land, aber sie hatte einen untätigen Polizisten in seinem Büro gesehen, der sich nicht mal für einen Unfall für zuständig erklärte. Würde er sie genau so offen anschweigen, wenn Mike inhaftiert worden war? Vielleicht, weil er seinem Bruder beistehen wollte? Zum ersten Mal überkam Hanna der entsetzliche Verdacht, die beiden könnten getrennt worden sein. Dann wäre Ken ohne jeden Schutz!

Voller innerer Panik suchte sie nach einer Erklärung, warum der vertrauensvoll Papa Paul genannte Deutsche … Wie Schuppen fiel es ihr von den Augen: Sie hatte diesen Mann ja getroffen!

In dem indischen Supermarkt stand diesmal eine ältere Frau hinter der Kasse. So ruhig wie möglich beschrieb Hanna ihr das Aussehen des Deutschen, über dessen Bluthochdruck sie sich Gedanken gemacht hatte.

»Oh, Papa Paul!«, meinte die Mutter des Besitzers.

Hanna war ziemlich ungestüm in den Laden geplatzt. Jetzt atmete sie erst mal durch. Noch hatte sie keine Ahnung, warum dieser Mann sich derart massiv für ihren Sohn interessierte, dass er einerseits die *askaris* – und möglicherweise nicht nur die – zur Suche abkommandierte und ihnen gleichzeitig die offenkundige Order gegeben hatte, niemandem davon zu erzählen.

Ausgerechnet mit den Besitzern dieses Geschäfts schien er obendrein sehr vertraut zu sein. Verzweifelt überlegte Hanna, was für eine Geschichte sie auftischen konnte, damit die Inderin sie weiterhin für eine harmlose Touristin hielt.

Ihre Grübelei fand ein rasches Ende: »Sie sind die Schwägerin von Vincent Ndondi«, sagte die Frau, »da werden Sie gute Gründe haben, nach Papa Paul zu suchen.«

»Aha«, machte Hanna. Nun verstand sie gar nichts mehr.

»Wollen Sie Vincents Schulden bei Papa Paul bezahlen?«, erkundigte die Geschäftsfrau sich in der offenkundigen Annahme, dass auch deutsch-kenianische Familien einander beistanden.

Hanna atmete auf. Weil sie einen guten Vorwand geliefert bekommen hatte. Aber nur deshalb.

»Waren Sie schon im *Eagle's Nest*?«, fragte die Inderin. Sie deutete die Ratlosigkeit der Deutschen richtig und erklärte, wo das lag.

Hanna beschloss, die Auskunftsfreudigkeit der Ortskundigen auszunutzen. »Ich bin ziemlich verzweifelt«, sagte sie, »denn ich müsste wirklich mit meinem Schwager sprechen. Glauben Sie auch, dass er im Gefängnis ist wegen seiner Schulden?«

Die Inderin verstand sie falsch: »Sie brauchen viel Geld, um ihn freizukaufen.« Sie wog bedächtig den Kopf. »Vielleicht reden Sie mal mit Edith.«

»Wer ist das?«

»Seine Freundin«, lautete die wie selbstverständlich klingende Antwort. »Sie wohnt mit ihm in Mtwapa. Man kennt die beiden dort.«

Mit brennender Neugier wollte Hanna zuerst erfahren, was es mit dem ungesund wirkenden Deutschen auf sich hatte. Das breite Eingangstor des neben Vince' eingemotteten Büro gelegenen *Eagle's Nest* war mit festen Eisenketten gesichert, was der Besucherin eigentlich logisch erschien: Sie stand knapp davor, einen Mann zu finden, der Ken suchte, und der war nicht dort, wo sie ihn vermutete. Eines schien jedenfalls sicher: Dieser Mann hielt zwei weitere Puzzleteile in Händen, die sie dringend brauchte, um ihr Rätsel zu lösen. Dagegen erschien es ihr immer unwahrscheinlicher, dass die Krankenhaus-Theorie stimmte. Das zumindest, dachte sie, ist tröstlich. Es erklärte aber sonst rein gar nichts …

Die Blicke des behinderten Händlers spürte sie förmlich in ihrem Rücken. Wann der mysteriöse Papa Paul sein *Eagle's Nest*, das ein Schild als Restaurant und *Dancing* auswies, wieder öffnete, könnte der unfreundliche Mann ihr wenigstens verraten.

»Am Abend«, sagte der Rollstuhlfahrer.

Es lag Hanna auf der Zunge, ihn zu fragen, warum er ihr nicht gleich von Vincents Problemen erzählt hatte. Stattdessen versuchte sie den Mann, der jeden Vorgang an dieser wichtigen Stelle mitbekam, aus der Reserve zu locken, indem sie sich mit ihm auf ein ihn hoffentlich versöhnlich stimmendes Verkaufsgespräch einließ. Als die beiden schon fast handelseinig geworden waren, holte sie Kennys Foto hervor. Auf dieser Kopie fehlte noch ihre Telefonnummer, also griff Hanna sich einen Kugelschreiber, der zwischen Elefanten und Nashörnern lag, und fügte sie hinzu.

Auf dem blauen Stift standen Anschrift und Telefonnummer von Sieglindes Praxis, in der Hanna bislang gearbeitet hatte. »Haben Sie den von meinem Sohn?«, fragte sie und all ihre auferlegte Zurückhaltung platzte wie eine Seifenblase.

»Nicht dein Sohn sein«, sagte der Händler in einem Ton, der keinen Widerspruch duldete.

Für einen Moment war Hanna sprachlos. »Doch, natürlich ist er das«, erwiderte sie schließlich. Eigentlich konnte ihr egal sein, was dieser Mann behauptete und dachte, aber mit gewollter Gleichgültigkeit konnte sie das unbestimmte Gefühl, das sie immer nervöser zu machen drohte, nicht in den Griff bekommen: Hier ging eindeutig etwas Mysteriöses vor und sie hoffte, die Freundin ihres Schwagers würde es ihr erklären.

In Mtwapa, wohin sie ein *matatu* brachte, suchte sie zuerst nach jener Hütte, die Mike und Vince damals bewohnt hatten. Dort musste sie aber feststellen, dass sie das Lehmhaus nicht wiedererkannte. Nach einem Jahrzehnt war die Hütte, in der ein neuer Abschnitt ihres Lebens begonnen hatte, eine von hundert anderen geworden. Weil Mike nicht an ihrer Seite war.

Ein Junge führte sie zu Vince' neuem Heim, einem kleinen, aus Stein erbauten Haus. Davor parkte ein für kenianische Verhältnisse teures Mittelklasseauto, an dessen Steuer ein elegant gekleideter junger Mann saß. Hanna betrat das Häuschen, das über zwei Räume verfügte. Mit einem raschen Blick erkannte sie die unglaubliche Unordnung darin.

Nur eine offenkundig sehr beschäftigte junge Frau, der sie

sich eilig vorstellte, war anwesend. »Sind Sie Edith?«, fragte Hanna.

Die Angesprochene murmelte ein undeutliches Ja. In ihrem hautengen Businesskostüm wirkte die Kenianerin in dem kargen Häuschen auf Hanna seltsam deplatziert. Als ob sie das selbst so empfände, war sie gerade im Begriff, ihre Sachen in einen Koffer zu packen.

»Entschuldigen Sie bitte, wenn ich störe«, begann die Deutsche verunsichert und trug ihr Anliegen vor.

Die hübsche Edith blickte kurz auf: »Mike und Ken waren hier«, bestätigte sie und fuhr fort, ihre Habseligkeiten in den Koffer zu stopfen.

»Und wo sind die beiden geblieben?«, fragte Hanna. Sie vibrierte vor innerer Spannung: Endlich ein konkreter Hinweis! Doch Vince' Exfreundin ließ sich in ihrer Hektik nicht unterbrechen.

Beherzt trat Hanna auf die junge Frau zu und presste wütend beide Hände auf den Koffer, was die andere zum Innehalten veranlasste. »Mein Sohn ist verschwunden! Und mein Mann. Jetzt hören Sie doch mal für einen Moment mit diesem Unsinn auf und reden mit mir!«

Erst jetzt schien sich Edith darüber klar zu werden, mit wem sie es zu tun hatte. »Sorry«, sagte sie, »wieso sind Sie überhaupt hier?« Hannas Erzählung machte sie ratlos. »Ja, und der Brief?«, meinte sie überrascht. »Ich habe doch Kenny extra einen Umschlag gegeben, in den ich Mikes Zettel hineingetan habe!«

Die aufgebrachte Besucherin glaubte nicht richtig gehört zu haben! Es sollte einen Brief geben, der das ganze Rätselraten aufklären konnte? »Mike hat mir geschrieben?«, erkundigte sie sich aufgeregt.

Allmählich schien Hannas bislang desinteressiertes Gegenüber die Tragweite des Geschehens zu begreifen: »Dann wissen Sie also gar nichts?«

»Was muss ich wissen? Was ist passiert? So reden Sie doch bitte!« Hannas Stimme war nur noch ein atemloses Flüstern.

»Mike wird der Nachfolger seines Vaters. Er ist im Busch geblieben.« Mit einem Geräusch, das der Deutschen in den Ohren schmerzte, zog Edith den Reißverschluss ihres Koffers zu. Es klang, als hätte sie damit einen deutlichen Schlussstrich unter ihr Leben mit den Ndondis gezogen.

Hanna sah ihr wie versteinert zu. Da verfügte diese junge Frau über das Wissen, das sie brauchte – und ging einfach aus dem Raum! Samt Koffer. War das hier denn ein Irrenhaus?

Nachdem sie ihre Verwirrung wieder im Griff hatte, folgte sie Vince' Exfreundin, die das Gepäckstück bereits in den vor der Tür wartenden Wagen wuchtete. »Sie können doch nicht einfach so weggehen«, meinte Hanna hilflos. »Was heißt: Mike ist im Busch? Wo denn genau, um Himmels willen! Und wo ist Kenny geblieben? Was ist mit Vince? Kann er mir wenigstens sagen, wo ich meinen Sohn finde?«

Edith machte ein Gesicht, als würde sie über eine Antwort nachdenken.

»Sie können mich doch hier nicht einfach so stehen lassen! Nun reden Sie doch!«, flehte die deutsche Frau.

Die junge Kenianerin, die in Hannas Augen eher noch ein Mädchen war, hob die Schultern und stemmte die Arme in die Hüften. Als ob sie nicht genau wüsste, ob es eine gute Idee wäre, jetzt noch etwas zu antworten. Sie entschied sich, es doch zu tun: »Keine Ahnung, wo Ihr Mann ist. Zum Rest will ich nichts sagen, da fragen Sie am besten Papa Paul.« Edith tat einen letzten Schritt auf Hanna zu: »Aber ich habe Ihnen das nicht geraten! Mit dem lege ich mich nicht an!« Dann stieg sie ins Auto.

Die Wolke aus Staub, die dem davonfahrenden Wagen folgte, löste sich ganz allmählich auf. Was die zurückbleibende Hanna erfahren hatte, stellte ihre sämtlichen Erwartungen auf den Kopf und erklärte trotzdem nur die Hälfte. Mit ein paar mageren Sätzen über Mikes Schicksal hatte diese energische junge Frau sie abgespeist. Und nun wälzte sie diese Informationen in ihrem Kopf wie einen Mühlstein, der ihr ganzes Denken behinderte.

Ihr Mike, ein Mann, der in einem Hotel mitten in Berlin arbeitete – plötzlich ein Heiler im Busch? Was verstand er denn von so etwas? Und das ohne Ankündigung, einfach so wie damals sein Vater … Aber in seinem Fall lag die Sache doch ganz anders: Mike hatte versprochen, auf Ken aufzupassen! Wieso hatte er den Jungen nicht wenigstens zum Flugzeug gebracht? Warum tat er dem Kind das an? Er liebte den Jungen doch ebenso wie sie! Und was war das für ein Brief? Wie passte in dieses Puzzle der übergewichtige Deutsche, der plötzlich die Antwort auf alles zu sein schien?

Irgendjemand profitiert davon, wenn ein Mensch verschwindet. Hat man denjenigen gefunden, geht alles ganz schnell, klangen die Worte des Berliner Detektivs in Hannas Ohren nach. Doch nun sah es nicht so aus, als ob Mike verschwunden wäre, sondern Vince. Und Ken gleich mit ihm? Oder wollte Papa Paul nur den Jungen in seine Gewalt bringen? War das der Zweck von Kens spurlosem Verschwinden? Aber inwiefern konnte ein Weißer aus der Anwesenheit ihres Sohnes einen Vorteil ziehen?

Hanna kam nur noch ein Gedanke in den Sinn. Und der trieb ihr die Zornesröte ins Gesicht. Ich muss diesen Mann finden, und zwar sofort!, beschloss sie. Im ersten Impuls wollte sie Ediths Auto nachlaufen, doch dann brach ihre gesamte Energie in sich zusammen: Wo verkroch sich ein schmieriger Typ, der elternlose Kinder suchte?

»Ich denken, du hier sein!« Verblüfft blickte Hanna in das fröhliche Gesicht einer Kenianerin, das sie nicht sofort einordnen konnte; zu viele Eindrücke waren in den letzten Tagen auf sie eingestürmt. Neben der Frau stand ein halb nackter Junge in einer ausgeblichenen Adidas-Turnhose, den Hanna für deren Sohn hielt.

25

Das Gefühl für die Zeit hatte Mike schon längst verloren. Seitdem Leonard ihn an seinen neuen Führer Ouko übergeben hatte, waren die Tage von der stets gleichen Ruhe bestimmt: Sobald der Morgen sich mit einem diffusen Grau ankündigte, standen Ouko und er auf. Wenn das letzte Glimmen des Abendrots erloschen war, legten sie sich zum Schlafen nieder.

Schlafen! Wenn man das nur so nennen konnte, dachte Mike. Es waren kurze Phasen, in denen sein Bewusstsein wegtauchte. Dann kamen sie wieder, diese Träume, in denen er Hannas Gesicht vor sich sah. Die kleinen Sorgenfalten rings um ihre Augen, die in ihren blonden Haaren kaum erkennbaren weißen Strähnchen. Er wollte sie dann umarmen, bekam sie jedoch niemals zu fassen. Sie bleib unerreichbar. Stets wachte er an dieser Stelle auf und starrte stundenlang in die Finsternis. Halb wach, halb schlafend phantasierte sein ruheloser Geist von Ken. Immer wieder stellte Mike sich die Frage, auf die er keine Antwort fand: War das Ziel seines Unterfangens groß genug, um dafür seine Familie zu verlassen?

Er wusste nicht einmal, wo er sich befand. Von Leonard hatte er sich an der Grenze zum Regenwald getrennt, wo Ouko sie mit einer Selbstverständlichkeit an einer Stelle erwartete, die Mike niemals gefunden hätte. Zwei weitere Tage war der Auserwählte seinem neuen Führer gefolgt. Oft hatte er gedacht, der Mann würde im Kreis laufen. Da er davon ausgehen konnte, dass der Alte sich auskannte, schloss er daraus, dass Ouko ihn bewusst in die Irre führte. Denn was auch immer am Ende dieser Wanderung stehen würde – niemand, der nicht von Ouko selbst dorthin gebracht wurde, sollte es entdecken. Er hatte sich dem *mganga* ausgeliefert, mit seiner ganzen Existenz.

Ouko selbst schlief in seiner Höhle, in der sich nur ein einziger Mensch ausstrecken konnte. Mike blieb dieser Platz unter den dicht stehenden Büschen, an dem er seither die Nächte verbrachte. Der Alte, dieser anscheinend nur aus Haut und Sehnen bestehende Greis, der sich kerzengerade hielt, während er seinen langen Holzstock wie das würdevolle Abzeichen eines Königs trug, hatte bislang mit Mike nur Worte gewechselt, die sich auf das Wichtigste beschränkten. Und selbst die hatte Ouko in seinem Dialekt gesprochen.

Die Sprache des Alten hatte Mike nicht mehr benutzt, seitdem er als Heranwachsender das Heimatdorf verlassen hatte. Die Ausdrucksweise seines Volks, das gerade noch 100 000 Menschen zählte, war ihm lächerlich erschienen, rückständig und primitiv. Er hatte sich an Europa orientiert, an dessen Größe ... Jetzt, wo die beiden Männer eine unbekannte Anzahl von Tagen erwartete, in denen sie nie ein anderes Gesicht zu sehen bekämen, war Mike gezwungen, die zurückgelassene Sprache wiederzufinden.

Den Morgen erwartete er stets voller Sehnsucht. Jetzt, wo die Helligkeit sich zumindest erahnen ließ, brach er auf zu seiner ersten Tätigkeit des Tages. Es gab ausreichend Holz zum Feuermachen und vor allem war es trocken genug. Mike hätte sich in der Nähe von Oukos Höhle nur danach zu bücken brauchen. Doch er wollte die Bewegung, genoss es, durchs Gebüsch zu streifen.

Dies war die Stunde, in der die ersten Räuber Beute machten. Sie erinnerte Mike an seine frühe Jugend. An eine vergessen geglaubte Zeit voller Abenteuer, in der er morgens losgezogen war. Sein ein Jahr älterer Lieblingsbruder hatte ihn fast immer begleitet. In Deutschland hatte er nie an Tony gedacht. Aber jetzt, während er sich durch den Busch arbeitete, sah er sein Gesicht deutlich vor sich.

Oder war es das von Kenny? Die beiden waren sich unglaublich ähnlich …

Eine ganze Strecke entfernt lichtete sich der Wald und ging in überschaubares Buschland über. Bislang hatte er nur die Überreste vom Riss der Geparden entdeckt. Die gefleckten Großkatzen mit den traurigen Augen, die einen ansahen, als weinten sie schwarze Tränen, mieden den Menschen. Dank ihres empfindlichen Gehörs erahnten sie die Gefahr und entschwanden auf ihren langen Beinen. Auch an diesem frühen Morgen hatte Mike Pech. Er sah zwar die Geier herannahen und wusste, dass er an der richtigen Stelle war. Aber die Geparden waren von den Geiern vertrieben, die sich bereits um die Beute zankten.

Dann bemerkte er den riesigen Vogel, der mit ausgebreiteten Schwingen herbeiglitt, den kurzen Hals mit dem schweren Schnabel angezogen. Marabus waren selten in dieser einsamen Gegend; sie zogen es vor, an der Küste in der Nähe der Dörfer Futter zu suchen. Der mächtige Vogel hatte sein Kleid der Dämmerung angepasst. Sein hellgrauer Bauch tarnte ihn, solange er in der Luft war, der dunkelgraue Rücken ließ ihn am Boden unscheinbar wirken.

Mit seinem schwerfälligen Körper schritt er auf seinen dünnen Storchenbeinen majestätisch umher. Dann verharrte er, den Schnabel auf die Brust gelegt, den Kopf zwischen die

Schultern gezogen, den großen Kehlsack flach gedrückt. Es sah aus, als ob das Tier etwas missmutig wäre, wie ein großes Kind, das die anderen nicht mitspielen ließen. Der Vogel stelzte zu den Geiern hinüber, wobei er den Leib hochdrückte und den starken Schnabel nach vorn schob. Den Angreifer, der von hinten kam, sah der Marabu allerdings zu spät. Der Geier hackte ihn mit seinem Krummschnabel, und als der Storchenvogel seine weiten Schwingen ausbreitete, um sich davonzumachen, wirbelten einige Federn zu Boden. Einige Meter weiter nahm er seine träge abwartende Position erneut ein.

Mike tat das Tier Leid, das ebenso Hunger hatte wie die zahlenmäßig überlegenen Geier. Bislang war er starr stehen geblieben, um das Schauspiel zu beobachten. Nun rannte er mit ausgebreiteten Armen zu den Aasfressern, die den seltsamen Vogel, den er zweifellos abgab, zunächst verwundert beäugten. Schwergewichtig hopsten sie zur Seite. Der Marabu aber, obwohl der einzige von seiner Art, klapperte aufgeregt mit dem Schnabel, verließ das Terrain jedoch nicht. Mike beobachtete den Vogel, der ihn in seiner Einsamkeit an sein eigenes Los erinnerte, noch eine Weile. Als er gehen wollte, lagen vor seinen Füßen die Federn des Marabus. Graue, luftige Teile seiner Schwingen. Er hob sie auf und kehrte zurück.

In der Nähe von Oukos Höhle sammelte er die Arme voller Holz und begann, das morgendliche Feuer so zu entzünden, wie die Alten es taten.

Als es kräftig prasselte, kroch der Greis aus seiner Behausung hervor. Mike verneigte sich leicht vor seinem Führer. Der *mganga* schlug mit einem Buschmesser eine Kokosnuss auf. Bevor er den Saft schweigend trank, schüttete er als übliches

Opfer für die Ahnen eine erkleckliche Menge der kostbaren Flüssigkeit auf die Erde, wo sie versickerte.

Er strich sich über den kahlen Kopf, hob die schweren, müden Augen und begann einen Monolog in seiner Sprache, in der Mike nur jedes zweite Worte verstand.

»Du bist ein junger Mann«, sagte Ouko, »der vergessen hat, auf welchem Weg er gekommen ist. Du bist in die Fremde gegangen, weil du glaubtest, dass die Welt der Weißen besser sei als die Welt deines Volks. Nun haben deine Ahnen dich zurückgerufen, denn es ist ihr Blut, das dir dein Leben gegeben hat. Ihnen bist du verpflichtet und nicht den *muzungu*, die deinem Volk das Land und ihren Glauben rauben. Du bist ihr Werkzeug geworden, du denkst, fühlst und träumst wie sie. Du sehnst dich nach dem, was die Weißen haben. Einen alten Mann, der in einer Höhle lebt, verstehst du nicht.«

Mike wollte protestieren, aber Ouko hieß ihn zu schweigen, indem er die Hand so leicht vom kahlen Kopf anhob, als verscheuchte er eine Fliege. Während der Alte mit seiner Rede fortfuhr, wurde Mike immer mulmiger zumute. Der Weise verfügte über ein Wissen, das ihm niemand hinterbracht haben konnte. Er stellte Zusammenhänge her, die niemand kannte – außer Mike selbst. Der künftige *mganga* lauschte schweigend. Und mit jedem Wort Oukos gewann er den Eindruck, dass sein Leben, ja sogar sein ganzes Denken für den Mann, der hier in der Einsamkeit lebte, ein offenes Buch sei.

»Du bist in ein Land gekommen, das nicht mehr dein Zuhause ist. Du hast einen Sohn mitgebracht, der nicht weiß, dass du sein Vater bist. Du hast einen Bruder, der dich nicht versteht, eine Frau, die nicht weiß, wer du bist.« Für einen Moment hob der Greis die Augen, bevor er fortfuhr. »Mike

Mzee Ndondi, unter all den Menschen, die ich kenne, bist du derjenige, bei dem mein Herz am meisten blutet, wenn ich ihn ansehe. Du hast vergessen, wer du bist«, zog Ouko das vernichtende Fazit von Mikes Leben.

Der Angesprochene saß in sich zusammengesunken da und sah zu, wie der Alte schweigend aus den Luftwurzeln einer Ranke ein schmales Seil knüpfte. Er hob die Federn des Marabu, die Mike neben dem Feuer abgelegt hatte, eine nach der anderen auf. Sorgsam steckte er sie in das grünbraune Band hinein. Während der künftige *mganga* sich fragte, was der Alte da tat, betrachtete er dessen asketische Gesichtszüge, in die der feine Pinselstrich des Lebens unzählbare Linien gezogen hatte, die von Verzicht und Anspruchslosigkeit erzählten.

Irgendwie erinnerte Ouko ihn an seine Großmutter, die gestorben war, als Mike noch sehr klein war. Sie hatte weiche, gütige Züge und den gleichen nach innen gekehrten Blick gehabt. Sie sprach meist wenig und Mike erinnerte sich an eine Frau, die den ganzen Tag über Mais schälte. Sie tat es mit großer Konzentration, als gäbe es nichts, was wichtiger wäre. Papa Kadenge hatte immer gesagt, die Großmutter sei eine weise Frau.

Vielleicht, dachte Mike, verlieren alle Weisen ihre geschlechtliche Bestimmung. Weil das Körperliche keine wirkliche Bedeutung mehr hat.

Ouko schloss die Augen und begann leise Worte zu sprechen, ein Gebet: »Unter unseren Füßen die Erde, über unseren Köpfen der Himmel. Dazwischen die unsichtbare Kraft, die immer war und immer ist. Mögen jene, die den Boden dieser Erde pflügten und ihre Früchte ernteten, denen ihre Liebe schenken, die sie ehren. So wie auch jene, die waren, von denen beschützt wurden, die vorausgingen.« Er bedeutete Mike, sich neben ihn zu setzten, und befestigte das Band am Kopf seines jungen Gefährten.

»Der Marabu hat dir heute früh diese Federn überlassen.« Ouko neigte seinen Kopf ein wenig zu seinem jungen Begleiter herüber. »Der Marabu ist ein heiliger Vogel, weil er der demütigste von allen ist. Er nimmt sich erst, wenn alle anderen gegessen haben; so lange wartet er. Es sind nicht die Größe und die Kraft, die seine Würde ausmachen, sondern seine unendliche Geduld. Diese Tugend hat ihm Stärke gegeben. Die Federn des Marabu mögen dir seine innere Ruhe verleihen, damit du deiner Gemeinschaft so dienen kannst wie er den Tieren.« Der Alte stand auf. »Wir werden aufbrechen und die Kräuter sammeln, die wir brauchen.«

Mike trottete dem Weisen hinterher. Ein wenig lächerlich kam er sich schon vor mit dem Federputz am Kopf. Aber bald, nachdem Ouko ihm die ersten Heilpflanzen gezeigt und Mike sie in den Beutel aus Ziegenfell gelegt hatte, der an seiner Hüfte hing, spürte er nicht mehr, dass er den Schmuck des Marabu trug.

26

Mit einem Ruck zog Ken die leichten, rosafarbenen Vorhänge vor das Fenster. Er ertrug den Blick auf die andere Seite des Ufers nicht mehr. Dort drüben waren Patrick und sicherlich auch Steve, die ihn in die Freiheit hätten führen können. Stattdessen war er wieder in diesem Gefängnis eingesperrt. Diesmal war es wirklich eines: Seine Entführer hatten die Zimmertür von außen verschlossen.

Joyce hatte ihn für seine Flucht mit Zimmerarrest bestraft, sonst war nichts geschehen. Obwohl Ken, als sie ihn in Mtwapa eingefangen hatte, sogar mit einer Tracht Prügel gerechnet hatte. Als selbst eine Strafpredigt ausblieb, war der Junge zu der Überzeugung gekommen, dass seine Entführer ihm wohl überhaupt nichts tun würden. Außer, dass sie ihn festhielten. Doch dafür hatten sie ihm noch immer keinen Grund genannt.

Der einzige Reim, den das inzwischen eher zornige als eingeschüchterte Kind sich auf die Vorgänge machen konnte, lag in Joyce'Verhalten: Sie tat so, als ob sie Kens Vertrauen gewinnen wollte. Patrick hatte ihm zwar gesagt, dass die Frau keinen Sohn hatte. Aber die Ausstattung dieses Raums, der gewiss dreimal so groß wie sein Zimmer in Berlin war, ließ keinen anderen Schluss zu. Inzwischen hatte er sogar einen Gameboy gefunden, den er jedoch nicht anrührte. Nichts von all den Sachen, die seiner Meinung nach einem anderen gehört hatten, wollte er. Sein einziges Ziel war, zu Hanna zurückzukehren.

Wütend stellte er den Fernseher auf höchste Lautstärke. Es war irgendein indischer Spielfilm, englisch synchronisiert. Aber das war egal. Er würde hier oben so lange Krach machen, bis sie zu ihm heraufkämen und ihn freiließen!

»Ich will raus!«, brüllte er noch lauter als der Fernseherton. Die Anstrengung quittierten seine Lungen mit einem schmerzhaften Hustenanfall, der ihn in Schweiß ausbrechen ließ. Scheiße, dachte er, jetzt fängt das wieder an! Erst der Fluss und die nassen Klamotten, dann die kalte Nacht und am nächsten Morgen die Wanderung durch den Regen. Trotz seiner zehn Jahre kannte er die Signale, die er von seiner angegriffenen Lunge bekam, sehr genau. Hanna hatte ihm oft genug eingeschärft, sich ja nicht zu erkälten. Dennoch hatte er schon zwei Lungenentzündungen hinter sich. Und jedes Mal musste er zwei Wochen lang eisern im Bett liegen. Da war seine Mama erbarmungslos.

Ken warf sich der Länge nach auf das Bett. Wenn sie doch jetzt so für ihn sorgen könnte, wie er es immer gehasst hatte, wenn sie es tat. Er beschwor Hannas Gesicht herauf, aber es wollte ihm nicht gelingen. Aus seinem Rucksack holte er den *kleinen Prinzen*. Die Widmung vorne drin hatte er bislang noch gar nicht bemerkt.

Ich bin immer bei dir. Deine Mama.

Seine Finger glitten über die harmonisch geschwungenen Buchstaben, die vor seinen Augen verschwammen. Er rollte sich zusammen, das Büchlein fest an sich gepresst. Den Krach aus dem Fernseher erstickte er mit einem dicken Kissen, das er sich über den Kopf zog.

Eine Weile hatte er so gelegen, als er die leichte Berührung entlang der Wirbelsäule spürte. Der Lärm war verstummt. Langsam drehte er sich um. Als er Joyce erkannte, wendete er sich wieder ab. Seine Entführerin legte ihm die Hand auf die Stirn. So wie Hanna es oft getan und dann exakt seine Körpertemperatur vorausgesagt hatte, die das Thermometer lediglich bestätigte. Nie hatte sie sich geirrt.

»Du hast Fieber, Kenny.«

Der Junge reagierte nicht. Das wusste er selbst. Er versuchte, den Husten zu unterdrücken. Es gelang ihm nicht.

»Als wir dich gefunden haben, warst du klatschnass. Du wirst dich erkältet haben.«

Ken schwieg eisern.

»Da war einmal eine junge Frau«, begann die sanfte Stimme mit dem harten Akzent zu erzählen, »sie war fast noch ein Kind, 17 Jahre alt. Und sie bekam ein Baby. Einen kleinen Jungen. Aber die Frau war sehr arm und ihr Kind wurde ganz furchtbar krank. Sie hatte kein Geld, um Medizin zu kaufen. Daher glaubte sie, ihr kleiner Junge würde sterben. Aber sie hatte ihn so lieb. Sie wollte, dass er lebte. Er war alles, was sie hatte.« Die sanfte Stimme brach ab.

Ken drehte sich langsam um. Joyce blickte ihn wieder so an, wie er es hasste, weil es ihn verlegen machte. Doch diesmal war es anders: Die Erzählung der zarten Frau, die ihn gefangen hielt und trotzdem so freundlich zu ihm war, hatte ihn neugierig gemacht.

»Warum war der kleine Junge alles, was sie hatte? Wo war denn ihr Mann?«, fragte er.

Joyce schüttelte den Kopf, ganz leicht nur. »Der war weg.«

»Warum? Hatte er sie denn nicht lieb?«

Die Frau am Bett des Jungen lächelte auf eine seltsame Art, die er nicht verstand. »Sie konnte ihn nicht fragen, Kenny. Er hatte sie verlassen.«

Die Geschichte erinnerte Ken daran, dass er seine Mama

auch nicht wiederbekommen konnte. »Und dann?«, erkundigte er sich »Starb der kleine Junge?«

»Nein«, ihre Stimme zitterte kaum merklich, »die junge Frau musste ihn fortgeben. Weit fort. Zu einer anderen Frau, die sie niemals gesehen hatte.«

»Das ist aber gemein! Da war sie bestimmt traurig«, sagte das Kind leise.

»Ja, sehr. Sie bekam einmal einen Brief mit einem Foto …« Joyce' Stimme brach. Mit ihrem langen, moosgrünen Schal wischte sie sich über das Gesicht. Dann lächelte sie Ken an. »Es ging ihm gut. Das konnte sie sehen. Er war groß geworden und gesund.« Sie schwieg. Ohne es zu merken, hatte sie seine Hand genommen und hielt sie fest. Als Ken das bewusst wurde, zog er sie zurück.

»Das ist eine traurige Geschichte.« Auf seiner Brust umklammerte er Hannas *kleinen Prinzen*. Er zeigte Joyce das Buch. »Kennst du das? Das ist Mamas Lieblingsbuch. Irgendwie ist deine Geschichte wie die vom Prinzen.«

»Leihst du mir das Buch mal? Ich kenne es nicht.«

»Ich weiß nicht«, entgegnete Ken. »Ist deine Geschichte zu Ende?«

»Nein, Kenny, sie geht immer weiter. Weißt du, die traurige junge Frau hat ihren kleinen Jungen dann wiedergetroffen. Aber er war ganz groß geworden. Plötzlich stand er vor ihr. Sie wusste nicht, dass er zurückgekommen war, aber sie erkannte ihn sofort wieder. Sie wurde fast verrückt vor Freude.«

»Und er?«, fragte Ken gebannt. »Was hat der Junge gesagt?«

Joyce hob die schmalen Schultern. »Er konnte ja nicht wissen, dass seine eigene Mutter vor ihm stand. Als er sie verlassen musste, war er noch ein Baby gewesen.«

»Und dann?«, drängte Ken gespannt.

Joyce stand von seinem Bett auf. Der Junge sah ihr nach, wie sie barfuß über die hellen Steinfliesen schritt. Wie sie so den langen Saum ihres Kleides hinter sich herzog, schien sie wieder die Meernixe zu sein, die von einer großen dunklen Welle getragen wurde. Joyce öffnete die Vorhänge und die Sonne schien hell herein. Dann drehte sich die Frau zu dem Kind um, das sie mit einer Mischung aus Faszination und Abneigung musterte.

»Aus dem Mädchen von damals war eine Erwachsene geworden. Sie hatte einen Mann gefunden, der sie sehr liebte und ihr jeden Wunsch erfüllte. Er kaufte ihr ein großes Haus, doch sie war sehr einsam darin, obwohl es sogar Diener gab. Denn ihr Sohn fehlte ihr so sehr, dass sie nicht glücklich wurde. Nun wusste sie, dass ihr kleiner Junge, der ein großer Junge geworden war, ganz in ihrer Nähe war. Aber ihr Mann sagte ihr, dass ihr Sohn schon ganz bald wieder weit fort wäre.«

Joyce setzte ihre Wanderung fort, bis sie wieder an Kens Bett stand. Sie blickte das Kind offen an. »Da machte sie einen Fehler. Einen ganz schrecklichen Fehler.«

»Was hat sie getan?«, fragte Ken besorgt.

»Sie ließ den Jungen holen.« Joyce sprach den Satz direkt in das Gesicht des Kindes.

Ken litt mit den beiden Personen in der Geschichte, die Joyce ihm erzählt hatte, so offenkundig mit, dass er nicht verstand, was diese Worte bedeuteten. »Und jetzt sind sie wieder zusammen!«, stellte er erleichtert fest.

»Ja, jetzt haben sie sich wieder. Mutter und Sohn. Nach achteinhalb Jahren.«

»Dann ist der Junge jetzt doch noch gar nicht so groß, wie du sagst.« Kenny rechnete nach. »Ist er neun?«

Joyce setzte sich wieder auf die Kante seines Bettes und strich ihm über den Kopf. »Er ist schon sehr groß geworden. Er ist jetzt zehn.« Sie tastete nach seiner heißen Hand. »Du hast Fieber, mein Junge, wir müssen einen Arzt rufen. Diesmal habe ich alle Möglichkeiten, um dich wieder gesund zu machen«, sagte sie zärtlich.

Erneut machte Ken sich frei. Wachsam geworden richtete er sich auf. »Warum hast du mir das erzählt?«, fragte er.

»Du, Kenny, du bist der Junge, den die junge Frau als kleines Kind hergeben musste. Es ist unsere Geschichte, die ich dir erzählt habe. Wir beide haben uns wiedergefunden.«

Der Junge schüttelte hilflos den Kopf. »Nein, du bist nicht meine Mutter. Die ist tot. Sie war Papas Schwester.«

»Die Frau, die verlassen wurde, das bin ich. Doch der Mann, der mich verlassen hat, das war dein Papa. Mike ist dein richtiger Vater. Und ich bin deine Mutter.«

Ken blickte auf das Buch in seinen Händen. »Aber Hanna ist doch meine Mama. Nicht du.«

»Nein«, sagte Joyce zart, »noch bin ich wohl nicht deine Mama. Aber ich möchte es gerne werden, Kenny.«

»Das kannst du nicht. Das ist unmöglich. Hanna wartet auf mich.« Er rutschte in die äußerste Ecke des Betts. Die Knie schützend vor den Bauch gezogen, starrte er Joyce an.

Sie war jetzt wieder die falsche Meernixe, die ihn mit süßen Worten umgarnte. Ken glaubte ihr keines davon.

27

Die Trauer und Ratlosigkeit, die der seltsame Abschied von Vince' Freundin Edith in Hanna hinterlassen hatte, verwandelte sich in eine rasende Wut, die ein Ventil brauchte. Mike irgendwo im Busch, Ken von einem dubiosen Papa Paul verfolgt – und sie wurde um Geld angebettelt.

»Lasst mich in Ruhe«, sagte sie barsch. »Ich gebe euch kein Geld!«

»Kein Geld geben müssen«, antwortete die in bunte Tücher gewickelte Frau freundlich. Sie faltete ein Blatt Papier auseinander, das sie Hanna zeigte. Es war das improvisierte Fahndungsposter. »Du Ken suchen. Perpetua sagen: Ken finden.« Sie strahlte die deutsche Frau übers ganze Gesicht an. »Perpetua alles wissen!«

Hanna hatte der flüchtigen Begegnung am Strand keine Bedeutung beigemessen. Umso überraschter war sie jetzt. »Entschuldigung«, meinte sie reumütig. »Ich habe Sie nicht gleich erkannt.«

»Das sein okay.« Wieder lachte Perpetua und schob den kräftigen Jungen neben sich nach vorn. »Das sein Patrick. Er wissen, wo Ken sein.«

Ein halb nackter Junge in fadenscheiniger Turnhose – ausgerechnet der sollte sie auf Kens Spur bringen? »Tatsächlich?«, fragte sie verblüfft. »Wo ist er?«

»In dem Haus von Papa Paul«, antwortete Perpetua und

strahlte sie mit der Gewissheit eines Menschen an, der einem anderen soeben ein kostbares Geschenk gemacht hatte.

Hanna konnte damit noch nichts anfangen, denn aus dieser neuen Information ergaben sich zu viele Fragen, die sie völlig verwirrten: Was tat Ken bei dem Deutschen? Hatte Vince ihn im Auftrag von Mike dort abgeliefert? Und wenn ja, warum? Das ergab doch keinen Sinn! Die zielstrebige Edith fürchtete sich offenkundig vor dem Deutschen. Und ihr selbst war der Typ auch nicht besonders vertrauenerweckend erschienen. Solch ein Mann war doch kein Aufpasser – oder was auch immer – für ihren geliebten kleinen Ken, der sich gewiss nach ihr sehnte. Mike könnte all das aufklären. Doch in welchem »Busch« sollte sie ihn suchen? In seinem Heimatdorf? Das müsste sie erst mal finden!

Und dann dieses eigenartige Duo, das ihr die Nachricht überbrachte! Wieso boten die beiden ihr Ken gewissermaßen auf dem Silbertablett an? Sie überlegte fieberhaft, wie sie sich verhalten sollte. Bloß nichts überstürzen, warnte sie eine innere Stimme. Besser erst klären, ob sie den beiden trauen konnte!

»Woher wisst ihr das?«, fragte Hanna.

»Ken ist mein Freund«, erklärte der muskulöse Junge mit großer Ernsthaftigkeit. »Ich war mit ihm. Ken wollte anrufen dich. Da war nur die Antwortmaschine. Dann Papa Paul kam, Ken rannte weg, ich mich versteckte. Aber er nicht wollte mich.« Er hob die Achseln. »Meine Freunde vom *creek* sagen, Ken ist zurück in Haus von Papa Paul. Ich konnte nicht helfen ihm mehr. Ich traf Perpetua am Strand, sie fragte, ob ich wusste, wo Ken ist. Jetzt wir sind hier.«

Was für eine wahnsinnige Räuberpistole!, dachte Hanna. Sie konnte sich darauf keinen Reim machen. Aber etwas in der Art, wie der halb nackte Junge sie erzählte, gab ihr das Gefühl, dass er sie nicht anlog. Sie entschloss sich zu einem Test, der in diesem armen Land gewiss funktionierte: Umständlich kramte sie aus ihrem Rucksack etwas Geld hervor, das sie dem Helferduo anbot. Beide lehnten ab. Hanna hielt das für ein gutes Zeichen. Falls die beiden ihr einen Bären aufbinden wollten, so geschah dies anscheinend nicht aus Eigennutz.

Die Worte der Strandhändlerin schienen ihre Gedanken zu bestätigen: »Perpetua helfen Mama Ken für Lohn von Gott.« Sie deutete auf ein Haus, dessen aus Metallresten bestehende Fassade wie eine Blechdose aussah. »Das sein unsere Kirche. Du kommen und beten mit uns. So sagen danke, wenn Ken finden. Okay?« Sie drückte Hanna an sich. »Patrick dir zeigen Haus von Papa Paul. Er wissen. Ich gehen müssen.«

Die Deutsche blickte der bunt gekleideten Frau nach. Was für ein bemerkenswerter Auftritt, dachte sie. Konnte es das geben, dass jemand seine Hilfe aus reiner Menschenliebe anbot? Das widersprach völlig den Erfahrungen, die sie in diesem Land gemacht hatte. Nicht etwa, weil die Menschen kaltherzig waren, sondern weil sie davon ausgingen, dass Weiße die Hilfsbereitschaft Einheimischer gewissermaßen automatisch mit Geld entlohnten. Diese Überlegung im Hinterkopf, beschloss sie, besonders wachsam zu sein. Doch letzten Endes wäre sie jedes Risiko eingegangen, wenn es ihr denn in Aussicht stellte, Ken wiederzufinden.

Patrick sprach zwei Männer an, die neben ihren Fahrrädern warteten. Für ein paar Schillinge schaukelten sie ihn und seine Begleiterin über die staubige Straße von Mtwapa und ausgetretene Trampelpfade durch die Felder. Hanna kannte diese Art der Personenbeförderung aus den lustigen Tagen mit Mike, in denen das Velotaxi für sie ein Spaß gewesen war. Auf diese Art zu Ken gebracht zu werden entsprach nicht ihren Erwartungen an den erhabenen Augenblick, endlich ihr Kind wiederzusehen. Hanna hatte längst die Orientierung verloren, als ihr jugendlicher Begleiter gelenkig vom Rad sprang. Die beiden schlugen sich durch dichtes Buschwerk.

»Ist es noch weit?«, fragte Hanna und versuchte, sich die Sorge um ihre eigene Sicherheit nicht anmerken zu lassen. Diese Gegend machte nicht den Eindruck, als ob der Deutsche hier leben würde. Der Junge kletterte ungerührt einen Hang hinunter.

»Du nicht aussiehst wie Mutter von Ken.« Patrick sagte den simplen Satz völlig beiläufig. Die Deutsche fühlte sich immer unwohler – es war kein Mensch zu sehen. Sie presste ihren Rucksack an die Brust und richtete sich auf eine unangenehme Überraschung ein: Dies konnte durchaus ein Hinterhalt sein. Dass der Junge im Dorf ihr Geld abgelehnt hatte, mochte durchaus bedeuten, dass er ihr jetzt alles rauben wollte ... Aber sie tastete sich den Hang tapfer abwärts. Es konnte ja auch sein, dass ihr kleiner Begleiter das Richtige tat: Eine große Auswahl vertrauenswürdiger Führer hatte sie schließlich nicht.

Ein letztes Mal bog Patrick die Zweige auseinander, dann befand Hanna sich auf dem weißen Sand des schmalen Meerarms. Auf der gegenüberliegenden Seite türmte sich das Ufer zu einem Steilhang auf.

»Das ist das Haus von Papa Paul«, erklärte Patrick.

Haus ist gut, dachte Hanna, das sieht eher nach einer Villa aus. Noch dazu schien das Anwesen unerreichbar auf halber Höhe des Hangs zu liegen. Der Junge deutete auf den weit über den Fluss ragenden, ockerfarbenen Felsen. »Ken sprang runter dort.«

Hanna ging unwillkürlich einige Schritte nach vorn, das Wasser benetzte ihre Schuhe. Erschrocken wich sie zurück und versuchte die Entfernung abzuschätzen. Es mochten wohl zehn Meter sein! Ihr kleiner Kenny war dort runtergesprungen?

»Das ist nicht wahr!«, sagte sie entsetzt. »Das ist viel zu hoch.«

»Er sagt, Papa Paul ihn hat entführt. Er wollte weglaufen. Erst ich nicht ihm glauben. Aber jetzt ich weiß, er Recht hat.«

»Entführt?« Die entsetzte Mutter hatte sich das alarmierende Wort aus Patricks Sätzen herausgepickt und konnte nichts damit anfangen. »Warum hat dieser Papa Paul das getan?«

Doch der Junge wusste keine Erklärung.

Welchen Horror hatte ihr Kind in diesem Land erlebt? Ob Mike das wusste? Unmöglich, dachte sie und sie kam nur auf eine Lösung: Vince. In seiner Gesellschaft hatten die deutschen Urlauber Ken zuletzt gesehen. Kurz bevor der Junge zum Flughafen fahren wollte. Außerdem hatte Mikes Bruder massive Geldprobleme. Steckte er deshalb hinter Kens Entführung? Doch warum hatte sich dann niemand bei ihr gemeldet? Andererseits konnte Vince nicht so naiv sein, dass er von ihr...

Nein, rief Hanna sich zur Ordnung, das alles führte zu nichts. Der Grund musste woanders liegen: Das Büro von *Karibu-Tours* befand sich direkt neben dem Restaurant dieses Deutschen, der hier wohnte. Vielleicht, folgerte sie, existierte zwischen diesen beiden Männern eine unheilvolle Verbindung, die alles erklärte.

Jetzt musterte sie den Felsen und dachte an das Krankenhaus, in dem sie neun Monate an Kens Seite verbracht hatte.

Dieser Junge war einfach zehn Meter tief gesprungen. Es war niemand da, der seinen verzweifelten Mut belohnt hatte. Niemand, der Hannas stummes Flehen und Beten um sein Leben, das einst am seidenen Faden gehangen hatte, kannte. Alles hätte vorbei sein können …

Eine Gruppe von Halbwüchsigen, die Hanna erst jetzt bemerkte, lungerte unter den niedrig hängenden Zweigen der Mangroven herum. Die meisten waren mit kaum mehr als einer Turnhose bekleidet, ihre mageren Kinderkörper sandig. Hanna zögerte einen Augenblick; sie schätzte, dass es mindestens ein Dutzend Jungen waren, vielleicht mehr. Wo konnte sie hier Hilfe bekommen, falls …? Einige hundert Meter flussaufwärts lagen teure Hochseeboote am Ufer vertäut. Direkt gegenüber, unterhalb der Türmchenvilla, ankerte eine Yacht. In Richtung Meer, etwa einen halben Kilometer entfernt nahe der Öffnung des *creek*, befand sich eine große Marina mit einem halben Dutzend Schiffen.

»Meine Freunde tun nichts dir. Wir leben hier, einige machen etwas Geld an dem Strand«, beruhigte Patrick sie.

Die Jungen kletterten über die Luftwurzeln der Mangroven, in eindeutig abwartender Haltung, die Körper leicht vorgebeugt. Sie schienen die weiße Frau zu taxieren. Die Deutsche atmete tief durch und ging mit festen Schritten auf die Jugendlichen zu.

»Hallo, ich bin Hanna«, sagte sie eine Spur zu forsch und zu laut.

»Sie ist die Mama von Ken«, erklärte Patrick.

Dieser Satz änderte alles. Die abwartende Haltung der Kinder löste sich in Lachen auf, sie umringten die Fremde. Plötzlich waren sie in Hannas Augen nicht mehr eine Horde Jugendlicher, die ebenso gut in ihr das potentielle Opfer eines

Beutezugs sehen konnten. Die Kinder redeten gleichzeitig in Suaheli und gebrochenem Englisch durcheinander, so dass Hanna kaum etwas verstehen konnte. Sie lobten Kens Mut und priesen sich selbst für ihre kriegerische Taktik, die zu seiner erfolgreichen Flucht vor Papa Paul geführt hatte. Hanna gab den Jungs Geld, denn sie wusste keine andere Art, um sich bei ihnen zu bedanken. Sie stürzten sich darauf wie hungrige Wölfe.

Ihrem Führer Patrick schien dieses Verhalten nicht zu gefallen. »Alle von uns sind ohne Eltern. Wir nie haben Geld.« Es klang fast wie eine Entschuldigung. »Die meisten von uns sind nicht erlaubt, zu gehen an den Strand. Die Polizei festnahm uns zu oft.«

»Und von was lebt ihr?«, fragte die Deutsche.

In diesem Augenblick fuhr eine Luxusyacht vorbei, auf der weiße Männer mit Bierflaschen in der Hand ausgelassen feierten. Sehnsüchtig blickten einige der Kinder dem Schiff nach. Ein Junge stürzte sich in das braune Wasser, um auf sich aufmerksam zu machen.

»Nimmt euch solch ein Schiff manchmal mit?«, erkundigte sich Hanna mit wachsenem Unmut.

»Wir immer sind hungrig«, gab Patrick vielsagend zurück.

Hanna, deren mütterliche Sorge es war, dass ihr Ken – so alt wie einige dieser Jungs – niemals mit fremden Männern mitging, spürte eine Ohnmacht gegenüber Verhältnissen, die zu ändern außerhalb ihrer Macht lag.

Sie wollte auf der Stelle zur Villa auf der anderen Seite des Ufers, denn jener Verdacht, der in ihr nur geschlummert hatte, ließ sie keine Sekunde mehr zögern. Die Kinder schoben das Kanu ins Wasser und die Deutsche kletterte unsicher in das schwankende, schmale Schiffchen. Während ihr Fährmann sich mühte, das Boot hinüberzupaddeln, fragte Hanna: »Was geben die Männer auf den Schiffen euch?«

»Ich tue nicht machen das!«, wehrte der Teamstratege ab. Doch er rühmte sich, dass er »Geschenke« wie Walkman und Gameboy in Mombasa verkaufe. »CD-Walkman bringt bestes Geld«, lobte der junge Händler gescheiterter Kinderhoffnungen sein Geschick. »So wir können bezahlen für die Schule.«

Hanna erinnerte sich an Mikes Berichte, wie er vergeblich versuchte hatte, seinen Unterricht zu finanzieren. Er hatte sich nicht an die weißen Urlauber verkauft. Trotzdem konnte ihr Mann damals immer nur eins: Geld mit kleinen Dienstleistungen verdienen oder die Schule besuchen.

Unterhalb der Villa angekommen, wies Mikes Frau ihren Fährmann an umzukehren und legte einige Schillingscheine auf den Boden des Bootes. Während Hanna vor dem hohen Zaun wartete, blickte sie auf die andere Seite des Ufers; die Jungs hatten das Kanu an Land gezogen, sie selbst lauerten kaum sichtbar unter den Zweigen und zwischen den Luftwurzeln. Jedes Mal, wenn ein Schiff vorbeifuhr, tauchten einige der Jungs unter den Büschen auf. Möglicherweise, um die winzige Chance dieses Tages zu erhaschen...

Über ihrem Kopf hörte Hanna ein Surren. Sie blickte direkt in die Linse einer vollautomatischen Kamera, die nun auf sie gerichtet war. Die Besucherin fragte sich, wie sie reagieren sollte. Ihr fiel nur ein, das letzte ihr verbliebene Poster Kens vor die Linse zu halten. Das tote Auge des Geräts starrte sie unverwandt an.

Was kann ich schon ausrichten gegen Menschen, die solche Möglichkeiten haben?, dachte sie. Und kam sich regelrecht hilflos vor – mit nichts auf ihrer Seite als ihrer Liebe zu Ken.

28

Die Tür zu Kens Zimmer öffnete sich und Papa Paul trat ein. »Liebes, tut mir Leid, euch stören zu müssen. Wir haben ein Problem.«

Ken war fast froh, dass der rothaarige Deutsche das Gespräch zwischen ihm und Joyce unterbrach. Er wollte nichts mehr hören von falschen und richtigen Müttern. Und einem Papa, der doch sein richtiger Vater war. Warum hatten ihm all das nicht Hanna und Mike erzählt, wenn es denn stimmte?

Mit einer ungeduldigen Geste bat Joyce ihren Mann, Ken und sie allein zu lassen: »Nicht jetzt, Paul, bitte. Das ist ein schlechter Augenblick.« Der schwergewichtige Deutsche kam dennoch näher, beugte sich zu seiner Frau herunter, die an Kens Bett saß, und flüsterte ihr etwas ins Ohr.

Als sie sich Ken zuwendete, hatte Joyce wieder jenen sanften Ausdruck im Gesicht, den sie schon vor Papa Pauls Eintreten gehabt hatte. »Kenny, der Arzt kann nicht hierher kommen.« Sie erhob sich und begann Ken eine Decke und einen warmen Pullover herauszusuchen, während sie fortfuhr: »Wir haben ein schönes Haus in Mombasa. Es wird dir dort gefallen. Und der Arzt ist sehr gut. Er macht dich gesund.«

Papa Paul streckte ihm die Hände entgegen: »Komm, kleiner Mann.«

Das ganze Misstrauen des Jungen war geweckt. Er hatte das deutliche Gefühl, dass sie über ihn gesprochen hatten und nicht über einen Arzt.

»Kenny, lass uns fahren«, bat Joyce. »Wir wollen doch nicht, dass die Mutter ihr Kind ein zweites Mal verliert.«

Aber ihr Sohn rührte sich nicht. »Was ist mit meinem Papa? Weiß er, dass ich bei dir bin?«

Joyce hielt seinem Blick nicht stand. Ihr Mann sprang für sie ein: »Klar, weiß er das, kleiner Mann. Dein Onkel hat es ihm gesagt.«

Der Junge sah die Kenianerin aufmerksam an: »Und Papa ist wirklich mein ganz richtiger Vater?«

»Keine Lügen mehr, Ken. Versprochen. Es wird alles gut. Sobald du wieder gesund bist, werden wir zu Mike fahren. Dann kannst du ihn selbst fragen«, beruhigte ihn Joyce.

»Und das geht?«

»Ich werde dafür sorgen, Kenny. Aber jetzt müssen wir los«, verlangte seine Mutter.

Das vom Fieber geschwächte Kind hatte nicht die Energie, weitere Fragen zu stellen. Es ließ sich zu dem mit laufendem Motor wartenden Geländewagen bringen, neben dem die beiden Leibwächter Alfred und Jonas warteten. Sie halfen Ken in den Fond, wickelten ihn in die Decke und flankierten ihn wie geübte Leibwächter. Er sah, dass Joyce nicht einstieg. Ihr vertraute er zwar auch nicht, aber die sanfte falsche Fee schien für ihn wesentlich mehr Verständnis aufzubringen als die drei kräftigen Männer, die ihn wie einen Gefangenen transportierten.

»Und du?«, schrie Ken entsetzt.

»Ich komme bald nach. Ganz schnell. Aber erst muss ich etwas Wichtiges erledigen. Glaub mir, ich mache alles richtig, Kenny!«, rief Joyce.

Der dicke Papa Paul lenkte das Auto selbst vom Grundstück. Die Frau, die sich ihm als seine tatsächliche Mutter vorgestellt hatte, winkte ihm von der Auffahrt aus nach. Warum schickte sie ihn ausgerechnet jetzt weg? Nein, er hatte keinen Grund, ihr zu trauen. Er saß eingezwängt zwischen den beiden kräftigen Männern und hatte wieder einmal das Gefühl, sie passten auf, dass er nicht davonlief. Er hatte schon längst beschlossen, es zu tun. Doch diesmal würde er gleich versuchen, Steve am Strand zu finden, um sich mit ihm zu Mike durchzuschlagen.

Sie hatten gerade die Abzweigung von der Hauptstraße nach Shanzu Beach, wo sich Onkel Vince' Büro befand, hinter sich gelassen, als Ken wieder einmal glaubte, die richtige Idee zu haben. Er rutschte unruhig zwischen den beiden Leibwächtern Alfred und Jonas herum. »Ich muss mal!«

»Du wirst es aushalten. Wir fahren nicht weit«, gab der Deutsche zurück. Er schien sogar noch mehr Gas zu geben.

»Ich mach mir in die Hose!«, schrie Ken. »Anhalten!«

»Du bist eine Nervensäge«, meinte der Dicke gelassen und überholte ein *matatu*. »Von mir aus kannst du alles voll pinkeln. Das sind Ledersitze, die kann man abwischen.« Dann sagte er auf Englisch etwas zu seinen Leibwächtern. Alfred und Jonas blickten auf den Jungen herab und grinsten ihn an. Gleichzeitig rückten sie ein kleines Stück von ihm ab.

Okay, dachte Ken, es muss sein. Die glaubten wohl, mit ihm könnten sie alles machen. Er konzentrierte sich, hob den Po und presste. Ein entsetzter Aufschrei des langen Jonas folgte. Es lief unter der Decke entlang, in die Ken gehüllt saß, und tropfte auf den hellen Teppichboden des Landcruiser. Der Junge hob seine Füße. Er war zufrieden mit seinem Werk.

Bei voller Fahrt betrachtete der dicke Deutsche die Bescherung kopfschüttelnd. »Du bist wirklich nicht zu unterschätzen, kleiner Mann. Aber mit so ein bisschen Pisse kannst du mich nicht beeindrucken.« Er warf Jonas eine Schachtel Kleenex zu, die der geschickt auffing. Er begann unverzüglich, alles trocken zu wischen. Alfred machte eine Bemerkung auf Suaheli, woraufhin Jonas dem kleineren Kollegen die Tissues zuwarf.

Ihr Chef grinste breit. »Die beiden sind richtige Krieger, wusstest du das eigentlich? Jonas ist ein Massai. Diese Leute lieben Tiere, aber nichts verabscheuen sie mehr, als wenn Menschen sich wie Tiere benehmen. Und Alfred ist ein Turkana. Die Turkana sind dafür bekannt, dass sie ihre Gegner ganz dicht an sich herankommen lassen. Dann schneiden sie ihnen die Kehle durch.«

Ken beobachtete die beiden Krieger bei der keineswegs ruhmbringenden Tätigkeit, die sie gerade ausführten. Beide kauten konzentriert Kaugummi; ihre starken Muskeln glänzten.

Jonas gab einen übelgelaunten Kommentar von sich, was in Kens Ohren klang wie das Knurren eines Hundes, der an der Leine seines Herrchens doch nicht beißt. Es begann ihm Spaß zu machen, die beiden angeblich so gefährlichen Männer zu ärgern. Für ihn war es ein Kräftemessen, das er unter dem unsichtbaren Schutz der seltsamen afrikanischen Fee auf jeden Fall gewinnen konnte.

»Ich muss jetzt mal groß«, behauptete Ken trotzig.

Papa Paul legte den Kopf in den Nacken, lachte laut und tief: »Das würde ich mir an deiner Stelle aber gut überlegen!«

»Du kannst meiner angeblich Mutter ja sagen, dass deine Leibwächter mich aufgeschlitzt haben, weil ich mal musste«, konterte Ken.

»Du bist wirklich ein ausgekochter Bengel!« Der fahrende Deutsche verlangsamte das Tempo. »Was habe ich mir mit dir bloß eingehandelt?«

»Da hast du selbst Schuld.«

»Womit du nun wieder Recht hast.« Er beschleunigte das Auto erneut und gab den Leibwächtern gleichzeitig eine Anweisung. Die beiden Männer tauschten daraufhin einen entsetzten Blick, der Kens kindliche Überlegungen bestätigte: Diese Kettenhunde würden nicht beißen. Und der Deutsche würde es ihnen nicht befehlen.

Natürlich ging es nicht, obwohl Ken sich alle Mühe gab und sein Kopf vor Anstrengung fast zu platzen schien. Der immer wiederkehrende Husten raubte ihm alle Kraft.

»Warum machst du's dir so schwer? Sieh dich doch mal um.«

Sie fuhren jetzt über die breite Nyali-Brücke nach Mombasa hinein. Zu beiden Seiten drängten sich die Holzhütten, Hochhäuser wechselten sich mit offenen Handwerksbetrieben ab und überall waren Kinder am Straßenrand. Sie ärgerten sich, rannten hintereinander her, nahmen sich gegenseitig Sachen weg, trugen ihre kleineren Geschwister auf dem Rücken herum.

Sie haben es gut, dachte Ken, die können tun, was sie wollen.

»Möchtest du so leben wie die?«, hörte er seinen Entführer fragen. Er gab sich selbst die Antwort: »Du sitzt in einem teuren Auto und wirst spazieren gefahren. Nachher wird dich ein Arzt untersuchen und dir Medizin gegen dein Fieber geben. Kleiner Mann, du hast Menschen gefunden, die auf dich aufpassen und sich um dich sorgen. Aber du pinkelst ins Auto. Findest du nicht selbst, dass das ziemlich bescheuert ist?«

Ich will zu Hanna nach Hause, dachte Ken und schwieg. Er hatte jetzt keine Lust mehr, die drei Männer zu ärgern: Die Hustenanfälle ließen seine Brust schmerzen.

Der Landcruiser fuhr eine Weile durch belebtere Straßen, in denen Ken auch einige Europäer ausmachte, die bei Andenkenhändlern einkauften. Dann tauchte das Auto in ein Gewirr aus kleinen Gassen ein, in denen es unfreiwillig halten musste, weil ein anderer Wagen die Straße versperrte. Schließlich rangierte Papa Paul den Landcruiser in eine Parklücke.

»Endstation«, sagte er und entriegelte die Türen.

Sie gingen wenige Meter weiter auf ein gepflegt wirkendes Haus mit hohen, spitz zulaufenden Fenstern zu, in dessen Erdgeschoss sich ein Textilgeschäft befand. Eine schwere Holztür wurde aufgestoßen, dahinter ein dunkler Flur, in dem es nach Feuchtigkeit und scharfen Gewürzen roch. Die beiden Männer schoben Ken eine Treppe ins erste Stockwerk hoch.

Neben der mit Schnitzerei verzierten Tür glänzte eine Metalltafel mit Drucktasten. Der Deutsche gab einen Zahlencode ein, dann stieß er die Tür auf. Der große Raum, in den Ken trat, war hell, obwohl lange, cremefarbene Vorhänge das Sonnenlicht filterten. Es standen wenige, schwere Möbel herum, zu beiden Seiten führten Türen in andere Räume.

»Hier habe ich deine Mutter kennen gelernt. Vor zwei Jahren habe ich das Haus gekauft.« Die Hände in den Taschen seiner weiten Hose vergraben, stand der massige Mann in der Mitte des Zimmers. Er wirkte wie jemand, der etwas besaß, von dem er nicht wusste, was er damit anfangen sollte. Schwerfällig ließ er sich in einen breiten Sessel fallen.

Ken blickte zu der großen Holztür, durch die sie eingetreten waren: Sie schien sehr schwer zu sein.

»Du bist Kenianer, kleiner Mann. Dies ist dein Land. Irgendwann wirst du in dieser Stadt leben, in diesem Haus. Du wirst hier Kinder haben. Du wirst verstehen, dass deine Mutter und ich Recht hatten, dich hierher zu holen.«

»Ich gehöre dir nicht! Auch, wenn Joyce wirklich meine Mutter sein sollte. Warum kann ich nicht mit meiner Mama und meinem Papa sprechen? Ich muss ihnen sagen, wo ich bin!«

»Weil die das auch nicht verstehen. Sie möchten, dass du ein armseliges Leben in Deutschland führst. Anstatt all das hier zu besitzen.«

»Ich will das hier alles nicht!«

»Noch nicht. Aber später. Glaub mir, später wirst du erkennen, dass deine Mutter es gut mit dir meint. Und ich auch.« Aus der Hosentasche holte er eine kleine Schachtel, deren Deckel er aufschnappen ließ. Jonas brachte eine Wasserkaraffe und ein Glas, dann schenkte er seinem Chef ein. Der schluckte rasch hintereinander zwei Tabletten.

»Bist du krank?«, fragte Ken, während er sich millimeterweise zur Tür schob.

Sein Entführer überhörte die Frage; er gab dem muskulösen Alfred einen Wink, der daraufhin die Tür verriegelte.

»Ich habe nicht immer so gelebt«, fuhr der Deutsche fort. Er deutete auf die Einrichtung der Wohnung, die Ken an ein Museum erinnerte, in dem er mit Hanna und Mike einmal gewesen war. »Als ich in dieses Land kam, hatte ich in Deutschland alles verloren. Meine Firma, meine Familie, meine Frau, meine Kinder und mein Haus. Mir war nur noch Geld geblieben. Und damit fing ich wieder von vorn an. Hier, in Mombasa. Nach ein paar Jahren hatte ich alles wieder. Nur keine Familie.«

Er stand auf und reckte sich. Wie ein schwerfälliger, tapsiger Bär näherte er sich Ken. »Du denkst immer noch, dass wir dich entführt haben, nicht wahr?« Er legte dem Jungen seine schwere Hand auf die Schulter, die das Kind an eine Löwenpranke erinnerte. »Entführer verlangen etwas. Meine Frau und ich, wir wollen nichts. Im Gegenteil: Beschenken wollen wir dich, deine Familie sein, dir alles geben, was wir haben.« Der sich so freundlich stellende Mann blickte Ken nachdenklich an. »Du wirst einen Lehrer bekommen, der dich unterrichtet. Für jeden Fortschritt, den du machst, erhältst du eine Belohnung.« Er machte eine Pause. »Du wolltest doch immer schon mal zu den Löwen?«

Ken schüttelte energisch den Kopf.

»Jonas kommt von dort, wo die Löwen sind. Er wird uns zeigen, wo sie leben. Dir, Joyce und mir.«

Ein rasselnder Klingelton ließ den Jungen zusammenfahren. Im gleichen Augenblick setzte der schmerzhafte Husten erneut ein.

»Das wird der Arzt sein. Sei bitte nett zu ihm. Der Mann kann nichts dafür, dass du hier bist. Er will dir nur helfen«, erklärte Papa Paul.

Jonas öffnete die Tür, ein älterer Mann mit altmodischer Brille, weißem Turban und einem Gewand, aus dem unten helle Hosenbeine hervorguckten, trat ein, eine schwere Ledertasche in der Hand. Der indische Arzt horchte Ken sorgfältig ab, besprach sich mit Papa Paul.

Der blickte Ken besorgt an: »Es ist ernst, Junge, du hast eine schwere Lungenentzündung. Vielleicht denkst du ja, dass wir furchtbar böse Menschen sind. Aber deine Hanna würde mit dir nichts anderes machen, als dich ins Bett zu packen. Hast du mich verstanden?«

Der Junge nickte stumm. Es war genau das eingetreten, was er befürchtet hatte. Warum nur musste er immer wieder krank werden? Obendrein jetzt, wo seine Mama nicht bei ihm war. Der Arzt gab ihm ein Antibiotikum, das Ken gehorsam schluckte. Als die Behandlung abgeschlossen war, geleitete der Hausherr den Arzt hinaus.

»Hör mal«, bat Ken so ungewohnt kleinlaut, dass Papa Paul sich ihm erstaunt zuwendete, »kann ich nicht wenigstens meine Mama anrufen? Sie macht sich so viel Sorgen. Ich muss ihr doch sagen, dass ich sie lieb habe. Bitte. Kannst du mir nicht das erlauben?«

Der Mann schien über Kens Wunsch nachzudenken. Doch er ließ das Kind im Ungewissen: »Ich werde sehen, was sich machen lässt.«

Der Junge schlich zum Fenster. Es ließ sich öffnen. Er befand sich im ersten Stockwerk. In einem Film hatte er gesehen, wie jemand Bettlaken aneinander knotete und daran herunterkletterte. So könnte es gehen, überlegte der Junge und kroch zurück ins Bett. Erst musste er wieder gesund werden und dann wäre er eines Tages verschwunden. Ken stellte sich jetzt schon das dumme Gesicht von Papa Paul vor.

Diesmal würde er sich nicht einfangen lassen, sondern gleich gemeinsam mit Steve zu Mike laufen. Seinem Papa. Er würde ihm sagen, dass er ihn lieb hatte, und ihn bitten, ihn gesund zu machen. Denn sein Vater war doch jetzt ein Arzt, ein Buscharzt. Auch wenn Mike ihm solche Narben zufügen sollte, wie er sie selbst hatte, machte das nichts. Das würde ihn stark machen. So stark wie seinen Papa. Seine Hand umklammerte den Talisman, den Großvater Kadenge ihm geschenkt hatte.

29

Seit mehreren Stunden schon bemühte sich Mike die Wurzeln aus dem Boden zu graben. Ihm stand ebenso wie Ouko nur eine schmale Eisenschneide zur Verfügung, die an einem Holzgriff befestigt war. Der Boden war zwar nicht sehr hart, aber entweder schlug Mike so fest zu, so dass sich das Sisalband löste, welches das Werkzeug zusammenhielt, oder seine Handflächen schmerzten wegen der ungewohnten Belastung. Bislang lag gerade mal eine kleine, verkrümmte Wurzel in Mikes Fellsäckchen. Wieder stoppte er und blickte zu dem alten *mganga* hinüber, dessen Tasche bereits eine ansehnliche Wölbung aufwies. Erneut drang die Schneide ins Erdreich, er kantete das Eisen. Als er die Wurzel diesmal bereits im Boden gespalten hatte, legte er die Hacke genervt zur Seite.

»Ich kann das nicht!«, schimpfte er. Es war das erste Mal, dass einer der beiden ungleichen Männer ein Wort sagte. Ouko hatte von ihm verlangt, die Arbeit schweigend auszuführen.

Unvermittelt stand der Alte auf und ging davon. Mike fragte sich, ob er vielleicht etwas holte, traute sich jedoch nicht, dem weisen Mann nachzurufen wie einem Schuljungen. Er eilte ihm nach und fragte, wohin er gehe, doch Ouko antwortete nicht. Mit dem schweigenden Abbruch ihrer gemeinsamen Tätigkeit schien er die Missbilligung von Mikes Versagen auszudrücken.

Er ging ebenso wie sein junger Begleiter barfuß, seine Kleidung bestand aus einem alten Sweatshirt mit abgeschnittenen Ärmeln und einer langen Stoffhose, die er sich mit einem Strick um die Hüfte gebunden hatte. Der Weise schien nichts als ein einfacher Sammler zu sein, der im Wald unterwegs war.

Der *mganga* setzte sich vor seiner Höhle auf die Erde und legte die Tasche zwischen seine Beine. »Wenn du die Hacke führst«, begann Ouko das seltsame Gespräch, »wer ist dann hungriger? Dein Geist oder dein Bauch?«

»Im Moment wahrscheinlich mein Geist«, räumte Mike ein. »Ich kann mich nicht konzentrieren. Ich schlafe schlecht, träume nachts von meinem Sohn. Ich glaube, ich hätte ihn selbst zu meiner Frau nach Deutschland bringen sollen. Dann wäre mir wohler. Und ich erinnere mich daran, dass ich als Kind meinen Vater sehr vermisst habe.«

»Ist es dir schlecht ergangen, seitdem dein Vater die Familie verlassen hat?«

»Es war eine harte Zeit«, beantwortete Mike ehrlich Oukos Frage und er dachte an die Jahre am Strand, in denen er oft kaum genug verdienen konnte, um satt zu werden. An die ständige Furcht vor der Strandpolizei, die er mit Summen bestechen musste, die später der Familie fehlten. An das viele Geld, mit dem er Vince aus dem Gefängnis freikaufen musste, an die Sorge, dem Bruder könnte etwas in den drei Monaten Gefangenschaft zustoßen.

»Hast du nicht am Strand eben jene Frau kennen gelernt, die später deinen Sohn gerettet hat?«, erkundigte sich Ouko mit jenem rätselhaften Wissen über Mikes Leben, dessen Quelle dem Lehrling nach wie vor ein Rätsel war. Mike musste ihm zustimmen. Doch der Alte stellte bereits seine nächste Frage: »Warum hat deine Frau einem Kind das Leben gerettet, das sie nicht kannte?«

»Weil ich es ihr gebracht habe.«

»Hätte sie das Kind, das sie nicht kannte, deshalb aufnehmen müssen? Nur, weil du es in ihre Arme legtest?«

»Hanna sah, wie krank Ken war«, entgegnete der Jüngere, spürte aber selbst, dass dies nicht der wahre Grund war. »Weil sie ihn in ihr Herz schloss«, verbesserte er sich.

»Wer beschützt ein Kind, das seine Mutter fortgeben musste und dessen Vater es verleugnet?« Ouko sah seinen jungen Gefährten müde an. Mike gestand sich ein, dass er sich diese Frage niemals gestellt hatte. Schon der Gedanke daran hatte ihm Angst gemacht, weil er ihn an seine eigene Verantwortungslosigkeit erinnerte, an seine jugendliche Unbekümmertheit, mit der er die schwangere Joyce einfach zurückgelassen hatte. Zu unerfahren hatte er sich gefühlt für die Aufgaben eines Vaters, geflüchtet war er in ein anderes Leben, das Hanna für ihn organisierte.

»Du weißt nicht, woher diese große Liebe kommt, die alles beschützt, nicht wahr?«, fragte Ouko voller Nachsicht. »Du bist hier, um zu verstehen, warum Liebe die Antwort auf alles ist. Auf jede deiner Fragen, auch auf die, welche du niemals zu stellen gewagt hast.«

Wie in einem offenen Buch las der Alte in Mikes Gedanken. Der künftige *mganga* schlug die Augen beschämt nieder. »Ich habe alles falsch gemacht, nicht wahr?«, sagte er und ärgerte sich über sein Selbstmitleid, das nur die eigenen Fehler wahrnahm und nicht bedachte, dass andere auch darunter litten – früher Joyce, deren Namen er erst in diesen Momenten wieder in sein Gedächtnis rief, und dann Kenny. Dass sein Sohn nicht an der Armut, in der er ihn zurückgelassen hatte, zugrunde ging, hatte er tatsächlich nur für Glück gehalten.

Liebe? Ja, die hatte geholfen. Doch letzten Endes hatte der

Kleine, den er nun so sehr vermisste, dass es ihm wehtat, wenn er an die Trennung von ihm dachte, vor allem Glück gehabt. Doch Glück war wie ein Blatt, mit dem der Wind spielt … nichts, das ein hilfloses Kind am Leben erhielt.

War Liebe beständiger als Glück? Oder gar die Voraussetzung dafür? Wie konnte sie dann beschützen?

Ouko deutete auf Mikes Brust. Die Büsche hatten sein verschmutztes Hemd eingerissen. Es stand offen, zeigte die Narben, die Papa Kadenge ihm einst beigebracht hatte. »Dein Vater schützt dich damit. Heute hast du ihren wahren Sinn vergessen, doch sie sind unvergänglich, denn sie verbinden dich mit deinem Vater, auch wenn er nicht mehr lebt. Er trug die gleichen Narben und irgendwann wird dein eigener Sohn sie von dir bekommen. Der wird sie ebenfalls an seinen Nachkommen weitergeben.«

Mike sah den Weisen irritiert an, erkannte keinen Zusammenhang.

»Wer nur sieht, was ist, der versteht nicht, was war. Und wer das Vergangene nicht liebt, kann in der Gegenwart nicht bestehen.« Ouko hob die Hand von seinem kahlen Kopf, als wollte er die Zwangsläufigkeit seiner Worte unterstreichen. »So ist dein bisheriges Dasein verlaufen. Nicht nur deines. Das von fast allen Lebenden. Sie haben vergessen, dass andere vorangegangen sind, denen sie folgen, und sie bedenken nicht, dass sie wieder vorangehen, damit ihnen gefolgt wird. Sie lösen die Probleme des Augenblicks.«

Während seiner langen Rede hatte der alte Mann die Wurzeln, die er ausgegraben hatte, nicht angerührt. Sie lagen verpackt in der kleinen Felltasche zwischen ihm und Mike, wie ein Symbol. Jetzt deutete er darauf: »Du versuchtest die Wurzeln auszugraben, aber dein Herz ist bei deinem Sohn. Du kannst nicht an zwei Orten gleichzeitig sein – hier und bei deinen Aufgaben als Vater. Schließlich warst du es auch nicht, als du nach Deutschland gegangen bist. Trotzdem hat dein Sohn ohne dein Zutun überlebt. Bis er dir gebracht wurde, weil der Zeitpunkt der richtige war.«

Ouko hob die Augen: »All das geschah ohne dich«, wiederholte der alte Mann und er setzte zu jener von Mike erhofften Erklärung an, die den ewigen Zwiespalt zwischen Hoffen und Handeln schließen sollte: »Wer glaubt, er müsste dauernd in seines oder das Geschick seiner Mitmenschen eingreifen, hat vergessen, dass wir Lebenden dies nicht können. Du hast dich der Entscheidung der Ahnen gebeugt. Du hast zugelassen, dass sie deine Schritte lenken. Wenn du dich nun dagegen wehrst, wirst du die dir zugewiesene Aufgabe nicht erfüllen können.«

Mike hatte Oukos langer Rede aufmerksam zugehört, doch noch immer beantwortete dessen Philosophie ihm nicht die Frage nach Ken.

Der weise Mann hielt dem Einwand seines Begleiters entgegen, dass die Liebe der Ahnen das Kind genauso beschütze wie ihn selbst: »Du wärst gar nicht hier, wenn du das nicht gefühlt hättest, bevor du dich auf den Weg gemacht hast.«

»Warum träume ich dann von ihm? Sehe ihn herumirren auf der Suche nach mir?«

»Heißt Dienen nicht Vertrauen?«, stellte Ouko die Gegenfrage. Mike begriff nicht, worauf der Mann hinauswollte. Deshalb stellte der Alte eine weitere Frage: »Möchtest du dienen oder herrschen? Und sei es auch nur über das eigene Leben und das deines Sohnes.« Noch immer erschloss sich dem Jüngeren der Sinn nicht. »Willst du nicht der Diener deiner Ahnen werden? Warum vertraust du ihnen also nicht deine Sorgen an? Deine Ängste richten sich doch auf das Leben deines Kindes.«

»Ouko, ich bin ein einfacher Mensch. Du verlangst viel von mir.«

»Du bist hier, um den Weg der Weisheit zu beschreiten. Sie ist kein Geschenk, junger Mann. Du musst sie dir erarbeiten. Dafür musst du eins werden mit den Ahnen, ihre Stimmen hören, wenn sie zu dir sprechen. Es ist deine Aufgabe, der Mittler zwischen den Lebenden und den Ahnen zu werden. Aber kann jener Mike Ndondi, den du kennst, das bewältigen?«

Der Weise hatte wieder eine Frage gestellt, doch sie enthielt eine ungeheure Forderung. »Ich darf nie zurück in mein altes Leben?«, befürchtete Mike, denn er war noch nicht so weit, dass er alles hinter sich lassen konnte.

»Dein Vater konnte doch auch zurück. Ebenso wie ich«, beschwichtigte Ouko ihn. »Es ist eine Gabe, die größte von allen, wenn du lernst, so wie wir, dich zwischen den Welten der Ahnen und der Lebenden zu bewegen. Du wirst dann feststellen, dass es dieselbe ist. Und jenes Vertrauen finden, das alle Sorgen überflüssig macht.«

Mike sah dem *mganga* zu, der sich nun schweigend daranmachte, die Wurzeln der Länge nach zu spalten. Die inneren Fasern teilte er zwischen seinem Begleiter und sich auf. Es überraschte den jungen Mann, dass das weiche Mark der Wurzeln so gut schmeckte.

30

Eine Frau, gekleidet mit einer Art Sari, kam schnell und leichtfüßig die Treppe herunter, die sich den Hang hinabwand. Der elegant fließende Stoff ihres Kleides bestand aus mild schimmernder Seide. »Sie sind Hanna?«, fragte sie auf Deutsch.

»Kennen Sie mich?«, entgegnete die Besucherin verwundert.

Die Kenianerin auf der anderen Seite des Gitters, die Hanna auf höchstens Ende 20 schätzte, musterte sie mit unverhohlenem Interesse: »Ich wollte Sie schon lange kennen lernen.«

Irgendwie erschien Hanna das fremde Gesicht der ungewöhnlichen Afrikanerin seltsam vertraut. »Das hier ist doch das Haus von einem Mann, der Papa Paul genannt wird?«, vergewisserte sie sich.

»Paul Schmitt ist mein Mann. Er ist allerdings nicht hier«, erklärte die Angesprochene. Endlich schloss sie das Tor auf. »Aber Sie sind auch nicht wegen Paul gekommen.«

»Nein, ich möchte meinen Sohn abholen«, sagte Hanna.

»Ihren Sohn?« Die Afrikanerin hob die Augenbrauen auf die gleiche Art, wie Ken es immer tat, wenn seine Mama von ihm etwas verlangte, was er nicht zu tun bereit war.

In Hanna begann sich ein entsetzlicher Verdacht zu regen, den sie nicht einordnen konnte, weil er gegen alles verstieß, was sie bislang angenommen hatte. Seltsam, dachte sie, ich wollte immer ein Kind haben, damit ich mich in ihm wiedererkenne. Die unbewusste Geste der Frau spiegelte einen typischen Wesenszug jenes Jungen wider, dessen Mutter sie nie getroffen hatte und die unmöglich die Frau hier vor ihr sein konnte.

Die junge Kenianerin registrierte Hannas Verwirrung. »Ich habe mich nicht vorgestellt, Verzeihung. Ich bin Joyce Schmitt, früher Joyce Ndondi. Ich nehme an, Sie wollten danach fragen, Frau Ndondi.«

Wie betäubt folgte die Deutsche der schlanken Frau im blaugrünen Kleid in die stille Perfektion ihres botanischen Gartens, unwirklich entrückt vom armseligen Alltag der Jungen unten am Fluss. Jene Frau sollte tatsächlich die Verbindung darstellen zwischen Hannas Leben, Mikes und Kens? Aber bestand sie noch? Hatte ihr Mann diese Frau getroffen? Was einiges erklären würde …

»War Mike jemals hier?«, fragte Hanna.

Die Afrikanerin verneinte und setzte ihren Weg unbeirrt fort durch die exakt abgemessen angepflanzten Palmen und Ziersträucher. In der Besucherin entzündete sich der Funke einer winzigen Hoffnung: War dies eine Schwester ihres Mannes, von der er nie erzählt hatte? Oder gab es eine andere Lösung, die Kens frappante Ähnlichkeit mit dieser Frau erklären konnte? Nein, dachte Hanna, sie war nicht hier zum Rätselraten, sondern um sich ihren Jungen zu holen. Und zwar schnell. Bevor der Gemahl der hübschen Frau heimkehrte. »Wo ist Ken?«, fragte sie.

»Mein Mann hat ihn fortgebracht. Unser Gespräch sollte ihn nicht belasten.«

So eine Unverschämtheit!, dachte Hanna und fuhr die Afrikanerin an: »Wer sind Sie, dass Sie das Recht dazu haben?«

»Kens Mutter«, antwortete Joyce mit einem entwaffnenden Lächeln.

»Nein«, gab Hanna trocken zurück. »Sie haben Ähnlichkeit mit Ken, aber Sie sind nicht seine Mutter.«

Die junge Frau straffte ihren Körper wie jemand, der gerade eine Ohrfeige erhalten hatte, aber sich den Schmerz nicht anmerken lassen wollte. »Sie verteidigen Ken wie eine Löwin, nicht wahr?«, sagte sie schließlich.

»Er ist mein Sohn«, stellte Hanna fest.

»Irgendwie habe ich mir gedacht, dass Sie so sind.« Die Art, wie sie den Schal ihres Sari auf dem Kopf zurechtlegte, verriet, wie sehr sie um ihre Coolness kämpfen musste. »Sie haben Kenny zu einem selbstbewussten Jungen geformt. Zu einem Menschen, wie Sie selbst einer sind. Es imponiert mir, dass Sie sich einfach ins Flugzeug gesetzt haben, um ihn zurückzuholen. Sie haben Mut. Langsam verstehe ich Mike. Neben einer Frau wie Ihnen konnte das dumme Ding, das ich war, natürlich nicht bestehen.«

Mike und diese Frau sind ein Paar gewesen?, dachte Hanna bestürzt. Wieso hatte er das nie erzählt? Und Ken? War er …? Nein! Die Deutsche schob den Gedanken, der sich zaghaft zu formen begann, brüsk von sich: Es gab keinen Grund, dieser sich so beherrscht gebenden Frau zu trauen. Sie konnte ebenso gut eine Verrückte sein, eine schizophrene Person, die eine perfekte Vorstellung bot. Oder die Kenianerin log das Blaue vom Himmel herunter, um sich schützend vor ihren deutschen Mann zu stellen, dem sie diese kostspielige Existenz verdankte!

Im Haus bot Joyce einen frisch zubereiteten Eistee mit Zitrone an, der den Eindruck machte, als wäre Hanna erwartet worden. Die Besucherin nahm ihr das Glas ab, trank jedoch nicht. Wenn sie es mit einer Verrückten oder gar einer Kriminellen zu tun hatte, war Vorsicht geboten: Nur die Jungen unten am Wasser wussten von Hannas Anwesenheit.

»Was verbindet Sie mit Mike?«, fragte Hanna.

Die Afrikanerin lächelte ihr Gegenüber süffisant an: »Keine Sorge: Es war eine traditionelle Ehe, die keinen rechtlichen Bestand hat.« Sie fuhr ernsthaft fort: »Ich war noch nicht ganz 17, erwartete ein Baby und war frisch verheiratet mit Mike. Da sagte mir Vince, dass sein Bruder nach Deutschland gehen, eine Ausbildung machen und viel Geld verdienen würde. Ich protestierte, soweit ich das konnte. Damals war ich nicht so selbstsicher wie heute. Ich fügte mich dem Wort meines Schwagers. Schließlich brauchten wird das Geld aus Deutschland, das Mike uns schicken sollte. Aber es kam keines. Dann erzählte man mir, dass Vince damit in Shanzu Beach ein Büro eröffnet hatte.« Die schlanke Frau stand jetzt am Fenster und blickte in den Garten hinaus. »Dann wurde Kenny krank und ich konnte keine Medizin kaufen. Also ging ich zu Vince. Er wies mich ab.«

Hanna hatte diesen Mann nie gemocht, aber was sie jetzt hörte, das war eine solche Unverfrorenheit. »Ich verstehe das nicht. Warum hat Vince Ihnen nicht geholfen?«

In Joyce' weichen Zügen lag Verbitterung. »Indem er das Geld für sich behielt, das Mike mir und Ken schickte, nahm er sich, was ihm als dem Älteren seiner Meinung nach zustand, denn eigentlich hatte er nach Deutschland gehen wollen. Naiv wie ich war, lief ich immer wieder zu ihm und flehte ihn an, meinen Sohn zu retten. Da eröffnete er mir eine ganz neue Idee.«

Joyce ging ruhelos durch den Raum. Als sie wieder zu sprechen begann, war ihre Stimme kaum zu verstehen: »Bring das

Kind zu Mike, sagte Vince. Es ist sein Sohn, soll er sich doch darum kümmern. In Deutschland gibt es gute Ärzte.« Die junge Frau sackte in sich zusammen, ein Schluchzen schüttelte ihren schmalen Körper.

Das Unrecht, das dieser Frau widerfahren war, hatte Ken zu ihr geführt! »Und Sara?«, fragte Hanna und versuchte damit, sich hilflos an der letzten Stütze festzuhalten, die das einstürzende Gebäude ihrer Wahrheit noch aufrechterhielt.

Fast emotionslos berichtete Joyce, dass Mikes Schwester vor langer Zeit gestorben war. Vince hatte Saras Namen kurzerhand in die Adoptionseinwilligung eingetragen: »In diesem Land ist das nicht so schwer. Man braucht nur Geld.«

Dann war also alles eine einzige große Lüge? Und Mike hatte bei diesem Betrug mitgemacht? Sie absichtlich hintergangen? Nichts stimmte? Plötzlich war sie sich darüber im Klaren, dass es so war: Von Anfang an hatte ihr Mann gewollt, dass Ken ihn *Papa* nannte.

»So wie er zu dir Mama sagen wird«, hatte Mike gemeint. Nun verstand sie, warum. Er war tatsächlich Kens Vater. Und Joyce seine Mutter.

»Haben Sie selbst Kenny nach Deutschland gebracht?«, fragte Hanna und sie dachte daran, was das für die junge Mutter, die selbst fast noch ein Kind gewesen war, für einen Schmerz bedeutet haben musste. Vorausgesetzt, das blutjunge Ding war damals überhaupt zu solch einer Liebe fähig gewesen, wie Hanna sie für Kenny empfand …

Joyce schien innerlich weit entfernt zu sein, als sie mit monotoner Stimme sagte: »Der Flug war sehr teuer. Doch auch dafür hatte mein Schwager eine Lösung. Er hatte einen Freund in der Nähe von Hamburg. Ich übergab meinen Kenny Mike und wurde von diesem Mann nach Norderstedt gebracht, wo er wohnte. Ich werde diese Stadt nie vergessen. Sie liegt in der Nähe von Hamburg. Dort lernte ich nicht nur Deutsch.«

Während Joyce gesprochen hatte, waren ihre Worte allmählich immer heftiger geworden. Die Erinnerung an das Erlebte, wohl niemals richtig bewältigt, war zu schwerwiegend, um jemals ohne Emotion vorgetragen zu werden. Die junge Frau warf den Kopf zurück. »Sehen Sie mich an! Ich bin schön, nicht wahr? Damals war ich 18 und musste das Geld mit meinem Körper abarbeiten. Für einen Flug nach Deutschland, den ich antreten musste, um meinen Jungen zu retten.«

Stoßweise sog Joyce die Atemluft ein wie jemand, der am liebsten seinen ganzen Schmerz laut hinausschreien würde, aber dazu verurteilt war, das Unrecht, das ihm widerfahren war, auf immer in seinem schmalen Leib mit sich herumzutragen. Eine Gefangene der Erinnerungen, die mit einem brutalen Fehlstart ins Erwachsenenleben hineingestolpert war und sich bis auf den heutigen Tag bemühte, wieder Tritt zu fassen. Der pompöse Rahmen, in dem sie jetzt lebte, war nichts als eine Kulisse, die den durchlittenen Alptraum kaschieren, aber nicht bewältigen half.

Die Demütigungen, die sie ertragen hatte, konnte Hanna anhand der wenigen Worte nur erahnen. »Das tut mir so Leid für Sie. Ich wusste all das nicht«, sagte die Deutsche kaum hörbar. Mit jenem Schmerz, der ihre eigenen letzten Wochen zu einer Höllenqual gemacht hatte, lebte Joyce seit Jahren …

Sie war in dieses Haus gekommen, um Vorwürfe zu erheben, um anzuklagen, um ihre Rechte geltend zu machen. Nun musste sie erkennen, dass sie selbst eine indirekte Mitschuld am Unglück dieser Frau traf.

Joyce saß auf der Kante eines schmalen Rattansessels wie ein zarter Vogel, bereit, sofort davonzufliegen. Sie schien zu sich selbst zu sprechen: »Ich glaubte, ich hätte mich mit meinem Schicksal abgefunden. Aber in Wirklichkeit hatte ich alles nur verdrängt.« Und dann erzählte sie vom Wiedersehen mit ihrem Sohn, von dem sie niemals zu hoffen gewagt hatte, dass es geschehen könnte: »Ken stand direkt vor der Einfahrt unseres Restaurants. Geradeso, als hätte ihn jemand dorthin geschickt, um mich zu erwarten. Er hat mich nicht einmal wahrgenommen. Aber in mir ... das war ... wie ein Erdbeben. Nach achteinhalb Jahren hatte sich ein Kreis geschlossen.«

Hanna erschien es logisch, dass die Mutter in diesem Moment beschloss, ihr Kind nie wieder herzugeben. Doch Joyce widersprach: »Ich wusste, dass es Sie gibt. Ich beriet mich mit meinem Mann. Tag und Nacht überlegten wir, was wir tun sollten. Paul meinte völlig zu Recht, dass ich Ken nicht aus seinem Leben in Deutschland herausreißen dürfe. Aber plötzlich ging alles ganz schnell: Vince rief meinen Mann an und berichtete ihm, dass Mike zum *mganga* bestimmt worden war.«

»Und was hat Mike dazu gesagt?«, unterbrach Hanna aufgebracht.

»Sie scheinen Vince nicht besonders gut zu kennen«, antwortete Joyce mit unüberhörbarem Sarkasmus. »Der hat ihm doch gar nichts gesagt. Mike hat ihm vertraut.«

Vince, immer wieder dieser Name!, dachte Hanna. »Warum hat Vince sich an Ihren Mann gewandt? Ist er mit ihm befreundet?«

»Befreundet?« Die junge Frau lachte verächtlich. »Paul weiß, dass Vince in seiner unglaublichen Rücksichtslosigkeit mein Leben zerstört hat! Nein, mein Mann hat ihm Geld geliehen, um ihn in der Hand zu haben. Mikes Bruder hatte angenommen, sich als *mganga* aus seiner gescheiterten Existenz davonstehlen zu können. Aber so einfach geht das nicht: Man kann mit den Ahnen keinen Deal machen. Um nicht für seine Schulden ins Gefängnis zu müssen, schlug er Paul ein Geschäft vor: Geld gegen Kenny. Aber es sollte alles ganz schnell gehen. Vince wollte das Ticket seines Bruders benutzen, um sich nach Deutschland abzusetzen.« Sie musterte Hanna. »Das sieht ihm ähnlich, nicht wahr? Mike wird die größte Aufgabe für die eigene Gemeinschaft übertragen und Vince verrät ihn dafür.« Sie lachte verächtlich. »In diesem Fall ging es gut. Weil Kenny dadurch zu mir, seiner Mutter, zurückgefunden hat.« Joyce lehnte sich schwer atmend im Sessel zurück.

Hanna spürte, dass die Kenianerin die Ereignisse der letzten Wochen für schicksalhaft miteinander verknüpft hielt. »Aber Sie können doch nicht annehmen, dass ich deshalb einfach auf meinen Jungen verzichte!«, wendete sie ein.

Joyce hatte ihre Selbstbeherrschung zurückgewonnen. »Ich kann Ihnen nicht helfen«, entgegnete sie kühl. Doch es klang, als ob sie nicht wollte. »Sie hatten Kenny achteinhalb Jahre. Sie müssen mir glauben, dass ich Ihnen dankbar bin für alles, was Sie für ihn getan haben.«

»Ich brauche keinen Dank. Ich liebe meinen Sohn«, hielt Hanna ihr ruhig entgegen.

Mit großer Bestimmtheit antwortete die junge Frau: »Sie lieben Ken. Aber das Kind gehört an die Seite seiner Mutter.«

Die Deutsche wusste nur noch ein letztes Argument: »Warum wollen Sie Ken aus allem herausreißen? Sein Lebensraum ist in Deutschland. Kenia ist ihm fremd.«

Die Afrikanerin schüttelte den Kopf: »Es ist zwar im Moment schwer für ihn, doch bald wird er einsehen, dass er hierher gehört, wo seine Wurzeln sind.« Joyce hob die Augenbrauen wie Ken: »Sein Vater wird ein *mganga.* Wissen Sie, was das bedeutet?«

»Ja«, räumte Hanna etwas zu unwirsch ein, um dieses Thema abzuwürgen, denn im Grunde interessierte sie diese Ahnengeschichte angesichts von Kens Schicksal kein bisschen. »Mike wollte nicht, dass sein Sohn im Busch lebt. Sonst hätte er ihn nicht Vince mitgegeben, damit der ihn zum Flugzeug nach Deutschland bringt.«

»Mike hat nie entschieden, was mit seinem Sohn passiert«, lautete die knappe Antwort. Hanna wusste, dass Joyce damit nicht ganz Unrecht hatte.

»Jetzt entscheiden Sie?«, fragte die Deutsche bitter.

»Nein«, widersprach Joyce zu ihrer Überraschung, »ich setze den Willen jener um, von deren Existenz Sie nichts wissen, Frau Ndondi.«

»Wer soll das sein?«, erkundigte sich Hanna verwundert.

Joyce beantwortete ihre Frage nicht. »Sie hatten Ihre Zeit, den Rest seiner Jugend wird Ken bei mir verbringen. In diesen wenigen Jahren werde ich ihm seine Identität zurückgeben. Danach darf das Kind selbst bestimmen, wo es leben möchte. Aber bis dahin wird Ken hier bei mir, in seiner Heimat leben.« Sorgsam richtete Joyce den Sitz ihres Schals. Für eine Weile hatte sie ihr wahres Gesicht gezeigt, das eines zutiefst verletzten Menschen.

Obwohl Hanna bis zu einem gewissen Grad verstehen konnte, warum Kens Mutter ihren Sohn wieder bei sich haben wollte, ärgerte sie sich über deren Vorgehen dennoch maßlos. Denn im Grunde hatte die junge Frau nur von ihren eigenen verletzten Gefühlen gesprochen. Das psychische Wohl eines höchstwahrscheinlich heimwehkranken Kindes hatte sie mit keinem Wort erwähnt. Hannas gegenwärtige Position erlaubte es nicht, die andere mit Vorwürfen zu überschütten. Denn sie kannte diese Joyce nicht, wusste nicht, wie sie reagieren würde, wenn sie ihr jetzt offen den Kampf ansagte, den sie selbstverständlich aufnehmen würde. Nicht ihretwegen, sondern für Ken.

Sie riss sich zusammen und richtete einen letzten sanften Appell an die ihr keineswegs unsympathische junge Frau: »Was Sie tun, bricht Kens Herz. Ist Ihnen das eigentlich klar?«, fragte sie.

»Herzen heilen, Frau Ndondi«, gab Joyce zurück.

Hanna schüttelte den Kopf: »Sehen Sie sich selbst an. Ihres ist nicht geheilt, sonst würden Sie nicht so handeln. Darum überlegen Sie sich gut, was Sie Ihrem Sohn antun. Brechen Sie nicht auch noch sein Herz. Ich weiß, was Ken fühlt. Ich kenne ihn länger als Sie.«

Joyce geleitete Hanna zum *creek* hinunter. Die beiden Frauen reichten einander zum Abschied nicht die Hand. Während die Kenianerin das Gitter wieder verschloss, stieg die Deutsche wortlos in Patricks wackliges Boot und ließ sich auf das schlammig braune Wasser hinauspaddeln.

»Du Ken nicht finden?«, fragte Patrick.

»Er ist fort«, sagte Hanna. Und die Schlichtheit ihrer eigenen Worte machte ihr erst bewusst, dass es wirklich so war.

»Du musst finden ihn!«, protestierte der Junge. »Ken ist dein Sohn.«

Am anderen Ufer setzte Hanna sich zwischen die Luftwurzeln der Mangroven in den Sand. Direkt vor ihr lag die Türmchenvilla im Licht der untergehenden Sonne. Sie konnte natürlich warten. Irgendwann würde Ken bestimmt zurückkommen. Joyce würde den Jungen in ihrem kalten, perfekten Haus mit den Gittern wohnen lassen wollen. Sie würde versuchen mit Geld, Swimmingpool und Palmen gutzumachen, was das Leben den beiden an Gemeinsamkeiten vorenthalten hatte. Und Hanna würde ausgesperrt bleiben. Während Ken in seinem noblen Gefängnis vor Heimweh litt.

Trotz all ihrer Verzweiflung war Hanna bereit anzuerkennen, dass Joyce die Mutter des Jungen war. Aber, fragte sie sich, was verband das Kind nach so vielen Jahren der Trennung noch mit seiner leiblichen Mutter? Sie konnte ihm kaum mehr als eine Fremde sein ... Joyce machte auf Hanna den Eindruck einer Person, die selbst einen Halt brauchte. War solch eine zutiefst vom Leben verunsicherte Frau die Richtige, um einem Kind, das aus seinem Leben herausgerissen worden war, eine Stütze zu sein? Je länger sie darüber nachsann, den Blick auf die zwischen die Bäume geschmiegte, festungsartig gesicherte Villa gerichtet, desto mehr gewann sie den Eindruck, dass Joyce den Jungen nicht um seiner selbst willen behalten wollte. Vielmehr griff sie nach einem Strohhalm, um nicht in den Strudeln ihrer Erinnerung zu versinken. Der Sohn sollte der Mutter einen Inhalt für deren leere Existenz liefern.

Diese Gedanken führten Hanna zurück zu ihrer eigenen Wohnung in Berlin, in der sie jedes einzelne Stück an Mike und Kenny erinnerte. Die letzten zehn Jahre waren nicht mehr als ein Stück geborgtes Glück. Aufgebaut auf einer feigen Lüge, mit der Kenny – und da musste sie Joyce Recht geben – um seine Identität betrogen worden war. Mikes Schwindel war geplatzt und er ließ den Jungen und sie im Stich. So wie er zuvor die junge Kenianerin einfach verlassen hatte, um mit ihr selbst ein neues Leben zu beginnen.

Die Gründe – weder für seine erste noch für seine zweite Entscheidung – interessierten Hanna jetzt nicht, denn sie empfand eine ungekannte Wut auf ihren Mann: Er hatte ihr alles genommen, was ihr etwas bedeutete, und war nicht greifbar, um sich zu rechtfertigen, um zu vermitteln in einem ausweglos erscheinenden Streit um ein Kind, bei dem es keine Gewinner geben konnte. Dabei war Ken sein Sohn! Und deshalb hatte er jetzt Stellung zu beziehen.

Nein, dachte Hanna voll Bitterkeit, sie wollte nicht enden wie ihre Mutter. Zulassen, dass ein Mann ihr Leben zerstörte. Die Zeit der Rücksicht war vorbei. Für immer. Egal, in welchem Busch Mike saß, sie würde ihn dort rausholen. Es war seine Pflicht als Vater, ihr beim Kampf um Kenny beizustehen. Niemals würde sie aufgeben. Kämpfen, bis sie die letzte Chance wahrgenommen hatte. Denn in ihrem ganzen Leben würde Hanna nur dieses Kind haben.

So wie der *Kleine Prinz* seine Rose mit den vier Dornen auf dem kahlen Stern beschützte. Es mochte viele Rosen geben, Hunderte von Kindern, Tausende, die Hilfe brauchten.

Aber Ken war nun einmal Hannas Rose.

31

Sie verbrachten bereits den ganzen Tag damit, durch den Wald zu streifen. Schließlich hörte Mike aus einem Gebüsch ein schwaches Geräusch, das einem leisen Weinen glich. Ouko zerteilte das dichte Rankwerk mit seinen bloßen Händen, wobei fast kein Laut entstand. Es war ein kleiner Pavian, den ein offensichtlich wesentlich stärkerer Angreifer übel zugerichtet hatte. Stumm reichte der alte Mann dem jungen sein Messer.

Mike hatte es sich abgewöhnt, Fragen zu stellen, wenn sie jagten oder Pflanzen sammelten. Immerhin kannte er den Grundsatz seines weisen Führers, dass Worte von Taten ablenkten. Jetzt tauschte er mit Ouko aber dennoch einen fragenden Blick. Der kleine Affe war zwar ganz offensichtlich am Ende seiner Kräfte, doch ihn endgültig von seinem Leiden zu erlösen brachte Mike nicht übers Herz. Vorsichtig trat er näher: Das Tierchen war höchstens ein halbes Jahr alt. In seiner Todesangst fletschte es die Zähnchen, die viel zu klein waren, um ernsthaft zu verletzen.

Reglos verharrte Ouko neben dem mutlosen Mike. Das Warten konnte nichts anderes bedeuten, als dass der Schüler zur Tat schreiten sollte. Mike überwand seinen Widerwillen, und als es vollbracht war, drückte er dem toten Weibchen die Augen zu.

Jetzt saß er vor Oukos Schlafhöhle und hielt das bräunlicholivfarbene Stückchen kurzhaarigen Fells nachdenklich in den

Händen. Sein Führer in dieser Mike neuen Welt der alten Bräuche hatte ihm gezeigt, wie er es zu trocknen und so zu bearbeiten hatte, dass daraus ein Rechteck wurde, nicht größer als ein Erwachsenenhandschuh. Noch wusste er nicht, zu welchem Zweck es dienen sollte, dann winkte Ouko ihn in seine Höhle.

Der *mganga* hatte die untere Hälfte seines Gesichts bereits mit einer Fellmaske bedeckt, die jener von Mike ähnelte. Er wies ihn wortlos an, in die glatte Innenseite des Fells zu spucken, den Speichel darin zu verreiben und die Maske mit den beiden aus Pflanzenfasern bestehenden Stricken an seinem Hinterkopf zu verschließen.

Ouko begann, im Sitzen eine kleine, mit Tierdarm bespannte Trommel zu schlagen, wobei er den Oberkörper vor- und zurückwiegte. Der schlichte, monotone Rhythmus seines Sprechgesangs versetzte Mike in sanfte Schwingung. Die Mund und Nase bedeckende Tierhaut trieb ihm den Schweiß ins Gesicht. Der Blick hinaus in das Grün des Waldes wurde immer undeutlicher, verschwamm schließlich ganz.

Nach und nach gewannen die Worte, mit denen der alte *mganga* die Ahnen rief, an Deutlichkeit. Er verstand zunächst einzelne Silben, dann Worte, schließlich den Sinn ganzer Passagen. Es waren die immer gleichen Formulierungen, die sich wie eine Spirale vor den Augen des jungen Mannes zu drehen begannen, bis er sich selbst im Kreis der schwingenden Bewegung befand. Und nun, eingehüllt in diese transparente und gleichzeitig starke Energie, war es ihm möglich nachzusprechen, was Ouko vorgegeben hatte. Gleichwohl nahm er den Alten selbst nicht mehr wahr. Mit den ersten schaukelnden Bewegungen, seinen sich vorsichtig annähernden Anrufungen schien jene Kraft auf Mike übergegangen zu sein, die der weise Mann offensichtlich in kürzester Zeit herbeizitieren konnte.

Mike kam dieses filigrane Gewebe, das ihn nunmehr hielt, weitaus stärker vor als jener Steinboden des Felsens, auf dem sein Körper ruhte. Er vergaß die Maske, die Kleidung, die Höhle. Stattdessen fühlte er die Anwesenheit von Menschen, die er schon lange nicht mehr gesehen hatte – seine vor Jahren verstorbenen Brüder, die Schwester, die Mutter, den Vater. Der junge Kenianer konnte nicht beurteilen, ob sie glücklich oder traurig waren. Genau genommen waren es auch nicht ihre Gestalten, sondern schattenartige Visionen, denen er ihre einstigen Namen erst zuordnen musste.

Obwohl er jetzt in ihre Welt eingetreten war, blieben sie ihm noch fern. Nur ihre Kraft umgab ihn wie ein starker Wind, der ihn trug. Mike verspürte auch nicht den Wunsch, mit ihnen zu kommunizieren. Dank seiner normalen Urteilsfähigkeit erkannte er, dass der Zeitpunkt für ein Gespräch zwischen ihm und ihnen noch nicht gekommen war. Er gab sich damit zufrieden, dass er sie in seiner Nähe spürte.

Aus dem seltsamen, transparenten Nebel, der den jungen Mann umgab, führte ihn seine Familie einer Helligkeit entgegen. Eine zunehmende Wärme durchflutete ihn mit einer Intensität, dass er meinte, sogar in den Fingern und Zehen ein angenehmes Kribbeln zu spüren. Das Licht war gleichzeitig fern und nah, Mike befand sich darin und konnte es dennoch ansehen. Und obwohl es hell war, blendeten seine Strahlen ihn nicht.

Gar nicht weit von sich selbst entfernt erkannte Mike eine andere Person, ein Kind. Es ruhte entspannt in einem Bett. Er unterdrückte den Wunsch, es bei seinem Namen zu rufen, um es nicht aufzuwecken.

Mike saß in der Höhle des *mganga*, hielt die Arme weit ausgestreckt. Er schien jemanden zu umarmen.

Irgendwann öffnete er seine Augen, sah die grüne Natur vor Oukos Hütte und nahm die Fellmaske vorsichtig vom Kopf. Er blickte sich um, doch sein Begleiter war nicht mehr bei ihm. Seine Reise hatte Mike erschöpft. Er legte sich nieder und schlief traumlos ein.

Als er Stunden später erwachte, hatte der alte *mganga* wenige Meter weiter ein Feuer entzündet und rauchte eine langstielige Pfeife.

»Muss ich mir wirklich um Ken keine Sorgen mehr machen?«, fragte Mike nach einer Weile.

»Die Liebe der Lebenden birgt die Angst in sich, das zu verlieren, was sie lieben. Sobald du weißt, dass du keine Angst haben musst, ist die Liebe frei und damit die Menschen, die du festhalten wolltest wie deinen Besitz. Sie können gehen, wohin sie wollen. Und sie kommen zurück, wann sie wollen. Denn du hast sie unter den Schutz derer gestellt, in deren Hand du auch bist. Die Liebe der Ahnen beschützt dich und all diejenigen, die du liebst.«

Der Eindruck der Bilder, die er in der Höhle gesehen hatte, ließ Mike nicht los. Die vor so langer Zeit Verstorbenen hatten ihn selbst zu Ken geführt, ihm gezeigt, dass sein Sohn wohlbehalten in einem Bett schlief. Der Ort, an dem sich der Junge befand, war zwar nicht erkennbar, doch es schien ein Platz zu sein, an dem er sicher war. Diese auf Mike erlösend wirkende Vision befreite ihn gleichzeitig von jenem Schuldgefühl, das ihn quälte. Trotzdem war er noch nicht so weit, diesem Traumbild vollkommen zu vertrauen.

Deshalb fragte er seinen Begleiter: »Was ist anders an der Liebe der Ahnen?«

»Sie umschließt alle, kennt nicht Gut und Böse, Groß und Klein. Denn sie kommt von Gott, der all das geschaffen hat, damit es ist. Erst die Lebenden haben bestimmt, *wie* es ist. Das *Wie* und die Frage nach dem *Warum* sind die Voraussetzungen für das Aufteilen in Zustimmung und Ablehnung. Deshalb umfasst die Liebe der Lebenden nur diejenigen, die sie kennt. Selbst wenn diese Liebe glaubt, selbstlos zu sein, so schließt sie dennoch alle anderen aus. Dadurch verwandelt sie sich von positiver zu negativer Energie – vom Erschaffen zum Zerstören«, erklärte der Weise.

Bedeuten Oukos Worte somit nichts anderes, als dass die Liebe der Eltern zu ihrem Kind die Voraussetzung für Hass und Eifersucht sind?, fragte sich Mike. Doch wie konnte ein Mensch – oder ein Lebender, wie Ouko sagte – so lieben, wie es dem Ideal entsprach, das der Weise gerade gezeichnet hatte?

Als Mike den *mganga* darauf ansprach, entgegnete dieser in ruhig vorgetragener Rede, dass genau darin Mikes Aufgabe bestehe: »Das Bewusstsein eines Vaters oder einer Mutter ist auf sein Kind gerichtet, hebt es aus allen anderen hervor, macht es zu etwas Besonderem. Die Allesliebe der Ahnen hingegen kennt keine Bevorzugung. Der Wille der Lebenden zerstört diese Gleichheit. Solange du diesen Willen in dir spürst, ist dein Vertrauen in die Liebe der Ahnen noch nicht groß genug.«

Was der alte Mann somit verlangte, war das Gegenteil dessen, was bislang Mikes Wirklichkeit entsprochen hatte: seine so spät entdeckte Aufgabe als Kens Vater. Dass er Hanna für seine neue Bestimmung als *mganga* allein lassen musste, hatte damit nichts zu tun. Als Ehefrau eines Kenianers wäre sie von der Gemeinschaft aufgefangen worden. Das Leben in einer deutschen Kleinfamilie sahen die Regeln von Mikes Gemeinschaft ganz einfach nicht vor …

Ouko bestätigte die Überlegung seines Begleiters und warnte ihn gleichzeitig: »Sobald du in die Welt der Lebenden zurückkehrst, wird dir der Hass begegnen. Er ist jener Schatten, den die einseitige Liebe der Lebenden wirft. Erst wenn in dir kein Raum für den Hass mehr ist, wirst du zum Mittler zwischen den Lebenden und denen, die in das Reich der Allesliebe Eingang gefunden haben. Deine Ahnen verleihen dir dazu die Kraft, doch dazu musst du dich ihnen voll und ganz anvertrauen. Sie werden dich lehren, wie du den Lebenden dienen kannst. Deine Ahnen geben dir dies Geschenk, das du irgendwann an andere weiterreichen wirst. Du kannst es nur annehmen, wenn du ein Teil jener wirst, die dich beschützen.«

»Und die Lebenden«, fragte Mike, »haben sie keinen Zugang zu dieser Allesliebe?«

Der alte Mann zog bedächtig an seiner Pfeife: »Manche«, räumte er ein, »finden den Weg zu ihr. Aber es sind nur jene, die das Leben vor die schwersten Prüfungen gestellt hat. Die gefühlt haben, dass die Liebe der Lebenden nicht ausreicht, um ihren inneren Frieden zu finden. Die unter großen Schmerzen erkennen mussten, dass erst die Absage an die teilende Liebe der Lebenden die Lösung für alle Probleme ist.«

»Das kann kein Mensch!«, widersprach der Jüngere. »Wer liebt, will ebenfalls geliebt werden. Ist es nicht so?«

Ouko gab seinem Gefährten Recht. »Darum gibt es nur so wenige, denen das Geschenk der Allesliebe zuteil wurde, während sie in einer Welt des Egoismus ihre Tage verbringen. Dir und auch mir«, fuhr der alte Mann fort, »weisen die Ahnen den Weg zu dieser Allesliebe. Dafür müssen wir dankbar sein und jenen zur Seite stehen, denen diese Gabe nicht zuteil wurde.«

Mike glaubte, dass auch er selbst mit diesen Worten gemeint war, deshalb fragte er den ermüdet wirkenden Weisen: »Machst du das oft, dass du Menschen wie mich zu den Ahnen führst?«

Ouko lächelte ihn mild an. »Die Energie der Lebenden wird aufgebraucht durch Zweifel und Hoffnungen. In mir ist all das nicht. Ich hoffe und ich zweifle nicht. Ich bin. Das ist alles.«

»Also kostet es dich Kraft, mit mir zu sprechen?«

Ouko deutete ein Lächeln an: »Hat es dich nicht auch Überwindung gekostet, dich auf einen alten Mann wie mich einzulassen? Der Umgang mit den Lebenden, die immer suchen und nie finden wollen, ist schwer. Aber es ist meine Aufgabe, ihnen zu dienen.« Der junge Kenianer dankte ihm für seine Geduld. Doch der Weise wies ihn darauf hin, dass der Heiler, der Mike werden wollte, noch lernen müsse, mit sich selbst geduldig zu sein: »Ich kann dazu wenig beitragen.«

Während der ganzen gemeinsamen Zeit im Busch hatte Mike niemals ein Wort über sich selbst zu erzählen brauchen und dennoch schien Ouko alles über ihn zu wissen. Der künftige Seher, der Mike werden wollte, fragte den Weisen, ob dessen Gabe, in das Leben eines anderen hineinsehen zu können wie in einen Film, ihm von den Ahnen gegeben wurde.

Ouko blickte auf einen Punkt irgendwo in der Ferne, als er antwortete: »Alle Menschen sind miteinander verbunden. Es ist ein Fluss niemals abreißender Energie. Auch du wirst lernen, daran Anteil zu haben, sobald du den Weg dazu gefunden hast. Diese Fähigkeit wird dir gewiss erst spät zuteil werden. Dann nämlich, wenn du das Wissen, das du besitzt, nicht mehr für deine Interessen einsetzt, sondern nur für jene Lebenden, als deren Mittler du tätig bist. Ein Seher verfolgt niemals eigene Absichten. Er bringt sich nur dort ein, wo die Ahnen es von ihm verlangen.«

»Du bist letzten Endes auch nur ein Mensch. Hast du denn alle Bedürfnisse abgelegt?«, fragte Mike verwundert.

Der Alte wog bedächtig den Kopf: »Es gibt Seher, die zu nah an den Hoffnungen und Ängsten der Lebenden sind. Für sie wird dieser Konflikt zu einer großen Belastung, die sie ihre große Aufgabe vernachlässigen lässt. Dann ist der Dialog mit den Ahnen gestört und der Streit der Lebenden hat gesiegt.«

Aus den von jeglicher Verspannung freien Zügen des *mganga* konnte Mike keine Rückschlüsse auf dessen Leben ziehen. »Du bist gebildet, du hast gewiss nicht immer im Busch gelebt. Was hast du früher gemacht?«

Ouko lächelte seinen Gefährten nachsichtig an. »Das hat doch mit Bildung nichts zu tun. Das Wissen, das ich habe, ist jedem zugänglich. Es ist auch unwichtig, über wieviel Intelligenz jemand verfügt. Wer sich dem Allwissen der Ahnen öffnet, dem wird es durch sie zuteil.« Er blickte auf seine erloschene Pfeife. »Wer ich einmal war? Ich habe es vergessen, denn ich bin ein anderer geworden, der Mittler zwischen den Lebenden und den Ahnen. Jemand, der dir hilft, hinüberzufinden. Wenn du das Reich der Allesliebe gefunden hast, ist meine Aufgabe erfüllt.«

»Du wirst mich dann verlassen?«, fragte Mike. Es erfüllte ihn durchaus mit Sorge, völlig auf sich gestellt im Busch leben zu müssen.

»Du wirst schon bald niemanden mehr brauchen, der für dich das Tor zu einer anderen Dimension aufschließt. Den Schlüssel dazu wirst du selbst in der Hand halten. Nur diese

Pforte durchschreiten musst du allein.« Der alte Mann erhob sich und ging gemächlich in die Tiefe seiner Höhle zurück. Er will sich bestimmt ausruhen, dachte Mike und suchte seinen eigenen Platz unter den Büschen auf.

Der Wald, in dem er sich befand, verströmte eine paradiesische Ruhe. Unvorstellbar weit entfernt lagen all die Sorgen und Wünsche, die noch vor kurzem seinen Alltag bestimmt hatten. Er begann eine große Neugier zu spüren auf jene andere Dimension, von der Ouko gesprochen hatte. Sie schien ihm die Möglichkeit zu eröffnen, an jeden Ort zu reisen. Ohne jemals einen Fuß aus dem Dschungel herauszutun. Wenn alles, wie der weise Mann gesagt hatte, miteinander verbunden war, so blieb er stets ein Teil des Ganzen. Ganz gleich, wo er sich befand. Denn nur so war erklärbar, dass dem Weisen Mikes Leben bekannt war, obwohl die beiden sich niemals darüber ausgetauscht hatten.

Allesliebe, dachte Mike, was für ein wunderbarer Gedanke. Mit den Geistern der Verstorbenen sprechen zu können, sich von ihnen führen zu lassen, ihren Rat zu befolgen und sich niemals mehr den kurzsichtigen Befehlen Lebender fügen zu müssen, die nur ihre eigenen Interessen verfolgen.

Er hatte sich inzwischen so weit entfernt von dem ehemaligen *beachboy* und dem Hotelportier, der er einmal gewesen war, dass er in dem zerlumpten Wilden im Busch nicht mehr Mike Ndondi wiedererkannt hätte. Selbst, wenn da ein Spiegel gewesen wäre, in den er hätte sehen können.

32

Ohne die Hilfe des jungen Patrick, der sich in Vince' Wohnort Mtwapa erkundigt hatte, hätte Hanna das Heimatdorf der Ndondis im Busch niemals gefunden. Sie mussten mehrmals das Sammeltaxi wechseln, bis sie ihr Ziel schließlich erreichten. Hanna blickte sich interessiert um. Die kleinen Lehmhäuser wirkten, anders als in den Orten nahe den Touristenhotels, sehr gepflegt. Dies schien eine Gegend zu sein, in der sich die Menschen wohl fühlten, die sie liebten.

Patrick fragte sich in Hannas Auftrag zuerst zum Haus von Mikes Bruder durch. Eine junge Frau, deren Sprache Hanna nicht verstand, wurde ihr als Mama Lenah vorgestellt. Sie trug ein Baby auf dem Arm, ihr kleiner Junge versteckte sich vor der Weißen. Vince' Frau schien nicht besonders beunruhigt, dass ihr Mann verschwunden war: Hanna gewann den Eindruck, dass der Kerl nur nach Hause kam, um seiner Frau ein neues Kind zu machen. Das Leben ihres Schwagers glich einer Wanderung zwischen Extremen: Welche Gemeinsamkeiten konnten die Bäuerin, die vor Hanna stand, und jene Edith haben, die sie im europäischen Businesskostüm in Vince' Stadthaus gesehen hatte?

Sie erkundigte sich nach dem Haus von Mikes Vater und erfuhr, dass sie bereits davor stand. Hierher war ihr Mann also zurückgekehrt, in diese Lehmhütte. Alles, was sie sich in Deutschland erarbeitet hatten, gab Mike auf – für dieses bescheidene Leben. Sicher, es war hübsch, der Garten voller Obst und Gemüse. Und doch eine Welt, in der sie bislang nur eine Nacht ihres Lebens verbracht hatte. Ihr schoss die Frage durch den Kopf, was Kenny hier wohl empfunden hatte. Ohne Fernsehen, Computer und Gameboy. Ob er all das vermisst hatte? Oder gab es für ihn an diesem Ort sogar etwas zu entdecken, das ihm gefiel?

Ihre Ankunft hatte sich schnell herumgesprochen. Immer mehr Kinder versammelten sich, neugierig kamen Erwachsene aus den Hütten und Gärten. Patrick tuschelte mit den Jungen und Mädchen. Plötzlich blickte er seine Begleiterin aufgeregt an: »Kens Papa wird ein *mganga*?«

Ein alter Mann, der sich auf einen Stock stützte, stellte sich in gutem Deutsch als Dorfvorsteher Samson vor.

»Jetzt weiß ich, welches Opfer unser Sohn Mike gebracht hat.« Gerührt ergriff er Hannas Hände. »Als Mikes Frau bist du unsere Tochter. *Karibu sana*, herzlich willkommen.«

Die Freundlichkeit des alten Mannes und die unverhohlene Freude der Menschen waren überwältigend. Auf diese Situation war Hanna nicht vorbereitet, sie hatte nicht einmal Geschenke mitgebracht, die von ihr aller Wahrscheinlichkeit nach erwartet wurden.

Samson führte sie zu seinem Haus, seine schwangere Schwiegertochter brachte Limonade. Der alte Mann überhäufte die Deutsche mit Fragen zu ihrer Gesundheit und Kens, bevor er sagte: »Was führt dich her? Wie können wir dir helfen?«

Angestrengt sammelte Hanna ihre Gedanken. Was sollte sie diesen friedlichen Menschen antworten? Dass einer der Ihren Ken nicht nach Hause gebracht, sondern in ein ungewisses Leben geschickt hatte? Sie flüchtete sich in unverbindliche

Floskeln, verzweifelt darum bemüht, die Dorfbewohner nicht zu beleidigen. Ihre übliche Direktheit war hier gewiss mehr als fehl am Platz.

Die Schwiegertochter des Hausherren schob einen Jungen zur Tür herein und im ersten Augenblick setzte Hannas Herz fast aus: Sie glaubte einen Moment lang, Ken stehe plötzlich vor ihr. Doch der Junge, der ihrem Sohn verblüffend ähnlich sah, trug lediglich dessen Baseballkappe und – wie die verblüffte Frau erst auf den zweiten Blick feststellte – Nikes, die jenen glichen, welche ihre Mutter am Abflugtag für ihren Enkel als Abschiedsgeschenk erstanden hatte. Er erkundigte sich, ob Ken bereits wieder in Deutschland zur Schule ginge.

Hanna sah keinen Grund, diesem Jungen, der so bildhaft von seiner Freundschaft zu ihrem Sohn berichtete, die Wahrheit zu verschweigen, obwohl Samsons Familie zuhörte und zumindest der alte Hausherr ihre Antwort verstand. Allerdings vereinfachte die Deutsche die ihr selbst kompliziert genug erscheinenden Verhältnisse in einem wichtigen Punkt: Sie erwähnte nicht das Gespräch mit Joyce. Ihre Verärgerung über Mikes Verhalten ging nicht so weit, dass sie ihn vor jenen Menschen bloßstellen wollte, die in ihm den neuen *mganga* sahen und ihm vertrauten.

In langer Rede übersetzte Kens Freund Steve seinen Angehörigen Hannas Bericht in die Sprache ihres Volks. »Du bist gekommen, um unserem Sohn und Bruder Mike zu berichten, was passiert ist«, sagte Samson nachdenklich. Er sah die weiße Frau voller Mitgefühl an: »Ich kann verstehen, dass du in großer Sorge bist.«

Seinem Bekenntnis zum Trotz ließ der Dorfvorsteher den Worten keine Taten folgen. Hanna hatte gehofft, dass er ihr nach ihrem Bericht anbieten würde, sie zu Mike zu führen oder ihn wenigstens suchen zu lassen. Die Gemächlichkeit, mit der das Leben an diesem abgelegenen Ort geführt wurde, schien dazu jedoch wenig geeignet. Doch Hanna hatte keine Zeit, um sich diesem Tempo anzupassen. Sie musste zurückfliegen nach Berlin. Und zwar mit Ken.

Obwohl sie spürte, dass ihr Drängen auf Unverständnis stieß, trug sie ihre Bitte nach einem Gespräch mit ihrem Mann vor: »Ich sehe keinen anderen Weg«, sagte sie, »ich brauche Mikes Hilfe.«

Samson stand mühsam auf und führte Hanna hinaus in den sorgfältig bepflanzten Garten. Während er sich auf seinen Stock stützte, hob er die andere Hand und beschrieb damit einen vagen Bogen, der das ganze Dorf zu umfassen schien. »Siehst du das, meine Tochter?«, fragte er in seinem holprigen Deutsch. »Diese Gemeinschaft braucht einen neuen *mganga*. Unser Bruder und Sohn hat sich der Aufgabe gestellt, uns zu dienen. Dies war nicht sein freier Entschluss. Ich selbst habe gesehen, wie er mit sich rang, ich war dabei, als er das Urteil der Ahnen annahm. Er fragte, ob ihm eine andere Wahl bliebe. Aber er hatte keine. Das Blut, das in seinen Adern fließt, hat ihm diese Aufgabe auferlegt. Und er sah ein, dass er nicht vor sich selbst davonlaufen kann.«

Vor seinem Leben mit mir konnte er es durchaus, dachte Hanna bitter. Galten denn die vergangenen zehn Jahre mit ihr weniger als diese Dorfgemeinschaft, von der Mike ihr niemals so viel erzählt hatte, dass sie seinen Entschluss jetzt verstehen konnte? »Und ich?«, fragte die Deutsche. »Habe ich etwa keine Rechte an meinem Mann? Bin ich überflüssig geworden in diesem Augenblick? Muss ich mich denn stillschweigend fügen? Und Kenny? Kann denn der Wille der Ahnen ein Kind völlig schutzlos lassen?«

Hanna sah dem betrübten Gesicht des alten Mannes an, dass er nach einer Lösung suchte, wie dieser Fall geklärt werden konnte: Niemand hatte damit gerechnet, dass Kens Schicksal die Pläne der Ahnen durchkreuzen könnte ... Samson schien von dieser ungewöhnlichen Situation überfordert zu sein. Schließlich schickte er Steve los, den Jungen mit den schnellen Füßen, um Samsons Altersgefährten zu einer Versammlung einzuberufen.

Bis sie stattfand, und Samson sagte nicht, wann das sein würde, sollten Hanna und ihr Begleiter Patrick im Haus von Mama Lenah Unterkunft finden. Sie sah sich in deren schlichter Hütte einquartiert und stellte sich die Frage, ob sie auf diese Weise Ken tatsächlich zurückbekommen würde. Und vor allem, wann. Nach dem gemächlichen Gang zu schließen, mit dem hier alles seinen Lauf nahm, müsste sie bis dahin längst wieder in Berlin sein. Und Kenny hätte an der Seite von Joyce, seiner Mutter, an Heimweh nach Deutschland zu leiden. Hanna nahm sich vor, höchstens bis zum nächsten Tag abzuwarten, was die Dorfältesten beschlossen.

Und dann?, fragte sie sich deprimiert. Was blieb ihr zu tun, wenn ihre Hoffnung auf Mikes Intervention sich in Nichts auflöste? Zurückkehren ins Hotel, Marianne anrufen, sie bitten, einen Rechtsanwalt zu suchen, der die Dinge irgendwie regeln konnte? Der Anruf zu Hause war längst überfällig. Sie hatte jedoch bislang nicht den Mut gehabt, Marianne den Stand der Dinge mitzuteilen. Denn sie wusste auch so, was ihre Mutter sagen würde: Ich hatte doch Recht, Hannchen, Papa und Mike sind sich so ähnlich. In der Tat schien sich alles zu wiederholen. Abrupte Trennungen gehörten wohl zum Leben – egal, in welcher Kultur und auf welchem Kontinent. Das Schlimme war nur, dass sie Mike nicht in Schutz nehmen konnte. Und damit auch nicht ihr eigenes Leben. Wenn sie ohne ihn und Ken heimkehrte, stand sie mit leeren Händen da. So wie zehn Jahre zuvor, als sie nach der Pleite mit Dirk in Kenia eingetroffen war.

Es sah ganz danach aus, als würde ihr Leben eine Rolle rückwärts schlagen. Wenn nicht noch irgendein Wunder geschähe. Aber an diesem Ort, wo das Leben höchstwahrscheinlich seit Jahrhunderten nach dem gleichen Muster ablief, konnte sie darauf lange warten!

Die beiden Kinder ihrer Gastgeberin verloren schnell ihre Scheu vor der weißen Frau. Hanna vertrieb sich die Zeit und ihre düsteren Gedanken, indem sie mit ihnen spielte. Gleichzeitig unternahm sie mehrere vergebliche Versuche, mit der Frau ihres Schwagers ein Gespräch zu führen. Doch nicht einmal Patrick konnte ihr dolmetschen – Lenah redete nicht mit ihm. Sie sah in dem fremden Halbwüchsigen keinen angemessenen Gesprächspartner.

Enttäuscht legte sich Hanna auf eine Matte am Boden zum Schlafen, starrte in die Dunkelheit hinein, die nur von einer schwachen Kerosinlampe erhellt wurde. Sie musterte das kunstvolle Geflecht aus Holzzweigen und Lehm, aus dem die Hütte erbaut worden war. Das Licht ließ die Wände, die aus dem gleichen Material bestanden wie der Boden, warm leuchten, jede kleine Unebenheit warf einen Schatten. Ein pittoreskes Muster entstand auf diese Weise, eine Zeichnung von schlichter, warmer Schönheit.

Sie erinnerte sich an die Verhandlungen mit den Vermietern von Praxisräumen in Berlin, ihre Bedenken wegen einer verschimmelten Ecke in einem Raum oder die nicht standardgemäßen sanitären Einrichtungen. Sie sah sich selbst bei Leuten anrufen, um billig an Möbel zu gelangen. Und wie sie diese Sachen dann kritisch untersuchte, um den Preis zu drücken. Wie weit all das entfernt war! War das überhaupt dieselbe Person? Waren diese Probleme nicht unwichtig geworden? Es erschien ihr völlig undenkbar, in wenigen Tagen ohne Ken zurückfliegen zu müssen.

Wie sollte sie überhaupt ohne Mike leben? Was empfand sie noch für ihn? Hatten die Lügen ihre Liebe und ihr Vertrauen zerstört? Um diese Anrwort zu finden, müsste sie mit ihm selbst sprechen, anstatt von Dritten deren Sicht der Wahrheit zu hören. Mike ein Heiler? Unwillkürlich musste Hanna lächeln. Wenn Ken kränkelte, war ihr Mann ratlos. Und als sie mit ihrem Studium als Heilpraktikerin begann, verstand er es nicht. Aus heiterem Himmel sollte er nun lernen, was sie sich gerade angeeignet hatte? Im Busch? Was konnte er da schon lernen? Wenn es sein heimlicher Wunsch gewesen war, mit ihr gleichzuziehen – warum hatte er damit nicht in Berlin angefangen? Wo er alle Möglichkeiten gehabt hatte …

Nein, sie verstand es nicht. Und während sie auf der Matte am harten Boden vergeblich den erlösenden Schlaf herbeisehnte, glaubte sie zu wissen, dass sie niemals dazu in der Lage wäre.

Am nächsten Morgen weckte Mama Lenahs etwa Zweijähriger Hanna, indem er selbstvergessen mit ihren blonden Haaren spielte. Eine Weile verhielt sie sich ruhig und ließ das Kind gewähren. Es hustete viel und die ehemalige Krankenschwester erinnerte sich, dieses Geräusch die ganze Nacht über gehört zu haben. Als sie sich bewegte, verschwand der Knirps erschrocken hinter Mama Lenahs langem Wickelrock. Mikes kleiner Neffe erinnerte sie an die Vergangenheit. Plötzlich sah sie den schmächtigen Ken vor sich, wie er als Neuankömmling auf ihrem Küchentisch saß. Ein Bündel Hoffnungslosigkeit, aus dem sie in langer Arbeit einen kräftigen Jungen geformt hatte.

Ihr Rucksack war wie immer voll gepackt mit Dingen, die sie eigentlich nie brauchte, aber dennoch mit sich herumschleppte, seitdem Ken in ihr Leben geplatzt war: Nasentropfen, japanisches Heilöl, Fieberzäpfchen, sogar ein Thermometer, das sie allem Muttergespür zum Trotz benutzte. Selbst Antibiotika und Malariamittel hatte sie in ihrer Reiseapotheke.

Hanna schmunzelte über diese Grundausstattung eines durchschnittlichen Hypochonders. Mama Lenahs Sohn erwiderte ihre Heiterkeit mit einem ansteckenden, lauten Lachen. Die deutsche Besucherin vergewisserte sich mit einem Blick bei seiner Mutter, dass sie einverstanden war, und nahm das Kind auf den Schoß, um es zu untersuchen.

»*Daktari?*«, fragte Mama Lenah. Hanna brauchte einen Moment, um sich an das Suaheli-Wort für Arzt zu erinnern. Offensichtlich sprach ihre Gastgeberin zumindest ein paar Brocken der offiziellen Landessprache. Hanna überlegte, ob sie erklären sollte, dass sie keine Ärztin war. Der Einfachheit halber nickte sie schließlich.

Der kleine Junge hatte tatsächlich Fieber. Sie rieb seine Brust mit Salbe ein und verabreichte ihm Tropfen für seine verstopfte Nase. Was sie damit angerichtet hatte, erkannte Hanna erst, nachdem sie und Patrick von Mama Lenah mit einem aus Maisbrei bestehenden Frühstück verköstigt worden waren: Eine Hand voll Mütter mit Kindern wartete vor dem Haus.

»Die Frauen möchten, dass du ihnen und ihren Kindern hilfst«, erklärte Steve. Gegen Ende der »Sprechstunde« war Hannas Rucksack leer – sämtliche Medikamente waren verteilt und Steve hatte geduldig übersetzt, wie alles eingenommen werden musste.

Während sich Mikes Frau hilfsbereit der Kranken angenommen hatte, waren ihre Gedanken immer wieder zum eigentlichen Grund ihres Aufenthalts zurückgekehrt.

»Wo ist der Dorfvorsteher?«, erkundigte sie sich bei Steve.

»Du musst zu ihm gehen. Er erwartet dich«, gab der Junge zur Antwort. Diese vom Respekt vor der wichtigen Aufgabe des Ältesten geprägte Spielregel des dörflichen Miteinanders kannte Hanna nicht. Leicht verärgert überquerte sie die sandige Straße. Samson empfing sie freundlich, ohne dass die Deutsche den Ausgang der Beratung an seinem Gesicht ablesen konnte. Statt über Hannas Anliegen zu sprechen, lobte er ihre Hilfe und seine Besucherin fühlte ihre deutsche Ungeduld wie das Brodeln eines Vulkans.

»Ist es nun erlaubt, dass ich meinen Mann«, sie betonte »meinen« nachdrücklich, »sprechen kann? Oder gibt es wesentliche Gründe, die das verhindern?«

Samson ging auf Hannas kaum überhörbare Feindseligkeit nicht ein. »Wir haben die ganze Nacht darüber beraten«, verriet der Alte. »Es war nicht Mikes Wille, die Tradition unseres Volks weiterzuführen, sondern die Ahnen haben ihn erwählt. Uns steht es nicht zu, in ihr Urteil einzugreifen und den Weg unseres Bruders und Sohnes zu stören.«

Wut und Resignation kämpften in Hanna. Man würde ihr also nicht helfen. Berührte die Dorfbewohner denn Kens Schicksal überhaupt nicht? War das Wohl eines kleinen Jungen von so viel geringerer Bedeutung als Mikes Lehrzeit als Heiler? Gab es denn gar keine Brücke, welche die alten Traditionen mit den alltäglichen Problemen der Zurückgebliebenen verband?

»Ich will mit meinem Mann sprechen«, forderte sie. »Es mag ja sein, dass das Dorf ihn braucht. Aber ich verlange, dass er sich um das Schicksal seines Sohnes kümmert!«

»Du musst die Polizei bitten, Ken zu dir zurückzubringen«, antwortete der Dorfvorsteher mit erstaunlicher Zurückhaltung. »Du bist eine Weiße.«

Hanna erwiderte nicht, dass ihre Hautfarbe nichts nütze, sondern sogar im Wege stehe. »Wie lange wird Mike denn fort sein?«, fragte sie.

Samson war ratlos: »Das werden wir sehen. Das unterliegt nicht unseren Wünschen.«

»Und es gibt keine Möglichkeit? Kann mir nicht wenigstens jemand den Weg zu ihm zeigen?« Es war mehr als eine Bitte, es war ein Flehen, aber es half nichts. Der alte Mann hielt sich an den Beschluss des Ältestenrats.

»Wer ist denn dort im Busch bei Mike? Wer unterrichtet ihn?«, wollte Hanna wissen, um wenigstens annähernd nachvollziehen zu können, was ihr Mann überhaupt tat.

Samson sah sie nachsichtig an: »Es sind die Ahnen, die zu Mike sprechen und ihn unterweisen.« Er interpretierte den Ausdruck völliger Ratlosigkeit in Hannas Gesicht richtig: »Eine *muzungu* wird unsere Bräuche nicht ohne weiteres verstehen. Selbst, wenn du deinen Mann jetzt wiedersehen würdest, wäre er dir wohl keine Hilfe. Einen *mganga* gehen unsere Alltagssorgen nichts an. Er steht darüber. Unsere Probleme müssen wir selbst lösen. Sei darüber nicht verbittert, meine Tochter. Ich weiß, dass meine Worte dich nicht trösten. Aber glaube mir, der ich die Traditionen kenne: Wenn es der Wille der Ahnen ist, dann bekommst du deinen Ken zurück. Auch ohne Mikes Unterstützung.« Der weise Mann verabschiedete Hanna mit der Herzlichkeit eines Mannes, der sie schon lange zu kennen schien.

Die abgeklärten Worte des Dorfvorstehers beruhigten Hanna keineswegs. Ahnen – was konnte ihr dieser Begriff schon bedeuten? Das waren für sie Tote, die auf dem Friedhof lagen und deren alte Fotos gelegentlich im Album betrachtet wurden. Bei schlechtem Wetter. Oder wenn eine Familienfeier anstand, was in ihrem Fall selten vorkam.

Mit schweren Schritten verließ sie das Dorf. Patrick und Steve, einen Sack voller Erdnüsse geschultert, die er am Strand verkaufen wollte, begleiteten sie. Der Knabe in Kens Alter war glücklich über die Aussicht, dass die Deutsche ihm das Geld fürs *matatu* bezahlen würde.

»Und du?«, wendete sie sich dem schmächtigen Burschen zu, »weißt du auch nicht, wohin Mike gegangen sein könnte?«

Der Junge schlug die Augen nieder: »Ken und ich, wir sind Mike und den Männern nachgelaufen. Dorthin, wo der Heilige Hain ist. Ken wollte wissen, wo sein Papa ist.«

»Ist das der Ort, wo Mike ist?«, hakte Hanna aufgeregt nach. »Kannst du mich dorthin führen?«

»Das darf ich nicht«, antwortete der Junge und berichtete von der unheimlichen Begegnung mit dem Marabu.

»Was hat denn der Marabu damit zu tun?«

Die Antwort des Jungen bestand aus Schweigen und Hanna begann zu verstehen, dass Mike sich in einer Welt befand, zu der sie wohl tatsächlich niemals Zugang finden würde. Da wird ein Mann in den besten Jahren einfach aus seinem alten Leben herausgerissen, dachte sie. Ohne Rücksicht auf die Angehörigen. Wo lag dabei der Sinn?

Der Groll, den sie für ihren Mann empfand, hatte sein Ziel nicht erreicht. Fast kam es ihr so vor, als ob Mike selbst ein Opfer sei – eines von uralten Sitten, die nicht nach den Lebensumständen des Betreffenden fragten, sondern gewissermaßen ohne Ansehen der Person zum Dienst für die Gemeinschaft rekrutierten. Verstehen könnte sie es nie. Für sie blieb Mike, was er gewesen war: ihr Mann, ein Hotelportier. Nichts Aufregendes, so gesehen. Dennoch liebte sie ihn, und diese Liebe hob ihn hervor aus allen anderen Männern. Vielleicht, grübelte sie, gingen die Ahnen ähnlich vor. Sie erwählten jemanden, dem niemand ansah, was tatsächlich für geheime Fähigkeiten in ihm steckten.

Nachdem sie von Kens Vater keine Hilfe erwarten durfte, konnte Hanna die wenigen Tage, die ihr in Kenia blieben, nur auf eine Art nutzen, um Ken wiederzubekommen: in der Auseinandersetzung mit Joyce und deren Mann. Sie wusste, dass sie als Adoptivmutter durchaus mehr Rechte hatte, als diese beiden ihr jemals freiwillig zugestehen würden. Die Hoffnung, diese Rechte in Kenia geltend machen zu können, war mehr als gering. Da blieb zwar noch die Möglichkeit, sich an die deutsche Botschaft zu wenden. Doch die befand sich in Nairobi. Ein Gedanke, den Hanna sofort wieder verwarf: Der teure Flug in die kenianische Hauptstadt, die Zeitfrage, der ungewisse Ausgang … Aber sie würde nicht aufgeben. Das erwartete Ken von ihr. Und sie schuldete es dem Jungen, den zu schützen, sie sich als Aufgabe gestellt hatte.

33

Den Besuch in Schmitts Disko *Sunset* hatte Hanna schon lange vorgehabt, aber immer wieder verschoben. Dass sie sich nun doch dazu durchrang, den Mann kennen zu lernen, mit dem Kenny nach dem Willen seiner leiblichen Mutter aufwachsen sollte, war der letzte verzweifelte Versuch, ihren Jungen vor jenem Schicksal zu bewahren, das Joyce für ihn vorgesehen hatte. Sollte sie um ein gerichtliches Verfahren nicht herumkommen, so könnte ihr der Besuch des lauten, schrillen Tanztempels, der bevölkert war von Schönen der afrikanischen Nacht, außerdem wertvolles Informationsmaterial liefern, so hoffte sie. Als sie den rotblonden Deutschen endlich kommen sah, machte sie sich ganz klein.

Patrick hatte Hanna nur mit spärlichen Informationen über Schmitts Umfeld ausstatten können. Ihr gesagt, dass der größere der beiden unvermeidlichen Leibwächter, mit denen der Mann sich jetzt durchs Gedränge einen Weg bahnte, Jonas heiße und ein Massai sei und dass der kleinere Alfred gerufen werde.

»Der ist viel gefährlicher.« Patrick hatte sie wissend angesehen: »Ein Turkana.« Hanna konnte das Urteil des Jungen nicht teilen; in Berlin gab es Männer, die wesentlich unheilbringender wirkten. Eine Weile beobachtete sie das Trio.

Schmitt sprach einige junge Afrikanerinnen an, die daraufhin aufstanden, sich von ihren kenianischen Begleitern trennten und sich zu männlichen weißen Singles setzten. In gleicher Weise verfuhr er mit jungen Schwarzen, die wenig später weiße Frauen oder Männer ansprachen. Hanna selbst veränderte immer wieder ihren Standort, um nicht selbst ins Visier zu geraten. Nach einer Weile hatte Schmitts Auftreten den Laden richtig gut durchmischt: Es gab kaum noch weiße Singles, sondern viele schwarz-weiße Pärchen, sowohl Hetero als auch Homo; der Lokalbesitzer hatte die Bedürfnisse seiner Gäste offenkundig richtig eingeschätzt.

Am liebsten wäre Hanna jetzt gegangen; aber sie war nicht als Moralapostel hier. Langsam arbeitete sie sich an Schmitt heran, die beiden Bodyguards ständig im Blick. Sie wählte den Zeitpunkt, als der Deutsche sich in Nähe der Tür an eine der drei Bars setzte, während der Massai die Disko verließ. Sie hatte sich vorgenommen, entdeckt zu werden. Dadurch gewann sie etwas mehr Zeit, so hoffte sie, um das Gespräch langsam auf Touren kommen zu lassen. Denn der Mann hatte eindeutig den Platzvorteil.

Als es so weit war, nahmen seine kalten Augen Maß: »Hier werden Sie Ken gewiss nicht finden«, eröffnete er.

»Ich wollte mir ein Bild machen, welches soziale Umfeld den Jungen so erwartet«, gab sie schnippisch zurück – und ärgerte sich im gleichen Moment über ihre lehrerhafte Wortwahl. So konnte sie einem Mann wie dem nicht kommen. Warum nur musste sie immer so direkt sein?

Entsprechend herablassend reagierte Schmitt: »Was wollen Sie? Ich bin nicht die Disko. Das hier ist ein Anmacherschuppen, von dem meine Frau und ich ganz gut leben.« Er lächelte süffisant. »Und künftig auch ihr Sohn. Das heißt aber noch lange nicht, dass ich ihm diesen Ort zeigen werde. Nicht mal meine Frau kommt hierher.« Er zog eine lange Zigarre aus der Brusttasche seines dunkelblauen Hemdes. »Reicht Ihnen das als moralische Rechtfertigung?«

Hanna hatte nicht mit diesem aggressiven Ton gerechnet. Nun fragte sie sich, ob sie nicht einen riesigen Fehler gemacht hatte, sich dem selbstgefälligen Mann zu stellen. Für einen Rückzieher war es zu spät: »Es gibt Gesetze, Herr Schmitt. Sie und Ihre Frau können sich nicht nehmen, was Sie wollen!«

»Ach, Gott, wie rührend.« Der Mann blieb gelassen. »Was haben Sie denn in der Hand? Eine von Vincent Ndondi gefälschte Einwilligungserklärung zur Adoption!«

»Sie sind selbst Deutscher«, hielt Hanna dagegen, »da sollten Sie wissen, dass ein Behördenvorgang, sobald er einmal aktenkundig ist…«

Er ließ sie nicht ausreden: »Geschenkt. Der Junge ist hier. Sie haben ihn reisen lassen, begleitet von seinem Vater. Das ist das eine. Das andere ist: Wir sind in Kenia. Was glauben Sie, warum es mir hier gefällt? Mit ein wenig gutem Willen kann ich in diesem Land mein Geschick selbst bestimmen.« Dabei rieb er Daumen und Zeigefinger schnell aneinander. »Schalten Sie ruhig Botschaften und Polizei ein. Viel Spaß und gute Nerven. Sie kriegen den Jungen nie wieder.«

Hanna brauchte einen Moment, um diese Direktheit und Arroganz zu verkraften. Hatte sie für Joyce sogar noch ein gewisses Maß an Verständnis aufbringen können, so zerstörte dieser Mann selbst den kleinsten Ansatz dazu im Keim: Ihm ging es nicht um Ken, sondern nur ums Gewinnen.

»Zu Ihnen passt kein zehnjähriger Junge, der verrückte Ideen im Kopf hat, neugierig und frech ist und gleichzeitig total verschmust. Sie haben eine, ich schätze mal…«, sie sah ihn von oben bis unten an, »… 20 Jahre jüngere Frau, die Sie auf Trab hält. Da stört ein Kind doch nur.«

Während sie ihn verzweifelt aus der Reserve zu locken versuchte, nuckelte der Deutsche genüsslich an seiner Havanna, die er nicht entzündet hatte. »Meine Frau hat Sie richtig beschrieben, Hanna. Ich darf Sie doch so nennen? Und wissen Sie was: Sie haben völlig Recht. Entscheidend ist, dass meine Frau den Jungen braucht. Und ich brauche Joyce.«

»Kenny liebt mich! Er fühlt sich wohl in Deutschland!«, fuhr sie den rothaarigen Mann an, der inzwischen wieder von seinen Leibwächtern flankiert wurde.

Schmitt blickte Hanna so intensiv an, dass sie für einen kurzen Augenblick glaubte, er empfinde so etwas wie Mitgefühl für sie. Er antwortete überraschend sachlich: »Der Junge kann nicht zwei Müttern gleichzeitig gehören. Eine wird nachgeben müssen. Da keine von euch beiden das tun wird, muss ich entscheiden. Ich gebe zu, ich bin etwas parteiisch. Aber seien Sie mal ehrlich: Die leibliche Mutter hat durchaus legitime Interessen.«

»Ohne mich wäre Kenny tot!«

»Ohne Joyce wäre er nie geboren worden.«

Es war das Argument, gegen das Hanna nichts mehr zu setzen wusste. Wütend ballte sie die Fäuste. Ihre zunehmend aggressive Stimmung versetzte Schmitts Leibwächter in Alarmbereitschaft; sie postierten sich dicht neben ihr. Ihr Chef blieb lässig Herr der Lage. Er hob, die kalte Zigarre entspannt zwischen den Fingern, ganz leicht die Hände. »Die Geschichte vom kaukasischen Kreidekreis: Zwei Mütter, ein Kind. Erinnern Sie sich, wie der Richter entschieden hat?«

Hanna wusste, worauf er hinauswollte. Ihr selbst war dieser Vergleich schon in den Sinn gekommen, als sie Joyce' Villa verließ.

»Geben Sie das Kind frei«, sagte der Mann. »Seien Sie so edel. Dann bleibt Ihnen zumindest dieses Gefühl.«

»Diese Geschichte ist altmodisch«, schäumte Hanna. »Ken hat Rechte, auch als Kind! Er ist keine Sache, an der man seine Kräfte messen darf. Warum fragen wir ihn nicht einfach, wo er leben will?«

»Sie wollen das Kind entscheiden lassen?« Schmitt wirkte verärgert. »Natürlich würde er zu Ihnen rennen – jetzt. Ist doch klar. Aber damit ist doch der Konflikt nicht ausgestanden! Irgendwann wird er sich an all das hier erinnern. Fragen stellen und seine leibliche Mutter kennen lernen wollen.« Seine Augen waren so eisig, dass es Hanna fröstelte. »Sie hat das Leben noch nicht so hart gemacht wie mich. Sie sind zu liberal. Immer auf Ausgleich bedacht. Sonst würden Sie gar nicht erst mit mir reden wollen, sondern es sich gleich auf Ihren Vorurteilen gegen mich bequem machen.«

Er tippte mit der Zigarre in Hannas Richtung: »Wie ich Sie einschätze, würden Sie ihn eines Tages doch zu seiner Mutter lassen, wenn Ken es verlangt. Denn Sie lieben ihn. Aber dann wäre es zu spät für die beiden – für Mutter und Sohn. Deshalb werden wir es so machen, wie Joyce es Ihnen bereits vorgeschlagen hat.«

»Sie wollen sagen: Was Sie jetzt tun, geschieht in Wirklichkeit zu Kens Bestem?«, fragte sie fassungslos. »Sehen Sie denn nicht das Heimweh eines kleinen Jungen?«

»Sie machen sich viel zu viele Sorgen um ihn! Das ist ein zäher Bursche. Natürlich hat er jetzt Heimweh, aber das vergeht«, gab der rothaarige Mann lässig zurück. »Ich sehe die Angelegenheit mit den Augen meiner Frau: Joyce ist davon überzeugt, dass eine höhere Macht ihr den Sohn zurückgegeben hat. Wenn Sie sich mit uns anlegen, streiten Sie so gesehen gegen den Willen Gottes.« Schmitt blieb ganz ernst. Hanna fragte sich, ob dies ein neuer Anfall von hinterhältigem Zynismus war.

»Sie glauben doch gar nicht an Gott, Sie Teufel!«, schrie sie ihn mit dem Mut der Verzweifelten an.

Ihre Wut beeindruckte nicht im Geringsten. »Geben Sie auf, Hanna. Sie erreichen nichts. Dies ist Kenia. Hier gelten andere Gesetze.« Schmitt beugte sich zu der Frau hinunter, als verriete er ihr ein Geheimnis. »Und die kann ich beeinflussen. Deswegen lebe ich hier. Dazu muss ich nicht mal Gott sein.«

»*Take her out*«, sagte er leise zu dem kleineren der beiden Leibwächter.

Hanna stand auf. »Ich gehe von allein.« Sie hatte das Gefühl, Pudding in den Knien zu haben, als sie an der Tanzfläche vorbei zum Ausging lief. Der stämmige Boydguard blieb dicht hinter ihr, bis sie draußen auf dem gleißend hell erleuchteten Parkplatz stand.

In ohnmächtiger Wut hätte sie am liebsten den klobigen Geländewagen des Deutschen demoliert, der direkt neben dem Eingang parkte. Rausgeworfen hatte Schmitt sie! Nicht einen Funken von Verständnis brachte er auf. Was sollte dieses Gefasel von Gott, Schicksal und eigenmächtig aufgestellten Regeln? An der Seite dieses selbstgerechten Mannes sollte ihr Junge aufwachsen? Und das wäre im Sinn von Kens Ahnen? Hatte Samson das gemeint? Waren die denn blind, diese verstorbenen Verwandten? Gab es denn niemanden, der ihr beistand? Keine Lebenden, keine Toten? Selbst deren Hilfe hätte sie jetzt angenommen …

Ein paar Meter weiter flirtete ein Paar – er Afrikaner, sie Europäerin. Es fängt alles so einfach an, so leicht, so harmonisch, so verflucht glücklich, dachte Hanna. Dann geht der andere und lässt den Partner zurück mit unbeantworteten Fragen.

Ihre Auflehnung gegen das Unrecht dieser Welt schlug um in Depression. Sie trottete zurück zur Hauptstraße, als sich eine Hand in ihre schob. Obwohl es Nacht war, lief Patrick immer noch barfuß. Auf dem Parkplatz lagen unzählige kleine Glassplitter.

»Was machst du denn hier?«, fragte die Deutsche müde. »Warum gehst du nicht nach Hause?«

»Ich nicht haben ein Zuhause«, entgegnete Patrick.

Ein Zuhause ist ein Ort, an dem einen jemand erwartet, dachte Hanna resigniert. In ihrer Wohnung in Berlin wäre es unerträglich still – kein Kenny, kein Mike. Und wenn das Telefon läutete, würde es ein Rechtsanwalt sein, der ihr sagte, dass es fast unmöglich wäre, ihren Jungen aus Kenia herauszubekommen. Auch, wenn sie im Recht wäre. Und das, dachte Hanna, soll meine Zukunft sein?

Sie zahlte Patrick die Fahrt mit dem *matatu* und stieg an der Abzweigung zu ihrem Hotel aus. Als der Wagen weiterfuhr, starrte sie ihm in die Nacht nach. Sie konnte diesem Jungen nicht helfen. Nicht einmal für sich selbst schien ihre Kraft noch zu reichen.

34

Den ganzen folgenden Tag, den vorletzten ihrer Reise, verbrachte Hanna damit, das Haus von Joyce und Schmitt zu beobachten. Patrick führte sie, glücklich, ihr beistehen zu können, auf die Landseite der Villa, ringsherum um den mannshohen Zaun. Das Anwesen wirkte ausgestorben und Hannas Mut sank immer mehr.

Am frühen Abend, auf dem Rückweg zum Hotel, kam sie noch einmal an Vince' ehemaligem Büro vorbei: Es war komplett ausgeräumt. Hanna dachte kurz daran, dass es ihr nicht einmal gelungen war, den Verbleib ihres schurkischen Schwagers zu klären. Beschäftigt mit ihren eigenen Sorgen, vergaß sie diesen Gedanken jedoch sofort wieder. Zurück im Hotel las sie auf dem Abflugplan ihren Namen: Am folgenden Mittag würde der Hotelbus sie unvermeidbar zum Flughafen bringen. Sie rief ihre Mutter an. Es ließ sich nicht mehr vermeiden, ihre Niederlage einzugestehen.

»Mutti, ich werde dir alles erklären, wenn ich zurück bin. Bitte stell jetzt keine Fragen«, flehte sie.

Doch Mariannes Vorwürfe blieben aus: »Ach, Hannchen, wir kriegen Kenny schon zurück. Bis du wieder hier bist, werde ich einen Rechtsanwalt gefunden haben. Wir geben nicht auf.«

»Bis morgen Abend«, sagte Hanna mit tränenverschleierter Stimme, gerührt über den unkompliziert angebotenen Beistand ihrer Mutter. Sie trat hinaus auf den Balkon. Sie hatte verloren. Und es waren zu viele Niederlagen, die sie in ihrem Leben zu verkraften hatte. Über den Verlust ihres Vaters hatte die Mutter ihr hinweggeholfen, Mike über ihr gescheitertes Leben mit Dirk. Doch wie sollte sie damit zurechtkommen, ohne ihn und Kenny zu leben?

Aus dem Hotelgarten klangen die fröhlichen, internationalen Schlager einer Musikgruppe herauf. Ihre schweren Bässe ließen die Luft vibrieren. Hanna ertrug diese Heiterkeit nicht; sie floh aus ihrem Zimmer. Vorbei an gut gekleideten Urlaubern, einige tanzten, Kinder drehten sich selbstvergessen um ihre eigene Achse – Ferienidylle, deren Anblick Hanna schmerzte. Wie die im Augenblick versunkenen Kinder schien sie in den vergangenen Tagen um sich selbst gekreist zu sein.

Am Meer endlich entkam sie dem lauten Sound. Es war Flut, so wie an jenem Abend, an dem mit Mike und ihr alles begonnen hatte. Jetzt war ihr nicht danach, in die Brandung zu springen, um ihre Kraft zu spüren; die unbändige Gewalt der Wogen ängstigte sie sogar. Hanna zog lediglich die Schuhe aus und erlaubte dem Wasser nur, ihre Füße zu benetzen. Ihr fiel ein, dass sie bis jetzt kein einziges Mal geschwommen war.

»Mama Ken!«, rief eine Stimme gegen das Rauschen des Meers an. Die in ihrer Melancholie versunkene Deutsche brauchte eine Weile, bis sie sich angesprochen fühlte. Nicht weit entfernt räumte eine letzte Strandhändlerin ihren Stand ab. Der Wind zauste die bunten Tücher. Hanna winkte müde zurück und wollte ihren Weg durch den feuchten Sand fortsetzen. Sie erinnerte sich, dass die Frau, die ihr soeben zugewunken hatte, jene Händlerin war, die Patrick zu ihr nach Mtwapa gebracht hatte. Bislang hatte Hanna sich noch nicht gefragt, wieso die Frau, an deren Namen sie sich schon wieder nicht mehr erinnerte, das getan hatte. Sie beschloss, umzukehren und ihr dafür zu danken.

Die Händlerin warf gerade ihre letzten Tücher in große wasserdichte Plastikplanen, die sie über Nacht unter dem Sand vergrub. »Mama Ken, du nie aufgeben!«, rief sie ihr fröhlich entgegen.

Ihr Optimismus erreichte Hanna nicht. »Das sagen Sie so leicht«, meinte sie. »Ich weiß nicht mehr weiter.«

»Warum du nicht Perpetua fragen?« Der Abendwind zerrte an der Plastikplane, schnell half Hanna der Kenianerin, das Ganze mit Steinen zu sichern.

»Kommen!«, rief diese ihr zu.

Vertraut grüßte sie ein paar *askaris*, die sich mit ihren Dobermännern auf eine lange Nachtwache am Strand einstellten. Die Afrikanerin marschierte, eine große Tasche gekonnt auf dem Kopf balancierend, eine geteerte Stichstraße zwischen den Hotels hindurch, deren Existenz Hanna bislang nicht wahrgenommen hatte. Perpetua bewegte sich auf dem Terrain der Weißen mit verblüffender Selbstverständlichkeit.

Die Deutsche nutzte die Gelegenheit, um sich zu erkundigen, wieso ihre Begleiterin damals gewusst hatte, dass sie in Mtwapa war.

»Perpetua alles wissen!«, sagte die Kenianerin und Hanna erinnerte sich dunkel, diesen Satz schon bei ihrem ersten Treffen gehört zu haben. Die kleine Frau verschwand unter ihrer großen Kopflast fast völlig.

»Sie kennen wahrscheinlich auch Joyce?«, mutmaßte Hanna. »Sie hat meinen...«, die verzweifelte Frau machte einen neuen Anlauf: »Joyce hat Ken.«

»Perpetua wissen«, lautete die für Hanna schon fast selbstverständliche Antwort. Als sie dann sagte: »Ken haben zwei

Mamas«, machte Hanna noch ein paar Schritte. Dann blieb sie stehen. Dieser Satz aus dem Mund der ihr nahezu unbekannten Frau war unglaublich! Bislang hatten alle in Shanzu oder in Shanzu Beach Hanna jedes Recht an Ken rundweg abgesprochen!

Neugierig geworden, folgte sie der Frau, die sich in gemächlichem Tempo weiterbewegte: »Wie meinen Sie das: zwei Mamas?«

»Viele Kinder keine Mama haben. Du gehen durch Dörfer, du sehen Strand, du sehen Kinder ohne Mamas. Ken sein glückliches Kind, haben zwei Mamas«, erklärte Perpetua mit ungewohntem Ernst.

Nun ja, dachte Hanna, so konnte man das wohl auch sehen. Zumindest, wenn man außer Acht ließ, dass der Junge dazu wohl seine eigene Meinung hatte und »die beiden Mamas« ziemlich unversöhnliche Standpunkte vertraten.

Inzwischen war es dunkel geworden und die beiden Frauen hatten die Parallelstraße zum Strand erreicht. Hanna war müde; sie wollte das Gespräch mit der Händlerin nicht fortsetzen, da nicht erkennbar war, dass es zu etwas führte.

Perpetua hob die schwere Tasche vom Kopf. »Tragen schwer«, stöhnte sie und deutete auf ihren schmerzenden Rücken.

Hanna reichte ihr die Hand: »Danke für Ihre Hilfe, Perpetua.«

Doch die Kenianerin verabschiedete sich nicht. »Helfen tragen. Perpetua zeigen Mama Ken etwas.«

Zwar hatte die Deutsche keine Lust dazu, wollte aber nicht undankbar sein. Also packte sie die Tasche an einer Seite und Perpetua nahm den anderen Griff.

»Zwei Frauen besser als eine!« Die Afrikanerin grinste sie

vergnügt an. Schweigend lief das ungleiche Paar die Straße hinunter zur Abfahrtsstelle der *matatus*, interessiert von den Touristen betrachtet. Gemeinsam wuchteten sie die Tasche ins Sammeltaxi. Perpetua streckte Hanna die Hand entgegen: »Kommen mit zu mir.« Die Angesprochene zögerte. »Bitte! Kommen.«

Widerwillig kletterte Hanna in den bereits gefüllten Wagen. Sie besaß gerade noch die 20 Schillinge für die Fahrt – Mikes Buschdorf, Patrick, Steve, bei allen hatte sie Geld gelassen. Sie gewährte Perpetua einen ungenierten Blick in ihre Börse, um jedes Missverständnis auszuräumen, doch das tat deren guter Laune keinen Abbruch.

Nach etwa viertelstündiger Fahrt führte Perpetua Hanna durch schmale, sandige Gassen, in denen die Bewohner geschäftig ihren nächtlichen Erledigungen nachgingen. Beleuchtet von schwachen Kerosinlampen, boten Verkäufer gebrauchte Schuhe aus Europa an, an alten Pedalnähmaschinen reparierten Männer Ledersandalen, auf Rosten wurde Mais gegrillt. Auf offener Straße rasierte ein Frisör die Haare nach dem Vorbild des an die Wand gepinten Fotos eines US-Baseballspielers. In winzigen Fensterluken, die als Schaufenster dienten, lagen Waschmittel aus, lautstark wurden Preise verhandelt. Aus einem windschiefen Gebäude erklang Gesang, der auf einen Gottesdienst schließen ließ. Es war Nacht geworden und das Leben in Mtwapa lief seinen gewohnten Gang.

Je tiefer Hanna ihrer Führerin ins Ortsinnere hineinfolgte, desto öfter fielen ihr kleine Kinder auf, kaum in der Lage, allein zu laufen. Sie starrten die Weiße zunächst verwundert an, dann füllten sich ihre Augen mit Tränen – und kreischend rannten sie davon.

»*Muzungu* nicht oft hier sein«, amüsierte sich Perpetua.

So nah an den Hotels, gerade mal 15 Minuten Autofahrt – und keine Weißen verirrten sich hierher! Hanna erinnerte sich daran, dass sie vor zehn Jahren anfangs auch keinen Schritt aus dem Reservat herausgewagt hatte!

Noch immer war nicht klar, welchem Zweck dieser Nachtspaziergang diente. Mit wachsender Sorge überlegte die Deutsche, wie sie wieder aus dem dunklen Gassenwirrwarr herausfände. Als Mitträgerin der Tasche war sie an Perpetuas Seite gebunden. Hanna suchte schon nach einer Entschuldigung, mit der sie sich davonstehlen konnte, als die Kenianerin sie zu einem Grundstück dirigierte, das ein Bretterzaun schützte.

»Hier Perpetua wohnen.« Ihre Führerin stieß die Pforte auf und ließ Hanna keine Chance auf ein Entkommen. Sofort umringte eine unüberschaubare Schar Kinder die beiden Frauen. In der Tasche befanden sich keineswegs zum Rücktransport bestimmte Touristenartikel, sondern Lebensmittel: Brot, gekochte Nudeln und Reis, Teile von gebratenem Hühnchen und sogar Muffins. Das ganze Essen war gewiss ein, zwei Tage alt. Die Touristen würden es nicht mehr anrühren, aber hier war es eine Festspeise.

Hanna nutzte die eingekehrte Ruhe, um sich einen Überblick über die Anzahl der Kinder zu machen. Es waren mindestens ein Dutzend! Jetzt kamen noch welche von der Straße dazu, aus dem Haus trugen Halbwüchsige Babys herbei.

Perpetua registrierte die Verwunderung ihrer Begleiterin mit Heiterkeit: »Darum du hier sein, Mama Ken.«

»Sind das alles Ihre?«, fragte Hanna bestürzt.

»Viele von Perpetua sein. Nicht alle. Perpetua sagen: Kinder hier wohnen. Besser als auf Straße leben.« Sie setzte sich unkompliziert inmitten der Nachwuchsschar auf die Erde. Die Deutsche kam sich dumm vor, als Einzige herumzustehen, und folgte dem Beispiel der Hausherrin.

»Wo sind die Mütter der Kinder? Die Väter?« Sie waren die einzigen Erwachsenen in diesem Durcheinander.

»Viele Mütter tot, manche sterben an Aids, Väter gehen weg, nicht sehen wollen kranke Kinder, die immer haben Hunger. Großeltern auch sterben oder krank sein. Nicht können Kinder versorgen.« Sie schüttelte den Kopf. »Schlimm sein. Perpetua oft traurig.«

Die Frau wirkte plötzlich so viel kleiner als an ihrem Stand, wo sie den Urlaubern mit ungebrochenem Optimismus bunte Tücher verkaufte und erlebte, wie europäische Sprösslinge übermäßig verwöhnt wurden. Wie dicht das alles nebeneinander lag! Und niemand merkte der fröhlichen Person an, welche Gegensätze sie jeden Tag aufs Neue verkraftete.

Was mochte Perpetua gedacht haben, als Hanna ihr Kens Foto gezeigt hatte? Doch wer konnte sagen, ob die Afrikanerin nicht das Gleiche für einen ihrer Schützlinge getan hätte? Liebte man ein Kind weniger, nur weil zu Hause noch ein Dutzend anderer wartete?

Nein, gab sich die Besucherin selbst die Antwort, sicherlich nicht. Aber man würde vielleicht nicht mehr mit ganz so viel Verzweiflung reagieren, wenn die leibliche Mutter einen Anspruch erhob. Wollte Perpetua ihr das sagen? Hanna mit dieser Demonstration wahrer Nächstenliebe die Dimensionen des eigenen Unglücks verdeutlichen? Die Händlerin konnte nicht wissen, dass dies Hannas letzter Abend in Kenia war und dieser letzte Eindruck umso nachhaltiger wirken würde.

Hanna hatte nur eine einzige Rose vor dem kalten Abendwind zu schützen – und Perpetua so viele. Deprimiert dachte sie, dass sie bei ihrer Aufgabe versagt hatte: Die kleine Frau hatte sie mit der Nase direkt darauf gestoßen.

»Und das bewältigen Sie alles ganz allein?«, fragte Hanna eingeschüchtert. »Verkaufen tagsüber am Strand und kümmern sich abends um die Kinder?«

Perpetua schüttelte belustigt den Kopf: »Viele Kinder groß sein. Perpetua helfen.«

Aber die waren auch mal kleiner, dachte Hanna. »Ich habe verstanden«, sagte sie langsam, »meine Suche nach Ken ergibt für Sie keinen Sinn. Sie meinen, ich sollte aufgeben, nicht wahr?«

»Du nicht verstehen, Mama Ken«, korrigierte die Kenianerin sanft. »Meine Schwester haben viele Kinder.« Sie machte eine umfassende Armbewegung, die die Anwesenden alle umschloss. »Sie nicht wollen diese Kinder. Sie nur wollen ein Kind.«

Hanna hörte kaum richtig zu. Eher aus Höflichkeit fragte sie: »Warum will Ihre Schwester Ihnen nicht helfen?«

»Joyce sein meine Schwester. Sie leben in großem Haus und sagen: Haus sein still. Ich sagen: Dein Haus nicht müssen sein still. Du können viele Kinder haben.« Auf ihr Gesicht trat wieder dieses stille Lachen, mit dem sie alle Widersprüchlichkeiten des Lebens im Zaum zu halten verstand.

Hanna musste unwillkürlich lächeln: Sie sah Perpetuas hungrige Kinderschar durch Schmitts blitzblankes Haus toben, sich in den Pool stürzen, vorbei an den beiden Leibwächtern, deren Entsetzen über den Einbruch dieses Chaos sie sich bildhaft vorstellen konnte. Ja, dann wäre Leben in der Bude! Und genau das würde der dicke Deutsche gewiss nicht wollen.

Müde stand Hanna auf. Es war spät, sie musste zurück und wusste nicht einmal, wie sie zum Hotel gelangen konnte. Aus der Mitte ihrer Kinderschar blickte Perpetua überrascht zu Hanna auf: »Du gehen?«

»Morgen muss ich zurück nach Hause«, meinte die Deutsche verlegen. Sie wusste nicht, was sie sagen sollte. Es war so deutlich, dass Perpetua ihr helfen wollte. Aber wie?

Die kleine Händlerin legte sich die Hand aufs Herz: »Perpetua sein Tante von Ken, schicken Patrick zu Mama Ken, wollen helfen. Aber Mama Ken alles machen allein. Das nicht gut. Zwei Frauen mehr Kraft haben als eine.« Sie tippte sich an die Stirn. »Mama Ken denken, Perpetua helfen«, wiederholte sie eindringlich.

Hannas Gedanken überschlugen sich: Was wollte die resolute Frau ihr sagen? »Sie haben einen Plan, nicht wahr?« Die Besucherin versuchte an Perpetuas Gesicht abzulesen, was in der tiefgründigen Person vor sich ging. »Wollen Sie ihn mir verraten?«, fragte sie.

Die Kenianerin strahlte übers ganze Gesicht: »Du machen Pläne. Perpetua leben.« Sie zog Hanna mit sich zum Haus: »Mama Ken morgen fliegen. Heute sein heute. Wenn vorbei, dann vorbei. Du verstehen?«

»Nein«, gab Hanna zu. »Tut mit Leid.«

»Perpetua und Mama Ken reden. Dann alles gut werden.« Sie lachte, als könnte sie damit alles erklären. Doch bislang begriff Hanna nur, dass Joyce' Schwester ganz offensichtlich nicht wollte, dass Ken in deren Obhut blieb. Und sie vermutete, dass dies mit dem unübersehbaren Kindersegen der gutherzigen Frau zusammenhing. Doch inwiefern dies Ken und sie wieder zusammenbringen sollte, blieb Hanna ein Rätsel.

Voller Neugier brannte sie darauf, es zu lösen.

35

Ein dunkler Schatten glitt über die Kuppeln des saftig grünen Laubdachs, schien die Wipfel der Bäume fast zu streifen und verdunkelte für einen kurzen Moment sogar das kräftige Licht der Sonne. Der Vogel breitete seine Flügel aus wie einen vom Wind geblähten Mantel, streckte die langen, dürren Beine der Erde entgegen, während sein schwerer Körper mit angezogenem Hals den Flug abbremste. Er durchmaß den Raum, den er zur Landung gewählt hatte, mit langen Schritten.

Den Rücken Mike zugekehrt, streckte der Marabu die Schwingen weit von sich. Wie lange Arme, die etwas gleichzeitig verbergen und schützen wollten, das niemand zu Gesicht bekommen sollte. Der junge Mann verschattete mit der Hand seine Augen, doch er konnte nichts erkennen. Er musste sich aufrichten. Indem er das tat, löste sich das Bild vor seinen Augen im Nichts auf.

Ein Traum, dachte Mike. Gleichwohl hatte er den überwältigenden Eindruck, dass sich das Gesehene tatsächlich ereignet hatte. An seinem Schlafplatz unter dem dichten Blattwerk umgab ihn völlige Finsternis. Er hatte das deutliche Gefühl, dass ihn jemand rief. Doch diesen Ruf vernahmen nicht seine Ohren, sondern sein Herz. Er rührte von einer Gruppe von Menschen, die ihn zwar sah, die er aber nicht entdecken konnte.

Langsam stand er auf, kletterte aus seinem Unterschlupf

hervor. Ein schwaches, orangefarbenes Licht brannte. Noch mit dem Traumbild im Kopf hielt er es zunächst für die Strahlen der frühen oder der untergehenden Sonne, die auf den Boden fielen. Jetzt, als er den kleinen Vorplatz vor Oukos Höhle betrat, erkannte Mike, dass es der Schein eines Feuers war. Der Marabu, aufgeplustert, die weiten Schwingen zu beiden Seiten ausgestreckt, hockte davor und verdeckte es. Er zögerte einen Augenblick, ob er wirklich näher treten sollte, gab dann jenem inneren Impuls nach, der ihn an das verlockend erscheinende Feuer heranzog.

Er hatte sich getäuscht: Eine Anzahl dunkel verhüllter Gestalten hatte sich um die Flammen versammelt. Da sie eng zusammengerückt waren, sah es aus, als ob sie sich den Mantel des Marabu teilten. Während er sich näherte, öffnete sich der breite Umhang in der Mitte und gab etwas Platz frei für Mike.

Da niemand sprach, fasste der junge Mann diese stumme Geste als Aufforderung auf, sich in ihre Mitte zu setzen. An der Stelle, an der er sich niederlassen wollte, fand Mike seine Fellmaske. Leicht irritiert hob er sie auf. Er spürte das weiche Fell und band sich die Maske vor das Gesicht. Erst dann ließ er sich in dem Kreis der Namenlosen nieder.

Er konnte kaum atmen, rang nach Luft, spürte eine Mischung aus aufsteigender Panik und seltsamem Wohlgefühl. Schließlich legte der junge *mganga* Mike die Hände flach auf die Erde, als ob er sich abstützen wollte, bevor er ohnmächtig zu Boden sänke. Vor seinen geschlossenen Augen pulsierte eine dunkle Masse roten Blutes, wogte unaufhörlich auf und ab, ließ ihn schwindlig werden.

Mikes Herz raste, sein flacher Atem ging immer schneller. Unvermittelt überkam ihn der Wunsch, sich zu bewegen, aber sein Körper schien fest verwurzelt zu sein mit der Erde. Sein Oberkörper wippte, ohne dass es ihm bewusst war, vor und zurück, immer schneller, entsprechend der rasenden Bewegung von Herz und Lunge. Als er das helle Licht der Sonne erkannte, blickte er geradewegs in die unaufhörlichen Eruptionen auf ihrer Oberfläche.

Das brodelnde Magma stieg auf mit der Intensität der auf die Felsküste anstürmenden Meereswogen, die sich daran brachen und in große Tropfen zerbarsten, bevor sie wieder zurückkehrten in das aufgewühlte Element. Obwohl er dieser gleichzeitig zerstörerischen wie schöpferischen Energie so nah war, dass sie ihn zu erreichen schien, glitt er daran vorbei mit der Schwerelosigkeit einer Feder. Er ließ die Eruptionen hinter sich, strebte einer völligen Schwärze entgegen, die ihn aufnahm und verschluckte. Die beginnende Unendlichkeit ängstigte ihn keinesfalls, sondern gab ihm das Gefühl völliger Freiheit.

Wer ihn inmitten der stummen Versammlung, die sich um das Feuer gruppiert hatte, mit geschlossenen Augen schweigend am Boden hätte sitzen sehen können, hätte ihn im Zustand tiefer Meditation gewähnt.

Eine körperlose Stimme hieß ihn willkommen und sagte ihm, dass er erwartet worden sei.

»Wer seid ihr?«, fragte Mike.

Die Stimme, die nur der junge Mann vernahm, antwortete ihm, dass sie jene seien, die ihn liebten und die er nie vergessen habe. Sie würden ihn beschützen, leiten und beraten.

Mike rief ihre Namen, stumm, ohne die Lippen zu bewegen.

Die Unsichtbaren erklärten dem werdenden *mganga*, dass sie keine Namen mehr hätten. Wir sind, sagten sie. Sie boten ihm an, ihre alten Namen zu benutzen, wenn es Mike leichter falle, dann mit ihnen zu reden. Und sie fragten ihn, was ihn bedrücke, er dürfe es aussprechen, obwohl sie um seine Sorgen wüssten.

Der junge Mann gestand, dass er sich der Aufgabe nicht gewachsen fühle, die ihm gestellt war. Wie könne er vollbringen, was Papa Kadenge zu leisten vermochte?

Du musst keine Taten vollbringen, erklärten die Vorangegangen. Öffne dich, nicht dein Herz und nicht deinen Verstand, sondern dein gesamtes Selbst. Richte deine Fragen an uns, die wir alles wissen und mit allem verbunden sind. Und gib jeden Zweifel auf an dem, was du siehst und hörst. Deine Aufgabe heißt Dienen und Dienen heißt Verzicht. Verzicht aber bedeutet Hingabe an das Sein. Das Sein ist die Energie, die von allem zu allem fließt. Sie ist da, wenn sie gebraucht wird. Wo sie hilft, gibt es keine Fragen, keine Antworten, keine Bedingungen. Nur Liebe. Du, bekräftigten die Unsichtbaren, bist der Diener dieser Liebe.

»Ich fühle mich wohl in eurer Gesellschaft. Kann ich noch etwas bleiben?«, fragte Mike die Stimmen.

Sie antworteten, dass er jederzeit willkommen sei. Denn nun würde er den Weg zu jenen kennen, die ihn führten.

»Danke, für euren Beistand. Danke, dass ihr mich erwählt habt, euer Wissen mit euch zu teilen«, sagte der in sich hineinhorchende Mann am Feuer.

Die Unsichtbaren wiesen ihn darauf hin, dass ihre Liebe keinen Dank brauche. Und sie trugen ihm auf, beim nächsten Sonnenaufgang ein Tier zu erlegen, dessen Blut auf der Erde zu vergießen und das Fleisch an diesem Platz abzulegen. Essen dürfe er von dem Opfer auch dann nicht, wenn der Hunger am größten sei. Sobald seine Gaben von den Vorangegangenen angenommen wären, dürfe er zurückkehren zu jener Höhle unter dem Baobab, in der sein Vater gelebt hatte. Sie würden dort auf ihn warten, um ihn alles Wichtige zu lehren.

Mike streckte die Arme weit von sich, dem klaren Nachthimmel entgegen. Funken tanzten zwischen dem Feuer und der Unendlichkeit, so dass es schien, als schwebten winzige Sternenpartikel zwischen Himmel und Erde. Bewegungslos verharrte er inmitten der übrigen Gestalten, die ihre Gesichter auf die gleiche Weise verhüllt hatten wie der junge *mganga*, der Mike zu werden begann.

Das Feuer war erloschen, als Mike gegen Morgen zu sich kam. Er nahm die Maske vorsichtig von seinem Gesicht. Nichts kündete mehr von der Anwesenheit der übrigen Weisen, deren Kraft ihn auf seiner ersten Reise in die Welt der Allesliebe begleitet hatte. Er betrachtete das nahezu viereckige Stück Fell, an dessen Seiten die Federn des Marabu befestigt waren, die er bei Beginn seiner Initiation im Buschland gefunden hatte.

Der schlanke junge Mann betrat zögernd Oukos Höhle. Der Alte war nirgends zu entdecken. Er befühlte die Asche am Eingang; sie war erkaltet. Daneben lagen ein einfaches Messer, dessen Klinge von einer Lederscheide geschützt wurde, und eine Hacke, mit der er im Boden nach Wurzeln graben konnte. Jetzt wusste er, dass niemand mehr hier war. Doch diese Gedanke ängstigte ihn nicht. Denn obwohl kein Mensch zu sehen war, würde Mike nie mehr allein sein …

Nachdenklich betrachtete er die wenigen Utensilien in seinen Händen. Mehr als diese Werkzeuge hatte er nicht, um seine Ausbildung zu beginnen. Das eine würde ihm den spirituellen Weg weisen, die beiden anderen sein Überleben sichern.

Die ersten Sonnenstrahlen tasteten sich durch das dichte Laub der Bäume. Dies war die Stunde des Jägers. Bevor sie verstrichen war, musste er seine Aufgaben verrichten. Barfuß schlich er sich durch das Gebüsch, erlauschte den zarten Ruf des Dik-Diks. Er stellte sich nicht die Frage, ob er es schaffen konnte, das scheue Wild zu erlegen, sondern glitt fast lautlos durch das dichte Grün. Immer weiter. Er vergaß den eigenen Hunger, denn die Beute dieses frühen Morgens war nicht für ihn bestimmt. Als er das Tier erlegt hatte, trug er es zum Platz vor der Höhle zurück, opferte sein Blut und wartete, bis es im sandigen Boden versickert war. Das Fell des kleinen Buschtiers hängte er zum Trocknen in die Sonne; es würde ihm später als Tasche dienen. Das Fleisch legte er vor den Eingang der Höhle.

Als er am späten Nachmittag zurückkehrte, hatten die Ameisen lediglich die Knochen übrig gelassen. Aus einem formte er geduldig die Spitze eines Pfeils. Dabei beobachtete er die Sonne, die glutrot versank.

Morgen wird ein schöner Tag, dachte Mike, in den frühen Stunden vielleicht etwas Dunst, der sich langsam hebt. Als zöge eine schöne Frau ihren hauchfeinen Schleier vom Gesicht, um ihn mit warmem Lächeln aufzufordern, ihr gastliches Haus zu betreten.

36

Am Leuchten in den Augen der Kinder erkannte Hanna, dass ihre Idee gut war. Zwar ausgesprochen verwegen und auch alles andere als gesetzlich, aber es war ihr einerlei. Sie hatte sich entschlossen, ganz früh morgens zuzuschlagen. Und zwar von jener Seite aus, auf der sie nicht erwartet wurden, die sie aber, ohne zu wissen, wofür, gemeinsam mit Patrick bereits ausspioniert hatte.

Sobald die Sonne ihre ersten Strahlen ausschickte und ihre Wärme die Feuchtigkeit der Nacht aus dem Boden sog und in einen sanft milchigen Schleier aus Dunst verwandelte, brachen sie auf. Alle Ermahnungen waren vergebens: Die Kinder quasselten aufgeregt durcheinander, als sie hüpfend und springend Hanna und Perpetua umtanzten. Die Älteren trugen Babys auf den Rücken gebunden, einige hatten aus getrockneten Kürbisschalen gebastelte Rasseln mitgenommen, zwei Jungs führten sogar kleine Trommeln mit sich und irgendwo war auch noch ein an der Spitze aufgefeiltes Kuhhorn aufgetrieben worden.

Als die Karawane von Perpetuas Haus aufbrach, waren es knapp 20 Personen. Im Lauf der Wanderung schlossen sich immer mehr Kinder an, tauschten lachend die Neuigkeit aus und luden noch weitere ein, sich ihnen anzuschließen. Steve und Patrick brachten noch ein paar Halbwüchsige vo Strand und vom *creek* mit. Hanna, der Heldin der Prozessi wurde die unaufhörlich anwachsende Zahl immer unhe cher und sie fragte sich, ob sie nicht eine Lawine losgetreten hatte, die sie nicht mehr aufhalten konnte. Am Ziel angekommen, für dessen Erreichen sie gerade mal eine halbe Stunde gebraucht hatten, schien die Bewegung, die Hanna ausgelöst hatte, sie selbst zu überrollen.

Sie blickte auf die Uhr: Es war kurz nach halb sieben. In der Villa würden wohl noch alle schlafen. Sie ermahnte die tatendurstige Versammlung, sich jetzt ganz still zu verhalten. Mit gemeinsamer Kraftanstrengung bogen Patricks Freunde den Zaundraht nach oben, während eine andere Gruppe emsig scharrend das Erdreich darunter so weit vertiefte, dass einer nach dem anderen durch das entstandene Loch schlüpfen konnte. Der Park lag in morgendlicher Ruhe. Die Villa mochte wohl 200 Meter entfernt sein.

Die beiden Frauen wechselten einen langen Blick konspirativen Einverständnisses. Für einen Moment noch herrschte atemloses Schweigen.

»Für die Kinder!«, sagte Perpetua.

»Für alle Kinder«, stimmte Hanna zu.

Sie hatte keine Ahnung, wie viele es waren, die jetzt mucksmäuschenstill auf das entscheidende Signal warteten.

»Wir sollten gehen zu holen Ken«, meinte Patrick mit großen Ernst.

»Okay, fangt an, aber sagt ihnen, sie sollen möglichst nichts kaputt machen!«, mahnte Hanna.

Steve schnappte sich das Kuhhorn. Und dann brach der Orkan aus wohl fünfzig Stimmen los, die sogar die Trommeln und Rasseln übertönten. Die Kinder rannten an den Frauen vorbei ins Grundstück, Steve, der Junge mit den schnellen Füßen, vorneweg.

»Hoffentlich geht das gut«, murmelte Hanna.

Perpetua schenkte ihr ein aufmunterndes Lachen: »Du müssen glauben, an was du tun! Dann du tun das Richtige!« Sie hakte die Deutsche unter, gemeinsam folgten sie den vorausstürmenden Kindern. Hanna war froh, Perpetua an ihrer Seite zu haben, denn je näher sie der Türmchenvilla kamen, desto größer wurde ihre Nervosität. Das vergitterte, verschlossene Haus wirkte in all seiner kühlen Eleganz abweisend. Die Kinder tobten lärmend über den kurz geschnittenen Rasen und Hanna spürte, wie ihre Knie zitterten.

Ken wachte von ohrenbetäubendem Lärm auf. Verschlafen rieb er sich die Augen und trottete zum Fernsehgerät. Zu seiner Überraschung stellte er fest, dass es ausgeschaltet war. Joyce hatte den Apparat wohl irgendwann in der Nacht zum Schweigen gebracht. Seitdem er wieder in diesem Gefängnis mit Pool und Park eingesperrt lebte, war der Fernsehapparat sein Trost gegen die Einsamkeit geworden.

Neugierig zog er die rosa Vorhänge zur Seite. Er konnte kaum glauben, was er sah. In dem riesigen Garten tobten Kinder! Und es wurden immer mehr! Sie riefen durcheinander, doch durch die geschlossenen Fenster verstand er kein Wort. Es schien noch sehr früh zu sein. Hatte Joyce etwa all diese Jungs und Mädchen eingeladen, damit sie mit ihm spielten? Das sah ihr gar nicht ähnlich!

Er schob den unteren Teil des Fensters hoch.

»Ken!«, riefen die Kinder immer wieder. Außerdem schrien sie Worte auf Suaheli und Englisch, die er nicht verstand. Keine Frage, die waren seinetwegen hier! Eine Überraschung! Vielleicht war sie doch nicht so übel, diese Frau, die unbedingt seine Mutter sein wollte …

Der Junge presste die Nase gegen die Gitter. Patrick, sein

Lebensretter! Und Steve, der seine Mütze trug und ständig in ein Horn trötete! Ken rief ihre Namen und winkte. Dann sah er Alfred und Jonas herbeistürzen. Die beiden Leibwächter fuchtelten so heftig mit den Armen und wirkten so hilflos, dass er begriff: Joyce hatte diese Kinderschar wohl doch nicht eingeladen.

»Kenny! Hörst du mich? Ich bin hier!«

Ihre Blicke trafen sich. Sie war gekommen! Woher auch immer. Sie war da, um ihn zu befreien. Seine Mama hatte ihn nicht im Stich gelassen!

Der Junge raste zur Tür, rannte in Joyce hinein, die ihn vergeblich aufzuhalten versuchte. Er eilte, so schnell er konnte, die breite Treppe ins Erdgeschoss hinunter.

In ihrer Konfusion hatten die beiden Leibwächter die nachts verriegelten Terrassentüren offen stehen gelassen, Ken stürzte hinaus ins Freie. Und da war sie, mit ausgestreckten Armen rannte seine Mama auf ihn zu, wirbelte ihn im Kreis, als wäre er wieder der kleine Junge, und presste ihn dann schweigend an sich.

Alfred und Jonas gaben auf. Diesen dichten Kokon von Kindern konnten sie nicht durchdringen, die lauthals ihren Sieg bejubelten und nun klatschend, rasselnd und trommelnd Hanna und Ken in ihre Mitte nahmen.

Kens stürmische Umarmung nahm Hanna den Atem, sie war schwindlig vor Glück, blind vor Tränen und stumm vor so vielen Gefühlen. Sie vergaß völlig, wo sie sich befand und welchen Triumph sie errungen hatte. Die Nähe des Jungen, seine Erleichterung, seine ungestüme Liebe wieder zu spüren war einzigartig. Diesen Moment genoss sie als das kostbarste Geschenk.

Die Kinder wurden allmählich so leise, dass man nur noch Kens Schluchzen hörte, das nicht aufhören wollte, seinen zarten Körper zu schütteln. Längst kniete die aufgeregte Mutter vor ihrem Sohn, presste die Hände auf seinen heißen Rücken und bemühte sich vergebens, ihm jene Ruhe zu geben, die dieses kleine Ritual sonst immer bewirkt hatte.

»Mein Gott, was für ein Auftritt!«

Schmitt, in einen nachtblauen Pyjama gekleidet, stemmte beide Hände in die Hüften. Die Kinder hatten für den beeindruckend kräftigen Mann ehrfurchtsvoll eine Gasse gebildet.

»Ich habe Sie wirklich unterschätzt. Sie sind ja ein richtiges Muttertier! Mobilisieren die ganze Nordküste, um ein Kind zu rauben. Aber Sie glauben doch nicht im Ernst, dass ich Sie mit dieser Nummer durchkommen lasse?«

Die zynische Worte des Deutschen erreichten Hanna nicht. Der rothaarige Mann richtete eine Waffe auf sie. Die Pistole war nicht besonders groß, doch im Morgenlicht glänzte ihr polierter Stahl auffällig. Die Glücksgefühle, die sie überschwemmten, schützten die vor Freude taumelnde Frau wie ein Panzer vor der Erkenntnis, wie ernst die Lage für sie tatsächlich war.

»Alfred! Jonas!«, rief Schmitt herrisch. Die beiden Leibwächter drängten sich durch die Kinder.

Ken klammerte sich mit aller Kraft an Hanna, die sich nicht mehr bewegen konnte. »Mama, bitte, geh nicht weg!«, flehte das Kind immer wieder.

»Was wollen Sie hier?« Die Stimme des Hausherrn glich einem Bellen. »Warum sind Sie so uneinsichtig? Müssen Sie unbedingt einen kenianischen Kreidekreis inszenieren? Sie? Die das Kind angeblich so liebt? Damit verletzten Sie den kleinen Mann doch viel mehr!«

»Mama, ich will bei dir bleiben«, jammerte Ken.

Der Junge spürte die Gefahr deutlicher als Hanna selbst. Seine Angst erst machte ihr die Situation bewusst. Endlich nahm sie die Waffe wahr und begriff, weshalb die Kinder Schmitt zu ihr und ihrem Sohn durchgelassen hatten.

Mike hatte wieder einmal Recht gehabt: Sie hatte voreilig gehandelt. Einen grandiosen Plan gehabt – und nicht zu Ende überlegt, wie Schmitt reagieren könnte. Unfähig, sich zu rühren, hing Ken an ihr. Und sie an ihm. Hanna wusste nur eines: Hergeben würde sie den Jungen nicht mehr.

Jetzt schob sich Joyce würdevoll durch die schweigende Menge. Geschmeidig trat sie neben ihren Mann. Sie zeigte nicht die geringste Gefühlsregung, während sie Hanna und Perpetua ansah.

»Da haben sich ja die Richtigen getroffen«, kommentierte sie kühl. »Hast du nun erreicht, was du wolltest?«, fragte sie auf Englisch an die Adresse ihrer ungleichen Schwester gerichtet.

Perpetuas breites Lachen war die vielsagende Antwort. »Ich immer sagen: Joyce brauchen Kinder. Nun haben Kinder.« Hannas Komplizin strahlte das überrumpelte Paar an: Da hatte jemand eine noch viel ältere Rechnung mit Joyce beglichen!

Der kleine Kenny, der sich an seine Mama klammerte, starrte Joyce an wie ein Gespenst. Die schien selbst zu spüren, dass sie und ihr Mann mit ihrer Reaktion die ohnehin völlig verfahrene Beziehung zu dem Kind restlos zerstörten. Und ihre Coolness brach in diesem Augenblick zusammen. Sie legte ihre Hand auf die Waffe, die ihr Mann auf Hanna gerichtet hielt.

»Tu sie weg, Paul. Das geht zu weit«, sagte Kens Mutter erstaunlich leise. Auf Englisch befahl Joyce Alfred und Jonas, den Kindern etwas zu essen zu geben. Ein Johlen aus begeisterten Mündern folgte unverzüglich.

Die Leibwächter tauschten einen Blick mit ihrem Boss, der mit resigniertem Kopfnicken sein Scheitern eingestand. Es dauerte nur noch Sekunden und die Kinder stürmten noch vor den beiden zum Haus. Mit Triumphgeheul nahmen sie Schmitts Festung. Der Deutsche ließ die Waffe mit versteinertem Gesicht sinken.

»Mama, können wir jetzt gehen?«, erkundigte sich Ken ungläubig.

Seine Frage riss Hanna aus ihrer Erstarrung. »Deine Mutter weiß, wann sie aufgeben muss«, antwortete sie nur. Es klang nicht erleichtert, sondern drückte vielmehr die Hoffnung aus, dass ihre Gegenspielerin wirklich einsichtig wäre.

Joyce hob die Augenbrauen so, wie Kenny es oft tat. »Zu dieser Konfrontation hätte es nicht kommen dürfen. Aber nun ist es geschehen. Und ich möchte vor meinem Sohn nicht als Verbrecherin dastehen, die kein anderes Mittel mehr sieht, als ihn mit Gewalt bei sich zu halten.« Sie nahm die Schärfe aus ihrer Stimme und beugte sich zu dem Jungen herab: »Ja, Kenny, geh mit deiner Hanna. Niemand wird dich daran hindern«, meinte Joyce leise und nachdrücklich.

»Weißt du, was du da tust, Liebes?«, fragte Schmitt voller Hilflosigkeit.

Nachdenklich betrachtete seine Frau die Wiedervereinten, die dicht aneinander geschmiegt vor ihr standen. »Wahrscheinlich habe ich mich geirrt. Aber das ist jetzt egal. Damit muss ich allein fertig werden.«

Hanna wollte sie fragen, welchen Irrtum sie meinte, aber Joyce drehte sich abrupt um und ging mit langen Schritten zu ihrem Haus zurück, das jetzt von Kindern bevölkert war. Patrick, Steve und ihre Freunde machten sich über Delikatessen her, von denen sie noch lange schwärmen würden.

Hanna legte den Arm um Kens Schulter und er seinen um ihre Hüfte. Sie verschwendeten keinen Gedanken an ihren Sieg. Jetzt zählte nur, dass sie sich wiedergefunden hatten. Langsam machten sie sich auf den Rückweg. Mit einem gellenden Pfiff kommandierte Perpetua ihre übermütige Truppe zum Rückzug. Schmitt blieb mit hängenden Schultern allein zurück.

»Kenny, bist du wirklich von diesem Felsen gesprungen?«, fragte Hanna, als sie durch den Park gingen.

»Ach, Mama, das war doch nur ein ganz, ganz, ganz kleiner Felsen. Du brauchst dir wirklich keine Sorgen um mich zu machen! Vor einem großen hätte ich doch viel zu viel Angst.«

Es kam ihr so vor, als ob Mike jetzt sagte: Er tut nur so, als ob er ein großer Junge wäre. Und sie drückte ihren Sohn noch fester an sich. »Du warst sehr tapfer, Kenny.«

»Du auch, Mama.«

Joyce ersparte den Eindringlingen das würdelose Hindurchschlüpfen unter dem Zaun: Als sie das Tor erreichten, öffnete es sich vom Haus aus ferngesteuert. Über sich hörte Hanna das Surren der automatischen Überwachungskamera. Sie war überzeugt, dass Joyce auf der anderen Seite des toten Auges zusah, wie ihr Sohn für immer davonging. Keinem Menschen auf der ganzen Welt wünschte sie empfinden zu müssen, was diese Frau jetzt spürte.

Hinter ihnen schwatzten die Kinder durcheinander, machten den Lärm einer siegreich abrückenden Truppe.

»Kennst du die eigentlich alle, Mama?«, fragte Ken.

»Ein paar«, meinte Hanna, »ich habe heute Nacht in Perpetuas Haus geschlafen. Sie sind …«, die überglückliche Frau suchte die richtige Formulierung, »… na ja, ein paar von ihnen haben mich an dich erinnert.«

Perpetua hatte die letzten Worte aufgeschnappt: »Kenny viele Freunde haben in Kenia.«

»Und wer bist du?«, erkundigte sich der Junge.

»Perpetua! Sein deine Tante, Schwester von deiner Mutter. Aber du können sagen Mama zu mir. Alle sagen Mama Perpetua.« Das Lachen der Kenianerin steckte auch den Jungen an.

Er grinste: »Das sind aber eine Menge Mamas auf einmal … Mama!«

37

Hanna und Ken folgten Perpetua etwas widerstrebend zu einem Bauwerk, das eher an eine Blechdose als an ein Gotteshaus erinnerte. Senkrecht in den Lehmboden gerammte Stämme hielten glänzendes Wellblech, zwei Handbreit darüber klaffte eine Lücke – die Fenster.

Der kleine Raum, in dem sich die beiden wenige Augenblicke später befanden, war mit einer unübersehbaren Schar Menschen gefüllt. Die meisten waren Frauen und Kinder, die auf Bastmatten am Boden hockten. Etwa ein Dutzend weiß gekleideter Frauen mit Kopftüchern, sang Lieder auf Suaheli. Perpetua schob ihre Gäste in den Raum hinein.

»Ich bringen Ken und Mama Ken!«, rief die Kenianerin in eine kurze Gesangspause hinein. Die gesamte Gemeinde wiederholte ihre Worte.

Hanna brach der Schweiß aus. Nicht nur, weil eine erdrückende Hitze herrschte: Alle Anwesenden sahen sie und Ken an, der ihre Hand besonders fest hielt.

»Ken und Mama Ken kommen zu sagen: Danke!«

Die Anwesenden brachen in unvorstellbaren Jubel aus, sprangen hoch und riefen laut: »Halleluja!«

Mutter und Sohn tauschten einen einvernehmlichen Blick tiefsten Befremdens. Sicher, sie war Perpetua unendlich dankbar, das ganze Dorf hätte sie umarmen können, aber doch nicht alle auf einmal. Doch genau danach sah es jetzt aus! Die

Anwesenden stürmten auf die beiden zu, berührten ihre Schultern, suchten ihre Hände. Und trennten sie!

Eine schmächtige alte Frau vollführte mit Ken ein paar Tanzschritte, ließ ihn dann los, klatschte und begann auf Suaheli zu singen, woraufhin alle anderen einstimmten. Dann war Hanna an der Reihe, von einer älteren Dame in weißen Gewändern und Kopftuch auf die gleiche Weise mit Aufmerksamkeit bedacht zu werden. Offensichtlich wurde erwartet, dass auch sie ein paar Tanzschritte machte. Sie kam sich dabei linkisch vor. Perpetua ergriff den völlig verdutzten Ken und wiederholte den Tanz mit ihm.

»Halleluja!«, rief die Gemeinde mit einer solchen Kraft, dass es in Hannas Ohren gellte.

Schüchtern suchte die Deutsche Perpetua, die sie in diese Situation gebracht hatte. Die freute sich so offensichtlich, ihre neue Freundin in der Mitte der Gemeinde zu wissen, dass Hanna ihr Lachen erwiderte.

Immer wieder hörte sie ihren und Kens Namen aus dem Gesang heraus, sie verstand allerdings den Text nicht. Je länger das Lied dauerte, umso mehr Menschen standen auf, tanzten in kleinen Schritten auf der Stelle und klatschten begeistert. Sie bejubelten auf diese Weise dasselbe phantastische Ereignis: Kens Rückkehr. Es mochte ihr alles sehr ungewöhnlich erscheinen, aber Hanna spürte, dass es eine wundervolle Art war, sich zu bedanken.

Sie genoss den Freudentaumel als einen unvergesslichen Schlusspunkt unter Kennys Odyssee. Die Anspannung, die sie die letzten Wochen mit einem Würgegriff umklammert hatte, löste sich. Und plötzlich wollte es hinaus, dieses eine Wort, das alle die ganze Zeit über riefen: »Halleluja!«

Ken blickte Hanna verblüfft an. So überschwänglich kannte er seine Mama nicht!

»Mach mit!«, rief sie ihm zu. »Schrei es hinaus, Kenny! Sag danke, dass alles vorbei ist!«

Der Junge zögerte noch einen Augenblick, dann legte er den Kopf in den Nacken und rief die vier Silben, deren Bedeutung ihm nicht klar war. Zunächst war er erschrocken, wie laut seine helle Kinderstimme klang. Das Klatschen und Lachen der anderen, das ihm antwortete, ermutigte Ken, es gleich noch einmal zu versuchen.

Eine Frau spielte auf einem Harmonium eine schnelle Melodie, die Menschen fanden in einem neuen Lied einen gemeinsamen Rhythmus. Und jedes Mal, wenn ihr Einsatz kam, riefen Hanna und Ken gleichzeitig aus voller Brust: »Halleluja!«

Als der Gottesdienst zu Ende war, glühte Kens Gesicht ebenso wie das seiner Mutter. »Das war toll, Mama!«, strahlte das Kind sie an.

Kirche des Erlösers stand auf Englisch an dem Häuschen, das wie eine viel zu groß geratene Blechdose aussah. Die Anwesenheit von so vielen Menschen, die erlebte Gemeinsamkeit auf derart geringem Raum hatte Hanna eine nie gekannte Energie empfinden lassen.

Die Mittagssonne schien mit erbarmungsloser Kraft auf den staubigen Boden. Entsetzt blickte die Deutsche auf die Uhr: Genau in dieser Minute hob ihr Flugzeug in Richtung Berlin ab. Doch sie verlor nicht ein Wort darüber, denn dies war Kens Tag, den sie ihm nicht verderben wollte. Irgendwie würden sie beide schon noch nach Hause kommen. In den letzten 24 Stunden hatten sich die Ereignisse derart überschlagen, dass sie sich an das alte kenianische *Hakuna matata* erinnerte.

Wenn sie dies angemessen hätte übersetzen sollen, wäre es wohl am treffendsten gewesen mit: Es wird sich alles fügen.

Gemeinsam bereiteten Hanna und Perpetua für die riesige Kinderschar ein Essen unter freiem Himmel zu. Und während sie kochten, eine improvisierte Festtafel errichteten und immer mehr Menschen auf das Grundstück drängten, die weitere Speisen brachten, erschienen auch Steve und Patrick mit ihren Freunden. Hanna machte von allen Fotos, die an Kens Rettung beteiligt waren. Immer wieder stellten sich neue Gruppen zusammen, um diesen Moment festzuhalten.

»Kenny haben große Familie«, sagte Perpetua und ihre Freundin war viel zu beschäftigt, um über diesen Satz weiter nachzudenken.

Schließlich saß die bunt gemischte Versammlung auf dem viel zu kleinem Grundstück auf Stühlen, Bänken und am Boden. Jemand stellte eine weitere Schale auf den Tisch.

Kenny stieß Hanna an. »Mama, wo kommt der denn her?« Hanna roch den Duft von Knoblauch. Es war zweifelsfrei Tsatsiki. »Hast du den gemacht?«, fragte der Junge und schob einen Löffel in den Knoblauchquark, während er mit dem Zeigefinger bereits kostete: »Lecker!«

Da legte eine gepflegte Hand ein großes Fladenbrot daneben.

»Ist ja fast wie zu Hause!«, schwärmte Ken.

»Tut mir Leid, das Rezept kannte ich zwar schon etwas länger, aber es ist nicht einfach, in diesem Land Quark aufzutreiben«, sagte eine warme Stimme mit hartem englischen Akzent. »Ich hoffe, er schmeckt dir, Kenny.«

Der Junge war in der Bewegung erstarrt, während Joyce sprach.

»Ich wollte dir nur Lebewohl sagen. Und Ihnen auch, Hanna. Ich habe Ihnen schon einmal gestanden, dass ich Ihren Mut sehr bewundere. Ich würde lügen, wenn ich nun behaupte, dass ich froh bin, wenn Sie sich um Ken kümmern. Dazu schmerzt es zu sehr. Das werden Sie verstehen.« Sie strich ihrem Sohn zärtlich über die Schultern und küsste ihn auf die Wange. »Vielleicht kommst du mich einmal besuchen, Kenny. Du musst jetzt nichts dazu sagen. Wenn du älter bist, wirst du verstehen, dass man schreckliche Fehler macht, wenn man liebt. Wenn man so sehr liebt, dass man nicht merkt, dass man mit dieser Liebe dem anderen nur wehtut. Ich wünsche dir dann jemanden, der dir vergibt.« Ohne ein weiteres Wort eilte sie mit schnellen Schritten zum Ausgang.

Hanna fing einen langen Blick von Perpetua auf. »Ein Kind können haben zwei Mamas. Das nur liegen an den Mamas.«

»Der Tsatsiki riecht doch sehr lecker«, meinte Hanna nun zu dem völlig verstummten Ken. »Iss ihn ruhig, mein Schatz.«

»Darf ich denn?«, fragte der Junge verunsichert.

»Wenn deine Mutter dir etwas gibt, darfst du es gewiss annehmen.« Dann folgte sie Joyce in die enge Gasse vor Perpetuas Haus.

Die junge Frau hatte nicht gewartet. Den langen Saum ihres Sari gerafft, bog sie bereits um die nächste Ecke. Für einen winzigen Augenblick zögerte sie, doch dann warf Hanna alle Bedenken über Bord und rannte Kens Mutter nach. Die Afrikanerin stieg gerade in ihren hellblauen Wagen.

»Sie dürfen so nicht gehen!«, rief die Deutsche ihr nach.

Joyce straffte ihren schlanken Körper, Abwehr im Gesicht. »Ich habe alles gesagt, was zu sagen war.«

»Der Tsatsiki ... warum haben Sie das getan?« Es war eine völlig unsinnige Frage. Aber die schlichte Geste, mit der Joyce die Schale mitten auf den Tisch gestellt hatte, das Brot, das für dieses Land so untypisch war – beides stellte ein Symbol dar. Hanna selbst mochte diesen Quark nicht und dennoch schnippelte sie selbst am Morgen auf nüchternen Magen Knoblauch. Weil sie wusste, dass Ken ihn gern aß, und weil sie ihn liebte. Genau diese Liebe hatte sie in Joyce' ungewöhnlichem Abschiedsgeschenk wiedererkannt. Sie wollte wissen, ob sie mit ihrer Vermutung Recht hatte. Oder ob es der jungen Kenianerin einfach nur um einen gelungenen Auftritt gegangen war.

Joyce schwieg einen Moment, dann meinte sie bedächtig: »Als ich mit Ken schwanger war, habe ich viel Knoblauch gegessen. Heute Morgen beim Schneiden habe ich mich daran wieder erinnert. Ich dachte, dass die Liebe zu einem Kind während der Schwangerschaft entsteht.« Die junge Frau umklammerte die Tür ihres Wagens so fest, als müsste sich daran aufrecht halten. »Doch das Band, das Ken und mich verbindet, war zu lange durchtrennt. Ich sah ihn wieder und glaubte, es würde wie zuvor bestehen. Während er bei mir war, spürte ich, dass wir einander nicht wirklich näher kamen, und wollte es erzwingen.« Sie nahm den Schal von ihrem Kopf, als würde er stören. »Dann stürmten die Kinder unseren Garten, mein Mann richtete die Pistole auf Sie ... und mit einem Mal hatte ich verstanden: Es ging nicht mehr um die Liebe, sondern um den Besitz eines Kindes. Es war falsch, was ich getan habe. Aber welche Mutter an meiner Stelle hätte es nicht ebenso versucht?«

Die beiden Frauen standen sich von Angesicht zu Angesicht gegenüber. Im Grunde ist es schade, dachte Hanna, dass Ken seine stolze Mutter unter solch widrigen Umständen kennen gelernt hat.

Joyce öffnete den Kofferraum und reichte Hanna seine Reisetasche und seinen Rucksack. »Ich hätte das sonst in Ihrem Hotel abgegeben. Ich wollte Perpetua nicht diesen Triumph gönnen, dass ich meinem Jungen auch noch seine Sachen nachtrage.« Sie legte sich den Schal elegant wieder über das Haar. »Ich muss hier weiterleben.«

»Es geht mich zwar nichts an«, sagte die Deutsche, »aber Ihre Schwester könnte Ihre Hilfe gebrauchen.« Doch sie erkannte sofort an der versteinerten Miene ihres Gegenübers, dass ihr Vorschlag unangebracht war.

»Perpetua geht in ihrer Mutterrolle auf. So bin ich nicht.«

»Sie sind nicht zu alt dafür, Joyce. Sie können Ihrem Leben noch einen neuen Sinn geben«, entgegnete Hanna.

»Nein«, antwortete die junge Frau schroff, »dieser Aufgabe wurde ich beraubt. Andere Kinder machen mir das nur bewusst.«

»Beraubt?«, fragte Hanna verständnislos.

Joyce schlug den Kofferraumdeckel geräuschvoll zu und ging einige Schritte vom Wagen fort, als müsste sie auf diese Weise Abstand von sich selbst bekommen. »Ich hatte in Hamburg ein paar Abtreibungen. Was mir bei der letzten geschehen ist, habe ich erst erfahren, als ich wieder in Mombasa war: Meine Gebärmutter wurde entfernt. Gegen meinen Willen und ohne mein Wissen.«

Hanna blickte betreten zu Boden. »Ich verstehe.«

»Das ist für eine Afrikanerin …«, Joyce suchte das passende Wort, »… nicht sehr gut. Ich konnte keinen Einheimischen mehr heiraten, denn afrikanische Männer wollen Kinder.«

Hanna schwieg; sie wollte sich nicht preisgeben.

»Mein Leben war verpfuscht. Und ich war 19.« Joyce atmete tief ein. »Nach meiner Rückkehr tat ich auch hier in Kenia, was ich in Hamburg gelernt hatte. Ich arbeitete als Prostituierte in einem Club in der Altstadt von Mombasa. Paul lernte ich als einen Kunden kennen. Er hatte in Deutschland ein Unternehmen für Baufertigteile besessen. Er arbeitete zu viel, bekam zwei Bypässe, sein Partner nahm ihm seine Frau, seine beiden Söhne, sein Geschäft.« In ihrem schmalen Lächeln lag Verzweiflung. »Wir retteten uns gegenseitig und hofften, Kens Rückkehr würde uns helfen, unsere Wunden zu vergessen. Wir wollten eine Familie werden.« Joyce' Stimme versagte.

Hanna hatte Paul Schmitt unsympathisch gefunden, in ihm einen geschichts- und gesichtslosen Gegner gesehen, der ihrem Glück im Wege stand. Doch auch dieser Mensch hatte ein Schicksal, das ihn bei ihrer Begegnung in der Disko sagen ließ: Mein Leben hat mich hart gemacht.

In der ihr eigenen würdevollen Haltung, die Hanna jetzt schon fast bewunderte, schritt Joyce zu ihrem Wagen und sagte mit zurückgewonnener Selbstsicherheit: »Sie lieben Ken, also werden Sie ihm nie erzählen, welche Art von Leben ich führen musste. Er soll nur wissen, dass ich für meinen Mann als Geschäftsführerin arbeite. Das reicht. Wollen Sie das für den Jungen tun?«

Die Deutsche signalisierte stumm ihre Zustimmung. Obwohl sie sich als Siegerin hätte fühlen können, wünschte sie beinahe, dass es anders ausgegangen wäre. Denn sie empfand nur noch Mitgefühl für diese Frau, die sich die Niederlagen ihres Lebens nie anmerken lassen wollte. »Mir tut das alles aufrichtig Leid«, sagte sie, »aber ich habe es nicht gewusst.«

Hinter dem Lenkrad sitzend blickte Joyce sie ein letztes Mal an und legte die Stirn auf jene Weise in Falten, die sie so sehr an Ken erinnerte: »Hätte es etwas geändert?«

Während die Zurückgebliebene dem Wagen nachsah, der die Schlaglöcher umkurvte, fragte sie sich, ob Joyce Recht hatte. Die Beweggründe eines Kontrahenten zu kennen bedeutete ihn zu verstehen: Sie hätte Paul Schmitt nicht hassen und Joyce' Verhalten nicht ablehnen können, wenn sie beider Geschichte gekannt hätte.

Nachdenklich trat Hanna in den von Stimmengewirr gefüllten Garten Perpetuas. Ken hatte den Tsatsiki gemeinsam mit seinen beiden Freunden Steve und Patrick restlos aufgegessen.

Er zeigte ihr die leere Schale: »Sieh mal, Mama.« Am Boden des säuberlichst ausgestippten Edelstahlgefäßes stand eine lange Telefonnummer. Aber kein Name, sondern nur die Worte: Auch ich bin immer für dich da.

Ein Blitz des Verstehens zuckte über Kens Züge: »Mein Buch! Ich habe Joyce den *Kleinen Prinzen* geliehen.«

»Das hast du getan?«, fragte Hanna verblüfft.

»Sie muss es mir wiedergeben!«, forderte der Junge.

Hanna beruhigte ihn und durchsuchte Kens Sachen. In der Reisetasche, deren kompletter Inhalt gewaschen und gebügelt war, lag der schmale Band obenauf. Darin zwei Tickets nach Deutschland, ausgestellt für den folgenden Tag. Keine weitere Erklärung, nichts.

Das Geschenk der edlen Verliererin löste Hannas Problem: Sie besaß für Kens Rückflug ebenso wenig ein Ticket wie für sich selbst.

»Was ist mit dir, Mama?«, fragte ihr Sohn besorgt. »Bist du traurig? Du weinst ja!«

»Nein, nein, Kenny, das sieht nur so aus. War ein bisschen viel die letzten Tage. Aber morgen Abend sind wir wieder zu Hause.«

Der Junge nahm sie in die Arme. »Können wir noch mal zu Papa?«, fragte er.

»Ich habe es versucht, Kenny, ich war in seinem Dorf. Auch wenn es uns beiden schwer fällt: Wir werden wohl eine Zeit lang ohne ihn zurechtkommen müssen.« Sie berief Steve und Patrick zu ihren Zeugen, die Ken alles ausführlich erklärten.

Der Junge war den Tränen nahe. »Aber ich muss ihm doch sagen, dass ich ihn lieb habe. Er ist doch mein Vater. Nicht nur mein Papa!«

»Später einmal, da fahren wir zu ihm«, versprach Hanna. Später ... das war immer noch besser als: irgendwann. Aber es reichte einem Jungen, der so viele Fragen hatte, nicht aus. Von diesem Zeitpunkt an war Ken wie umgewandelt. Die Rückkehrfeier ging zwar in seiner Anwesenheit weiter, doch Hanna ertappte den Jungen immer wieder dabei, wie er versonnen auf einen Punkt irgendwo in der Ferne starrte.

Sie riss ihren Sohn aus seinen trüben Gedanken, indem sie ihn fragte, wo man hier nach Deutschland telefonieren könne. »Oma Marianne muss doch wissen, wann wir kommen!«

Wenig später stürmte Ken gemeinsam mit Patrick zu jenem Restaurant, von dem sie Hanna angerufen hatten. Es war nur eine Straße weiter.

»Du schreiben, wenn zurück in Deutschland sein?« Perpetua war nicht die Einzige, die zum Abschied diese Frage stellte.

Hanna dachte an jenes vermeintlich letzte Gespräch mit Mike am Abend vor ihrem Rückflug nach Deutschland, bevor sie seine Hütte betreten hatte. Sie hatte geglaubt, es sei das Ende.

Es war der Anfang von allem geworden.

38

So gut es eben ging, verdrängte Hanna die privaten Sorgen und begann gleich nach ihrer Rückkehr, ihren Neuanfang als selbständige Heilpraktikerin zu organisieren. Als sie bei ihrem Vermieter wegen der Schlüssel vorsprach, wurde ihr erklärt, dass entgegen der Vereinbarung weder die Kaution noch die erste Miete überwiesen worden seien.

Schlamperei der Bank, vermutete Hanna. Als sie am Automaten die letzten Kontoauszüge ausdrucken wollte, spuckte das Gerät lediglich ein Blatt aus und das zeigte einen Minusbetrag an, der ihr den Schrecken in die Glieder fahren ließ. Eine Angestellte besorgte der aufgebrachten Frau eine Auflistung der Kontenbewegungen der vergangenen zweieinhalb Wochen und Hanna verschlug es die Sprache: Kurz nach ihrer Abreise nach Kenia hatte die Bank zwar den gesamten für die Praxisgründung bestimmten Kreditbetrag auf Hannas und Mikes gemeinsames Konto gutgeschrieben. Doch die 20 000 Mark waren im Laufe der vergangenen zweieinhalb Wochen abgehoben worden! Und zwar, wie die Recherchen der Bank schnell ergaben, von ihrem Mann! Der hatte sich in und um Hamburg bei mehreren Filialen unter Vorlage seiner Scheckkarte und seines Reisepasses große Barsummen auszahlen lassen.

Die sofortige Sperrung des Kontos konnte das verschwundene Geld nicht mehr herbeischaffen: Das Kartenhaus von

Hannas neuer Existenz brach innerhalb weniger Tage zusammen. Ihre ohnmächtige Wut endete in der Erkenntnis, dass sie verloren hatte. Das Puzzle, das sich zu einem hässlichen Bild fügte, war komplett.

Mikes gewissenloser Bruder hatte seinen Neffen an Schmitt verkauft. Eine Bemerkung von Joyce über Vince, die in dem aufwühlenden Gespräch in der Villa untergegangen war, half Hanna, dessen nächsten Schritt nachzuvollziehen: Es müsse »alles ganz schnell gehen«, hatte Joyce gesagt, »Vince wollte Mikes Ticket benutzen, um sich nach Deutschland abzusetzen«. Somit hatte der skrupellose Mann sein Schuldenproblem gelöst, musste nicht ins Gefängnis und hatte sich gleichzeitig einen alten Traum erfüllt.

Sie sah den Kenianer bei ihrer allerersten Begegnung am Strand vor sich, hörte ihn von Deutschland schwärmen und von einem Ort namens Norderstedt reden, mit dem sie damals nichts anfangen konnte. Und sie erinnerte sich, dass Joyce' Martyrium in der Nähe von Hamburg seinen Ausgangspunkt gehabt hatte. Zu jenem Freund war Vince nun offensichtlich mit zehnjähriger Verspätung gereist. Hannas Traum von der Selbständigkeit lieferte unfreiwillig dem rücksichtslosen Schwager die Startchance. Sie konnte sich lebhaft vorstellen, wie der mit Mikes Scheckkarte die Kontoauszüge herausließ und sich über den unverhofften Geldsegen freute, den Hanna ihrem Kredit verdankte.

Der Privatdetektiv hatte Recht behalten: Der große Bruder profitierte davon, dass Mike sein altes Leben aufgab, um der Dorfgemeinschaft dienen zu können.

Der verzweifelten Frau blieb nichts übrig, als ihren Schwager anzuzeigen und sich an einem wenig tröstenden Satz Mariannes festzuhalten: »Das ist eben Schicksal, Hannchen.«

Sie arbeitete freiberuflich stundenweise in der Praxis ihrer Freundin Sieglinde und konnte so wenigstens ihren und Kens Lebensunterhalt notdürftig finanzieren. Aber sie spürte, dass ihr Leben aus dem Tritt geraten war. Nicht nur der leere Platz auf der anderen Seite ihres Betts machte ihr das jeden Morgen deutlich.

Ken veränderte sich und Hanna wusste, dass ihre Sorgen auch das Kind bedrückten. Anfangs schien er glücklich über seine hart erkämpfte Rückkehr nach Berlin und traf sich viel mit seinem neuen Freund Sebastian. Dann brach der Kontakt nach einem nebensächlich anmutenden Streit ab und der Junge meinte zur Begründung nur: »Ich hasse Kenia.«

Anfangs maß die Mutter diesem Satz keine große Bedeutung zu. Doch dann kam der Anruf von der Schule, dass Ken regelmäßig zu spät zum Unterricht erscheine. Das Gespräch mit dem Klassenlehrer war deprimierend: Der gute Schüler, der er bis zum Sommer gewesen war, hatte sich in allen Fächern um ein bis zwei Noten verschlechtert.

An einem grauen Novembermorgen stand er, statt sich für die Schule fertig zu machen, am Fenster. »Mama, ich will nicht da raus. Es sieht alles so kalt aus.« Er war noch im Schlafanzug. Hanna versprach, ihn zu fahren, und kratzte gerade die Autoscheiben frei, als sie den Jungen aus dem Haus kommen sah.

Den silbernen Skianorak offen, den Schulrucksack nachlässig über den hängenden Schultern, die Augen auf den Boden gerichtet, sah er aus wie ein Kämpfer, der definitiv keine Lust hatte, in die Schlacht zu ziehen. Sein Anblick versetzte ihr einen Stich ins Herz. Das einst so lebenslustige Kind schien eine ständige Last mit sich herumzutragen, von der es weder Liebe und Verständnis für seine Gefühle noch Strenge befreien konnten.

Hanna bemerkte den Wagen, der sich mit viel zu hohem Tempo näherte, während Ken im Begriff war, die Straße zu überqueren.

»Kenny, Auto! Pass auf!«, schrie sie.

Im letzten Augenblick wachte das träumende Kind auf und blieb stehen. Das Auto fuhr vorbei.

Mit zitternden Händen schloss seine Mutter den Reißverschluss seines Anoraks und fuhr ihn zur Schule. So konnte es nicht weitergehen. Sie brauchten Hilfe. Beide. Doch Hanna hatte keine Idee, woher sie kommen sollte.

Stattdessen traf ein *Air-Mail*-Brief aus Kenia ein. Die des Schreibens unkundige Perpetua hatte ihn einem ihrer Schützlinge diktiert. Er begann mit einem Dank für die zugesandten Fotos und endete mit dem Bericht, dass zwei ihrer Kinder an Aids erkrankt waren und Perpetuas ständige Anwesenheit erforderten. Deshalb konnte sie ihren Stand am Strand nicht mehr betreiben.

Hanna sah das stets lachende Gesicht von Kens Tante vor sich und sie fragte sich, ob die kleine Frau, die so Großes leisten musste, sich nicht zu viel zumutete. Sie erinnerte sich daran, wie sie beide gemeinsam die schwere Tasche getragen hatten. Zwei Frauen besser als eine!, hörte sie Perpetua sagen und sie faltete den Brief nachdenklich zusammen.

Sie betrachtete die inzwischen sorgfältig in ein Album eingeklebten Fotos. Du planen, Perpetua leben, riefen ihr die Bilder entgegen. Und Hanna erinnerte sich an jenen Satz, über den sie damals nicht hatte nachdenken können, weil sie damit beschäftigt gewesen war, das Festessen unter freiem Himmel zuzubereiten: Kenny haben große Familie. Sie klappte das Album zu und legte es zur Seite.

Der vierfach gefaltete Zettel befand sich nach wie vor in

dem hellblauen Umschlag mit dem lustigen Logo der *Karibu-Tours*. Hanna hatte ihn ganz unten in Kens Reisetasche gefunden. Mehrere Dutzend Mal hatte sie Mikes Zeilen in der Zwischenzeit gelesen. Sie hatten die Enttäuschung gelindert, aber sie hatten ihr bislang nicht die Tür zum Verstehen aufgestoßen.

Liebe Hanna, wenn du diese Worte liest, werden wir weit voneinander entfernt sein. Und du wirst wütend auf mich sein, weil ich nicht zurückgekommen bin. Bevor ich nach Kenia geflogen bin, habe ich einen Witz gemacht. Erinnerst du dich? Mir wäre es lieber, wenn mein Vater in Berlin wäre, habe ich gesagt. Ich hatte nämlich vergessen, wo meine Wurzeln sind. Das Urteil der Ahnen führt mich nun dorthin zurück und ich muss mich ihrer Entscheidung fügen. Doch ich kann dir keinen Trost bieten, dir sagen, wann meine Ausbildung zu Ende sein wird. Ich konnte dich nicht einmal anrufen, weil es hier kein Telefon gibt, und bin gezwungen, dir diese wenigen Zeilen zu schreiben. Aber Kenny wird dir viel erzählen. Und es ist vielleicht sogar besser, er tut es. Denn ich kann nicht dein Verständnis verlangen für etwas, das jenseits deiner Vorstellungskraft liegt. Und auch meiner, das bitte ich dich, mir zu glauben. Ich weiß selbst nicht, was mich erwartet, und ich habe ein wenig Angst davor. Dennoch stelle ich mich dem, was von mir verlangt wird. Eine andere Wahl habe ich nicht. Weißt du noch, wie du immer über »diese Ahnengeschichte« geschimpft hast? Nun bin ich darin gefangen. Es tut mir Leid um unser gemeinsames Leben. Mir tut der Abschied weh. Ich werde dich immer lieben, egal welche Welten uns trennen. Lebe wohl.

Dein Mike

Bevor sie selbst am Abend zu Bett ging, sah sie noch einmal nach dem schlafenden Ken. In seiner entspannten Hand lag das Amulett, das sein Opa ihm geschenkt hatte. Der Junge trug es seit Wochen nicht mehr: Ein Klassenkamerad hatte ihn gehänselt, dass er damit wie ein Mädchen aussehe. Doch im Traum verband ihn die aus Kauris geformte kleine Blume, die den hoffnungsvollen Neubeginn des Lebens darstellte, mit Kenia. Der Heimat seines Vaters, seines Großvaters, seiner Mutter.

Hanna hatte den *Kleinen Prinzen* lange nicht mehr zur Hand genommen. Jetzt blätterte sie darin und blieb an ein paar Sätzen hängen. Plötzlich wusste sie: Sie musste es machen wie der kleine Prinz, bevor er zu seiner Reise auf die Erde aufgebrochen war.

Denn die Blume hatte zu ihm gesagt: »*Lass diese Glasglocke liegen … Ich will sie nicht mehr … Ich muss wohl zwei oder drei Raupen aushalten, wenn ich die Schmetterlinge kennen lernen will. Auch das scheint sehr schön zu sein.*«

Sie begann noch in dieser Nacht, einen langen Brief an Perpetua zu schreiben.

Als Marianne am nächsten Tag zu Besuch kam, bemerkte sie die veränderte Stimmung ihrer Tochter schnell. »Dein Entschluss ist richtig, Hannchen«, ermutigte sie, »ihr beiden dürft nicht meinetwegen in Berlin bleiben. Ihr habt das Leben noch vor euch.«

»Und wenn ich einen Fehler mache, Mutti?«, fragte Hanna.

»Man macht immer Fehler«, erwiderte Marianne und ihre Tochter glaubte, dass die Schwarzmalerei ihrer Mutter wohl nie ein Ende nehmen würde. Doch diesmal zwinkerte Marianne ihr zu: »Eigentlich ist nur wichtig, dass man sie gemeinsam mit den rechten Leuten macht. Und in Kennys Familie scheinen einige zu sein, mit denen man viel falsch, aber auch eine Menge richtig machen kann.«

Der riesige Berg Koffer, voll gestopft mit Medikamenten für Perpetuas Kinderschar und allem, was Hanna und Ken für einen Neubeginn in Kenia brauchten, stapelte sich schon am Abend im Flur. Hanna war froh, dass der Flug diesmal schon morgens ging. Das ließ einen Tag weniger verstreichen, an dem sie in Kenia etwas Richtiges tun konnte.

Epilog

Geh nur, sagten die Stimmen der Unsichtbaren zu ihrem Diener. Denn du kennst jetzt den Weg, der zu uns führt.

Als Mike aus dem Schatten des Heiligen Hains in das milde Licht der Nachmittagssonne heraustrat, sah er einen gar nicht mehr so kleinen Jungen, der ihm mit ausgebreiteten Armen entgegenlief.

»Papa, Papa!«, rief Kenny immer wieder.

Weit hinter ihm erkannte Mike eine Gruppe von Frauen, die zahlreiche Kinder umringten. An ihrer Spitze lief Hanna.